L’Audace de la liberté

Du même auteur

Aux éditions du Rocher

Les Lys pourpres, 2012.
Les Venins de la Cour, 2013.
Marcel Pagnol, Un autre regard, 2014.
Raison souveraine, 2015.
Passionnément Gainsbourg, 2016.
Reine des Lumières, 2017.

Chez d'autres éditeurs

Althéa ou la Colère d'un roi, Robert Laffont, 2010,
prix spécial du jury du Salon d'Ile-de-France 2011.
Murphy ne meurt jamais, DoB, coll. « L'Échappée belle », 2021.

Karin HANN

L'Audace de la liberté

éditions du
ROCHER

Avertissement

Les propos historiques intégrés aux dialogues
sont notés en italique et signalés par un astérisque.
Par ailleurs, les missives rédigées par les protagonistes
sont historiques, tout comme les articles
que nous avons restitués, qu'ils soient ou non
d'Olympe de Gouges.

Éditions du Rocher
28, rue Comte-Félix-Gastaldi – BP 521 – 98015 Monaco

www.editionsdurocher.fr

ISBN : 978-2-268-10708-0
EAN epub : 9782268107226

L'audace est une royauté sans couronne.
Le Talmud, traité Sanhédrin, 105a.

À tous ceux pour qui
la liberté est un trésor
qui ne se négocie pas.

Avant-propos

Je n'ai jamais eu beaucoup de sympathie pour la Révolution française. Trop de violence et de morts aussi injustes qu'inutiles, prédominance de la terreur et de l'arbitraire, autant de raisons qui me dissuadaient d'écrire sur cette période tragique, complexe et foisonnante, pourtant diablement romanesque.

J'évitais donc le XVIIIe siècle, jusqu'à ce que Mme de Pompadour m'appelle. Après avoir publié *Reine des Lumières*, qui me fit explorer le règne éblouissant de cette favorite hors du commun, je savais qu'il me faudrait avoir le courage d'avancer dans le temps afin d'y retrouver Olympe de Gouges, que j'ai toujours énormément admirée.

Victime de la bêtise et de la misogynie, cette humaniste trop méconnue a défié son époque en développant des idées que nous peinons encore à imposer : émancipation (y compris sexuelle) de la gent féminine, autorisation de voter pour l'entièreté des citoyens, liberté d'expression, lutte contre le racisme. « Le bonheur [...] des femmes demande qu'elles n'aspirent point à l'exercice des droits et des fonctions politiques[1] », proclamait Talleyrand. On voit bien dans quel effrayant contexte la courageuse se débattait.

Ce n'est pas tout ce qui stupéfie lorsqu'on se penche sur la vie et le personnage d'Olympe de Gouges. On découvre un écrivain qui maîtrisait très mal la langue écrite, et qui dicta la majeure partie de

1. *Rapport sur l'instruction publique*, par M. Talleyrand-Périgord, ancien évêque d'Autun, en annexe de la séance de l'Assemblée nationale du 10 septembre 1791.

son œuvre à des secrétaires. Contournant ses faiblesses pour mieux montrer sa force, cette fille naturelle de Le Franc de Pompignan, dramaturge et académicien, devint auteur de pièces de théâtre, de pamphlets, de mémoires et d'articles par passion et par amour de sa filiation, tandis que son manque d'instruction la destinait à l'anonymat d'un mariage contraint. Belle revanche !

En des temps où l'on galvaudait le mot *liberté*, elle a osé pointer du doigt le fait que seuls les hommes s'affranchissaient. Les femmes, elles, furent les grandes oubliées de cette Révolution que l'on nous a tellement appris à chérir. Les rares personnes qui ont dénoncé l'incroyable domination exercée sur les individus du « sexe faible » ont péri sur l'échafaud. D'ailleurs, dès 1804, le Code Napoléon place officiellement la jeune fille sous tutelle, cette dernière passant de l'autorité de son père à celle de son époux.

Il faudra attendre la seconde moitié du XXe siècle pour qu'une femme puisse avoir un compte en banque et un chéquier, travailler sans le consentement de son mari ou obtenir l'autorisation de voter. On mesure combien notre héroïne était un précurseur lorsqu'elle a fait paraître sa *Déclaration des droits de la femme et de la citoyenne* !

Et que dire de son combat pour l'égalité entre les hommes, quelle que soit leur couleur de peau, qui est toujours d'actualité !

Ce qui bouleverse enfin, c'est son formidable optimisme. Olympe de Gouges ne renonce jamais, ne se résigne pas. Elle lutte sans merci, jusqu'à en mourir. À la veille de son exécution, malade et fatiguée, elle écrit encore depuis sa cellule, d'une plume malhabile, pour réaffirmer sa foi en l'humanité et sa confiance en l'idée que l'on regrettera son trépas en saluant la justesse de ses revendications.

Le 19 octobre 2016, un buste la représentant est installé dans la salle des Quatre Colonnes du Palais-Bourbon, siège de l'Assemblée nationale, première fois qu'une femme politique figure parmi les œuvres d'art exposées en ce lieu emblématique.

Olympe de Gouges avait raison de croire que la postérité ne l'oublierait pas.

Elle entrera assurément au Panthéon un jour, car elle est assez régulièrement pressentie pour cet honneur. Ultime preuve de sa clairvoyance, sa patrie, qu'elle a tant aimée, lui témoignera alors sa reconnaissance.

Fascinante et visionnaire, elle aura enfin gagné.

Partie I

I

Paris, nuit du 2 au 3 novembre 1793

Il pleuvait à verse sur la Conciergerie. Le ciel se vidait entre deux grondements sourds, nimbant la ville d'une brume glacée. Alentour, des soldats patrouillaient, l'uniforme détrempé, le bicorne dégouttant de pluie et les guêtres spongieuses, tenant avec peine leurs longs fusils prolongés d'une lame en proie aux rafales du vent. Derrière les murs massifs de la forteresse, dans une cellule étroite, éclairée d'une chandelle posée sur une table, Olympe de Gouges écrivait. Enveloppée d'une robe usée bien trop légère en ce morne automne, elle frissonnait en plongeant avec application sa plume dans l'encrier pour tracer les lignes de sa dernière lettre.

> *Je meurs, mon cher fils, victime de mon idolâtrie pour la patrie et pour le peuple. Ses ennemis, sous le spécieux masque du républicanisme, m'ont conduite sans remords à l'échafaud après cinq mois*[1] *de captivité. Pouvais-je croire que des tigres démuselés seraient juges eux-mêmes contre les lois, contre même ce public assemblé qui bientôt leur reprochera ma mort…*

Engourdie par la froidure persistante, la prisonnière se leva, cambra les reins et s'étira, soufflant dans ses mains rougies.

1. Quatre mois et demi, précisément.

La température descendait au-dessous de zéro pendant la nuit et son maigre feu ne lui permettait pas de se réchauffer. Toutes ces semaines d'incarcération étaient venues à bout de sa résistance, et Olympe, à présent d'une santé chancelante, luttait contre un abcès du genou qui la torturait sans relâche. Elle boita en grimaçant sur quelques pas, puis regagna sa chaise avant de reprendre la plume :

> *Vingt fois j'ai fait pâlir mes bourreaux, et ne sachant que me répondre à chacune des phrases qui caractérisaient mon innocence et leur mauvaise foi, ils ont prononcé ma mort...*

Elle redressa la tête et fixa la flamme qui vacillait, espérant que sa chandelle l'éclairerait jusqu'à l'aube. On l'avait placée au secret. La porte double de sa geôle, épaisse de cinq pouces et renforcée de barres de fer, ne comportait pas moins de trois verrous, de sorte qu'il lui était impossible d'échanger le moindre propos avec quiconque, en dehors du garde qui lui apportait ses frugaux repas. Les deux petites lucarnes, bouchée pour l'une et partiellement obturée pour l'autre, ne laissaient passer que le froid. Sur les murs, les mots *liberté*, *égalité*, *Constitution* et *droits de l'homme* semblaient se répéter à l'infini. Olympe se remémora la parodie de procès qu'elle avait subie la veille, dans la salle de l'Égalité de la tour Bonbec, en présence du président Herman, protégé de Robespierre, des juges David et Lanne et de leurs assesseurs, devant une foule vociférante, venue assister à sa condamnation comme on va au spectacle. Le commis greffier Ducray avait énuméré les chefs d'accusation retenus contre elle par Fouquier-Tinville. On lui reprochait d'avoir porté atteinte à la souveraineté du peuple, et d'en avoir calomnié les « amis », en rédigeant et en imprimant ses ouvrages.

La liberté...

Un rêve qu'elle avait poursuivi avec obstination, au mépris du danger, de son confort et de sa réputation. Elle l'avait souhaitée pour tous, mais surtout pour les femmes. La liberté de s'élever, de s'exprimer, de décider, d'aimer. Elle allait perdre la vie pour avoir dénoncé Robespierre et ses dérives, avoir suggéré le vote des citoyens en vue de choisir le régime de la France, avoir milité pour que ses consœurs aient les mêmes droits que les hommes, « qu'elles puissent monter à la tribune, puisqu'elles montaient à l'échafaud »…

Elle posa la main sur son ventre, songeant à ce début de grossesse qui aurait dû la sauver, au moins pour un temps, et que ses geôliers avaient nié.

Les barbares étaient partout, tapis dans l'ombre.

La Révolution devenait une bête immonde réclamant quotidiennement sa dose de sang.

Moins de trois semaines après la ci-devant[2] reine de France, Olympe allait marcher vers son trépas pour avoir simplement défendu ses idées. Elle s'y résignait, désireuse d'être digne jusqu'au bout et de ne manifester aucun signe de faiblesse.

La lumière grise de l'aube naissante filtrait à présent par la lucarne. Il pleuvait sur son âme, comme sur son dernier jour. Toutefois, en dépit de son cœur lourd, elle ne regrettait rien. « Nul ne doit être inquiété pour ses opinions même fondamentales », avait-elle écrit. Mais la France n'était pas prête. Elle espérait que la maturité du peuple adviendrait et qu'alors chacun pourrait enfin apprécier son esprit novateur et éclairé.

Pour l'heure, elle n'était presque plus de ce monde, souhaitant seulement que la postérité n'oublie pas ce combat acharné qu'elle avait livré jusqu'à lui sacrifier sa vie.

Elle reprit :

> *Adieu, mon fils, je ne serai plus quand tu recevras cette lettre. Je meurs, mon fils, mon cher fils, je meurs innocente…*

Une image dansa devant ses yeux : Pierre, encore enfant, qu'elle faisait sauter sur ses genoux. Elle entendit son rire frais, revit ses joues roses et ses mains potelées. Son ultime pensée serait pour lui.

Les serrures grincèrent comme on déverrouillait la porte. « *Déjà…* », songea-t-elle avant de plier sa missive.

---

2. L'expression est utilisée pendant la Révolution française pour nommer un lieu, une personne, un régiment ayant auparavant bénéficié d'un privilège ou d'une marque liés à l'Ancien Régime ou à la religion. Par extension, cela désigne ensuite la noblesse d'antan. Le mot *ci-devant* remplaçait, non sans mépris, le prestigieux titre perdu.

– Citoyenne Degouges[3] !

– Je vous suis, dit-elle en rassemblant ses affaires.

Il lui fallait être préparée, les cheveux coupés, ses effets personnels recensés et déposés au greffe en un sac scellé qui serait remis au concierge.

Lorsqu'elle déboucha dans la cour du Mai afin de gagner la charrette qui devait la mener au supplice, Olympe leva les yeux vers le ciel. Le soleil apparaissait enfin.

Dans une heure, elle aurait cessé de vivre.

3. Ainsi la nommait-on, en prison comme devant ses juges, toutes les particules des noms propres ayant été supprimées.

II

Vingt-huit ans plus tôt, Montauban, 24 octobre 1765

L'église Saint-Jean de Villenouvelle était à moitié pleine. Les mariages de la petite bourgeoisie n'attiraient que quelques curieux désœuvrés auxquels se joignaient les dévotes habituées à louer le Seigneur une bonne partie de la journée, agenouillées sur des prie-Dieu.

Devant l'autel se tenait le prêtre, un homme grand et maigre aux traits anguleux, qui s'apprêtait à recevoir les vœux de la jeune fille après ceux de son promis.

– Marie Gouze, acceptez-vous de prendre pour légitime époux Louis-Yves Aubry ici présent, promettez-vous de l'honorer et de le chérir, dans la richesse et la pauvreté, dans la santé et la maladie, jusqu'à ce que la mort vous sépare ?

Parée d'un voile arachnéen qui laissait entrevoir ses épaisses boucles brunes encadrant un visage au teint frais, la fiancée, que la gent masculine jugeait charmante, affichait un regard noir très expressif ainsi qu'une bouche charnue et bien dessinée. Toutefois, un observateur attentif eût pu remarquer le désarroi qui se lisait dans ses prunelles. À l'évidence, ce mariage n'était pas librement consenti, et ce fut un oui étranglé qui parvint à l'assistance avant que l'homme de foi ne bénisse ce que Dieu avait uni.

Marie s'approcha alors de la table, sur le côté de la nef, pour signer le registre d'une plume hésitante. Son éducation ayant été, à son grand dam, parcellaire, elle ne possédait que des rudiments d'écriture[1]. Elle était née pour épouser : toute sa jeune vie la destinait à ce jour maudit où l'on remettrait son quotidien et son bonheur entre les mains d'un étranger dont elle ne voudrait pas.

Et ce moment effrayant était advenu. Elle se sentait oppressée ; il lui tardait d'en finir et de quitter l'église.

La cérémonie terminée, le nouveau couple reçut les félicitations d'usage avant de regagner l'auberge dans laquelle le banquet de noce avait été dressé.

Officier de bouche du comte Alexis de Gourgues, intendant de la généralité, Louis-Yves Aubry n'avait pas lésiné pour régaler ses invités. Écrevisses, cuisses de grenouilles, légumes variés, brochets en sauce, truites aux amandes, fromages du terroir, compotes, biscuits, croquets au miel et sorbets furent successivement présentés aux convives. La boucherie Gouze, que le frère de l'épousée avait reprise au décès du père, avait fourni quant à elle pièces de viandes et rôts, pintades et poulets bardés de lard, coquelets et pâtés, auxquels s'ajoutaient les tourtes au gibier. Le marié se rengorgeait d'avoir à charge le ravitaillement et expliquait à qui voulait l'entendre la complexité de la composition et de la réalisation des menus quotidiens de l'hôtel de Buisson d'Aussonne, rue de Lixe. Il ne manquait pas de souligner que cette vénérable maison, agrémentée de vastes jardins, comptait parmi les plus belles de la ville.

Marie traversait cette journée dans une sorte de brouillard des sens, étrangère à elle-même, spectatrice de son propre mariage. Les voix et les rires lui parvenaient, cotonneux et lointains. Elle acquiesçait de temps à autre, par politesse, lorsqu'on s'adressait à elle, tandis que ses pensées volaient vers son cher poète Valette, protégé du grand Voltaire[2] qui, lui aussi, avait demandé sa main. Que n'aurait-elle donné pour être unie à lui plutôt qu'à cet homme pour qui elle n'éprouvait qu'une sombre répugnance[3] ! Elle regardait avec effroi son époux faire ripaille tout en se consumant dans

1. Voir l'annexe A.
2. Voir l'annexe B.
3. Voir l'annexe C.

l'autosatisfaction et la vantardise. Un an déjà qu'elle s'était fiancée contre son gré, avant d'être livrée définitivement à ce rustre.

À la nuit tombée, le couple fut reconduit au logis de Louis-Yves, que Marie occuperait désormais à ses côtés. Elle entra dans la chambre comme on descend au tombeau et s'assit timidement sur le lit, tandis que le nouveau marié, un peu gris, chantonnait en se déshabillant. S'avisant qu'elle ne bougeait plus, ce dernier s'interrompit et se retourna avec un air légèrement carnassier.

– Eh bien, ma caillette ? Tu envisages de passer le reste de la soirée à m'admirer ? C'est notre nuit de noces, ma belle, et je compte en profiter ! Allons, lève-toi et ôte ces vêtements qui m'empêchent de jouir d'un joli spectacle !

Elle obtempéra et entreprit de se dévêtir.

Son époux, qui s'était glissé sous les draps dans le plus simple appareil, ne fit rien pour ménager sa pudeur. Les coudes repliés sous la tête, il poursuivait d'un air satisfait l'examen minutieux de son jeune corps en le ponctuant de commentaires graveleux.

De cette nuit traumatisante, qu'elle savait être hélas le prélude à de nombreuses autres, Marie, qui n'avait pas ouvert les yeux, ne garda au matin que le souvenir d'une douleur fulgurante s'insinuant jusque dans son âme. Elle comprit toutefois que cette infernale initiation la marquait au fer rouge et qu'elle n'oublierait jamais le sentiment de révolte né de cette union dégradante. Accueillir cet homme en elle s'apparentait à une souillure. Elle avait dû se contraindre, en dépit de sa répulsion, simplement parce qu'elle était femme, et que sa famille et la société tout entière l'exigeaient.

Elle n'avait pu décider de son destin ni disposer de son corps.

Cependant, son esprit rebelle ne se résigna pas et curieusement, à partir de ce jour, elle se sentit plus forte.

III

Montauban, 29 août 1766

– Mon petit, mon tout-petit…

Marie regardait avec émerveillement le garçonnet que la sage-femme venait de lui confier, emmailloté, après l'avoir baigné.

– Pierre Aubry…, murmura-t-elle. Tu es ma récompense pour tout ce que j'endure…

L'enfançon pleurnichait, cherchant à téter. Elle le mit prestement au sein, le berçant légèrement en le serrant contre elle.

Dans le mois qui avait suivi ses noces, elle avait appris qu'elle était grosse. Outre qu'elle avait à maintes reprises feint l'indisposition pour échapper au devoir conjugal, cette perspective de donner la vie lui avait permis de rendre son mariage supportable. Tout n'était pas négatif si le fait d'être unie à cet homme lui offrait de devenir mère. Elle avait compté les semaines et les jours jusqu'à la délivrance. Et aujourd'hui, elle tenait enfin son fils dans ses bras, sentant naître en elle une tendresse incommensurable. Elle possédait désormais quelqu'un à choyer et à protéger. Un être qu'elle élèverait en homme libre et responsable, en lui apprenant à respecter les femmes, à les traiter en égales, mieux que son époux ne s'y employait avec elle.

– Ah, mon héritier sait déjà où les femelles ont des trésors cachés !, constata Aubry non sans orgueil, la surprenant en train d'allaiter.

– Il est vaillant et boit correctement, rectifia Marie avec fierté. Ce sera un rude gaillard, de bonne constitution !

Elle avait insisté pour que l'enfant, s'il était mâle, s'appelât comme son grand-père maternel pour que la chair de sa chair s'apparente le moins possible à son mari.

Grâce au ciel, le travail de ce dernier le monopolisait énormément et, si les nuits se révélaient toujours pénibles, la jeune épousée connaissait le bonheur de passer ses journées seule, sans devoir subir l'indélicat. Elle se réjouissait donc à la perspective de pouvoir éduquer son petit Pierre comme bon lui semblerait et de l'avoir pour elle tout le jour.

Louis-Yves ne s'émut guère de l'arrivée de son héritier. Il éprouva, certes, une certaine satisfaction lorsqu'il comprit que la pérennité du nom était assurée, mais cette descendance ne suscita chez lui aucun attachement particulier. Elle était la conséquence naturelle d'un mariage, point n'était besoin de bêtifier et c'était bien histoire de femelle que de s'esbaudir devant un nourrisson vagissant dans son berceau. Marie ne le fit pas prévenir aux premières douleurs de l'enfantement. On envoya simplement le commis du boucher rue de Lixe dès après la naissance et Aubry s'en revint au domicile dans l'heure qui suivit. Il ne s'attarda pas, ce qui soulagea secrètement la nouvelle accouchée.

La servante entra dans la chambre en tenant un plateau sur lequel un bol fumant était posé.

– Je vous ai préparé un bouillon de poule, Madame, c'est un solide reconstituant. Il vous faut reprendre des forces pour fabriquer du lait.

– Merci, Zia, c'est très gentil.

– Monsieur est déjà reparti ?

– Oui, il avait à faire. Pierre a tété et il dort. Je vais pouvoir dîner et me reposer un peu, ajouta-t-elle en se penchant tendrement sur le berceau rangé à côté de son lit, non loin d'un feu de cheminée allumé pour éviter que le nouveau-né ne se refroidisse, car la chaleur estivale déclinait avec le soir.

– J'espère que vous ne serez pas dérangée par le tonnerre, reprit Eusebia. Un gros orage s'annonce, le ciel est tout noir !

– Tant mieux, soupira Marie. J'adore me laisser bercer par le bruit de la pluie… Referme la porte en sortant, Zia, s'il te plaît…

Dans les semaines qui suivirent, la jeune femme put mesurer le bouleversement de son existence. Pierre était un bel enfant joufflu et potelé qui la ravissait. Elle n'était plus seulement une épouse, elle était mère. La maternité adoucissait les contours d'une vie déplaisante, auprès d'un être qu'elle ne parvenait décidément pas à apprécier.

Enfin, la vie de Marie avait un sens !

Son fils l'accaparait et la comblait…

Cependant, elle ressentait toujours une sorte de vertige.

Un vide qui ne se nommait pas.

IV

Montauban, novembre 1766

L'automne était revenu et avec lui des pluies abondantes et répétées qui avaient fini par faire déborder le Tarn, ravageant toute une partie de la ville. Presque deux mille habitations avaient été emportées, les eaux boueuses charriant planches, vêtements, vaisselle, charognes de chiens, de chats ou de rats, noyés dans le tumulte. De nombreuses personnes n'avaient pu survivre devant la violence des flots, mais ce ne fut, hélas, que la première phase de la catastrophe. Car au cours des semaines suivantes, les autorités commencèrent de déplorer des cas de fièvre parmi les habitants. Aussi, lorsque Louis-Yves Aubry rentra un soir de la rue de Lixe transpirant, les yeux brillants et le rouge aux joues, Eusebia et Marie échangèrent-elles un regard inquiet. Il s'alita aussitôt sans souper et ne quitta pas sa couche le lendemain.

Leurs craintes se justifièrent quelques jours plus tard : la température du maître de maison atteignit vite un niveau alarmant et il se mit à délirer. Eusebia se récria quand Marie voulut le soigner, arguant qu'une jeune mère qui allaitait n'avait rien à faire au chevet d'un malade, que cela tournerait son lait ou qu'elle attraperait mal. Elle continua inlassablement de bassiner le corps brûlant du pauvre Aubry, lequel dérivait inexorablement vers une quasi-inconscience.

Bientôt, il ne fut plus capable de se lever. Eusebia lui tamponnait le visage d'eau fraîche de menthe, ce qui ne l'apaisait guère. Louis-Yves criait, bredouillait des phrases incompréhensibles, puis sombrait dans un état de prostration et d'abattement profond. Marie se tenait à distance de la chambre, observant les va-et-vient de Zia depuis le salon où elle se retranchait avec son fils, afin d'éviter la contagion. Sa servante et amie veillait farouchement à ce qu'elle n'approche pas de son époux, ne ménageant pas ses efforts pour tenter de le soulager en l'aidant fréquemment à boire à la petite cuiller une décoction de fleurs de sureau, de sauge et de reine-des-prés diluée avec du miel, que l'apothicaire avait prescrite, mais qui semblait, hélas, inefficace.

– Eusebia… Pierre…, articula-t-il péniblement.

– Je suis là, ne vous inquiétez pas, répondit-elle.

– Mon fils…

– Il va bien, Monsieur. Reposez-vous.

– … Le voir…

– Attendez d'être un peu remis. Il serait déraisonnable de vous l'amener déjà ! Tâchez de dormir…, ajouta-t-elle en remontant un drap frais sur son torse nu.

Elle emporta ceux qu'elle venait de changer, non sans jeter un regard navré en direction du lit.

Sitôt qu'elle fut sortie de la chambre, Marie l'apostropha.

– Comment est-il ?

– C'est pitié, Madame. Je tremble pour sa vie. Il s'affaiblit considérablement. Il me reconnaît à peine et ne parvient même plus à ouvrir les yeux.

Louis-Yves Aubry ne revit jamais son fils. Il entra en agonie et rendit son dernier soupir avant le premier jour du mois de décembre.

Marie fut alors prise dans un tourbillon.

Les obsèques furent organisées en hâte, car on demandait aux familles des victimes de fièvres de faire diligence pour enterrer leurs morts, par crainte de la contagion.

Elle se vêtit de noir, comme l'exigeait la bienséance, et afficha la mine contrite de circonstance.

En réalité, il lui fallait bien s'avouer que ce trépas était une délivrance. Elle gardait de son époux ce qu'il avait de meilleur : son fils, un chérubin qu'elle adorait au-delà de toute raison.

Pour le reste, elle pria comme il se devait pour le salut de son âme, sans éprouver à propos de ce veuvage la moindre affliction.

La jeune mère sentait au contraire un certain soulagement s'insinuer en elle. Sans savoir précisément comment elle userait de cette autonomie inattendue, elle se promit de ne point contracter d'union nouvelle, quel qu'en soit le désir de sa famille.

Car si elle ne leur reprochait pas cette prison qu'avait été son mariage, dont la porte venait inopinément de s'ouvrir, elle estimait avoir chèrement gagné le droit d'être désormais maîtresse de sa vie.

V

Montauban, janvier 1767

Assise devant sa coiffeuse, Marie brossait ses longues boucles brunes. Deux mois déjà qu'elle avait contemplé avec indifférence le cercueil de feu son époux descendre en terre, songeant qu'elle disait adieu à un étranger.

Dans les semaines qui avaient suivi, elle avait reçu les condoléances des amis de son mari et la visite d'Alexis de Gourgues, pour qui travaillait Aubry, lequel lui avait offert un emploi à l'intendance de la généralité si elle s'estimait dans le besoin. Le regard concupiscent du comte l'avait toutefois dissuadée d'y avoir recours et la vie avait repris, morne et régulière, ponctuée par les seules rencontres de sa parentèle lui suggérant invariablement de convoler sitôt son deuil achevé.

Marie se sentait lasse de leurs grossières allusions à la « solitude de ses nuits » et de leurs recommandations quant à la bonne tenue d'une jeune veuve séduisante « ne manquant pas d'éveiller les convoitises ». Ces considérations familiales l'empêchaient de jouir de sa liberté recouvrée et l'enfermaient de nouveau dans la perspective d'un avenir sans joie.

C'est dans cet état d'agacement qu'elle poussa un matin la porte du cabinet d'Aubry, afin d'y poursuivre le tri de ses effets personnels.

Elle avait déjà fait parvenir l'intégralité de ses vêtements aux Sœurs des pauvres et souhaitait à présent ranger dossiers et lettres.

Elle rabattit les volets intérieurs en bois peint et ouvrit la croisée. La lumière blanche du soleil hivernal éclaira la pièce et un froid vif pénétra soudain. Elle observa un instant une pie sautillant sur le pavé, puis referma la fenêtre pour venir s'installer au bureau. Son regard erra sur les panneaux recouverts de laque qui ornaient les murs, représentant des oiseaux exotiques et des scènes de chasse. Elle décida qu'une fois sa tâche achevée elle décorerait tout selon ses goûts, afin d'affecter les lieux à son propre usage. S'avisant ensuite que le plus gros des tiroirs était verrouillé, elle passa la main dessous à la recherche de la clé et toucha par mégarde une aspérité sur laquelle, machinalement, elle appuya. Quelle ne fut pas sa surprise de voir une fine cloison pivoter. Une petite pièce de métal allongée, de forme singulière et munie d'un ruban apparut, dont elle se saisit pour accéder enfin au contenu du meuble.

Il était chargé de plusieurs volumes et de gravures licencieuses ne laissant aucune place à l'imagination.

La jeune femme jeta un coup d'œil sur la bibliothèque qui lui faisait face et put déchiffrer deux titres imprimés sur la reliure : *De l'esprit des lois* et *Julie ou la Nouvelle Héloïse*. Toutefois, elle se souvint qu'elle n'avait jamais vu Aubry en lire une page. Ces ouvrages n'étaient destinés qu'à asseoir une image d'homme cultivé, ce qu'il n'était pas. Le regard de Marie se reporta sur le tiroir. Son époux prisait, de toute évidence, une littérature bien différente…

Cette constatation ne l'émut pas outre mesure. Elle venait simplement à l'appui de mille autres, montrant à quel point cette union reposait sur un leurre, des mensonges, une incompatibilité manifeste entre les deux parties. Certes, elle avait appris que, peu de temps après leurs noces, son mari avait rompu ses vœux de fidélité. La fille du tisserand, notamment, s'était vantée d'avoir obtenu ses faveurs, ce que l'apothicaire n'avait pas manqué de colporter. Alors, découvrir qu'Aubry s'enfermait dans son bureau pour s'adonner au plaisir solitaire ne la dérangeait en aucune manière. En revanche, elle fulminait en songeant au nombre de fois où, enceinte, elle s'était astreinte à ce pénible exercice qui lui répugnait, quand son époux aurait aisément pu l'en dispenser.

Rêveuse, elle imagina connaître enfin l'amour.

Aimer et être aimée, entendre battre son cœur pour un homme qui la chérirait, désirer s'unir à lui, sans contrainte, simplement mue par une attirance qui la dépasserait et la ferait chaque jour se sentir vivante !

Écartant plusieurs dessins de couples s'affairant dans diverses positions, elle aperçut un ouvrage dont la couverture montrait des chérubins entourant une femme qu'un homme – ou était-ce Dieu ? – tirait par le bras, comme s'il tentait de la sauver d'elle-même. Elle énonça, à voix basse, « Histoire du chevalier des Grieux et de Manon Lescaut », puis entreprit de feuilleter quelques pages.

– « Je suis obligé de faire remonter mon lecteur au temps de ma vie où je rencontrai pour la première fois le chevalier des Grieux », déchiffra-t-elle en suivant les lignes à l'aide de son doigt, car la lecture ne lui était pas aisée.

Elle se cala plus confortablement dans le fauteuil de cuir en soupirant. Pourquoi les femmes n'avaient-elles pas accès à tous ces livres fascinants ? Devaient-elles ne connaître que la Bible et les Saintes Écritures ? Poussée par une irrépressible curiosité, elle poursuivit son exploration.

Le jour déclinait lorsque Eusebia vint quérir sa maîtresse[1]. Marie, absorbée par les amours incendiaires de Manon et du chevalier, n'avait pas remarqué que, dans la cheminée, le feu s'était éteint.

1. Voir les annexes.

VI

Montauban, juin 1769

– Monsieur, je vous présente ma fille ! Le Seigneur a rappelé à Lui son époux voilà déjà deux ans..., déclara Anne Gouze d'un air presque satisfait.

Le jeune homme s'inclina galamment sur la main que lui tendit la veuve d'Aubry.

– Jacques Biétrix de Rozières, pour vous servir, madame...

À cet instant, le regard de Marie croisa celui de l'invité de sa mère et son cœur manqua un battement.

– M. de Rozières, qui attend un poste au ministère de la Marine, est envoyé par son père pour organiser les acheminements d'intendance nécessaires aux soldats en garnison à Montauban, déclama fièrement Mme Gouze. Nous l'accueillons avec plaisir, car il n'y a plus une chambre dans nos auberges !

– Voilà qui est fort aimable à vous, mère, bredouilla Marie. Et serez-vous longtemps parmi nous, monsieur de Rozières ?

– Je le crois, madame. Il se trouve que mon géniteur[1] est à la tête de la principale entreprise de transports militaires et qu'il nous faut contrer de nombreux problèmes de casernement et de ravitaillement des troupes qui affluent dans la région depuis deux ans. Je demeurerai tant qu'on voudra bien me faire la grâce de me loger,

1. Angeli Biétrix.

répondit-il en hochant la tête à l'attention de son hôtesse, car il devient en effet impossible de louer le moindre réduit en ville !

– Ne vous tourmentez point, monsieur de Rozières, intervint Anne. Vous êtes ici chez vous, ajouta-t-elle en portant un regard appuyé à sa fille.

Cette dernière défit son chapeau, puis ôta sa cape de ses épaules avant de la tendre à une domestique.

– Passez donc au salon, poursuivit la maîtresse des lieux, je sonne pour qu'on nous serve une prune à l'eau-de-vie.

Jacques précéda Marie qui le dévorait des yeux. Lorsqu'ils furent tous trois installés, il s'autorisa à son tour à la détailler, la jugeant délicieuse. Son corps souple, épanoui par la maternité, affichait des rondeurs exquises tandis que la lueur de ses prunelles révélait une intelligence et une volonté farouches. Cette jeune veuve trahissait par ailleurs une sensualité sans doute inassouvie qui fit monter en lui un désir impérieux. Il l'observait, discutant avec sa mère, raillant ses plaisanteries, et un sentiment proche de la tendresse le gagna.

– Que faites-vous de vos journées, madame Aubry ? J'imagine que votre veuvage, qui se termine, ne vous a guère autorisée à vous divertir ?

– Il est vrai, répondit Marie. J'ai eu de quoi m'occuper cependant à mettre en ordre les affaires de mon mari et à diriger ma maison, tout en veillant sur mon fils…

– Je m'inquiète souvent de l'isolement de ma fille !, coupa Mme Gouze.

– Aimeriez-vous que je vienne vous chercher demain pour vous mener en promenade ? Vous avez, à n'en pas douter, besoin de vous distraire et je serais heureux de rendre à madame votre mère la bonté dont elle m'honore, en vous permettant de quitter votre retraite !

– Quelle gentille attention !, s'exclama Anne. Je suis certaine que cela lui fera grand bien.

Le regard de Marie croisa celui de Jacques et elle n'eut soudain plus envie de réfléchir. Son deuil n'avait que trop duré.

Ces deux dernières années, elle s'était adonnée sans restriction à la lecture, souhaitant éclairer son esprit qu'elle jugeait fort peu tourné et mal dégauchi. Éprouvant un enthousiasme sauvage à l'idée de parfaire son instruction, elle avait lu tous les ouvrages rangés sur les étagères d'Aubry, puis avait acheté des livrets au colporteur qui venait une fois la semaine sur la place du marché, avant de commander des livres directement à l'imprimeur[2]. Elle attendait alors avec impatience la malle-charrette[3] qui lui apportait son précieux colis, source de joie et de découvertes. Sa sœur, qui vivait à Paris avec son époux, lui adressait aussi régulièrement des exemplaires de la *Gazette de France* par la poste[4], de sorte qu'elle connaissait les faits marquants de la vie parisienne et de la Cour. Ainsi savait-elle que depuis avril la comtesse du Barry avait officiellement été présentée à Versailles, ce qui la désignait comme favorite du roi. Le scandale avait été immense et les choiseulistes[5], outrés. Marie s'était délectée de suivre ce feuilleton sulfureux dont l'écho ne parvenait pas jusque dans les provinces. Mais ce qui lui était devenu indispensable ne lui suffisait pourtant plus.

En elle fourmillaient une rêveuse jeunesse et un appétit des sens. Elle vibrait d'espoir, d'allant et de promesses et aspirait à rire, à danser, à éprouver la caresse du vent dans ses cheveux et celle du soleil sur sa peau. Elle souhaitait qu'on l'honore, qu'on la désire, qu'on la remarque. Elle ambitionnait de s'éveiller au monde, au hasard de surprenantes rencontres qui la révéleraient à elle-même.

Elle se sentait comme un bourgeon gonflé d'une sève nouvelle, qui ne demanderait qu'à éclater en une fleur enivrante.

Vivre, enfin, vivre!

– J'en serais ravie, monsieur, lâcha-t-elle simplement.

---

2. Voir l'annexe A.

3. Voir l'annexe B.

4. Voir l'annexe C.

5. Étienne-François de Choiseul-Beaupré-Stainville, comte, puis duc de Choiseul-Stainville et d'Amboise. Il fut le chef du gouvernement de Louis XV entre 1758 et 1770. Grand ami de Mme de Pompadour, il espérait, à sa mort, remplacer cette dernière par sa propre sœur, la duchesse de Gramont. Il était donc extrêmement hostile à Mme du Barry, ancienne prostituée et nouvelle maîtresse en titre du monarque, qui, paradoxalement, fut alors soutenue par le parti des dévots opposé au ministre. Un comble!

VII

Montauban, septembre 1772

Marie s'étira, tâtonna le matelas sans ouvrir les yeux, puis, comme les draps étaient froids, soupira de dépit en constatant que Jacques avait déjà quitté la chambre. Elle adorait s'éveiller aux côtés de son amant endormi. Elle se glissait alors le long de son corps pour se blottir dans sa chaleur et prolonger ainsi la douceur de leur nuit.

Cela faisait un peu plus de deux ans qu'elle se donnait à cet homme de tout son cœur. Il l'avait initiée au plaisir, au désir, au respect, avait su se montrer tendre et patient afin de l'aider à surmonter des souvenirs pénibles, du temps où Aubry la troussait sans y mettre les formes. Elle s'était amollie dans ses bras, s'abandonnant à la caresse, découvrant, émerveillée, son envie de lui, de le sentir en elle, réclamant un assouvissement des sens qu'elle ne soupçonnait pas.

En dépit de leur discrétion, leur liaison commençait à faire parler. On jasait sur la filiation de Marie, « digne fille de sa mère », on rappelait à l'envi qu'elle était également l'enfant adultérine d'un homme que Mme Gouze avait aimé passionnément.

Jacques avait maintes fois proposé de l'épouser, mais pour éprise qu'elle fût, Marie s'était juré de ne point retomber dans les affres du mariage. Son destin lui appartenait désormais, il ne serait plus question de l'aliéner en le sacrifiant de nouveau sur l'autel des noces[1]. Elle entendait demeurer libre de ses faits et gestes et ne plus avoir de comptes à rendre à quiconque. Devinant qu'elle ne serait peut-être jamais sa femme, son amant avait alors suggéré de partir. Oublier Montauban où on les jugeait, se fondre dans l'anonymat de Paris où leur relation n'intéresserait personne…

À plusieurs reprises, sa sœur l'avait exhortée à s'installer auprès d'elle. Marie s'était tout d'abord effrayée à l'idée de quitter sa ville et ses habitudes. Cependant, au fur et à mesure que le temps passait et qu'elle appréhendait avec curiosité le tumulte parisien, son envie prenait forme.

Le 16 mai 1770, Marie-Antoinette, archiduchesse d'Autriche, avait épousé le dauphin de France. De somptueuses festivités avaient accompagné cette union prometteuse et, en dépit de l'incendie ravageur qui s'était déclaré lors du feu d'artifice[2], le récit de son aînée lui avait fait regretter d'être à Montauban. Elle guettait ses lettres, qui évoquaient une coterie à la Cour dont le bruissement délicieux parvenait grâce à elle jusqu'à Marie. Elle avait suivi avec passion le scandale d'étiquette ayant éclaté pendant les préparatifs du mariage : les princesses de Lorraine, arguant de leur parenté avec la nouvelle dauphine, avaient obtenu de danser avant les duchesses, au grand dam du reste de la noblesse qui, à l'exemple des filles de Louis XV, s'employait à dénigrer « l'Autrichienne ».

Elle vint s'asseoir à sa coiffeuse. Le vent d'automne s'engouffra dans la cheminée, et la jeune femme sonna Eusebia pour qu'elle alimente le feu. Pieds nus sur les tommettes glacées, elle frissonna avant de chausser ses mules et d'enfiler une robe de chambre[3].

– Marie Gouze…, murmura-t-elle en détaillant son image dans le miroir. Fille naturelle du marquis Jean-Jacques Le Franc de Pompignan, auteur salué de la pièce *Didon*, jouée à la Comédie-Française, et académicien[4]…

1. Voir l'annexe A.
2. Voir l'annexe B.
3. Au XVIIIe siècle, en Europe, la robe de chambre est un habit sobre qui s'oppose au vêtement de jour, plus élaboré.
4. Tout cela est rigoureusement exact (voir l'annexe C).

Ses lèvres s'étirèrent sur un sourire satisfait et le visage qu'elle vit alors lui apparut soudain différent.

– Marie ou plutôt... Olympe, comme le second prénom de ma chère maman! Olympe Gouze, non, Gouge... ou même de Gouges, c'est très élégant! Tu seras toi aussi femme de lettres, dit-elle à son reflet. Le sang d'un poète et dramaturge coule dans tes veines! Il n'y a plus de famille Gouze, plus de veuve Aubry, plus de Montauban. C'est à Paris que mon destin m'appelle!

Elle se leva et esquissa quelques pas de danse en riant de son audace.

Olympe de Gouges était née.

VIII

Paris, juin 1773[1]

Les cahots de la voiture faisaient dodeliner la tête du petit Pierre que sa mère avait calé à côté d'elle sur la banquette. L'enfant s'était endormi après que l'on avait changé les chevaux dans la dernière auberge relais avant Paris. L'interminable voyage depuis Montauban touchait à sa fin. Tout à son excitation, Olympe oubliait la fatigue en regardant avec fièvre, par la fenêtre, venelles et échoppes qui s'offraient à sa vue. Les voies étaient encombrées tandis que le jour déclinait. Mais l'effervescence de la ville gagnait cette provinciale émerveillée, et il lui semblait qu'elle s'animait peu à peu d'une énergie bienvenue. Ils avaient grande hâte d'atteindre leur logis et de décharger meubles et malles attachés solidement sur le toit. La berline dépassa le palais du Luxembourg, puis s'engagea dans la rue des Fossoyeurs[2]. Les chevaux ralentirent le pas et s'immobilisèrent.

Promptement, Jacques descendit de la voiture et tendit la main pour aider sa compagne à en faire de même. Elle considéra un instant la façade de l'immeuble, le trouva charmant, et son visage s'illumina comme elle gravissait les degrés du perron. Eusebia sur les talons, elle s'enfonça dans le corridor, tandis qu'une servante les introduisait en leurs nouveaux appartements. Jacques, qui s'était employé depuis plusieurs semaines à organiser leur installation, semblait satisfait.

1. La date de l'arrivée d'Olympe à Paris varie, selon les sources, entre 1770 et 1773.
2. Cela est exact. C'est aujourd'hui la rue Servandoni, aux numéros 18-22.

Il suivait Olympe, tenant Pierre encore endormi dans ses bras. Deux valets s'affairaient déjà à ranger les effets personnels de leurs maîtres.

Lorsque la jeune femme s'éveilla le lendemain, le soleil printanier entrait à flots par les grandes fenêtres. Eusebia nouait les embrasses des lourds rideaux décorés de passementeries qu'elle achevait de tirer.

– Nous voilà enfin à demeure, et cet hôtel est aussi spacieux que confortable !, commenta-t-elle. Vous serez bien contente quand vous l'aurez entièrement visité, Madame ! En attendant, je vous ai apporté une tasse de lait avec du pain beurré et on vous chauffe de l'eau en cuisine.

– Merci, Zia. Monsieur est-il encore à la maison ?

– Il est là, répondit Jacques en pénétrant dans la chambre. Laissez-nous, Eusebia, voulez-vous.

La gouvernante s'inclina et sortit. Le jeune homme vint s'asseoir sur le lit et saisit la main d'Olympe, sur laquelle il déposa un baiser léger.

– Vous êtes belle et fraîche comme une rose, au réveil, ma mie.

– Et vous, vous n'êtes qu'un vil flatteur, rétorqua sa compagne en lui tapotant gentiment le bras. Que souhaitez-vous obtenir de moi que vous n'ayez déjà ?, s'enquit-elle, mutine.

Le visage de Jacques s'assombrit.

– Vous le savez fort bien, Marie.

– Olympe, le reprit-elle.

– Olympe. Nous en avons parlé à maintes reprises. Mais maintenant que nous voilà ensemble à Paris, n'aspirez-vous point à un statut décent, à une protection réelle ? Nous sommes dans une grande ville, et il y a tellement…

– Vous n'allez pas encore tenter de me convaincre de vous épouser ?, le contra-t-elle avec humeur. N'abandonnerez-vous donc jamais ? Nous avons précisément quitté Montauban pour ne plus être la proie des commérages…

– Nous ne les éviterons jamais complètement, soyez-en assurée ! Il me semble que notre premier jour en ces lieux marque le départ d'une autre vie et que l'occasion est rêvée pour donner un caractère officiel et définitif à notre relation… Songez que vous êtes mienne, que nous nous aimons, que j'envisage d'être présent auprès de votre fils qui a assurément besoin d'un père et que cela n'affecterait en rien votre quotidien !

– Justement, à quoi bon ? Je l'affirme de nouveau, mon ami : je ne souhaite pas me remarier. Vous m'êtes extrêmement cher. Toutefois, pour moi, le mariage est le tombeau de l'amour et de la confiance[3]. Ne pouvons-nous simplement jouir de l'existence, de ce que nous partageons, sans entrave d'aucune sorte ? Vous dites : « Vous êtes mienne »… Non, Jacques : je me donne à vous, mais ne vous appartiens pas. Je suis libre à présent et j'entends le demeurer. Aimez-moi comme je suis, et œuvrez pour me reconquérir chaque jour ! Vous garderez plus sûrement mon amour qu'en m'enchaînant à vous avec un contrat !

– Vous avez du mariage une conception désespérante, ma chère, rétorqua le jeune homme, consterné. Pensez-vous que je vous négligerais comme je serais votre époux ?

Olympe fit la moue.

– Ce dégoût repose, hélas, sur l'expérience !

Elle marqua un temps, puis, devant l'air dépité de son amant, s'adoucit.

– Mon amour, vous ne serez jamais mon époux, souffla-t-elle en l'entourant de ses bras. Souffrez que je vous adore sans contrainte et quittez ce visage maussade. Profitons de cette belle journée, voulez-vous ?

Jacques soupira. Tandis qu'il allait se relever, Olympe, à genoux sur le lit, l'attira davantage à elle et posa ses lèvres sur les siennes. Ensemble, ils basculèrent parmi les oreillers. À l'heure où les échoppes ouvraient, animant la rue d'un bourdonnement sourd qui leur parvenait atténué et lointain, ils commencèrent de faire l'amour, scellant ainsi l'absence définitive de fiançailles.

---

3. Voir les annexes.

IX

Paris, 10 mai 1774

La nouvelle figea le peuple dans une sorte d'effroi.

Enflant comme une vague avant qu'elle ne déferle, la rumeur grondait. On savait le monarque alité depuis plusieurs jours. Toutefois, à soixante-quatre ans, le Bien-Aimé portait beau, semblait vigoureux et de nature à résister à un mauvais refroidissement[1]. Le peu d'informations qui filtrait de la Cour avait certes échauffé les esprits durant les deux semaines écoulées, mais personne ne croyait réellement au trépas prochain du roi.

Louis XV ayant déjà surmonté bien des vicissitudes – dont un attentat à l'arme blanche ! –, ses sujets ne s'inquiétaient guère de son sort. Pourtant, la bougie allumée la nuit à Versailles au balcon de la chambre royale s'était éteinte à quinze heures trente, et les crieurs du matin annoncèrent sur les places publiques que le descendant de Saint Louis venait de rendre son âme à Dieu. Le son du glas se fit entendre, lugubre, dans un ciel couvert. Les Parisiens, saisis tout d'abord par la brutalité de ce décès, ne manifestèrent finalement que de l'indifférence, voire de l'hostilité.

L'impopularité du monarque avait atteint son comble et Paris, agité de soubresauts et d'idées nouvelles, se plaisait à croire en un avenir plus radieux mené par un jeune couple incarnant une

1. Voir l'annexe A.

monarchie revivifiée. On savait le dauphin opposé à son père sur nombre de sujets.

Inexpérimenté mais intègre, il s'était heurté à Louis XV, lequel avait eu l'outrecuidance d'imposer à la Cour, à la mort de la Pompadour, déjà de très petite noblesse, une du Barry, née Jeanne Bécu, prostituée notoire, pour satisfaire ses plaisirs. Loin d'applaudir à l'élévation de l'une des siennes, le peuple avait d'ailleurs grondé face à ce cruel manquement à la bienséance et la pauvre comtesse s'était vue l'objet de moult pamphlets, plus diffamatoires et injurieux les uns que les autres.

Nul n'ignorait que Marie-Antoinette, archiduchesse d'Autriche habituée aux honneurs et au respect dus à son rang, avait fort mal vécu, à son arrivée à Versailles, l'obligation de faire bonne figure devant cette femme qu'elle jugeait dépravée et indigne de séjourner parmi les courtisans. Devenue dauphine de France à son mariage, elle était heurtée par cet adultère ostentatoire qui offensait Dieu et avait publiquement manifesté son mépris et son courroux, ce qui lui avait valu un regain de sympathie dans le royaume.

Olympe bondit sur ses pieds et se précipita à la fenêtre lorsque les roues du fiacre crissèrent sur les graviers. Elle aperçut Jacques montant les marches du perron et courut à sa rencontre.

– Quelles sont les nouvelles, monsieur le premier commis de la Marine[2] ?, s'enquit-elle en lui sautant au cou, non sans impatience.

– Beaucoup se réjouissent de l'avènement du jeune roi. Mais il semblerait que ce ne soit pas le cas de l'intéressé !

– Que voulez-vous dire, mon ami ?

– On raconte qu'à l'annonce du trépas de Louis XV le dauphin et son épouse se sont mis à genoux pour implorer le ciel et que des courtisans ont entendu le souverain s'exclamer : « Dieu, aidez-nous, nous régnons trop tôt ! » Il est vrai que le jeune Louis est un homme affable et cependant tellement novice ! Quant à notre petite reine, pour charmante qu'elle soit, elle n'apparaît guère avisée des contraintes de sa récente charge… Enfin, nous verrons. Pour l'instant, si j'en crois certaines de mes connaissances, ce changement

2. Voir l'annexe B.

est plutôt accueilli favorablement à Paris comme à la Cour. Gageons que ce règne se déroulera sous les meilleurs auspices ! Le royaume a besoin de réformes et d'espoir.

– On loue déjà la sagesse et la bonne volonté de notre sire, intervint Olympe. Le chevalier de Cubières l'évoquait hier chez la marquise de Montesson, affirmant que, nanti de conseils avisés, il ferait merveille. On ne pensait pas que cela arriverait si tôt, bien sûr, mais au fond, c'est peut-être une chance !

– Versailles isole le monarque de ses sujets. Il est indispensable que le couple royal prenne la mesure de la tâche qui lui incombe, en ayant à cœur d'établir davantage de proximité avec le peuple...

– Les esprits changent. Je suis abasourdie par tout ce que j'entends de nos amis à chacune de nos rencontres. Cela me donne, à moi aussi, des idées !

Jacques s'approcha d'elle et la saisit à la taille, la regardant avec voracité.

– Si ce sont les mêmes que les miennes, mon aimée, cette robe, bien que ravissante, est de trop !

Olympe eut un joli rire de gorge.

– Je parle de littérature, point de frivolités ! J'ai commencé à écrire... Mais je ne suis pas assez rompue pour le moment aux subtilités de notre langue et je crois qu'il me serait plus aisé de dicter mes pensées que de les rédiger !

Biétrix redevint sérieux.

– Si vous avez besoin d'une secrétaire, vous n'avez qu'à demander et vous serez satisfaite.

– En effet. J'aimerais travailler comme cela, si vous me l'accordez. Jacques... Pourquoi ai-je tant de chance ? Qu'ai-je donc fait pour mériter votre amour ?

Elle l'embrassa avec fougue. Ébloui, le jeune homme la serra dans ses bras.

– Vous êtes unique, Olympe, simplement unique, souffla-t-il.

X

Paris, 26 février 1775

Le Théâtre-Français affichait salle comble. Les toilettes chatoyantes des femmes, qui s'éventaient dans les cinq rangées de loges et d'alcôves s'élevant au-dessus de l'orchestre, brillaient comme autant de gemmes sur la couronne d'un roi. La chaleur était suffocante en dépit de l'hiver glacé qui léchait les portes à l'extérieur et vitrifiait les pavés d'une fine couche de givre. Il avait plu en fin d'après-midi, mais la tombée de la nuit avait fait chuter les températures. Rien pourtant n'aurait pu dissuader la foule de venir écouter ce *Barbier de Séville* expurgé que l'on représentait ce soir. Pierre-Augustin Caron de Beaumarchais avait en effet proposé aux comédiens italiens une première version en cinq actes sous forme d'un opéra-comique qui avait déçu par ses longueurs. Furieux, le dramaturge avait, en quarante-huit heures, retravaillé son texte pour en tirer une pièce en quatre actes, resserrée, pétillante et terriblement efficace. Les applaudissements nourris depuis la fermeture du rideau témoignaient de l'accueil triomphal que lui offrait à présent le public parisien. Audacieux, insolent, ce valet nommé Figaro avait séduit en critiquant avec une ironie cinglante l'illégitime supériorité des grands, défendant la condition des domestiques et réalisant avec une habileté sans fard une satire féroce de la noblesse.

– L'homme a le verbe haut, commenta Biétrix de Rozières en caressant amoureusement le bras nu d'Olympe.

La jeune femme était drapée dans une toilette parme irisée de bleu lavande qui lui seyait à ravir. Une parure d'améthystes ornait son décolleté dont la peau, laiteuse et veloutée, se faisait l'écrin. Elle semblait aux anges.

– J'ai vraiment goûté cette représentation ! Quelle franchise, quelle audace ! Votre sentiment, chevalier ?

Cubières, devenu depuis le début de la liaison de son camarade de jeunesse avec Mme de Gouges un ami du couple, hocha la tête.

– Enfin une pièce où l'on rit franchement ! *Le fils de Molière est trouvé**[1] !, approuva-t-il.

Mercier, qui s'enorgueillissait d'avoir signé pas moins de quarante ouvrages et se faisait désormais appeler « le plus grand livrier de France », fit la moue. Son visage avenant plaisait aux femmes ; il avait un mot aimable pour chacune. Depuis 1771, année de la publication de *l'An 2440, rêve s'il en fut jamais*, on s'arrachait sa présence dans les bureaux d'esprit[2]. Il comptait plusieurs cordes à son arc – romancier, dramaturge, essayiste, philosophe, critique littéraire, journaliste – et intervenait dans tous les domaines de l'effervescence culturelle parisienne. Il s'était distingué en créant une œuvre d'un genre nouveau, le roman d'anticipation, et avait alors surpris et conquis un public avide de découvertes en relatant avec enthousiasme la quintessence de la philosophie des Lumières à travers une utopie chatoyante. Dénonçant l'absolutisme, il s'était employé à imaginer un pays certes dirigé par un monarque, mais où le mérite personnel aurait supplanté les privilèges héréditaires. Cette parution avait eu un grand retentissement.

Olympe le connaissait depuis l'année précédente et, au fil du temps, une amitié sincère était née. Elle plaisait à cet homme fougueux, de huit ans son aîné, amoureux des belles-lettres et épris de liberté. Mercier la séduisait par sa faconde joviale, son penchant aventureux et son insatiable curiosité.

– Filiation ou copie ?, suggéra-t-il, boudeur.

---

1. C'est en effet ce qui fut dit, à l'époque, de Beaumarchais lors de la représentation, première d'une trilogie intitulée *le Roman de la famille Almaviva*. Elle sera suivie du *Mariage de Figaro*, puis de *l'Autre Tartuffe ou la Mère coupable*.

2. Même si on a pris l'habitude d'utiliser le mot *salon* pour évoquer les réunions littéraires et mondaines du XVIIIe siècle, on employait à l'époque les expressions *bureau d'esprit*, *société* et *cercle*.

– Ne soyez pas mauvais joueur ! Regardez-les, rétorqua le chevalier avec un geste ample de la main désignant le public. Ils applaudissent à tout rompre ! Pensez-vous qu'on puisse ainsi leurrer le peuple de Paris ? Il ne s'agit pas de plagiat ! Beaumarchais s'inspire de Scarron et de Molière, mais pour être lui-même ! Rappelez-vous ce nom, car nous n'avons pas fini d'en entendre parler !

– Je le crois, intervint Olympe. Ce triomphe sera suivi de beaucoup d'autres !

– Sauf s'il emprunte le chemin de ce pauvre Le Franc de Pompignan qui eut bien des malheurs après le succès de sa *Didon*[3]...

Le regard d'Olympe s'assombrit.

– Ne m'entreprenez point sur un sujet qui me fâche, monsieur ! Vous n'ignorez pas qu'il m'est difficile de savoir ce brillant homme retiré sur ses terres plutôt que siégeant à l'Académie, qui l'a pourtant élu et où il a sa place !

– J'entends que cela vous contrarie, douce amie, et je ne souhaitais pas vous chagriner. Cependant, la carrière de ce bel esprit prouve que l'on peut croiser les honneurs sans toutefois être en mesure de les apprivoiser ! Car enfin, il n'a guère produit de pièces à la hauteur de sa première tragédie et s'est déconsidéré auprès de ses pairs et du parti philosophique lors de son discours d'intronisation. Son exemple signifie qu'il faut raison garder. Je réserve mon avis. Nous suivrons Beaumarchais et apprécierons s'il parvient à renouveler son exploit de ce soir !

– Je parie sur lui, reprit Cubières. Cet homme me semble hardi. Sa plume est alerte et son bras, assuré. Je suis sûr qu'il nous surprendra encore !

– Il sait être l'écho de son époque, remarqua Olympe, songeuse. Cette pièce foisonne de ces idées novatrices qui me séduisent tellement ! Je vous soupçonne, Mercier, d'être jaloux et courroucé qu'il campe sur vos brisées !

3. Il enthousiasma la critique et les spectateurs de la Comédie-Française avec sa pièce *les Adieux de Mars* (1735), mais les quelques livrets d'opéra qu'il commit ensuite ne rencontrèrent pas l'adhésion du public.

Elle appuya sa main fine et gantée sur sa poitrine et déclama :

– « Oh ! mes chers concitoyens ! Vous que j'ai vus gémir si fréquemment sur cette foule d'abus dont on est las de se plaindre, quand verrons-nous nos grands projets, quand verrons-nous nos songes se réaliser ? » Ces belles phrases tirées de votre *An 2440* ne vous rappellent-elles point ces rêves de Figaro ?

– Je me flatte, rétorqua Mercier en lui baisant les doigts, que vous soyez en mesure de me citer de mémoire, ma chère. Me voilà convaincu par tant de grâce et d'esprit d'à-propos. Vous devez sans doute avoir raison. Ce Beaumarchais est peut-être lui aussi un adepte de l'utopie…

– N'en croyez rien. Les mœurs évoluent. Le roi et la reine seront sûrement plus réceptifs que l'ancien monarque à cette volonté de changement qui s'exprime chaque jour avec davantage de force. Nous allons vivre des événements passionnants, j'en suis certaine !

Jacques observa sa compagne, le regard empli de désir. Elle était si belle lorsqu'elle s'enflammait ainsi ! Il aurait voulu l'étreindre et l'aimer jusqu'à en perdre le souffle.

XI

Paris, 3 mai 1775

Au mois de juin de l'année précédente, Olympe avait emménagé dans la rue des Marais [1], à la suite de l'obtention d'une rente viagère plus que confortable que lui avait avantageusement placée son amant chez le notaire Nicolas Armet. Possédant la coquette somme de trente mille livres, elle s'était senti pousser des ailes, avait décidé de prendre son envol et ne vivait plus avec Jacques, qui lui rendait néanmoins visite régulièrement. Par ailleurs, elle se félicitait de côtoyer dans ce quartier des personnes d'excellente condition.

Elle brodait un napperon en s'appliquant sur le comptage de ses fils, assise devant la fenêtre de sa chambre, ouverte sur un doux soleil printanier. La lumière qui baignait la pièce incendiait les parquets cirés et révélait aussi la poussière dans l'air, qui tournoyait en volutes lorsque la brise agitait les branches des platanes de la rue. Soudain, des bruits de sabots, puis des cris et un grand remue-ménage en provenance de l'office brisèrent sa concentration. Elle posait à peine son ouvrage dans son panier que l'on tambourinait à sa porte.

– Madame, venez vite ! Joseph est blessé !

La jeune femme se précipita dans l'escalier et gagna les cuisines où le malheureux se tenait le visage en gémissant, les mains rougies

1. Voir l'annexe A.

par le sang qui dégouttait, inondant sa chemise et se répandant déjà en flaque sur le sol.

– Marie, de l'eau chaude! Eusebia, des linges propres! Apportez-moi aussi l'eau-de-vie[2] de Monsieur! Hâtez-vous! Charlotte, trouvez-moi du fil et une aiguille. Je vais peut-être devoir recoudre.

Elle entoura les épaules du blessé et demanda :

– Que s'est-il passé?

Ce fut Noémie qui prit la parole.

– Il m'a emmenée comme chaque fois acheter les provisions, et nous sommes tombés en pleine bagarre! Les gens ont attaqué la boulangerie, ça hurlait et ça cognait partout, Madame! Le... le pauvre Joseph était parvenu à faire demi-tour, mais certains ont pensé qu'on avait réussi à avoir du pain, alors ils nous ont arrêtés et l'ont tiré par les pieds... Ils... l'ont descendu de la carriole avant de le rouer de coups! Je... je n'ai eu que le temps de soulever la bâche pour montrer qu'on n'avait rien, sinon j'aurais connu le même sort, sanglota-t-elle.

Olympe prit la main de sa servante et tenta de la réconforter.

– Là... C'est fini, tout va bien. Asseyez-vous et buvez ceci, cela vous aidera à vous sentir mieux.

Puis, se tournant vers Joseph, elle commença son inspection.

– Vous êtes profondément ouvert. Il va en effet falloir faire quelques points. Buvez, vous aussi, et tâchez de demeurer immobile, je vais nettoyer la plaie...

À ce moment, on entendit la porte claquer et Jacques de Biétrix apparut peu après au seuil de la cuisine. Il avait l'air tendu et sa redingote était poussiéreuse.

– Je suis venu à cheval pour gagner du temps. Mais je vois que j'arrive trop tard! Je voulais vous conseiller de ne pas sortir aujourd'hui! Les émeutes qui sévissent actuellement dans Paris ont eu lieu hier à Versailles!

Olympe suspendit un instant son geste, avant de tremper de nouveau son linge dans l'eau rougie de sa bassine.

– De quoi s'agit-il exactement?

2. Ainsi appelait-on le cognac, qui existe depuis le XIIIe siècle (voir l'annexe B).

– J'ai ouï parler de la « guerre des Farines » ! Ces troubles ont commencé dans nos provinces[3]. Ils sont fomentés par les spéculateurs qui retiennent le grain pour en accroître les cours, ce qui provoque la cherté ! Ils entendent protester contre les réformes de Turgot, mais ce faisant, ils affament le peuple, qui attaque les boulangeries pour avoir du pain !

– C'est terrible… Il va y avoir des morts !

Jacques s'assit aux côtés de Joseph qui gémissait à présent chaque fois que l'on plantait l'aiguille dans son cuir chevelu. Il se servit à son tour un petit verre qu'il but d'un trait.

– Oui, confirma-t-il sombrement. Je le crains comme vous, car on ne peut laisser s'installer ainsi le désordre[4]. Il va falloir réprimer ces émeutes, même si le peuple est dans son droit… On nous rapporte que le mois dernier, en province, les événements ont été très loin ! On ne peut tolérer cela à Paris ou à Versailles !

La jeune femme tamponna avec de la charpie imbibée d'alcool la plaie enfin recousue, ce qui fit grimacer Joseph.

– Voilà, mon ami. C'est terminé. Reposez-vous, maintenant.

Le cocher se leva et remercia d'un signe de tête avant de quitter la pièce d'une démarche chancelante, soutenu par Eusebia.

Olympe s'installa sur le banc de bois des domestiques, à côté de son amant attablé devant la carafe d'eau-de-vie.

– J'espère que tout va rentrer dans l'ordre. À un mois du sacre, il n'est guère séant que le peuple soit mécontent !

Jacques fixait le verre qu'il s'était resservi.

– Vous avez raison. Ce ne serait pas de bon augure…

---

3. À Dijon.
4. Voir l'annexe C.

XII

Reims, 9-11 juin 1775

Le cortège royal, qui avait quitté Versailles quatre jours auparavant, s'étirait sur des lieues. Pas moins de vingt mille chevaux encadraient le carrosse d'apparat recouvert de feuilles d'or et surmonté de plumes d'autruche transportant les souverains pour leur entrée solennelle dans la ville. Au plus près du monarque se tenaient les troupes de sa maison, puis ses gardes du corps, la prestigieuse formation des mousquetaires, les chevau-légers, enfin les gardes françaises et les Suisses, qui trottaient en rangs au milieu des haies composées de chaque côté de la chaussée par les arquebusiers, les gardes à pied, les hallebardiers du duc de Bourbon et les six compagnies de la milice bourgeoise. Derrière eux, la foule acclamait le couple en criant et en agitant les bras, hurlant des « Hourra ! » et des « Vive le roi ! », jetant en l'air chapeaux et pétales de roses en signe de bienvenue. Beaucoup de Parisiens avaient effectué le déplacement, dont on parlerait longtemps dans les familles. Parmi eux, Olympe de Gouges et Jacques Biétrix de Rozières, en sa qualité de premier commis de la Marine, étaient arrivés le 10, logeant dans une auberge simple mais propre, laquelle était pavoisée d'oriflammes, de somptueuses tapisseries, de bannières colorées et de drapeaux, qui le disputaient aux fleurs, aux arcs de triomphe et aux statues. Camelots, acrobates, théâtres ambulants, jongleurs et cracheurs de feu animaient les rues où les nombreuses échoppes décorées proposaient toutes sortes de mets : pommes caramélisées, pâtés de viandes, tourtes de brochets et d'anguilles, jambons braisés, saucisses, andouillettes[1], pieds de porc grillés, gâteaux de pommes, montagnes de biscuits roses[2], bouteilles de vin de Champagne ou de cidre et noix cuites dans du miel. Partout de petites tables avaient été dressées, sur les places ou aux carrefours, afin que le peuple puisse se retrouver et s'asseoir pour célébrer ce qui marquait le commencement d'une ère nouvelle. L'humeur chagrine des émeutes passées était dissipée : on voulait croire en l'avènement d'un roi juste et bon et d'une reine aussi charmante que bienveillante. Les sujets de Sa Majesté oubliaient le règne précédent et ses égarements pour fêter un monarque respectueux de son épouse.

La veille du couronnement, Louis assista aux vêpres et l'on découvrit un homme recueilli et investi de son devoir.

Puis le jour tant attendu advint enfin.

La cathédrale de Reims, pleine jusqu'au parvis de gens venus pour la plupart avant l'aube, résonnait du chant des chœurs. Entre laudes et prime[3], on avait éveillé Sa Majesté par un rituel chargé de symboles[4], tandis que dans la nef pairs du royaume, hauts dignitaires, officiers, chevaliers du Saint-Esprit, chanoines et courtisans attendaient qu'elle fasse son apparition. Tous les grands noms de France accompagnaient Louis le seizième, qui allait recevoir la couronne de Charlemagne et son épée Joyeuse selon une tradition ancestrale remontant à Pépin le Bref.

Olympe et Jacques ne se tenaient certes pas dans les premiers rangs, mais ils étaient parvenus à entrer dans la cathédrale. La jeune femme, éblouie par tant de magnificence, s'extasiait de tout, remerciant la Providence, qui l'avait conduite d'un mariage désespérant au fin fond de sa province jusqu'aux plus brillantes sociétés du royaume. Ivre de joie en songeant à l'incroyable privilège dont

1. Le substantif *andouillette* entre dans le langage au Moyen Âge, comme diminutif de « petite andouille ». On en trouve trace dès le XVe siècle.

2. Voir l'annexe A.

3. Les laudes, qui signifient « louanges » en latin, sont la prière du lever du soleil dans la liturgie des heures (office chrétien) ; on y rend grâce à Dieu pour le jour nouveau par des psaumes. Prime correspond à huit heures. La cérémonie commença à sept heures.

4. Voir l'annexe B.

elle jouissait à se trouver présente en ce jour extraordinaire, elle en frissonnait de plaisir.

Les chants célestes des chœurs se turent soudain, avant que ne retentissent trompettes et tambours lorsque apparut enfin le monarque, précédé de deux hautes croix et escorté du clergé en soutane, des cent-suisses de la garde, des hallebardiers de prévôté de l'hôtel, des pages de la chambre, de six hérauts d'armes, de quatre chevaliers du Saint-Esprit et des grands officiers de la Couronne – le grand maître de France, le grand chambellan, le premier gentilhomme de la chambre et le grand maître de la garde-robe. Il fut accueilli au pied du maître-autel par le cardinal Charles-Antoine de La Roche-Aymon, archevêque de Reims et grand aumônier de France, lequel avait baptisé et marié Louis quand il était dauphin. Assisté de cinq évêques[5], ce dernier ouvrit cette cérémonie qui avait nécessité tant de mois de préparation.

Sa Majesté fut aspergée d'eau bénite et les voix cristallines des enfants interprétant le *Veni creator Spiritus* s'envolèrent sous les voûtes de la cathédrale pour monter vers les cieux. Le grand prieur de Saint-Remi, qui avait solennellement apporté la sainte ampoule depuis le monastère qui la gardait, s'avança sur une haquenée blanche, sous un dais porté par quatre moines, entouré cette fois des barons de la sainte ampoule en pourpoint et haut-de-chausses de satin blanc. On entendit alors le roi répondre aux requêtes. Il jura serment au royaume de conserver la paix, d'empêcher l'iniquité, de rendre la justice et la miséricorde, de bannir les hérétiques, de maintenir les ordres de Saint-Michel, du Saint-Esprit et de Saint-Louis, créés par ses prédécesseurs et d'appliquer les édits contre le duel. On sortit la glorieuse épée de Charlemagne de son fourreau. Louis, à genoux, s'en saisit lorsqu'on la lui présenta, l'offrit à l'autel et la reprit pour la donner au sénéchal qui la pointa vers le ciel jusqu'à la fin de la célébration. Le monarque et le cardinal de La Roche-Aymon s'étendirent alors côte à côte, face contre terre, tandis que l'on récitait la litanie des saints. Puis ils se redressèrent pour procéder à l'onction divine, qui conférait au souverain l'autorité d'un lieutenant du Christ, représentant de Dieu ici-bas. À l'aide d'une aiguille d'or,

5. Ceux de Laon, de Langres, de Beauvais, de Noyon et de Châlons.

le prélat consécrateur et coadjuteur, Mgr de Talleyrand-Périgord, préleva une goutte de l'huile sainte couleur sang avant de la diluer dans le saint chrême, afin d'en oindre le corps terrestre du roi en neuf points : sur le haut de la tête, sur la poitrine, entre les deux épaules puis sur chacune d'elles, à la jointure de chaque bras, enfin sur les paumes de ses mains.

– *Ungo te in regem de oleo sanctificato, in nomine Patris, et Filii et Spiritus Sancti, amen**[6], récita le cardinal.

Abîmé dans la prière, le descendant du Roi-Soleil reçut ce sacrement d'un air pénétré, visiblement conscient de l'écrasante charge pesant sur lui.

Un silence recueilli régnait au sein de l'édifice, chacun retenant son souffle devant cette page de l'histoire de France qui s'écrivait, une fois de plus, dans cette illustre cathédrale. Louis XVI, dans toute sa gloire, fut revêtu de l'énorme manteau d'un bleu céleste fleurdelisé, doublé d'hermine, fourrure que seules Leurs Majestés avaient le droit d'arborer.

Alors, il se releva pour accepter les *regalia*, insignes qui le sacraient roi. On lui enfila les gants, représentant la pureté, l'anneau, alliance mystique avec son royaume, on lui tendit encore l'épée et le sceptre de Charlemagne, qui témoignaient de la puissance royale, enfin la main de justice attestant de son pouvoir.

Quand on posa sur sa tête la couronne carolingienne, l'époux de Marie-Antoinette parut vaciller. Ce joyau était réputé peser un poids conséquent et Louis XVI tenta de redresser vaillamment la nuque en écoutant les paroles rituelles :

– *Que Dieu vous couronne de la couronne de gloire et de justice. Qu'il vous arme de force et de courage, afin qu'étant béni par nos mains, plein de foi et de bonnes mœurs, vous arriviez à la couronne du règne éternel**.

Olympe serrait la main de Jacques. Elle ressentait une indicible émotion. Voir ce jeune souverain se tenir très droit pour gagner le jubé, en dépit de son long et volumineux manteau ainsi que des quatre kilos d'or massif et de pierreries reposant sur son front, força son admiration. Il faut dire que le dauphin, chétif au moment de son

6. « Par cette huile sanctifiée, je vous sacre roi, au nom du Père, du Fils et du Saint-Esprit, amen. »

mariage, s'était mué ces quelques dernières années en un homme de stature imposante – légèrement empâté selon les esprits chagrins. D'un pas assuré, il gravit les quarante degrés qui menaient au trône, sans ciller. Le cardinal s'exclama par trois fois :

– *Vivat rex in æternum* *[7] !

Louis XVI étreignit alors chaque pair du royaume, tandis que résonnaient les grandes orgues et que la foule, à qui l'on venait enfin d'ouvrir les portes, tentait de s'engouffrer dans la nef. Les cloches sonnèrent à la volée et l'on entendit tonner les canons depuis les remparts. Les oiseliers libérèrent une multitude de colombes et de pigeons qui tournoyèrent dans le ciel clair avant de partir pour des destinations lointaines. Les sujets de Sa Majesté assistèrent joyeusement au *Te Deum*. Marie-Antoinette, couverte de gemmes, siégeait dans la loge qui lui était réservée, absolument charmante dans une toilette confectionnée par Rose Bertin, la modiste dont elle s'était entichée. On racontait que cette marchande, qui tenait boutique rue Saint-Honoré à l'enseigne du *Grand Mogol*, travaillait avec Mme Éloffe, couturière et lingère à Versailles, à satisfaire la souveraine avide d'originalité. N'avait-elle pas créé un « bonnet à la révolte » inspiré par la guerre des Farines ? Léonard Antié, que Sa Majesté appelait par son prénom, imaginait quant à lui des coiffures monumentales plus extravagantes les unes que les autres[8].

La reine était frivole, cependant le peuple l'aimait. On avait aménagé pour elle des pièces de repos et de commodités derrière sa tribune, car la cérémonie durait plus de six heures. Au moment de l'intronisation, Marie-Antoinette, en pleurs, avait d'ailleurs quitté sa loge. Elle était réapparue sous les applaudissements de la foule, que ses sanglots avaient émue.

Épuisée mais heureuse, elle regagna le soir ses appartements privés de l'archevêché et ôta le couvercle de son encrier.

Assise devant son écritoire, elle rédigea une missive pour sa mère, l'impératrice d'Autriche :

7. « Que le roi vive éternellement ! »
8. Voir l'annexe C.

Le sacre a été parfait [...] *; les cérémonies de l'Église furent interrompues au moment du couronnement par les acclamations les plus touchantes. Je n'ai pu y tenir, mes larmes ont coulé malgré moi, et on m'en a su gré.* [...] *C'est une chose étonnante et bien heureuse en même temps d'être si bien reçu deux mois après la révolte, et malgré la cherté du pain, qui malheureusement continue...* [...] *Il est bien sûr qu'en voyant des gens qui, dans leur malheur, nous traitent aussi bien, nous sommes encore plus obligés de travailler à leur bonheur. Le roi m'a paru pénétré de cette vérité; pour moi, je sais bien que je n'oublierai de ma vie (dût-elle durer cent ans) la journée du sacre.*

Olympe rentra à son auberge au bras de Jacques à la nuit tombée, après avoir bu du vin chaud à la cannelle accompagné d'une tourte à la viande. Elle s'installa, elle aussi, au bureau de bois grossier adossé à la fenêtre, sur lequel brûlait une chandelle. Tandis que son amant commençait à somnoler sous la couverture, elle relata à son tour le récit de cette journée pour n'en point oublier chaque détail.

Elle avait trouvé Marie-Antoinette adorable et Louis XVI fort aimable, mais s'interrogeait sur la compréhension de la jeune souveraine quant à sa fonction. De là où elle était dans la cathédrale, Olympe avait pu l'observer et ne l'avait à aucun moment sentie envahie par la sacralité de ce à quoi elle assistait.

– Peu me chaut, dans le fond..., songea-t-elle. Toutes les femmes ne s'intéressent peut-être pas, comme moi, à la politique.

L'effervescence de la vie parisienne et l'éclosion de ces idées novatrices allant vers davantage de justice et de liberté promettaient d'éclairer le futur d'une lumière plus vive. Le peuple acclamait ses monarques. Un avenir radieux se profilait pour le royaume. Elle souffla sur la flamme et vint se lover dans la chaleur du corps de Jacques avant de sombrer dans un sommeil bienheureux.

XIII

Paris, octobre 1775

– Hâtez-vous, ma sœur, ou cette affreuse pluie gâtera votre toilette !

Au bras de Jeanne, Olympe pénétra dans le vestibule de l'hôtel particulier de la marquise de Montesson, rue de la Chaussé-d'Antin[1]. Le bâtiment, dont Brongniart avait terminé les travaux voilà trois ans, communiquait avec un édifice également construit par l'illustre architecte, appartenant au duc d'Orléans. Le 23 avril 1773, le curé de Saint-Eustache avait béni, dans la chapelle privée nouvellement achevée, l'union secrète de la belle Charlotte-Jeanne Béraud de La Haye de Riou avec le frère du roi. Le souverain n'avait consenti à ces noces que s'il s'agissait d'un mariage morganatique ; la jeune mariée ne porterait donc jamais le titre de duchesse. L'excellence de caractère de Charlotte-Jeanne, son amabilité et l'amour qu'elle vouait à son « gros père » (ainsi le nommait-elle affectueusement) ensoleillaient le salon qu'elle tenait depuis en ces lieux, effaçant l'image catastrophique de Louise-Henriette de Bourbon-Conti, première épouse du duc et dévergondée notoire dont l'inconduite avait suscité un scandale permanent, au point que les dames bien nées hésitaient à se rendre aux soirées ducales, craignant que leur réputation n'eût à en pâtir.

1. Voir l'annexe A.

Femme de lettres cultivée, charmante, intelligente et de mœurs irréprochables, Charlotte-Jeanne, qui peignait remarquablement[2], s'intéressait aux sciences et se passionnait pour le théâtre. Elle en avait d'ailleurs fait construire un en son hôtel particulier, et chacun de ses invités pouvait y donner des représentations. Amoureuse des arts, elle offrait gracieusement sa protection bienveillante à un certain nombre d'auteurs, notamment à ceux que les théâtres royaux avaient rejetés.

Olympe et Charlotte-Jeanne s'appréciaient. Elles avaient une dizaine d'années d'écart, mais la jeunesse de Mme de Gouges adjointe à son enthousiasme la rendaient irrésistible et son hôtesse avait le cœur généreux. Jeanne, installée à Paris depuis presque vingt ans[3], avait présenté sa sœur dès son arrivée et, tout naturellement, cette dernière s'était intégrée au sein de cette société raffinée.

– Ma chère, s'exclama la marquise après avoir serré Olympe contre elle, laissez-moi vous mener vers M. de Cubières, qui nous fera l'honneur d'une lecture de sa pièce dans un moment !

– Madame..., salua le chevalier en s'inclinant sur la main gantée qu'on lui tendait.

– Je serai très heureuse de découvrir votre chef-d'œuvre, assurément, monsieur. Et comment s'intitule ce que vous nous réservez ?

– Il n'est question ce soir que de la *Lettre d'un solitaire de Chalcide à une dame romaine*, qui date déjà de deux ans. Notre charmante hôtesse a insisté et je ne sais rien lui refuser. Elle a la faiblesse de la goûter plus que de raison, car je lui en avais adressé un exemplaire signé de ma main au moment de ses noces.

– Il me tarde, moi aussi, de vous entendre, même si je confesse que ce ne sera pas une découverte, puisque alors je connais ce dont il s'agit.

– Allez donc nous chercher quelques rafraîchissements pendant que je conduis ces dames vers le théâtre, cher ami, voulez-vous ?, intervint Charlotte-Jeanne.

– Avec grand plaisir. À tout à l'heure.

2. Voir l'annexe B.

3. En 1756, exactement.

Les trois femmes s'éloignèrent en devisant et rejoignirent Louis-Sébastien Mercier qui patientait, debout, un verre à la main.

– Ma douce amie, se réjouit-il en la voyant apparaître au détour d'un candélabre illuminé. Que vous voilà rayonnante et en beauté!

La jeune femme le tapota gentiment d'un petit coup d'éventail sur le bras.

– Oubliez mes appas et intéressez mon esprit en me parlant de ce que vous publiez!

– Rien que de très ancien, puisqu'il s'agit simplement de ma *Brouette*[4] qui a déjà roulé l'an passé au théâtre de Maëstricht!, s'amusa-t-il. Mais je termine un drame en quatre actes et un mémoire contre la troupe des Comédiens-Français, dont on devrait jaser!

– Je m'en félicite pour nous tous! La vie serait d'un tel ennui sans la littérature!

– Il ne saurait être question de s'en priver, belle dame! Tenez, voici de quoi étancher votre soif, intervint le chevalier de Cubières en les rejoignant.

Olympe le gratifia d'un sourire et saisit l'orangeade fraîche qu'il lui tendait. Elle avala une gorgée avec délectation et en ferma les yeux de plaisir.

– Divin, avoua-t-elle.

– Monseigneur reçoit les fruits directement de l'orangerie de Versailles. On remarque une cueillaison précoce, cette année, expliqua Cubières.

– À propos d'appétits littéraires..., avança Mercier.

– Oui, n'allons pas faire attendre les invités, coupa Mme de Montesson. La lecture doit commencer!

Tous s'installèrent sur la première rangée de fauteuils que l'on avait disposés devant la scène du petit théâtre privé. L'endroit était charmant. Olympe inspecta du regard chaque recoin, apprécia les dorures et détailla la finesse des angelots peints au plafond. Cet univers la ravissait et, tandis que d'une belle voix grave le chevalier de Cubières attaquait son récit, l'esprit de la jeune femme se plut à vagabonder... Et si un jour, en ce lieu, on représentait une pièce

4. *La Brouette du vinaigrier* est un drame en trois actes et en prose qui fut en effet représenté à Maëstricht avant d'être édité en France l'année suivante.

sortie de son imagination ? Et si Olympe de Gouges révélait au monde le sang glorieux de sa naissance en manifestant le même talent que son père naturel ?

Elle s'étonna de son audace et en soupira d'aise.

N'était-elle pas montée à Paris pour réaliser ses rêves ?

XIV

Paris, avril 1776

Olympe venait à peine de faire son entrée, rue de Bellechasse, dans l'hôtel particulier de Julie de Lespinasse, épistolière réputée depuis plus de dix ans pour son cercle prestigieux, lorsque Mercier la saisit par le bras.

– Je suis heureux de vous voir, ma chère, car notre amie semble vraiment désespérée. Même d'Alembert[1] ne parvient plus à lui donner le goût de vivre !

– Est-ce à ce point ?, s'étonna la jeune femme, qui se dévêtait en tendant chapeau et gants au majordome.

– Pire encore ! J'ai l'impression qu'elle ne surmonte ni la disparition du marquis de Mora ni le mariage du colonel de Guibert[2]. Ses idées noires m'inquiètent, cette fois, grandement…

– Vous m'alarmez ! Allons vite auprès d'elle !

Olympe traversa une enfilade de petits cabinets, Mercier sur les talons. Ils croisèrent Bonnot de Condillac[3], l'air navré, et le saluèrent brièvement avant d'arriver dans un salon plus retiré où la pauvre Julie, maigre, pâle et à demi allongée, ne tentait même

---

1. Julie a inspiré une grande passion à cet hôte illustre, fidèle du salon qu'elle ouvrit en 1764 et qu'elle honora de son amitié. On a dit d'ailleurs qu'elle fut l'égérie de ce « laboratoire de l'*Encyclopédie* ».

2. Voir l'annexe A.

3. Abbé de Mureau, philosophe, écrivain, académicien et économiste, et ami de Mme de Lespinasse.

pas de faire bonne figure. Des cernes bruns marquaient son visage et témoignaient de ses nuits sans sommeil. De la femme radieuse et ardente que tous avaient connue ne demeurait que cette poupée triste et décharnée, usée par le chagrin. Olympe la serra contre elle. Condorcet, assis en face, aux côtés de Marmontel[4], adressa un signe de tête aux nouveaux venus, suivi d'un geste d'impuissance.

– *Il n'y a qu'une chose qui résiste aux illusions*, affirmait-elle alors à son auditoire, *c'est la passion, et c'est celle de l'amour, car toutes les autres resteraient sans réplique. Il n'y a que l'amour passion et la bienfaisance qui me paraissent valoir la peine de vivre**[5]...

– Allons, allons, chère amie... Les droits que nous défendons constituent à eux seuls une bataille tout aussi glorieuse qui...

– Ne croyez pas que ces luttes d'idées puissent soutenir un cœur brisé, coupa leur hôtesse. *Je souffre, je hais la vie, j'invoque la mort et je fais serment de ne lui pas donner de dégoût, de la recevoir au contraire comme ma libératrice* !*

L'assemblée se décomposa.

– Julie, ne parlez point ainsi !, l'exhorta Olympe. Vous avez été l'âme de l'*Encyclopédie*, mais ne renoncez pas en si bon chemin ! Il nous faut poursuivre, traquer et dénoncer l'ignorance, aller vers plus de justice et d'égalité entre les hommes. Vous rassemblez les beaux penseurs et appartenez aux élus, à ceux qui peuvent changer le monde !

– Un monde que je m'apprête à quitter, ma douce..., murmura l'infortunée.

– Notre amie a grandement raison, reprit Condorcet. Il est des combats qui sont loin d'être gagnés et qui nécessitent l'ensemble de nos forces vives !

Inspecteur général des monnaies, le célèbre mathématicien[6], appelé l'année précédente au ministère de Turgot, s'était tourné depuis peu vers la philosophie et la politique.

---

4. Encyclopédiste, historien, conteur, romancier, grammairien, poète, dramaturge et philosophe, il fut un proche de Voltaire et un ennemi de Rousseau. Il connut une grande notoriété à la cour de France et dans toute l'Europe.
5. Voir l'annexe B.
6. Condorcet publia en effet, en 1765, un *Essai sur le calcul intégral* qui fut salué. Soutenu par d'Alembert, il fut élu à l'Académie royale des sciences dès 1769.

– J'ai besoin de tous les soutiens, car j'entends défendre les droits de l'homme et surtout ceux des opprimés, des personnes non représentées, de celles qui n'ont jamais voix au chapitre !, affirma-t-il.

– À qui pensez-vous en particulier ?, demanda Olympe, soudain captivée.

– Aux femmes, aux Juifs, aux Noirs, énuméra celui qui venait d'obtenir le poste de secrétaire de l'Académie des sciences. Il est temps que l'on parle pour eux et qu'on leur donne enfin dans notre société la place qu'ils méritent !

Chacun approuva d'un hochement de tête. On savait Condorcet extrêmement talentueux, bien en cour, ayant l'oreille du roi et l'estime de ses pairs. S'il faisait sien ce combat, il avait de grandes chances de modifier les consciences et d'éclairer les esprits.

Mme de Gouges lui vouait une réelle admiration, bouleversée par son allant et par ces propos qui atteignaient son âme. Son histoire personnelle trouvait ici un écho singulier. Elle avait appartenu, elle aussi, à cette cohorte de gens épris de liberté et qui ne pouvaient même pas prétendre espérer en leur avenir.

Éblouie, elle releva la tête et planta son regard dans celui de son interlocuteur.

– Je vous en prie, monsieur de Condorcet, instruisez-moi de vos projets, intima-t-elle.

XV

Paris, 18 novembre 1777

La ravissante Marguerite Brunet, connue sous le nom de Mlle Montansier, offrait toujours, en dépit des années, un visage d'une extraordinaire fraîcheur. Des traits doux et réguliers, encadrés de jolies boucles blondes, conféraient à cette femme redoutable et extrêmement dure en affaires l'apparence d'un ange. Après s'être distinguée dans le commerce des mulâtresses à l'île de Saint-Domingue, elle avait été contrainte de regagner Paris à la suite de son expulsion. Installée rue Saint-Honoré, cette beauté audacieuse avait alors ouvert un cercle de jeu dans lequel la jeunesse fortunée de la ville s'étourdissait à y perdre argent et réputation. C'était là, en revanche, qu'était née la sienne : toute la haute société savait à présent qui elle était.

Mais Marguerite était artiste dans l'âme.

Elle se lassa vite de ce salon de divertissement, fût-il élégant. Sa liaison avec le marquis de Saint-Contest lui permit, grâce aux relations de ce dernier, de prendre la direction du petit théâtre de la rue de Satory, à Versailles. Il n'en fallut pas davantage pour que son destin basculât.

Un soir que l'on jouait *les Moissonneurs*, une comédie en trois actes de Meslée d'Ariettes dédiée au duc de Choiseul, on s'honora de la présence de la souveraine en ces lieux. Celle-ci huma depuis sa loge, pendant la représentation, le fumet d'une soupe aux choux préparée pour les comédiens et demanda à se joindre à la troupe, afin de partager sur scène ce rustique repas[1]. Au cours de cet épisode pour le moins inattendu et mémorable, Marguerite noua avec la jeune reine une amitié qui devait trouver son accomplissement dès 1774, puisque la demoiselle Montansier fut nommée directrice des divertissements à la suite de la Cour. L'année suivante, l'ambitieuse se fit octroyer par le monarque le privilège unique d'organiser bals et spectacles à Versailles, puis quatre ans plus tard, les représentations de Fontainebleau, Saint-Cloud, Marly, Compiègne, Rouen, Caen, Orléans, Nantes et Le Havre.

Forte de cette faveur éblouissante, Marguerite usa de son influence pour acquérir, non loin du château, le terrain dit « des Chiens-Verts » appartenant alors au comte de Provence, frère du souverain. Elle obtint dans la foulée un acte lui accordant l'exclusivité de l'exploitation de la salle de spectacle qu'elle s'apprêtait à y construire, confiant ce projet à l'architecte Jean-François Heurtier, membre de l'Académie royale d'architecture et inspecteur général des bâtiments du roi, lequel joignit son talent à celui de Boullet, inspecteur des théâtres de Sa Majesté et machiniste de l'Opéra. En moins de dix mois, l'édifice, sis au 13 de la rue des Réservoirs, fut érigé, et le rêve de la belle devint réalité.

En cette soirée humide et glacée de novembre, le triomphe de Mlle Montansier était indéniable, puisqu'on inaugurait le lieu qui portait désormais son nom en présence de Leurs Majestés Louis XVI et Marie-Antoinette, lesquelles disposaient d'un accès privé directement par les jardins du château, non loin du bassin de Neptune. La propriétaire avait souhaité une salle à l'italienne, c'est-à-dire en fer à cheval, afin que chacun puisse jouir du jeu des acteurs de la même manière. Les loges, décorées de bleu clair et d'or, reflétaient une lumière céleste. Le plafond, peint par Bocquet, représentait un tableau circulaire d'Apollon sur son char, éclairant la Tragédie, la Comédie et les Arts lyriques. Des compositions en guirlandes de fruits et de fleurs achevaient d'orner cette voûte du plus bel effet.

Olympe ne quittait pas la reine des yeux. À deux reprises déjà, il lui avait été donné de l'approcher, et la magie opérait chaque fois.

1. Voir les annexes.

La souveraine gagnait en beauté et en assurance. Nimbée de l'aura royale, elle était époustouflante dans ses toilettes dessinées par Rose Bertin. Sa coiffure en pouf, incroyablement haute et sophistiquée, attirait immanquablement le regard et les bijoux dont elle était parée comme une châsse rehaussaient l'éclat incomparable de son teint. La jeune dauphine un peu chétive, arrivée en France pour ses quatorze printemps, s'était muée en une femme aux formes plus épanouies, à la taille gracieuse, qu'aucune maternité n'était encore venue épaissir. Le théâtre recevait ce soir la fine fleur de l'aristocratie, qui suivait Leurs Majestés dans leurs divertissements. Il serait plus tard indispensable d'être en mesure de narrer chaque détail, en laissant sous-entendre que l'on était bien placé, c'est-à-dire non loin de la loge royale, située en avant-centre, côté jardin. L'épouse de Louis XVI semblait détendue, heureuse d'avoir été célébrée par des applaudissements nourris lorsqu'elle était apparue à ses côtés. Des pamphlets circulaient en effet depuis un bon moment dans Paris, insultant le monarque et son incapacité à honorer sa femme ou caricaturant cette dernière en créature lubrique assouvissant ses désirs contrariés dans des situations inavouables. Plus grave encore, on accusait à demi-mot Marie-Antoinette de dénigrer son mari en présence de ses amis et de se répandre inconsidérément en confidences inappropriées. Sans doute l'étourdie avait-elle cru plaisant de rapporter le peu d'ardeur de Louis aux têtes folles de son entourage, lesquelles s'étaient empressées de le colporter. L'après-midi même, Olympe s'était vu remettre l'une de ces odieuses épigrammes tandis qu'elle se rendait chez la mercière. Elle avait pu y lire, consternée :

La reine dit imprudemment
À Besenval son confident :
« Mon mari est un pauvre sire ! »
L'autre répond d'un ton léger :
« Chacun le pense sans le dire,
Vous le dites sans y penser. »

Elle songeait à présent à l'effet de ce genre de libelles sur l'opinion et devinait que l'image du couple royal s'en trouverait durablement salie. Il était plus aisé de défaire une réputation que de s'attacher l'estime de la population. Mais les souverains, enfermés à Versailles, étaient-ils seulement alertés de leur infortune et de ce qui se chantait dans les rues de Paris ? Olympe s'interrogeait, lorsqu'elle sentit son cœur battre plus fort comme le rideau, réalisé en trompe l'œil par le peintre Canot, se souleva. L'art dramatique exerçait sur elle une véritable fascination. Elle enviait ceux qui s'y exprimaient et étudiait la manière dont les acteurs bougeaient en restituant le texte, prenant mentalement des notes quant à l'écriture et la structure des tirades, en s'attardant aux détails de la mise en scène. Chaque aspect de l'art dramatique l'intéressait, son esprit pétillait. Elle s'enthousiasmait pour le triomphe de l'amour dans les pièces de Marivaux, comme pour la défense de l'égalité chez Beaumarchais. Quand Jacques lui proposait d'assister à une représentation théâtrale, c'était un voyage qu'il lui offrait. Ces moments d'évasion la ravissaient. Et plus particulièrement cette soirée, où le spectacle était autant parmi les invités que chez les acteurs. Son regard allait de la reine, s'éventant avec grâce dans la chaleur étouffante des nombreuses chandelles qui brûlaient, au décor dans lequel évoluaient des jeunes gens prometteurs qui œuvraient à déployer, en l'honneur de leur souveraine, toutes les facettes de leur talent.

Olympe de Gouges prit alors une décision qui, elle l'appela de ses vœux, allait changer le cours de son existence. Elle dirigerait sa troupe et composerait elle-même des pièces de théâtre.

Dans le bouillonnement culturel de cette société qui tentait de se réinventer, elle subodorait que l'art serait primordial et que la parole pourrait s'y libérer.

Écrire serait le but de sa vie.

Elle allait devenir le metteur en scène de sa propre histoire.

XVI

Paris, 10 février 1778

Arrivé à l'angle de la rue de Beaune et du quai des Théatins[1], le cocher tira sur les rênes pour arrêter la berline devant les degrés de l'hôtel du marquis de Villette. Ce dernier apparut malgré le froid, accompagné de sa charmante épouse, Reine-Philiberte de Varicourt, afin d'accueillir son hôte illustre. Dès que l'on eut déplié le marchepied, un homme grand et sec de nature, encore amaigri par la maladie, sortit péniblement de la voiture. Son visage était marqué, toutefois son œil malicieux frappait par son intelligence et sa vivacité. Il considéra les alentours d'un air satisfait avant de saluer chaleureusement ses amis. Après un exil de vingt-huit années, Voltaire était de retour à Paris.

Les nouvelles autorités avaient discrètement fait comprendre à ses soutiens qu'on fermerait les yeux s'il décidait de se rendre aux répétitions parisiennes d'*Irène*, sa dernière tragédie, que l'on donnait à la Comédie-Française. En réalité, la police secrète connaissait l'état de santé du maître de Ferney[2] et le mal qui le rongeait. L'auteur de *Candide*, qui clamait naguère haut et clair « j'écris pour agir », ne représentait plus de menace depuis que des symptômes inquiétants[3], apparus cinq ans auparavant, s'étaient considérablement aggravés, le

1. Actuel quai Voltaire.
2. Voir l'annexe A.
3. Voir l'annexe B.

tenant parfois même couché plusieurs jours. Toutefois, le roi ne l'avait pas officiellement autorisé à reparaître. C'est pourquoi l'écrivain-philosophe fut surpris de constater que, dès le lendemain de son arrivée, l'ensemble des penseurs, des littérateurs, des scientifiques et des intellectuels de renom se précipitait à l'hôtel de Villette pour avoir le privilège de le rencontrer. Amis du marquis, Olympe et Jacques se joignirent à d'Alembert, à Marmontel, à Mmes du Deffand et de Ligniville-Helvétius, toutes deux réputées pour leurs cercles, à Mme d'Épinay, femme de lettres érudite, mais aussi à Choiseul ou à Richelieu qui, sans être philosophes ni libéraux, appréciaient l'homme au point de passer le saluer.

Au vrai, ce fut quand sa voiture s'engagea sur le trajet qui devait le mener dans un premier temps à l'Académie, puis au Français[4], que Voltaire mesura le fait qu'il était devenu pour ainsi dire un monument du patrimoine de son pays. Les Parisiens, massés sur le parcours, lui firent un véritable triomphe et l'acclamèrent en héros pour avoir été le « défenseur des Calas », une famille de protestants accusés à tort en 1761 du meurtre de leur fils. Cette liesse sincère toucha le philosophe au cœur. Il avait le regard toujours étincelant et même embué lorsqu'il descendit de son carrosse pour pénétrer dans le bâtiment abritant la vénérable institution, au milieu d'une haie d'honneur. On l'avisa que la jeune reine s'était félicitée de sa venue et il hocha la tête, s'étonnant qu'elle fût à ce point étourdie de se réjouir publiquement d'un acte qui n'avait pas reçu l'approbation de son époux. Il savait la Cour hostile, tout comme les anti-encyclopédistes et les milieux conservateurs. Cependant, il entendait ne pas créer de troubles, afin de pouvoir disposer de lui-même sans être une nouvelle fois contraint au départ. Les académiciens l'accueillirent dans la première salle et on lui demanda de s'asseoir à la place du directeur. Il perçut, dans ce geste, l'hommage de ses pairs au talent de sa plume et à la force de ses idées et présida la séance avec un intérêt non feint. La reconnaissance du peuple, des intellectuels et, plus largement, de son pays le bouleversait davantage qu'il ne voulait l'admettre. Assurément, on saluait en lui

4. Dans son *Vocabulaire de l'histoire* (Vuibert, 2008), Yves Tissier préconise d'écrire « les Français » ; toutefois, l'Académie privilégie « le Français » comme ellipse du Théâtre-Français. Nous nous rangeons à ce dernier avis, lequel fait autorité.

l'esprit des Lumières, le chef de file d'un mouvement qui marquerait le siècle. En ce jour où les Parisiens lui jetaient des fleurs, escaladant sa voiture pour le voir ou le toucher, Voltaire comprit qu'il passerait à la postérité et qu'il demeurerait le puissant symbole de ce magnifique courant de pensée qu'il avait initié. Sur le point d'entreprendre son ultime voyage, car il sentait ses forces l'abandonner, il goûtait le sentiment de plénitude que lui offraient ces heures de gloire et s'autorisait à jouir pleinement d'une notoriété chèrement acquise, au prix d'un travail acharné, sur fond d'exil et de combat. Alors qu'il quittait l'Académie pour gagner la Comédie-Française, les hommages redoublèrent, car on voulait à présent assister à sa pièce. Le dramaturge savait que l'on n'acclamerait pas nécessairement son texte ; toutefois, il n'en avait cure, car on le célébrait, lui.

Et en effet, la représentation fut entrecoupée de vivats et de cris. Les acteurs peinaient à déclamer leurs répliques, mais Voltaire était heureux. On lui apporta ensuite une couronne de laurier dans la loge, où il s'était retiré pour prendre quelque repos. Son buste fut placé sur un piédestal au milieu de la scène. Le monde du théâtre s'inclinait devant l'un des génies de son siècle. Lorsque enfin il fut temps pour lui de regagner son carrosse, la nuit était tombée et, avec elle, la température. Cependant, la foule ne se lassait pas d'honorer son héros. Les traits tirés par une intense fatigue, l'écrivain-philosophe se plia néanmoins avec plaisir à son caprice. On avait réclamé des flambeaux pour être en mesure de l'apercevoir en dépit de l'obscurité. Il fut retenu longtemps par cette vague d'admiration qu'on lui portait.

Cette journée fut son triomphe. Il en savoura chaque seconde.

Paris l'avait remercié avec ferveur de ce qu'il avait passé une vie à donner à la France.

Son intelligence, son sens critique et son incroyable amour de la liberté.

XVII

Paris, mars à juillet 1778

– Ah ! Peste soit de ces médecines ! Assez de fumigations et de cataplasmes, ma mie ! Je me sens comme un jambon au saloir !

Mme Denis, nièce et compagne de Voltaire, ne se laissait guère intimider par ses sautes d'humeur. Imperturbable, elle poursuivit son geste avec application, enduisant son abdomen de moutarde tiède mélangée à du miel.

– Cet onguent devrait vous désengorger quelque peu la vessie, d'après M. Tronchin[1]…

– Balivernes que tout cela ! *Je vois la mort au bout de mon nez**[2] *!*

– Cessez de vous agiter ou la fièvre va remonter, s'alarma la jeune femme.

– Je pensais regagner Ferney pour Pâques, mais je me plais à Paris. Toutefois, nous ne saurions demeurer plus avant chez le marquis de Villette, c'est pourquoi je voudrais que tu cherches une maison confortable où nous pourrions profiter de la vie qui nous reste !

Le visage de Mme Denis s'illumina.

---

1. Théodore Tronchin, médecin genevois, très célèbre en son temps, fut le promoteur de l'inoculation et collabora à l'*Encyclopédie*. Il soigna Voltaire à Paris dans ses derniers mois.
2. Cette phrase a été notée dès 1773 par Voltaire, dans une lettre à d'Alembert.

– Vous souhaitez vous installer en cette ville ? Quelle magnifique idée ! Je m'enquiers de cela dès demain, comptez sur moi.

Une servante entra dans la chambre, annonçant une visite pour Monsieur. On lui répondit d'inviter à patienter. Quand on eut retiré le cataplasme et rhabillé convenablement le malade, l'abbé Gaultier, prêtre de la paroisse de Saint-Sulpice, fut introduit à son chevet.

– Je vous ai mandé, mon ami, car je redoute que mes écrits ne facilitent guère l'organisation de mes funérailles…

L'homme de foi parut embarrassé. Il se contenta de hocher la tête, incapable d'avancer le moindre argument digne de dissiper les craintes du philosophe, lequel s'était maintes fois déclaré étranger à tout dogmatisme religieux. S'il répugnait à adhérer à l'athéisme, à l'instar de Diderot, ce qu'il nommait « Dieu » était une cause ultime, absolue, qui ordonnait les desseins cosmiques, une sorte de nécessité préalable à toutes choses, mais en aucun cas une entité susceptible de diriger sa vie par le truchement d'une Église. Toutefois, au seuil de sa mort, Voltaire se trouvait confronté à un problème de taille : il devait se prémunir contre un refus de sépulture.

– Aussi ai-je décidé de vous confier ma confession de foi en échange de votre absolution.

Le prêtre se racla la gorge.

– Comment l'entendez-vous ?

– Voici le texte, répondit Voltaire qui l'écoutait à peine. Vous le rendrez public sous peu[3]… Je pense que cela suffira à calmer les esprits chagrins.

– Fort bien. Souhaitez-vous vous confesser ?

L'écrivain fit la moue.

– Ma foi ne va point jusque-là. *Je meurs en adorant Dieu, en aimant mes amis, en ne haïssant pas mes ennemis, et en détestant la superstition*[*4]. Je ne puis me dédire au-delà de ces limites.

Cependant, quelques jours plus tard, désavouant le pauvre abbé Gaultier, le curé de Saint-Sulpice et l'archevêque de Paris avertirent

3. Ce qui adviendra le 11 mars.
4. Cette phrase est extraite d'une lettre que le grand homme envoya le 28 février à son secrétaire Wagnière.

le célèbre philosophe qu'il lui appartenait de signer une rétractation franche s'il prétendait obtenir une inhumation en terre chrétienne.

Pris au piège, le mourant ruminait sa déconvenue.

– François, calmez-vous, de grâce, implorait sa nièce. Vous allez aggraver votre mal…

– Comment veux-tu que je garde mon sang-froid quand ces chacals me demandent de renier l'œuvre de toute une vie ?

Mme Denis se saisit d'un linge propre qu'elle trempa dans une bassine d'eau de menthe fraîche, avant de lui tamponner le front.

– Nous allons remédier à cela, ne vous inquiétez pas.

– En ce cas, fais-le rapidement, car je m'apprête à quitter ce monde, ma douce… Ne pleure pas…, reprit-il en lui caressant la joue, sur laquelle coulaient des larmes.

Un arrangement fut en effet conclu, les autorités se montrant désireuses d'éviter un scandale dans Paris, eu égard à la faveur dont jouissait l'homme de lettres parmi le peuple. On convint que l'on transporterait le mort en position assise, comme s'il n'était que malade, pour le ramener à Ferney le moment venu.

Un matin, après avoir déliré de fièvre durant toute la nuit, Voltaire parut mieux, même si ses jambes demeuraient incroyablement gonflées et s'il avait toujours du mal à uriner.

La température était enfin tombée et il fit l'effort de manger un peu de pain beurré.

– Nous avons été heureux et j'ai rempli ma mission de philosophe et d'écrivain, murmura-t-il à sa compagne. Mon regret est que ce diable de Rousseau me survive. J'ai gagné la bataille des idées, mais il remporte celle de la vie, ajouta-t-il, les yeux dans le vague.

Le 26 mai, cette fois, les souffrances du moribond atteignirent leur paroxysme. Sa nièce se cachait pour pleurer, tant les cris qu'il poussait lui déchiraient l'âme.

Le maître de Ferney expira quatre jours plus tard et fut autopsié, selon ses volontés, puis embaumé[5]. En dépit de ce qui avait été envisagé, on ne le ramena pas dans son domaine. Son neveu Mignot

5. Voir l'annexe A.

choisit d'enterrer son oncle dans la petite abbaye de Sellières, dont il était abbé commendataire[6].

Ainsi, au soir du 31 mai, François-Marie Arouet, dit Voltaire, fut attaché en position assise dans une voiture tirée à quatre chevaux et éclairée de lanternes, pour un convoi funèbre d'un genre particulier. Son cœur et son cerveau ayant été ôtés lors de l'embaumement, ce fut sans esprit et sans âme que la dépouille du plus grand philosophe des Lumières quitta la capitale, qui l'avait tant fêté. Il fut inhumé religieusement dès son arrivée, le lendemain midi, grâce au billet de confession signé complaisamment par l'abbé Gaultier. L'évêque de Troyes, averti par l'archevêque de Paris, n'eut pas le temps d'ordonner au prieur de Sellières de surseoir à l'enterrement.

L'indomptable penseur avait joué son dernier tour.

Lorsqu'il apprit la mort de celui qu'il avait courtisé en vain, de cet adversaire qui l'avait ensuite combattu sans relâche en l'écrasant parfois de son mépris, Rousseau ne s'en réjouit point. Retiré du monde par écœurement, il vivait dans un pavillon du domaine du château d'Ermenonville, chez son ami le marquis de Girardin. Passant une bonne partie du jour à herboriser et l'autre à achever ses *Rêveries du promeneur solitaire*, l'écrivain pansait ses plaies, après avoir été désavoué par l'ensemble de la société littéraire.

– Ainsi votre ennemi juré n'est plus…, avança son hôte qui cheminait à ses côtés dans une allée ombragée de platanes.

– Notre querelle aura été bien douloureuse pour moi… Il était *rassasié de gloire et désabusé des vaines grandeurs, il aura vécu libre au sein de l'abondance en ne trouvant pourtant que mal sur terre ; et moi, homme obscur, pauvre tourmenté d'un mal sans remède, je médite avec plaisir dans ma retraite et trouve que tout est bien. D'où viennent ces contradictions**[7] ? N'est-ce pas singulier ?

– Voltaire était un pessimiste, mais d'humeur gaie, vous êtes foncièrement optimiste mais d'humeur maussade, s'amusa le marquis. Il aimait l'argent, le luxe, le monde, les cercles de réflexion,

6. Personne jouissant d'un bénéfice ecclésiastique sans la charge religieuse ni l'activité monastique.
7. Cette phrase est issue de la réponse que Rousseau fit à Voltaire en 1756, alors que ce dernier lui avait adressé son *Poème sur le désastre de Lisbonne*.

le théâtre et fréquentait les princes et les rois. Il a toujours été persuadé que la liberté d'esprit passait par l'aisance matérielle…

– Et vous allez me dire que je suis son exact contraire ?, soupira Rousseau en se baissant pour couper la tige d'une plante avant de la déposer délicatement dans son panier.

Girardin s'attendrit.

– Force est de constater, cher ami, que vous goûtez les plaisirs simples, le travail humble, la solitude et la nature. Vous avez refusé d'être pensionné par le roi, voilà bien longtemps, et même si le prince de Conti et le maréchal de Luxembourg vous protègent, reconnaissez que vous demeurez pauvre en étant persuadé d'être du bon côté de la morale !

– Je ne le nie point. Vous oubliez autre chose : *Voltaire ne parlait qu'à l'esprit, moi, je me suis adressé à l'âme. Je crois au rêve, à la poésie, à l'émotion. Cet homme avait une pierre en place du cœur. Je l'ai haï en homme digne de l'aimer s'il l'avait seulement voulu ! Mais il m'a fait tous les maux qui pouvaient m'être les plus sensibles. Je n'ai pour lui que l'admiration que l'on ne pouvait refuser à son génie**[8]. Pour le reste, c'était une fort méchante personne.

– … Qui a trépassé depuis plusieurs mois déjà. Aussi grand qu'il ait pu être, le voilà réduit à néant.

– Ne vous y fiez pas. Il passera les siècles, j'en suis certain…, rétorqua Rousseau en contemplant pensivement le massif d'althéas bordant les degrés du pavillon, dont les fenêtres s'ouvraient sur le soleil éclatant de ce premier jour de juillet.

Le lendemain, ce promeneur solitaire ferma à son tour brutalement les yeux pour toujours[9]. Atterrés, ses hôtes eurent la présence d'esprit de convoquer le sculpteur Houdon, afin de mouler son masque mortuaire, et le marquis René-Louis de Girardin fit inhumer son ami dans l'île des Peupliers, située sur sa propriété.

Olympe, nouvellement logée non loin de l'hôtel des Biétrix en un bel appartement du Palais-Royal, où elle venait de donner naissance

---

8. Voir l'annexe B.

9. On pense à un accident vasculaire cérébral, même si des rumeurs de suicide ont circulé à l'époque.

à une petite Julie, la fille de Jacques[10], apprit par la *Gazette* la disparition du second tandis qu'elle pleurait encore l'amitié du premier. Comme beaucoup, elle comprit que l'on assistait à la fin d'une époque. En peu de temps, le siècle des Lumières voyait s'éteindre deux de ses plus grands esprits. Ils s'étaient opposés jusqu'à la mort. On les avait sans cesse associés de leur vivant, tant leur combat avait nourri la chronique mondaine et littéraire.

Et de fait, à quelques mois d'intervalle, la même année, ils entrèrent ensemble dans la légende.

10. Voir l'annexe C.

XVIII

Versailles, 19 décembre 1778

L'effervescence régnait davantage que de coutume à Versailles. Chaque courtisan se donnait des airs importants, prétendant être dans le secret des dieux. En réalité, rien ne filtrait de la chambre de la reine, dont on savait seulement que le travail avait commencé dans la nuit. Annoncée le 19 avril au matin à la Cour par le grand chambellan, puis reprise par la *Gazette* à Paris et par les prêtres dans les paroisses de province, la nouvelle s'était propagée au printemps à travers tout le royaume : enfin la souveraine était en espérance ! Après plus de huit années de mariage infécond, la grossesse de Marie-Antoinette était un événement qui transportait de joie les sujets de Leurs Majestés et dépitait Artois et Provence, frères du roi, qui souhaitaient encore silencieusement, à cette heure de la journée où tout demeurait possible, que la parturiente donne naissance à une fille. Les mois d'attente s'étaient déroulés sans incident notable, sinon l'impatience de la future mère et son incommodité durant les très fortes chaleurs de l'été, puisque les températures avaient dépassé au 5 juillet les trente-six degrés[1] !

L'année précédente, et en accord avec sa mère Marie-Thérèse, impératrice d'Autriche, Joseph II, frère de la reine de France, était

1. On enregistra 36,2 °C exactement. De 1775 à 1785, les étés furent caniculaires.

arrivé incognito à Versailles depuis Vienne, voyageant sous le nom de « comte de Falkenstein ». Ce secret de polichinelle avait fait jaser. On avait supputé que le beau-frère du roi était venu remettre un peu d'ordre dans ce ménage désassorti formé par le couple royal. Louis XVI était un couche-tôt quand son épouse jouait des sommes considérables au pharaon jusque très tard dans la nuit ; il était sérieux, travailleur, honnête mais sans fantaisie quand elle aimait les artistes, les musiciens, la mode et les divertissements. S'ils partageaient le goût du théâtre, ils n'étaient guère en harmonie quant aux pièces représentées. Enfin, les joutes dans l'alcôve se résumaient à leur plus simple expression, le jeune marié – et la faute en incombait grandement à Louis XV – n'ayant jamais été déniaisé avant ses noces. Joseph s'était fait conter, par le menu, le déroulement des activités intimes du couple et, stupéfait, avait compris d'où venait que sa sœur était bréhaigne. Pendant sept ans, par timidité pour l'un et immaturité pour l'autre, les époux n'avaient pas consommé totalement leur hyménée. L'acte était pour chacun terriblement douloureux. Avec patience mais aussi sévérité, l'empereur d'Autriche les avait tancés et, deux mois et demi après son intervention, la chose était entendue.

À quelques heures de cette naissance, Louis XVI exultait. Il s'agissait pour lui d'un nouveau départ, qui suivait son mariage et son avènement. Il était époux, roi et sacré. Ne lui manquait qu'une postérité pour assurer l'avenir de sa dynastie. Il avait choisi d'ignorer les libelles et les pamphlets circulant allègrement depuis des années, qui confortaient auprès de son peuple, à Paris comme dans les provinces, l'image d'un homme impuissant, inapte à honorer sa femme, faible dans son tempérament et soumis aux caprices d'une jeune écervelée, coquette, dépensière, frivole et sans discernement. Désormais, Louis et Marie-Antoinette fondaient une famille en devenant parents. Ils offraient à leurs sujets ce qu'ils attendaient de leurs souverains et personne ne songeait à s'interroger sur la pérennité éventuelle, dans la mémoire collective, de l'absence supposée de virilité – donc d'autorité – du roi.

Les courtisans s'entassaient à présent dans la chambre royale, où la délivrance était imminente. La presse était telle que la reine, manquant d'air, défaillit. Son époux ordonna aussitôt d'ouvrir les croisées, ce qui était contraire aux usages, mais les couleurs revinrent sur les joues de la parturiente. Tordue de douleur, Marie-Antoinette poussait pour expulser de ses entrailles l'avenir du royaume. Soudain un cri se fit entendre, suivi d'un vagissement, et l'on présenta au monarque sa première-née. Ému aux larmes, Louis XVI la considéra un instant, émerveillé. On lava ensuite l'enfançon avant de l'emmailloter dans ses langes et de lui passer la robe de son baptême, célébré le soir même par le cardinal-évêque de Strasbourg, Louis de Rohan, grand aumônier de France, dans la chapelle de Versailles. Louis-Stanislas Xavier, comte de Provence, toujours prétendant au trône dans l'ordre de succession, puisque l'enfant était femelle, tint sa nièce sur les fonts baptismaux en lieu et place de son parrain réel, le roi Charles III d'Espagne. Il fut secondé en sa tâche par son épouse, la comtesse de Provence, qui représentait la marraine, l'impératrice douairière Marie-Thérèse d'Autriche, grand-mère de la petite fille que l'on nommait déjà « Madame Royale ».

Marie-Thérèse Charlotte fut baignée avec de l'eau bénite et fronça les sourcils devant ce rituel peu agréable qui dérangeait son sommeil. Toutefois, elle ne pleura pas, et chacun s'accorda à lui trouver un caractère fort aimable et bien accommodant.

Versailles était en liesse, comme aux quatre coins de France où les chevaucheurs étaient partis sans attendre, porteurs de cette merveilleuse annonce relayée par les cloches des églises, dans lesquelles on chantait des *Te Deum*. On buvait à la santé de ce bébé inespéré, on dansait dans les rues. À Paris, la fête battait aussi son plein, mais hélas, les ordres n'étant pas arrivés comme il se devait à la Bastille, Bernard-René Jourdan de Launay, qui en était le gouverneur, ne prit pas la responsabilité de faire tonner le canon, ainsi qu'il seyait aux naissances royales.

Ce manque d'initiative fâcheux et cette faute lourde entachèrent ses états de service et lui furent, plus tard, gravement reprochés, car la forteresse était le symbole de la puissance des lys. Elle se devait d'être associée à la pérennité du trône.

Apprenant ce manquement, les Parisiens les plus superstitieux se signèrent, craignant pour la vie de cette enfant que l'on n'avait pas accueillie correctement en leur ville.

XIX

Paris, avril 1780

– Ma sœur, je suis tellement heureux de vous voir ! J'allais monter à cheval quand on m'a remis votre carte[1]. Comment vous portez-vous ? Et quelles sont les nouvelles de ma nièce et de mon neveu ?

Olympe embrassa le comte Louis-Georges Le Franc de Pompignan, fils légitime de son père adultérin, dont elle avait fait la connaissance un an auparavant. Un ami commun, frappé de leur ressemblance physique, avait cru bon de les présenter et les deux jeunes gens avaient tout de suite sympathisé. En une année, ils avaient tissé des liens d'amitié, se confiant leurs tourments et leurs secrètes aspirations.

– Au mieux, mon frère, au mieux !, répondit-elle, enjouée. Julie se montre de plus en plus intéressée par ce qui l'entoure. C'est une enfant docile et d'un commerce agréable. Quant à Pierre, il progresse en de nombreux domaines. Son précepteur lui enseigne les mathématiques, la géographie, l'histoire et l'initie même au dessin. Il a aussi depuis peu un maître d'armes et s'y applique beaucoup[2].

– Monte-t-il convenablement à cheval ?

---

1. Ainsi annonçait-on sa visite en début d'après-midi. Un domestique déposait votre carte, comportant vos coordonnées, à l'hôtel de qui vous souhaitiez être reçu.
2. Voir l'annexe A.

– Si fait. Jacques lui a offert un beau hongre bai, assez placide. Il l'adore et le fait galoper chaque jour !

– Voilà qui me comble. Entrez, dit-il en lui désignant une porte double grande ouverte sur un coquet petit salon dont les tentures bouton-d'or s'harmonisaient avec le bleu pâle des rideaux. Je demande des rafraîchissements.

Le comte tira sur le cordon d'appel des domestiques, tandis que sa demi-sœur s'installait dans un fauteuil. Après avoir ôté ses gants et son chapeau, elle lissait sa robe d'un geste machinal.

– Avez-vous des nouvelles de notre père ?, hasarda-t-elle.

– J'en ai reçu la semaine passée !

– Vous avez de la chance, mon frère... Il n'a point daigné répondre à la missive que je lui ai envoyée, dans laquelle je lui parlais de moi, de mes enfants... Je me contenterai d'apprendre de vous qu'il se porte bien et m'en réjouis.

– C'est une grande injustice, ma sœur, et croyez que je ne cautionne nullement ce dédain dont il vous accable. Je goûterais qu'il vous accepte davantage et vous protège comme tout père le doit. Ne doutez jamais de mon attachement à votre égard. Je ne serai point un ingrat quand, hélas, notre géniteur rendra son âme à Dieu et me souviendrai en ce douloureux moment que vous êtes aussi de son sang !, répliqua le jeune homme.

Olympe regarda son demi-frère avec tendresse et ses yeux s'embuèrent de larmes.

– Je vous remercie, Louis, souffla-t-elle. Il est bon d'être soutenu par sa famille et je vous suis infiniment reconnaissante pour ces mots qui me vont droit au cœur !

– Chère Olympe... Comment ne pas vous aimer ! Vous avez hérité de la sensibilité des Le Franc de Pompignan, en ayant la douceur qui leur fait défaut. Je suis certain que vous franchirez le pas et écrirez un jour ! En attendant, permettez-moi de vous donner ceci : c'est une œuvre de notre père. Je pense que nous pouvons légitimement être fiers de lui. Il me l'a adressée il y a peu et, si vous ne m'aviez visité, je comptais vous mander pour vous l'offrir, car je devine que vous goûterez le fait que cet exemplaire comporte son écriture, puisqu'il a eu la délicatesse d'y adjoindre quelques mots à mon intention.

– Serait-ce ce qu'il a publié l'an passé[3] ?

– Non point. C'est sa fameuse *Ode sur la mort de Jean-Baptiste Rousseau*, dont je ne me lasse pas, après toutes ces années[4], de découvrir les vers ! Tenez, écoutez :

Quand le premier chantre du monde
Expira sur les bords glacés
Où l'Èbre effrayé, dans son onde,
Reçut ses membres dispersés,
Le Thrace, errant sur les montagnes,
Remplit les bois et les campagnes
Du cri perçant de ses douleurs ;
Les champs de l'air en retentirent,
Et dans les antres qui gémirent
Le lion répandit des pleurs.

La France a perdu son Orphée !
Muses, dans ces moments de deuil,
Élevez le pompeux trophée
Que vous demande son cercueil :
Laissez par de nouveaux prodiges,
D'éclatants et dignes vestiges
D'un jour marqué par vos regrets.
Ainsi le tombeau de Virgile
Est couvert du laurier fertile
Qui par vos soins ne meurt jamais[5].

– C'est effectivement très beau !, s'exclama la jeune femme, émue. J'avoue ne pas connaître l'entièreté des écrits de notre géniteur, mais je m'enorgueillis d'être sa fille !

3. Il s'agit de *Mélange de traductions de différents ouvrages grecs, latins et anglois sur les matières de politique, de littérature et d'histoire*.
4. Cette ode fut publiée à la mort du poète, en 1741. Le jeune comte est âgé d'environ vingt-deux ans. Il est donc né approximativement en 1758, soit bien longtemps après !
5. Voir l'annexe B.

– C'est pour vous, ma sœur, rétorqua son frère en se levant pour lui tendre le vélin. Je sais que vous l'apprécierez à sa juste valeur.

Olympe passa son doigt sur l'écriture à la plume. Sa vue se brouilla lorsqu'elle lut « À mon cher fils ». Elle aurait tant voulu qu'il lui envoie, à elle aussi, une dédicace soulignant son attachement et leur parenté.

– Je le garderai précieusement, affirma-t-elle doucement. C'est un présent venant de vous comme de lui, et je vais chérir ces vers en lieu et place de ce père qui m'interdit de l'aimer.

– Que cela vous rappelle qui vous êtes et quel sang est le vôtre.

– Je m'appliquerai à en être digne, affirma-t-elle avec émotion.

XX

Ermenonville, juin 1780

– Majesté, je vous en conjure… Ce n'est décidément pas une bonne idée !

L'ambassadeur du Saint Empire, Florimond de Mercy-Argenteau, trottinait aux côtés de Marie-Antoinette qui marchait d'un pas pressé. La souveraine, toujours en quête d'aventure et de découvertes, avait souhaité visiter le domaine où Rousseau s'était éteint et où on l'avait inhumé. Dans l'île des Peupliers, laquelle tenait son nom des arbres fuselés qui se dressaient autour de sa sépulture, reposait l'auteur de *Julie ou la Nouvelle Héloïse*, l'un des plus grands succès de librairie de la fin du siècle. À la suite de Tristan et Iseult, Roméo et Juliette ou Héloïse et Abélard, Julie et Saint-Preux étaient entrés dans la galerie des amoureux célèbres, et la dauphine avait entendu maintes fois le récit de leur passion, qui la faisait rêver. Arrivée à Versailles déracinée de son pays et de sa famille, mariée à un homme qui ne la séduisait pas, Marie-Antoinette était en mal d'amour et cette histoire l'avait bouleversée. Cela d'autant que son entourage s'était employé à souligner le sens du devoir et la noblesse des amants dépassant finalement leur élan pour céder la place à une renonciation sublimée, ce que la jeune fille avait trouvé désespérant. La Cour n'était point un lieu clos. Les idées novatrices qui agitaient Paris y parvenaient, et la reine qu'elle était devenue s'enivrait de ces modes qu'il fallait suivre si l'on ne désirait pas passer pour un fâcheux du siècle précédent. Mercy-Argenteau œuvrait à la guider dans les méandres politiques emplis de chausse-trapes et de pièges redoutables, mais elle savait l'ambassadeur proche de sa mère, à qui il envoyait régulièrement des comptes rendus – peu élogieux – sur ses moindres faits et gestes, nourrissant sa défiance envers lui. Depuis dix ans qu'elle était en France, force était de reconnaître qu'elle n'avait guère brillé par sa maturité et sa sagesse. Plus elle embellissait, plus elle se révélait frivole, obsédée par son apparence et grisée par les hommages rendus à sa beauté. Insouciante et gaie, elle cherchait à s'étourdir dans les plaisirs, s'ennuyait avec son époux, se distrayait avec ses amis et dédaignait les vieux courtisans qu'elle aurait dû ménager. Lorsque cette écervelée s'était ouvertement réjouie de l'arrivée du « grand Voltaire » devant la Cour, négligeant le fait que ce dernier y était apparu sans autorisation officielle, Mercy avait blêmi. Il avait aussi en vain tenté de la dissuader de visiter Ermenonville afin de se recueillir sur la tombe de Rousseau, lui rappelant que le philosophe avait affirmé haut et clair que la démocratie était l'unique forme légitime d'État et qu'en tant que souveraine d'une monarchie absolue elle envoyait un dangereux message en une seule escapade, qui ne pouvait être gardée secrète compte tenu de l'apparat requis pour les déplacements de la reine de France. Quand Marie-Antoinette quittait Versailles, c'était en carrosse fleurdelisé entouré de gardes et de chevau-légers nécessaires à sa sécurité.

L'ex-archiduchesse d'Autriche n'en eut cure : dans son esprit, elle ne rendait point hommage au philosophe des Lumières qui combattait son trône, mais à l'écrivain qui lui avait permis de s'évader...

– Gabrielle ! Regardez comme ici tout est beau !, s'exclama Marie-Antoinette à l'égard de son amie, que les courtisans appelaient « la comtesse Jules[1] », du prénom de son époux, le comte de Polignac.

Mercy détestait cette femme qu'il jugeait intrigante et de mauvaise influence sur Sa Majesté, en plus des dépenses déraisonnables qu'elle avait engagées pour ce couple dont elle s'était entichée.

1. Elle sera bientôt duchesse, puisque Louis XVI conférera ce titre à son mari le 20 septembre 1780. Mais on continuera de la nommer comme avant.

– En effet, c'est somptueux, estima la compagne de la reine d'un air satisfait en refermant son ombrelle, tandis qu'elle s'arrêtait à l'ombre d'un grand platane pour protéger son teint laiteux du doux soleil printanier.

Au vrai, la tombe d'abord érigée à la hâte par le marquis de Girardin, pris de court par la mort subite du philosophe qui résidait chez lui, venait d'être entièrement refaite. Le monument funéraire, conçu par le dessinateur, peintre et graveur Hubert Robert et exécuté par le sculpteur Jacques-Philippe Le Sueur, représentait un sarcophage. Sur son bas-relief, on pouvait apercevoir une femme donnant le sein à son enfant tout en lisant l'*Émile*, le fameux traité d'éducation dans lequel Rousseau préconisait d'allaiter son nourrisson, ce qui n'était jusqu'alors guère en usage chez les nobles et les bourgeois. Plusieurs allégories ornaient les autres côtés, celles de la liberté, de la musique, de l'éloquence, de la nature et de la vérité. La devise du littérateur apparaissait dans un cartouche incrusté sur le fronton : « Vitam impendere vero[2] ».

– Lisez, Mercy, nota la souveraine en découvrant l'épitaphe : « Ici repose l'homme de la nature et de la vérité. » Comment pourrait-on en vouloir à une reine d'honorer celui qui a célébré ces doux bienfaits ? Voyez comme vos craintes sont infondées !, lança-t-elle au diplomate dans un battement de cils.

Mercy hocha la tête, renonçant à la contredire, puisque aussi bien, maintenant qu'elle se trouvait devant la sépulture, le mal était fait. Il soupira, anticipant l'épître qu'il ne tarderait pas à recevoir de Marie-Thérèse lorsque celle-ci apprendrait la dernière bévue de sa fille, qui ne cessait décidément de l'inquiéter. En femme d'État avisée, la mère de Marie-Antoinette était dans les affres, sachant que l'épouse du roi de France se compromettait avec des gens qu'elle n'aurait pas dû côtoyer, qu'elle critiquait et outrepassait les recommandations de son mari, qu'elle dépensait sans compter dans le jeu et les toilettes et qu'elle s'affranchissait outrageusement du protocole séculaire à Versailles, dont elle se devait, au contraire, d'être la gardienne. L'impératrice douairière d'Autriche la mettait en garde dans chacune de ses missives, et l'étourdie répondait toujours en

2. « Consacrer sa vie à la vérité ».

faisant mine d'obtempérer, se voulant docile et rassurante. Mais la situation ne s'arrangeait guère et Mercy-Argenteau s'épongea le front de son carré de batiste en songeant que son rôle était parfois bien ingrat.

Il ignorait alors que Marie-Thérèse n'aurait guère le temps de s'offusquer de ce nouveau faux pas politique commis par son incorrigible fille. Cinq mois plus tard[3], celle que l'on considérait comme l'un des plus grands monarques de son époque s'éteignit à l'âge de soixante-trois ans, laissant la jeune reine de France désemparée et, surtout, dangereusement livrée à elle-même.

3. Le 29 novembre 1780.

XXI

Paris, le 10 janvier 1781

Les toits recouverts d'un épais manteau neigeux scintillaient sous la lumière blanche de ce soir de pleine lune. Le radoucissement de la journée avait initié la fonte et des stalactites brillantes descendaient des gouttières, figées par la froidure de la nuit. Le ciel pur, d'un noir d'encre, sur lequel se découpaient des milliers d'étoiles, présageait un beau soleil hivernal pour le lendemain. Sur la chaussée givrée que les lampes des réverbères faisaient miroiter, les carrosses circulaient au pas, anticipant l'arrêt devant le perron de l'hôtel de la princesse de Lamballe[1], où devait se tenir un bal d'un genre particulier.

Marie-Thérèse Louise de Savoie-Carignan avait connu trente et un printemps. Élégante, fort jolie et d'un commerce agréable, elle avait été présentée onze ans auparavant à la dauphine de France, alors âgée de quatorze ans, qui s'en était entichée. Récemment arrivée à la Cour, timide et un peu perdue, la jeune archiduchesse d'Autriche avait trouvé dans son aînée une femme douce, fidèle et dévouée, et lui avait aussitôt donné son amitié. Une année plus tard, cette amie que l'on désignait par son titre se montra réellement assidue à Versailles. Pourtant, dès 1774, quand Louis XV s'éteignit, Marie-Antoinette, montant alors sur le trône, fut troublée par certaines rumeurs venimeuses dues à la jalousie des courtisans,

1. L'édifice est aujourd'hui le siège de la Banque de France.

qu'elle choisit d'ignorer dans un premier temps en nommant celle qu'elle appelait « mon cher cœur » surintendante de sa maison. La charge, très lucrative, consistait à s'occuper des plaisirs de la reine, c'est-à-dire des divertissements en tout genre, spectacles, représentations théâtrales, concerts, les bals et les soirées de jeu ne relevant pas de ses attributions. Or, la princesse était une femme consciente des enjeux qui entouraient sa souveraine et faisait montre de prudence, tandis que Marie-Antoinette souhaitait prendre des chemins de traverse. Aussi, cette dernière ne tarda point à la juger ennuyeuse et lui préféra bientôt sa chère Gabrielle de Polignac qui, loin de la refréner dans ses désirs insatiables, s'évertuait à en créer afin de les satisfaire.

Très éprouvée par ce qu'elle avait vécu comme une sorte de trahison, Marie-Thérèse Louise (appelée par son troisième prénom) finit par s'éloigner de la Cour et se retira à la campagne. Puis elle revint à Paris, où elle fut initiée à la franc-maçonnerie[2].

Et cette année-là, il se chuchotait même qu'elle serait probablement élue grande maîtresse de la mère loge écossaise[3]. Elle s'engageait chaque jour davantage pour la liberté et l'égalité des droits de la femme, sujets qui émergeaient de manière prégnante dans les réunions philosophico-littéraires où l'on débattait de ces idées des Lumières, supposées modifier la société du royaume de France en profondeur.

C'est pourquoi le bal qui s'ouvrait en ce soir glacé de janvier dans l'hôtel de Lamballe surchauffé par la presse de toutes ces dames était à lui seul une petite révolution, puisqu'il n'admettait... que des individus de la gent féminine ! Louise, que Marie-Antoinette estimait finalement fade et démodée, prenait de court les mœurs de son époque et avançait les aiguilles du temps.

Olympe n'avait pas manqué d'honorer l'invitation, inspirée par cette soirée inédite et novatrice, en adéquation parfaite avec ses propres aspirations. À l'instar de la princesse, elle souhaitait que les femmes ne soient plus contraintes de dépendre du bon vouloir d'un

2. Le 12 février 1777, elle entra dans la loge féminine d'adoption La Candeur.

3. Ce qui advint en 1781. Le terme *écossisme* désigne la pratique des hauts grades apparus dans les obédiences françaises au milieu du XVIIIe. Ces grades, que l'on qualifiait alors d'« écossais », seront rassemblés ultérieurement en rites maçonniques.

père ou d'un mari, qu'elles puissent aimer sans être condamnées et choisir leur vie, comme tout être humain devait pouvoir y prétendre.

Dans une toilette orangée dont les volants bleu de nuit s'harmonisaient à la parure de saphirs que Jacques venait de lui offrir, Olympe réussit une entrée remarquée. Sa chevelure d'un brun sombre contrastait avec la lumière de sa robe qui laissait apprécier un vertigineux décolleté. C'était la première fois qu'elle se rendait à un bal sans y être accompagnée et l'originalité de cet événement dépassait la signification qu'il véhiculait.

La jeune femme s'amusait beaucoup, dansant avec ses semblables, riant de leur insouciance autour du buffet, participant aux conversations plus enlevées de certaines, qui ne s'arrêtaient pas au simple divertissement, mais comptaient envoyer un message politique.

La princesse qui, en hôtesse attentive, veillait au bien-être de chacune de ses invitées, s'attarda un instant auprès d'elle.

– Je suis ravie que vous ayez pu vous joindre à nous, chère amie, lui dit-elle avec bienveillance. J'espère que vous goûterez cette initiative.

– Je ne vois pas qu'il puisse en aller autrement. Tout est parfait et je vous remercie d'avoir songé à moi. Je passe des moments délicieux.

– Il est normal que vous soyez des nôtres, remarqua Lamballe. Je sais que vous vous intéressez grandement aux droits des femmes. On m'a rapporté à plusieurs reprises les propos que vous auriez tenus dans certains cercles de réflexion. Je crois que nous nous comprenons…

– Si fait, madame, repartit Olympe. J'ai d'ailleurs commencé à écrire sur le sujet ainsi que sur la cause des Noirs, puisque au fond le combat est identique : il faut que les êtres humains aient les mêmes droits, quelles que soient leurs différences !

Louise acquiesça.

– Il me tarde de vous lire ou de voir votre pièce, selon le mode d'expression que vous aurez choisi !

Olympe, gagnée par l'émotion à l'idée d'être un jour reconnue comme une femme de lettres, répondit doucement :

– Je m'achemine plutôt vers le théâtre, envers lequel je nourris une véritable passion !

– À la bonne heure… !, s'exclama son hôtesse. Permettez que je vous abandonne, je me dois à mes invitées. Ce bal étant un brin… singulier, certaines d'entre elles me paraissent perdues, s'amusa-t-elle.

Olympe inclina gracieusement la tête en une esquisse de révérence et la princesse s'éloigna d'une démarche élégante dans la foule des corolles multicolores qui tournoyaient, emportées par la danse.

Louise contempla ce ravissant spectacle d'un air songeur. Ce bal ne manquerait pas d'être commenté.

Et en effet, dans les jours suivants, on lui rapporta que sa chère Marie-Antoinette avait été grandement irritée par son initiative et que la Cour dans son ensemble s'était montrée choquée de cette audacieuse soirée. Tous critiquèrent vivement la princesse : les courtisans, furieux qu'on les ait tenus à l'écart de cette innovation qui eût probablement été acclamée si le bal avait eu lieu à Versailles, et la souveraine, d'avoir été privée d'un événement original qui l'eût sans doute distraite de sa mélancolie[4]…

4. Voir les annexes.

XXII

Versailles, août 1783

Marie-Antoinette déambulait dans les allées du Hameau que l'on avait édifié pour elle non loin du ravissant Petit Trianon rêvé par la marquise de Pompadour, puis habité par la comtesse du Barry, présent de son époux Louis XVI lors de son avènement. Elle s'était employée à en faire un endroit privé, son « Élysée », disait-elle, comme la Julie de Rousseau qu'elle affectionnait tant. Elle s'y réfugiait le plus souvent possible, fuyant le château, ses contraintes, le protocole et les courtisans, pour y mener une vie simple, en adéquation avec la nature. Le 22 octobre 1781, à la grande joie du roi, qui n'avait d'égale que la déconvenue de son frère Provence, elle avait enfin donné un dauphin à la France.

Mais quelle n'avait pas été sa stupeur de découvrir, si peu de temps après ses relevailles, les signes annonciateurs d'une nouvelle grossesse !

Dans la touffeur de ce mois d'août qui incendiait Versailles, elle tentait de trouver un semblant de fraîcheur auprès du lac de son charmant domaine. Les travaux du parc étaient achevés. On y croisait des fabriques[1] toutes plus originales les unes que les autres. Depuis ses fenêtres, Marie-Antoinette pouvait apercevoir son petit

1. Une fabrique est une construction ornementale entrant dans la composition paysagère d'un parc ou d'un jardin. Elle sert généralement à ponctuer le parcours du promeneur ou à marquer un point de vue pittoresque.

temple de l'Amour érigé au centre de l'île du jardin anglais, entouré de pommiers de paradis et de rosiers pelotes-de-neige, dont les effluves parfumés dansaient dans l'air chaud de l'été.

La souveraine venait de lancer le chantier de son Hameau et souhaitait en vérifier la progression. Sa Majesté le roi lui avait octroyé un terrain carré au nord-est du jardin anglais. On avait commencé par combler le large fossé qui limitait la parcelle de la reine avant d'en creuser un deuxième qui irait jusqu'au Grand Trianon, afin d'accentuer l'effet de profondeur. Les travaux étaient colossaux. Sous la férule de Richard Mique, on avait envisagé trois secteurs : une douzaine de logis à pans de bois, de style normand ou flamand, destinés à l'agrément, avec un moulin, un colombier, un billard et un réchauffoir, non loin d'une chaumière plus imposante qui serait le séjour de la maîtresse des lieux, où elle pourrait recevoir dans un décor chaleureux et non conventionnel, en harmonie avec les idées défendues par certains philosophes des Lumières prônant une vie rustique devenue chère aux aristocrates. Au-delà du pont seraient érigés des bâtiments voués à une exploitation agricole, avec deux laiteries, l'une de préparation, l'autre de propreté, une pêcherie pour les carpes et les brochets de l'étang, et la maison du garde. Enfin, plus en retrait, on prévoyait une ferme comprenant une étable, une porcherie, une bergerie et un poulailler. D'inspiration très rousseauiste, en vogue à l'époque, ce joli Hameau avait aussi pour vocation de permettre l'apprentissage des enfants royaux, qui pourraient en pleine sécurité découvrir toutes sortes de pratiques rurales ; un savoir indispensable, notamment pour le dauphin, dans son futur métier de roi. Chaque habitation serait pourvue d'un potager, d'un verger ou d'un jardin fleuri. Marie-Antoinette prenait très au sérieux cette entreprise et en suivait avec attention l'avancement. Comme à l'accoutumée, la comtesse Jules l'accompagnait dans sa tournée d'inspection. Bras dessus, bras dessous (ce qui ne manquait pas de faire jaser les jaloux), les deux femmes devisaient en se promenant.

– Jamais je n'aurais envisagé d'être de nouveau grosse, soupirait l'épouse de Louis XVI. Cette chaleur m'indispose et c'est à peine si j'ai eu le temps de recouvrer ma silhouette !

– Cela importe peu, Majesté ! Cette mode que vous avez lancée vous permet de la dissimuler ! Vous êtes divine !

Confortée dans son statut de souveraine en devenant mère d'un dauphin, Marie-Antoinette avait subitement perdu son goût de l'ostentation. Sans doute avait-elle estimé qu'elle n'avait désormais rien à prouver et, délaissant les toilettes aussi extravagantes qu'onéreuses, elle avait opté au printemps de l'année passée, à l'étonnement de toute la Cour, pour la simplicité des étoffes légères, en linon ou en percale. Ces créations, sobrement resserrées à la taille, ne nécessitaient plus de corset, tandis que l'on recouvrait le décolleté d'un fichu de gaze. Quant à la coiffure, les poufs élaborés à plusieurs étages de fruits et de fleurs, s'étaient vus remplacés par un chapeau de paille. Elle avait souhaité être représentée ainsi au Salon de 1783, peinte par Élisabeth Vigée-Lebrun, sa portraitiste attitrée. L'air mutin, vêtue d'une robe vaporeuse, bouffante au niveau des manches et de l'encolure, dite « de gaulle » ou « en chemise »[2], arborant une simple rose, la reine avait posé dépouillée de tout bijou et de tout apparat. Le 25 août, lors de l'ouverture de l'exposition, la toile avait fait scandale et l'artiste s'était vue contrainte de remplacer cette extravagance jugée bien trop intimiste par une composition où, dans une attitude semblable, tenant toujours la même fleur, la souveraine était cette fois drapée dans une robe de cour bleu de ciel, en satin.

– N'en croyez rien, ma douce, repartit-elle. J'ai donné ordre ce matin même de retirer du Salon de peinture et de sculpture mon portrait, qui y trônait en bonne place. On me reproche de m'habiller comme une servante et ceux qui hier critiquaient mes dépenses m'accusent aujourd'hui de vouloir ruiner et mettre à mal l'industrie du luxe, des soieries et des velours lyonnais, au profit des manufactures de lin des Pays-Bas !

– Par quel tour de magie cela serait-il ?, s'étonna la Polignac.

– Par le simple fait que je suis autrichienne et que mon frère l'empereur cherche actuellement à développer ces industries-là !

Les deux femmes, abritées par leurs ombrelles en dépit de leurs chapeaux de paille, se dirigèrent vers les nouveaux bâtiments, dont

---

2. Camisole blanche, très fine, mise à la mode par les créoles de Saint-Domingue.

les fondations sortaient déjà de terre. Le chantier avançait à une vitesse stupéfiante.

– Je pensais que le choix des toiles exposées était au préalable discuté, puis entériné par l'Académie royale[3]…

– Et vous aviez raison de le croire. La gronde ne vient pas de l'Académie, mais du peuple de Paris et d'une partie des courtisans, qui l'agitent contre moi. J'espérais avoir un peu de répit avec la naissance de Louis-Joseph ; il n'en est rien. Nous avons été fêtés dans le royaume comme il se devait pour l'arrivée du futur roi, cependant ces incessants et ignobles libelles qui me calomnient ont bien vite repris… Songez que l'on met même en doute la légitimité du dauphin !

Gabrielle se figea.

– Qui peut laisser entendre de telles horreurs ?

Marie-Antoinette se pencha sur une rose pour en humer le parfum exalté par la chaleur de cet après-midi de feu.

– Avez-vous vu la mine de mon cher beau-frère lorsqu'il a compris qu'il n'était plus le successeur de mon époux ? Ne cherchez point l'origine des coups ! Il m'appréciait en reine bréhaigne, il me maudit en mère de famille ! Dans le fond de son âme, il ne sait sans doute que souhaiter malheur à nos descendants.

Trois mois plus tard, les vœux secrets du comte de Provence furent exaucés : on annonça à la Cour et au royaume que la reine venait de perdre son fruit.

---

3. L'Académie royale de peinture et de sculpture, créée en 1648 par le peintre et décorateur Le Brun, sous Mazarin, dura jusqu'en 1793. Elle fut remplacée par l'Académie des beaux-arts en 1816.

XXIII

Paris, octobre 1784

– Relisez-moi la tirade de Valère, Agnès, je vous prie, demanda Olympe à la jeune femme que Jacques avait engagée pour lui servir de secrétaire.

Assise au bureau placé devant la fenêtre, cette dernière posa sa plume, reprit les feuillets précédents qu'elle reclassa, puis entama sa lecture.

– « Nous sommes libres en apparence, mais nos fers n'en sont que plus pesants. Depuis plusieurs siècles les Français gémissent sous le despotisme des ministres et des courtisans. Le pouvoir d'un seul maître est dans les mains de mille tyrans qui foulent son peuple. Ce peuple un jour brisera ses fers et, reprenant tous ses droits écrits dans les lois de la nature, apprendra à ces tyrans ce que peut l'union d'un peuple trop longtemps opprimé et éclairé par une saine philosophie[1]. »

Olympe tournait en rond, se mordant la lèvre, attentive à la fois aux sonorités et au sens de ses mots, soucieuse de porter un message qu'elle voulait retentissant.

– Cela ne vous convient-il pas ?, hasarda Agnès, qui attendait une approbation tardant à venir.

1. Olympe de Gouges, *L'Esclavage des Noirs ou l'Heureux Naufrage*, 1789, acte I, scène 7.

– Si fait. Mais je m'interrogeais sur l'aspect brutal de ces phrases… Écoutez seulement ceci, dit-elle.

Elle s'immobilisa et leva les bras, avant de déclamer :

– « Parce que vous êtes un grand seigneur, vous vous croyez un grand génie !… Noblesse, fortune, un rang, des places, tout cela rend si fier ! Qu'avez-vous fait pour tant de biens ? Vous vous êtes donné la peine de naître, et rien de plus[2]. » Voilà qui marque les esprits et traversera le temps. M. de Beaumarchais a connu un triomphe cette année au Français avec son *Mariage de Figaro*[3]. Rendez-vous compte ! Soixante-huit représentations en huit mois ! Le rêve d'un dramaturge ! On en parle encore, et cette tirade fera date, rappelez-vous cela !

– Il est vrai que les propos de ce M. de Beaumarchais me semblent hardis, avança timidement Agnès.

– Ils sont davantage que cela ! Ils sont courageux, novateurs, effrontés, ils contiennent à eux seuls toute la liberté et les aspirations des Lumières en remettant en cause les injustices. Ma pièce est un combat contre l'esclavage. Il faut qu'elle soulève le même enthousiasme, qu'elle suscite des débats, des contradictions, qu'elle contribue à faire admettre que…

– Eh bien, quel allant !, interrompit Jacques qui entrait dans la pièce. J'entends votre plaidoyer depuis le corridor, ma chère, ajouta-t-il avec tendresse en embrassant Olympe sur le front. Mais vous n'avez pas tort, mon aimée. Les temps changent…

– Cela a l'air de vous chagriner. Il faudrait plutôt s'en réjouir, ne pensez-vous pas ?, s'étonna Olympe.

– Le roi est de plus en plus critiqué. Hier, au parlement de Paris, les gens du cabinet royal ont transmis un édit portant création d'un emprunt de cent vingt-cinq millions. Le Parlement a aussitôt lu des remontrances dans lesquelles il a blâmé notre sire pour ses acquisitions de Saint-Cloud, qu'il vient d'offrir à la reine, ainsi que pour celle de Rambouillet. Après les dépenses excessives dans le conflit des Amériques, on n'admet point que l'on gaspille en constructions et en palais…

2. Beaumarchais, *Le Mariage de Figaro*, 1784, acte V, scène 3.

3. Voir les annexes.

– Mais depuis la signature du traité de Versailles[4], la guerre est finie !, contra Olympe.

– Assurément, toutefois les caisses demeurent vides ! L'hiver a été particulièrement rigoureux, y compris pour les Parisiens ! Songez que nous venons de subir soixante-neuf jours de gelée consécutifs[5] ! Dans les campagnes, la disette s'est installée. Les fastes de la Cour, peu conséquents pourtant par rapport aux frais occasionnés par cette guerre, sont mal perçus, aujourd'hui, par le peuple…

– On peut le comprendre, évidemment, approuva Agnès.

– Notre roi est bon. Et il n'est ni sourd ni sot. Il encourage les discours visant à réduire les injustices. Certes, nous avons perdu Voltaire, Rousseau et maintenant M. Diderot[6], mais l'esprit des Lumières leur survit. La société évolue. Chacun de nous y contribue à sa manière !, s'enthousiasma Olympe.

– J'ai ouï dire que vous dénonciez l'esclavage dans votre pièce. Vous aurez des ennemis ! Nombre de courtisans tirent leurs richesses des plantations dans les îles. Votre combat sera rude, croyez-m'en !, remarqua Biétrix.

Olympe se pencha sur l'épaule de sa secrétaire, qui n'avait pas bougé, et regarda son texte d'un air satisfait.

– Je ne l'ignore point, mon ami. Mais j'ai trouvé ma voie et nul ne m'en détournera. J'écris comme je pense, et cette bataille est juste. Si personne ne défend la cause de ces martyrs, rien jamais ne changera. Nous allons vers une société plus équitable, elle doit l'être pour tous ! Par ailleurs, j'ai fait parvenir le manuscrit des *Amours de Chérubin* à M. de Beaumarchais. Je suis très impatiente de connaître sa réaction devant cet hommage que je rends à son génie et à celui de la sublime actrice[7] qui a tenu ce rôle !

Jacques lui sourit. Elle était si passionnée et si fougueuse… Chaque fois qu'il le constatait, son cœur se serrait dans sa poitrine. Combien de temps garderait-il pour lui seul une telle femme ?

4. Le 3 septembre 1783.
5. Cela est parfaitement exact.
6. Le 31 juillet de cette année.
7. Il s'agit de Jeanne-Adélaïde Gérardine Olivier, qui incarna Chérubin dans *le Mariage de Figaro* représenté en avril 1784. Olympe de Gouges fut tellement impressionnée par son talent qu'elle écrivit une pièce dans laquelle elle inventait un destin particulier au personnage de Chérubin.

Il ne pouvait s'empêcher de songer que sa chance viendrait à tourner et qu'alors il lui faudrait se résigner à la partager, sinon à la perdre, maudissant par avance ce jour inévitable où sa vie basculerait.

XXIV

Paris, novembre 1784

Réfugiée derrière ses courtines, Olympe ruminait sa déconvenue. Il avait plu tout le jour et son cœur était l'exact reflet du temps maussade et froid qui s'était abattu sur Paris. Au 4 du mois, elle avait eu la joie d'apprendre que les comédiens du Théâtre-Italien, à qui elle avait donné sa pièce intitulée *les Amours de Chérubin* en lecture, avaient décidé de la monter dans les meilleurs délais. Très consciente de ne pouvoir prétendre faire figurer cette composition au catalogue du Théâtre-Français, elle s'était naturellement tournée vers eux, espérant que le soutien du grand Beaumarchais jouerait en sa faveur. Dans son esprit, une comédie ayant pour objet de développer le personnage de son chef-d'œuvre conduirait à flatter son orgueil d'auteur. Las ! Elle s'était lourdement fourvoyée. Avec une mauvaise foi confondante, l'illustre dramaturge avait proclamé dans tout Paris qu'Olympe de Gouges l'avait plagié. Mortifiée, elle s'était récriée, mais Beaumarchais avait de l'influence dans le milieu théâtral et n'avait pas manqué d'user de ses relations parmi les sociétaires du Théâtre-Français pour que ces derniers infléchissent leurs homologues du Théâtre-Italien. La mort dans l'âme, la pauvre Olympe avait dû admettre sa défaite : on l'avait déprogrammée. Depuis l'aube grise qui s'était péniblement levée sur Paris, Jacques tentait de réconforter son aimée qui n'avait pu fermer l'œil.

– « Une pièce insoutenable, dénuée de talent dramatique, sans ordre, sans plan, tout juste bonne à jeter au feu* », ressassait-elle en brandissant la *Gazette*. Lisez vous-même ! Ce sont les propres mots de Beaumarchais ! Comment peut-on être si injuste et si cruel ?

– Quelle est donc cette missive que vous gardez en votre autre main ?, s'enquit Jacques doucement.

– Je l'ai écrite cette nuit, tandis que vous dormiez. Elle lui est destinée ! À deux reprises je me suis rendue à son domicile pour le rencontrer et, par deux fois, son valet m'a éconduite ! Alors j'ai rédigé ceci, que je vais, à présent, rendre public ! Je dois laver mon honneur !

– Allons, remarqua Biétrix avec soulagement, je vois que vous n'avez point perdu votre superbe, ma chère ! Je retrouve votre esprit combatif qui me séduit tant ! Puis-je prendre connaissance de ce texte que vous comptez publier ?

– Je vous en prie.

Elle articula à voix haute, en insistant sur certains mots :

– « Le ressentiment que vous témoignâtes en lisant le manuscrit du *Mariage inattendu de Chérubin* prouve assez votre désintéressement et l'empressement que vous avez toujours mis à faire briller ce sexe faible et malheureux. La gloire de cet "enfant" ne pouvait flatter ni vos ambitions ni vos intérêts. Mon Chérubin, protégé par vous, aurait pu monter au Théâtre-Italien et avoir même une place à la Comédie-Française pour reposer un peu votre Figaro qui se fatigue plus qu'il ne fatigue le public. Ah ! Caron de Beaumarchais… Ah ! Caron de Beaumarchais… vous êtes le véritable ami des femmes ! Permettez-moi de vous dire que vous vous trompez, rien n'est plus faux que vous en faveur de mon sexe[1] ! »

– Vous avez modifié le titre de votre pièce ?

– En effet. Merci de l'avoir noté, je n'ai pas de plus tendre soutien que le vôtre…, murmura-t-elle tandis que les larmes lui venaient aux yeux. Décidément, cette fin d'année est une épreuve !

– Je sais, ma mie. La perte de votre père[2], même s'il ne voulait ni vous écrire ni vous mieux connaître, vous a bouleversée…

– Il est vrai. Et dans le même temps, Beaumarchais me ridiculise et mon demi-frère à présent me renie, se désola-t-elle.

---

1. Cette lettre est extraite d'un opuscule intitulé *Réminiscences*, publié en 1787.
2. Jean-Jacques Le Franc de Pompignan est décédé le 1er novembre 1784.

Jacques se leva pour tisonner le feu et remettre une bûche. La froidure gagnait la pièce comme les braises se mouraient.

– Êtes-vous certaine de cela ?

– Il ne souhaite plus me recevoir ! Nous étions pourtant si proches, il y a peu ! Mais maintenant qu'il hérite de notre géniteur, envolées, les belles promesses de partage qu'il m'avait tenues ! Toutefois, je garde espoir que justice me soit rendue, car je viens d'obtenir de Suard, le censeur royal, la permission d'imprimer mon *Mémoire contre l'ingratitude et la cruauté des héritiers de Le Franc de Pompignan* ! Je ne compte point en rester là !

Jacques hocha la tête.

– Vous êtes décidément très créative !

– Plus que vous ne croyez, convint-elle, car *j'ai encore d'autres pièces manuscrites dans mes réserves, qui ne me semblent pas dépourvues du sens commun**[3] ! Si je parvenais à en faire inscrire au moins une au Théâtre-Français, ce serait la gloire !

– Vos amis écrivains, Mercier et Lonvay de La Saussaye, vous ont mis en garde contre les risques que vous encouriez, très chère ! Les comédiens ont la dent dure et le bras long !

Olympe se leva et enfila un déshabillé de velours grenat, qu'elle noua à la taille, avant de glisser ses pieds menus dans de jolies petites mules assorties.

– Je veux montrer que, quel que soit son sexe, il est légitime d'espérer la reconnaissance de son talent malgré les préjugés du public ! Il est inadmissible qu'aucune œuvre féminine ne figure au catalogue du premier théâtre d'Europe ! *De tous les temps, les femmes ont écrit ! Elles ont le droit d'entrer en lice dans la carrière dramatique**[4] *!*

Ses joues s'étaient colorées dans le feu de la passion qui l'animait. En elle bouillonnait la sève de la créativité et du combat. Elle perçut, à cet instant, que plus on tenterait de l'abattre, plus cela renforcerait sa détermination.

Sans le savoir, et en souhaitant tout l'inverse, Beaumarchais venait de contribuer à la construction d'Olympe de Gouges.

3. Cette phrase est extraite de la préface du *Mariage inattendu de Chérubin*, qu'elle publiera dès 1786.
4. In Olympe de Gouges, *Le Bonheur primitif de l'homme*, 1789, p. 72 (voir les annexes).

XXV

Versailles, 15 août 1785

– Ce que vous m'apprenez là est intolérable !, s'écria Louis XVI. C'est une insulte à la reine ! Qu'on aille immédiatement quérir le cardinal !

Louis-René Édouard, prince de Rohan, grand aumônier de France, s'apprêtait à célébrer la messe de l'Assomption dans la chapelle de Versailles en présence de Leurs Majestés. Il s'attardait en bavardant dans la galerie des Glaces, où le couple royal devait passer, lorsqu'on lui manda de gagner les appartements du souverain. Drapé de la pourpre cardinalice, il s'y annonça quelques instants plus tard devant un Louis XVI blême de rage, auquel faisaient face Marie-Antoinette, pleurant dans un carré de dentelle fine, le garde des Sceaux Miromesnil, passablement tendu, et le baron de Breteuil, ministre de la Maison du roi et de Paris, l'air grave. Ce dernier, qui détestait l'homme d'Église, car Rohan l'avait remplacé cinq ans plus tôt au poste d'ambassadeur à Vienne, le toisa, l'air satisfait.

Au mois de mars[1], la reine avait donné un second garçon à la Couronne. Le petit duc de Normandie l'emplissait de fierté, d'autant que l'on avait découvert que le dauphin se révélait d'une santé chancelante, ce qui ne laissait pas de préoccuper ses parents. La délivrance s'était déroulée en comité restreint, permettant

1. Le 27.

à la parturiente de mieux profiter de cette naissance. Toutefois, la sérénité de la souveraine avait été de courte durée, car lors de la cérémonie des relevailles, qui avait eu lieu à Paris le 24 mai en l'église Sainte-Geneviève, elle avait pu constater le peu d'enthousiasme du peuple, qui ne l'avait acclamée que très modérément. Elle en avait été fort marrie et avait tenté d'oublier cet affront en apparaissant le soir même à l'Opéra afin d'y assister à une pièce, ce qui n'avait pas manqué de lui être reproché, puisqu'elle était censée être venue prier pour rendre grâce à Dieu de la naissance du prince et non pour s'étourdir dans un divertissement. C'est pourquoi la révélation d'un complot contre sa personne, qui avait motivé la convocation du cardinal, l'anéantissait. Le monde lui était hostile, elle s'y sentait persécutée et mal aimée.

– Est-il vrai, monsieur de Rohan, que le bijoutier parisien Böhmer vous a livré un somptueux collier de cinq cent quarante diamants d'une valeur de un million six, que vous auriez payé en quatre traites, et cela afin de le remettre à votre souveraine grâce aux services d'une certaine comtesse de La Motte-Valois ?

Le cardinal se décomposa.

– En effet, sire. J'ai agi dans le but de satisfaire la demande de la reine qui souhaitait acquérir ce collier dans la plus grande discrétion…

Marie-Antoinette se leva d'un bond, outrée.

– Vous mentez, monsieur ! Cela est indigne ! J'ai refusé cette parure quand elle m'a été présentée, arguant que nous avions besoin d'argent pour armer notre flotte et que je ne dépenserais pas une telle somme dans l'achat d'un bijou ! De quel droit en avez-vous conclu que je sollicitais votre entremise ?

Rohan parut atterré.

– Mais… mais parce que vous me l'avez dit vous-même, Majesté !

Le mépris de l'épouse de Louis XVI se lisait sur son visage.

– Et quand vous aurais-je gratifié de cette confidence, puisque aussi bien je ne m'adresse jamais à vous ?

– Lorsque nous nous en sommes entretenus nuitamment dans les bosquets de Versailles ! Je…

– Assez ! Il suffit ! Votre témoignage est honteux autant qu'invraisemblable !, intervint le roi. Vous outragez votre souveraine en affirmant qu'elle pourrait se commettre en pareille situation. Vous parlez de la reine de France, monsieur le cardinal ! Votre inconduite n'a d'égale que votre inconséquence, car il est évident que si vous avez rencontré une femme dans nos jardins ce n'était point celle qui se tient devant vous et que vous calomniez !

Très pâle, le prélat ferma les yeux.

– Mon Dieu… J'aurais… J'aurais donc été mystifié…, balbutia-t-il.

– Il semblerait, oui, repartit Louis XVI, glacé. Monsieur de Breteuil, veuillez vous assurer de M. de Rohan et le déférer dès demain à la Bastille.

Le baron s'exécuta en témoignant d'un plaisir manifeste.

– Éminence…, dit-il avec une obséquiosité teintée d'ironie tandis qu'il s'emparait du bras du cardinal.

Jamais il n'aurait rêvé pouvoir se venger avec autant d'éclat de son ennemi.

En silence, les deux hommes quittèrent la pièce.

Dans la galerie des Glaces, les supputations allaient bon train. Breteuil n'évita pas l'humiliation à son prisonnier, en le contraignant à traverser la foule des courtisans encadré d'une escorte de gardes, clamant aux yeux de tous sa spectaculaire disgrâce.

Dans les appartements du roi, la reine, fragilisée par ses couches, ne cessait de sangloter.

– Calmez-vous, Antoinette, l'exhortait son époux en lui tenant la main. Votre honneur sera sauf, je vous en fais promesse. Je ne rendrai point justice moi-même ; je confierai cette affaire au parlement de Paris. Vous serez ainsi publiquement lavée de tout soupçon ! Séchez vos larmes, ma chère, je vous en conjure.

– *Je pleure, car je suis outragée, salie par les cabales et les injustices**[2] !

Mère comblée de deux garçons sur qui reposait l'avenir de la France et affranchie de l'emprise obsédante de sa mère, Marie-Antoinette avançait dorénavant vers son peuple d'adoption en se sentant plus française qu'autrichienne. Toutefois, elle commençait à mesurer qu'autour d'elle l'hostilité allait grandissant et que ce désir d'amour était peut-être, hélas, trop tardif.

---

2. Phrase authentique que la souveraine a prononcée un an plus tard, lorsque fut annoncé le verdict de ce procès.

XXVI

Paris, octobre 1785

La voiture fut à peine arrêtée devant le perron de l'hôtel particulier de Cubières qu'Olympe en jaillit littéralement, dès que le laquais eut déplié le marchepied. Avec la fougue de la colère, elle tendit ses effets au valet venu lui ouvrir la porte.

– Le chevalier m'attend, lança-t-elle à son endroit. Je l'ai fait avertir ce matin de ma visite.

– En effet, Madame, répondit calmement le domestique, Monsieur va vous recevoir dans la bibliothèque.

La jeune femme fut conduite dans une pièce cossue, dont les rayonnages de chêne couvraient entièrement les murs. Des échelles de bois, accrochées à des barres transversales qui couraient tout autour, permettaient d'atteindre les volumes rangés sur les hautes étagères. Au centre trônait un élégant bureau comportant du matériel d'écriture : sous-main en cuir, plumes, vélins, papier, encrier, sable[1], bâtonnet de cire à cacheter posé à côté de trois sceaux bien alignés ; à droite, un chandelier dont les larmes des bougies avaient redessiné le pied. Une belle flambée crépitait dans la cheminée. Olympe sentit qu'elle s'apaisait un peu grâce à l'accueil chaleureux de son ami.

1. Le papier buvard n'apparaît qu'au XIXe siècle. Auparavant, pour sécher l'encre, on saupoudrait le document, après l'avoir rédigé à la plume, d'une fine poudre fabriquée à partir de la pierre ponce.

– Vous aviez l'air extrêmement contrariée dans votre missive, chère Olympe, souligna-t-il en lui embrassant le bout des doigts, qu'elle avait glacés. Mais vous tremblez ! Avancez près du feu, ajouta-t-il en la conduisant devant l'âtre, vers lequel elle tendit spontanément les mains.

– Si je tremble, chevalier, c'est de fureur autant que de froid !, repartit-elle.

Cubières la désirait. Ardemment. Passionnément. Il savait qu'un jour cette femme serait sienne, qu'il la posséderait et jouirait d'elle au cours de longues et voluptueuses nuits. Toutefois, ce moment n'était pas advenu. En cet instant, elle semblait réellement malheureuse et son expression chagrinée le frappa. Il se détourna de ses lascives pensées pour se concentrer sur les faits.

– Que se passe-t-il ? Expliquez-moi.

– J'avais déposé, comme vous le savez, ma pièce au Théâtre-Français. Cependant, ne voyant aucune réponse de leur part, Mme de Montesson, qui apprécie ma composition, a incité le comité à permettre une lecture officielle au mois de juin[2]... Tous les acteurs étaient là ! Mlle Olivier, Mlle Joly, ce satané Florence, Des Essarts et Fleury, lesquels n'ont d'ailleurs pas caché leur hostilité envers moi... Grâce à Dieu, ce brave Molé, sans doute le plus introduit dans les cercles littéraires des Comédiens-Français, s'est révélé dans d'excellentes dispositions à l'égard de mon *Zamore et Mirza* ! Il a été magnifique ! Et si convaincant dans la restitution de son texte qu'il est parvenu à émouvoir ses condisciples ! J'ai donc eu le bonheur que cette comédie soit acceptée, à condition d'y apporter quelques corrections... Et quand je l'ai présentée modifiée selon leurs souhaits en juillet, le comité l'a approuvée à l'unanimité cette fois !

Le chevalier, qui l'avait laissée parler tant elle semblait en éprouver le besoin, la dévisagea avec tendresse.

– Voyons, Olympe, je suis au courant de cela, lui rappela-t-il.

– Certes ! Mais ce que vous ignorez, car je viens de l'apprendre, c'est que la plupart des comédiens se révèlent à présent peu désireux de la jouer !

2. Le 28, exactement. Il s'agit de la pièce *Zamore et Mirza ou l'Heureux Naufrage*.

– Ma chère… Lorsque vous m'avez fait lire cette pièce, je vous ai dit que je la trouvais très forte, mais que vous alliez vous mettre des gens à dos ! Vous vous dressez contre l'esclavage, c'est sans doute éminemment respectable. Toutefois, vous le savez comme moi : les acteurs du Français sont dépendants financièrement des gentilshommes de la chambre du roi. Or, ces gens tirent précisément leur fortune du code noir [3]. Vous ne le découvrez tout de même pas !?

– Bien sûr que non ! Comment le pourrais-je ? Ces propriétaires d'esclaves m'ont menacée de mort ! Jusqu'à présent, je passais outre à leurs intimidations… Mais en septembre, craignant que ma comédie ne soit oubliée volontairement dans un tiroir, j'ai osé dénoncer la pratique des comédiens et me plaindre de passe-droits. L'un d'entre eux, ce Florence, a alors réagi en prévenant son entourage, et deux ministres appartenant à la chambre du roi ont exigé que l'on retirât ma pièce, en demandant que je sois embastillée !

Cubières sursauta.

– Embastillée ? Rien que cela ! Et qui sont ces gentilshommes ?

– Il s'agit du baron de Breteuil et du maréchal de Duras… Oh, Michel, que puis-je faire ?

Le cœur du chevalier manqua un battement. C'était la première fois qu'il entendait son prénom sorti de la charmante bouche de celle qu'il rêvait de conquérir, et il en fut singulièrement ému. En une seconde, il imagina Olympe le prononcer en une tout autre circonstance et son sang s'échauffa.

– Je vois, reprit-il plus bas, le temps de calmer ses ardeurs. Breteuil est tenace, mais je pense apaiser son courroux. Mon frère, le marquis de Cubières, a l'oreille du roi. Je plaiderai votre cause [4]. Toutefois, puisque nous sommes sur ce chapitre, je dois vous entretenir du fait que ce cher Beaumarchais, ayant appris incidemment que vous envisagiez de publier un opuscule [5] dans lequel vous l'invectivez, me mande sans détour de vous convaincre d'y renoncer.

---

3. Édicté sous Louis XIV, il était toujours en vigueur et permettait à beaucoup de courtisans de tirer grand profit de denrées coloniales qui représentaient la moitié du commerce extérieur français à cette époque.
4. Ce qu'il fit. Olympe évita l'emprisonnement. Le lieutenant de police la reçut et lui exposa que cette affaire n'était qu'une « peccadille très excusable ».
5. Il paraîtra en 1787, sous le titre *Réminiscences*.

Olympe se redressa et fixa son hôte droit dans les yeux.

– Vous lui annoncerez que vous avez échoué. Il ne m'impressionne pas. C'est un homme et je suis une femme, mais nous sommes tous deux des auteurs dramatiques. Il ne censurera pas ma plume, j'en fais serment. La Bastille, en revanche, serait une réelle entrave à mon travail !

Cubières se leva, s'avança vers elle et s'autorisa à lui replacer une mèche folle derrière l'oreille. Leurs regards se croisèrent et Olympe y lut son désir. Une émotion qui se mua bientôt en tension érotique flotta entre eux. Ses prunelles s'assombrirent lorsqu'il posa les mains sur ses épaules avant de les glisser lentement dans son dos pour resserrer son étreinte. Elle ferma les paupières et s'abandonna avec volupté dans les bras de Michel de Cubières quand les lèvres du chevalier rencontrèrent les siennes.

XXVII

Paris, décembre 1785

Olympe de Gouges et Jacques de Biétrix marchaient tous deux le long de la Seine, qui charriait des glaçons. Après s'être arrêtés sur le pont Royal pour contempler le fleuve, ils remontaient à présent le quai du Louvre en direction du Pont-Neuf, bras dessus, bras dessous. La journée, bien que très froide, était superbe. Un pâle soleil hivernal dispensait une lumière blanche qui contrastait avec un ciel azuréen. Depuis un moment déjà, la jeune femme gardait le silence. Son compagnon se résigna à rompre la sérénité de leur promenade, car à l'évidence un sujet la tracassait.

– Vous avez émis le désir que nous sortions ensemble, ma mie. J'imagine que vous souhaitez m'entretenir de ce qui vous préoccupe ?

– Il est vrai. D'abord, je voulais que vous sachiez que *l'Homme généreux*, la pièce que j'ai écrite à partir de l'histoire désolante de cet homme condamné pour dettes à Rouen, laissant sa femme infirme et leurs pauvres petits dans un grand dénuement, a fortement ému la comtesse de Genlis, gouvernante des enfants du duc d'Orléans. Elle m'a adressé un billet expliquant que les jeunes princes s'étaient joints à elle afin de payer les trente louis nécessaires à la libération de ce sieur Clamet. J'en suis fort aise. J'ai proposé cette pièce au Théâtre-Français dans l'esprit que les recettes des six premières représentations seraient versées à sa famille, mais cela m'a été refusé. Ils ne veulent pas la jouer.

– J'en suis navré, convint Jacques. Vous devez en être très contrariée, une fois encore.

– C'est d'autant plus consternant que les critiques de l'abbé Aubert dans ses *Petites affiches*, tout comme les auteurs de l'*Almanach des Muses* ou du *Courrier lyrique*, concèdent à cette œuvre nombre de qualités... Ce qui m'amène à la raison de notre rencontre. Je vous ai mandé pour vous annoncer que je quitte Paris.

Jacques se figea.

– Vous... Vous quittez Paris..., répéta-t-il, abasourdi.

– La comtesse de Beauharnais [1] m'exhorte à tenter de conquérir les académies savantes de province. Elle-même, qui peinait à faire représenter sa *Fausse inconstance* ici, n'a pu que se louer de la méthode. Par ailleurs, je m'absente avec la troupe de mon théâtre. Nous devons nous faire connaître dans le royaume. Les gens sont en demande de spectacles dans les petites villes.

– Mais vous pensez à cela depuis longtemps ? Pourquoi ne m'en avoir point parlé ?

Olympe lui prit la main avec ferveur et s'adressa à lui comme à un enfant.

– Jacques, c'est exactement ce à quoi je m'emploie en ce moment !

– Sacrebleu !, reprit-il, courroucé. On a l'impression que c'est déjà décidé sans que je n'en ai été consulté !

L'écrivain haussa un sourcil.

– Je vous rappelle que nous ne sommes pas mariés. Je vous ai toujours dit que je souhaitais être maîtresse de mon destin. Je vous avertis, Jacques, je ne vous consulte pas. Je suis une femme libre. Je le paie assez cher quant à ma réputation !

– Et parce que vous êtes une femme libre, vous quittez sans vous retourner un homme qui vous aime et qui s'occupe de vous depuis tout ce temps ? Et qu'advient-il de notre fille ? Il est hors de question que vous m'en priviez !

– En effet, répondit-elle calmement. Julie demeurera avec vous. Elle est trop jeune pour ce genre de vie. Je pars avec Pierre, qui appartient à la troupe, mais notre enfant restera sous votre garde.

---

1. Auteur dramatique, poète, inspiratrice, femme de salon, la comtesse de Beauharnais était proche des milieux de la franc-maçonnerie et initiée elle aussi.

Et puis, je reviendrai ! Il s'agit d'une séparation temporaire, pas d'un adieu !

De la buée sortait de leur bouche tandis qu'ils parlaient. Les pommettes d'Olympe étaient rougies par le froid. Elle souffla plusieurs fois dans ses mains recouvertes de gants de peau qui ne lui tenaient pas assez chaud.

– Je compte proposer mes pièces autant que possible à travers une tournée théâtrale. Sur les recommandations de la comtesse de Beauharnais, j'ai adressé le manuscrit du *Mariage inattendu de Chérubin* au secrétaire général de l'académie d'Arras. Nous verrons si j'ai plus de chance qu'avec le Français… Je suis une femme de lettres, mon ami, je dois écrire, être jouée et diriger ma troupe. Ma détermination est sans faille !

Biétrix soupira. Il savait le combat perdu d'avance. Il ne pouvait mettre cet oiseau rare en cage. En dépit de sa lucidité sur le sujet, il s'était presque convaincu qu'il parviendrait subrepticement à en créer une dont chaque barreau aurait été un peu d'attention et d'amour, mais il lui avait fallu laisser la porte ouverte et sa belle colombe lui annonçait aujourd'hui son désir de s'envoler. Il tourna les yeux vers cette femme aimée, si libre et tellement vivante. Une sueur froide le fit frissonner. Il lui sembla soudain qu'il la voyait pour la dernière fois.

XXVIII

Paris, le 31 mai 1786

Il était vingt-deux heures, et le jour avait décliné. Une foule assez dense s'était massée sur l'île de la Cité, qui abritait la grande chambre du Parlement, dans un décor solennel. Le Palais de justice avait été ravagé en 1776 par un incendie qui avait détruit le corps de bâtiment s'étirant entre la Sainte-Chapelle et la Conciergerie. Les travaux de reconstruction avaient duré trois années et venaient de s'achever. L'édifice, flambant neuf, en imposait. En rangs serrés, les Parisiens se bousculaient pour acclamer le cardinal de Rohan, vainqueur de ces interminables délibérations, qui devait quitter la chambre pour se rendre à la Bastille où, conformément à la loi, il passerait sa dernière nuit avant de rentrer chez lui. Tous les badauds avaient suivi le procès pas à pas. La nouvelle s'était répandue à la vitesse de l'éclair : le grand aumônier de France sortait libre et blanchi de ce que l'on nommait depuis presque un an l'« affaire du Collier ». Les imprimeurs ne savaient plus comment satisfaire la curiosité du public. On s'arrachait les fascicules fraîchement sortis des presses, on revendait des exemplaires le double de leur prix, on en parlait sur les marchés, lorsqu'on buvait un verre de bière ou de cidre avec des amis, debout devant de hauts tonneaux disposés à l'entrée des tavernes, ou dans les soirées mondaines, à mots couverts, derrière les éventails. Cette incroyable histoire défrayait la chronique et passionnait les foules.

Il était pour le moins époustouflant d'assister au combat de la reine de France contre un prince de l'Église. L'opinion, très divisée, pesait sur les juges, qui auraient préféré ne pas avoir à assumer un tel fardeau. Marie-Antoinette avait ses défenseurs et le cardinal, ses partisans. Elle souhaitait que son honneur fût lavé tandis que le prélat clamait son innocence. Aucune solution ne pouvait contenter les deux camps. Rohan appartenait à une famille illustre de gens extrêmement influents. Dix-sept de ses membres, en deuil, alignés en une haie silencieuse, avaient salué les magistrats sur leur passage avant le procès. Du jamais vu ! En s'en remettant au Parlement, Louis XVI avait misé sur une éclatante victoire publique. L'intégrité de son épouse apparaîtrait aux yeux de ses sujets et le grand aumônier serait châtié pour cette inqualifiable insulte qui entachait la réputation de la souveraine et donc de la Couronne. Las ! Cette affaire montée de toutes pièces possédait les accents de la vérité. Elle confortait l'opinion dans le fait que le monarque avait une femme frivole, infidèle ou encline à se laisser courtiser par d'autres hommes, qu'elle était dépensière à outrance, c'est-à-dire engageant des sommes considérables pour ses toilettes, ses parures ou ses plaisirs, et intrigante s'il s'agissait d'asseoir son crédit à la Cour. Les fêtes à Trianon étaient commentées dans la *Gazette* et faisaient jaser. Personne ne doutait qu'elle ait pu rencontrer le cardinal nuitamment dans les bosquets de Versailles. Une partie des Parisiens, nourris depuis des années de pamphlets et de libelles contre l'Autrichienne venue piller leur royaume, tendaient une oreille complaisante à cette rocambolesque histoire.

Olympe avait différé son départ pour publier son *Mariage inattendu de Chérubin*, que l'on avait encensé en saluant une pièce « pleine d'inventions, de traits gais et d'allusions piquantes ». L'avocat du Parlement et homme de lettres Louis de Laus de Boissy avait évoqué un « charmant ouvrage » où l'on pouvait apprécier un style « simple et facile ». Mais la jeune femme avait exulté en ouvrant le *Mercure de France*, au matin du 4 mars, tandis qu'Eusebia lui remplissait son bain. Le plus redouté des commentateurs littéraires, La Harpe, y avait écrit avec enthousiasme que cette petite comédie, « ni parodie ni critique de celle de Beaumarchais », ne plagiait pas celle du maître, mais se révélait bien être sa suite, comme *le Mariage de Figaro* l'était du *Barbier de Séville.* Enfin, on célébrait son talent ! La Harpe soulignait même sa filiation avec Le Franc de Pompignan ! Elle triomphait : non seulement l'un de ses pairs actait qu'elle n'avait point pillé l'œuvre du dramaturge, mais il l'inscrivait de surcroît dans le cercle des auteurs reconnus ! Elle quitterait donc Paris comme prévu, sans que cela ne prenne des allures de fuite en avant : il s'agirait au contraire d'aller à la rencontre d'un public plus étoffé. Cet éloignement lui permettrait par ailleurs de mieux sonder son cœur. Elle se sentait écartelée entre son attachement déjà ancien pour Jacques de Biétrix et cette passion naissante pour Michel de Cubières. Le premier lui avait fait découvrir la beauté de l'amour, le second promettait d'en exalter le parfum.

Aux côtés du chevalier, elle assistait à la victoire de Rohan qui saluait la foule hurlante. « Vive le Parlement ! Vive le cardinal innocent ! », martelaient les Parisiens, excités par cet affront que l'on venait d'infliger à la reine.

– Ha ! elle va comprendre, dans son Trianon, qu'on ne peut pas être reine et jouer les gueuses en dépensant sans compter !, vociférait une femme.

Olympe sursauta et ne put s'empêcher de se tourner vers elle.

– Tout de même, souligna-t-elle, cette affaire relève d'un crime de lèse-majesté !

La poissarde toisa son interlocutrice avec dédain, puis haussa les épaules.

– Peuh ! Il ne peut y avoir lèse-majesté que s'il y a Majesté, ma belle ! Et il y a beau temps que l'Autrichienne se conduit comme une catin ! Le Parlement a rendu la justice, et c'est mérité, j'vous l'dis !

Cubières tira sa compagne par le bras. Olympe constata qu'une partie non négligeable des Parisiens détestaient leur souveraine et que nul, dans cette assemblée spontanée, ne souhaitait la défendre.

Et, plus grave, ce qu'elle mesurait également, dans l'air pourtant léger de cette belle soirée de mai, c'était que ces gens-là avaient aussi cessé de la respecter.

La vérité était que pour eux, plus que haïe, Marie-Antoinette était désormais honnie.

XXIX

Paris, septembre 1786

Olympe de Gouges était une femme qui se donne et n'appartient qu'à elle-même. Michel de Cubières ne l'ignorait pas. Et cette créature indomptée, qu'un mariage malheureux n'était pas parvenu à briser, se tenait devant lui, nue, dans le clair-obscur de ce jour d'automne qui déclinait. La fenêtre de la chambre, à peine entrouverte, laissait passer une brise légère. Sa chevelure cascadait sur ses épaules, ses seins ronds semblaient deux fruits défendus, sa taille fine soulignait des hanches délicieusement féminines et des cuisses fuselées. Elle avait atteint la plénitude de sa beauté et, si le chevalier la désirait plus qu'aucune autre, il ne la touchait pas, comme si son rêve pouvait s'évanouir en devenant tangible. Il la regardait seulement, jouissant du spectacle de ce corps offert à l'amour, de ce consentement tacite qu'il espérait depuis si longtemps. Immobile, attentive au moindre souffle, elle s'enivrait du trouble de son compagnon, goûtant ce silencieux hommage avant d'en apprécier la manifestation. Le marquis saisit une boucle soyeuse, puis plongea sa main dans ses cheveux pour attirer son visage vers le sien. Il l'embrassa doucement tout d'abord, l'apprivoisant lentement, puis se fit plus impérieux. Olympe lui caressait la nuque en lui rendant son baiser avec autant d'ardeur. Cubières la souleva et elle enroula ses jambes autour de sa taille frémissante et avide de sensations nouvelles, tandis qu'il la portait vers le grand lit à baldaquin.

Après le viol légal qu'avait été son mariage, elle s'était apaisée dans les bras de Jacques de Biétrix. Cette liaison, longue, calme, respectueuse, l'avait réconciliée avec l'intimité amoureuse. Toutefois, pour la femme absolue qu'elle était, cela ne suffisait plus. Elle avait besoin d'être révélée à elle-même, de repousser ses limites, de découvrir la passion du cœur et des sens. Alors qu'il promenait ses lèvres sur sa peau veloutée, Cubières triomphait secrètement de cette entière reddition tout en sentant sourdre en lui une responsabilité nouvelle. Il ne pouvait, ne voulait pas la décevoir. Il l'aimait et souhaitait se faire aimer d'elle, tout en acceptant cependant par avance de posséder son corps sans jamais se rendre maître de son esprit. Olympe n'appréciait rien tant que la liberté. Elle chérissait la sienne et celle des autres au point d'en avoir fait son combat politique et la source de son inspiration littéraire. Lorsqu'elle s'offrit à lui et qu'il entra en elle, il but son consentement avec une joie sauvage. Elle répondit à son appel, confiante, heureuse, accordant son rythme à celui de ses va-et-vient, prête à le suivre dans ce mystérieux voyage menant au plaisir. Le chevalier prit son temps, à l'affût de la moindre de ses réactions. Il fut récompensé de ses attentions. La jouissance irrépressible qui les cueillit tous deux éclata comme mille soleils, les laissant pantelants et éblouis. Olympe, bouleversée, venait de découvrir qu'une union charnelle pouvait faire naître un monde et l'abroger simultanément, en une fusion aussi incandescente qu'irréversible.

Nichée au creux de l'épaule de son amant, la jeune femme somnolait, lorsqu'un fiacre passant dans la rue l'éveilla. La matinée était déjà bien avancée, et elle se redressa vivement.

– Mon Dieu !, s'écria-t-elle. Il est tard, il faut que je m'en aille !

– Qu'est-ce qui t'y oblige ?, tenta Michel.

– Ne feins pas d'ignorer que je quitte Paris cet après-midi, rétorqua-t-elle en déposant un baiser léger sur sa tempe.

Il lui attrapa la main avant qu'elle n'ait pu se lever.

– Justement. Je réitère ma question : pourquoi devrais-tu impérativement partir ?

– Parce que ma troupe est attendue dans plusieurs villes pour un projet sur lequel je travaille depuis des mois et que, par conséquent, je ne saurais différer mon départ, même si j'ai succombé à un très beau gentilhomme, ajouta-t-elle, mutine, en posant cette fois ses lèvres sur les siennes.

– Reste, dit-il, soudain grave.

– Non.

– Tu n'es pas à deux jours près.

– Nous n'aurons pas davantage envie de nous quitter dans quarante-huit heures. Et tu dois te rendre à Versailles. Nous ne pourrions pas profiter l'un de l'autre.

Le chevalier soupira.

– L'air y est irrespirable. Sa Majesté se remet péniblement de ses couches[1], et encore moins de la sentence du procès.

– Pourtant, le roi a tranché en dernière instance après le Parlement ! Le cardinal paie bien pour son crime de lèse-majesté ! Cela ne console-t-il pas la reine ?, s'enquit Olympe en enfilant sa chemise.

– C'est pire que tout ! Notre sire n'aurait pas dû se hâter de rejuger cette affaire. La colère n'est jamais bonne conseillère. Le Parlement avait proposé un hors-de-cour assorti de l'obligation de faire une amende honorable publique et solennelle auprès de Leurs Majestés, à la suite de quoi Rohan aurait quitté Versailles non sans avoir démissionné de la grande aumônerie. Il était suffisamment humilié ! Point n'était besoin de le révoquer, puis de l'exiler à La Chaise-Dieu, au fin fond de l'Auvergne ! Ses fonctions le rappelaient tout naturellement en Alsace, dans son évêché...

– Le roi a dû estimer qu'il n'était pas assez puni pour l'outrage infligé à son épouse !

– Grave erreur ! Il est contraint de rembourser le bijoutier Böhmer, qui a été lésé ! Compte tenu du prix exorbitant de cette fameuse parure en diamants, il avait devant lui une dizaine d'années de trésorerie très difficiles ! Mais Louis a voulu complaire à sa femme... Et on affirme que cette dernière a éconduit Mme de Marsan qui, comme tu le sais, est une parente du cardinal. Elle est venue plaider sa cause et Marie-Antoinette ne s'est point laissé attendrir !

1. Sophie-Hélène Béatrice, née le 9 juillet, fut l'ultime enfant du couple royal. À partir de ce jour, Marie-Antoinette fit en sorte de ne plus être enceinte.

– Pourquoi dis-tu que tout cela est regrettable ? Après tout, que le cardinal aille réfléchir en Auvergne ne peut pas…

Le chevalier se leva d'un bond et apparut à la jeune femme dans sa belle nudité. Elle admira les méplats de son corps, ses fesses fermes et ses épaules larges. Un parfum de regret l'enveloppa l'espace d'un instant. Michel lui manquerait énormément.

– C'est invraisemblable !, soulignait-il quand elle réalisa qu'elle ne l'écoutait pas. Leurs Majestés sont en train de se mettre à dos non seulement la famille de Rohan, et avec elle les grands noms de France qui se sentent solidaires, mais aussi le peuple de Paris, qui ne comprend pas que le roi repasse là où la justice a déjà été rendue. Marie-Antoinette est victime d'un complot et finit hélas par y avoir le mauvais rôle. On plaint le cardinal, injustement châtié tandis qu'il a été abusé, et on accable Marie-Antoinette pour son absence de compassion et sa frivolité, qu'on accuse d'être à l'origine de cette malheureuse affaire !

Olympe attachait à présent le ruban de son chapeau face au miroir. Elle jeta un coup d'œil à son amant sans se retourner.

– Je n'avais pas vu toutes les implications de cette nouvelle décision, en effet. En réalité, la reine, que l'on a pourtant outragée, est aussi la grande perdante de l'histoire, si je t'entends bien. Pauvre femme. Je n'aimerais décidément pas être à sa place…

– Elle se trouve dans une position impossible. On lui reproche une chose et son contraire, en vérité !, remarqua le chevalier. La comtesse de La Motte a œuvré pour la compromettre. Aujourd'hui qu'elle est condamnée au fer rouge, certains avancent que la reine pourrait demander qu'elle ne le soit pas. Mais si elle le fait, on dira qu'elle cherche à épargner sa complice, puisqu'une partie des courtisans et du peuple de Paris a cru aux allégations de cette méchante comtesse lorsqu'elle a juré que toute cette affaire était montée par Marie-Antoinette elle-même, afin d'acquérir le collier par des voies détournées. Et beaucoup le pensent encore ! C'est insoluble !

– Si ce que tu affirmes est vrai, souligna Olympe, je crains que cela n'ébranle le trône. J'ai eu une sensation étrange quand nous avons assisté à la libération du cardinal. La foule n'était pas simplement là pour le soutenir. Elle manifestait clairement son hostilité à la Couronne et plus particulièrement envers la reine. Je redoute que…

Michel vint derrière elle et l'enlaça avec tendresse, avant de soulever sa chevelure afin de déposer une pluie de baisers sur sa nuque.

– Qu'est-ce qui te préoccupe, mon amour ?

Olympe se retourna et lui fit face.

– Eh bien, comment le dire ? J'ai pensé que le fil d'or qui reliait la souveraine à son peuple était vraiment rompu.

XXX

Paris, août 1788

La ville suffoquait sous un soleil de plomb. Les Parisiens recherchaient désespérément la fraîcheur et les porteurs d'eau travaillaient sans répit. Après avoir franchi le pont tournant des Tuileries qui reliait la place Louis-XV au jardin[1], Nicolas de Condorcet et son épouse Sophie[2] marchaient à l'ombre des grands arbres qui bordaient les allées latérales. Les élégantes s'y promenaient, offrant un spectacle qui aurait affolé un peintre. Oubliées, les couleurs pastel du règne précédent : Marie-Antoinette avait mis à l'honneur une véritable symphonie de tons absolument éclatants. On rivalisait d'audace pour les nommer. Le jaune n'existait plus ! Les robes étaient « maïs », « queue de serin » ou « cheveux de la reine ». Mais il advenait qu'une toilette soit coupée dans un tissu « cuisse de nymphe émue », « gueux nouvellement arrivé » ou « soupirs étouffés » ! Suivre la mode requérait attention et finesse, et assurément, la belle Sophie de Condorcet n'en manquait pas. Elle avait choisi une robe à l'anglaise que Mme d'Épinay, célèbre pour son salon, avait dessinée dès le début des années 1780. De couleur « saumon intimidé », cette toilette lui seyait à ravir. Resserré à la taille par un corset pointu sur

1. Voir les annexes.
2. Sophie de Grouchy, sœur du futur maréchal de Grouchy évoqué par Victor Hugo en 1853 dans son poème *l'Expiation*, qui relate la défaite de Napoléon à Waterloo. Condorcet l'avait épousée en 1786.

l'abdomen et dont seul le dos était baleiné, le corsage se terminait par des manches collantes et longues, en amadis, et surmontait une jupe à petits plis, légèrement gonflée par un rembourrage matelassé s'évasant à l'arrière. Mais quelle aisance que cette absence de paniers ! Le vent de liberté qui soufflait sur Paris se retrouvait jusque dans les vêtements. On refusait à présent les contraintes dans tous les domaines. Radieuse, la jeune femme avait posé sur sa chevelure coiffée en tapé, c'est-à-dire détachée et flottant en un nuage vaporeux poudré de gris, un petit bonnet de linon épousant simplement la forme de sa tête. Ce détail soulignait l'importance de l'influence populaire sur la façon de se vêtir. La célèbre Mlle Contat, qui avait magnifiquement interprété le personnage de Suzanne du *Mariage de Figaro* trois ans auparavant, en avait lancé la mode. Il était ainsi devenu du dernier chic, pour ces dames, d'arborer sur leurs toilettes un tablier en coton blanc ou en mousseline de soie brodée de motifs floraux, qui faisait de ce vêtement jusqu'ici porté par les servantes et les paysannes, un accessoire des plus raffinés. Sophie n'avait pas sacrifié à cette tendance qui eût ajouté une épaisseur à sa jupe déjà chaude par cette canicule, mais elle avait en revanche noué un fichu, indispensable complément de la robe à l'anglaise, permettant de prémunir un décolleté des ravages du soleil et du regard des gentilshommes. Elle tenait amoureusement le bras de son époux, lorsqu'ils aperçurent Olympe qui cheminait, tout aussi élégante dans une robe vert pomme rehaussée de dentelle bleu de nuit. On commençait à apprécier les couleurs acidulées qui attiraient l'attention. Les femmes prétendaient être « visibles » et non plus de beaux trophées exhibés par ces messieurs. Quand il la reconnut, accompagnée du chevalier Michel de Cubières, Condorcet lui adressa un signe amical.

– Quel plaisir de vous voir, chère amie ! Depuis quand êtes-vous de retour de votre périple provincial ?, demanda-t-il dès que les deux couples se furent rejoints.

– Quelques mois, répondit-elle. Le marquis de La Maisonfort a racheté mon petit théâtre à la fin de l'année passée[3]. Le temps que tout se mette en place, j'ai dû honorer encore plusieurs contrats,

3. Le marquis a consigné ce fait dans ses *Mémoires*.

puis j'ai pu rentrer à Paris et me consacrer entièrement à l'écriture, ajouta-t-elle.

– Sophie, vous embellissez chaque jour, avança le chevalier en baisant la main de l'épouse du mathématicien.

– C'est sans doute le bonheur de vivre avec un homme qui prend fait et cause pour les femmes, repartit-elle en coulant un regard langoureux vers Nicolas.

Ce dernier lui serra la main avec tendresse et se tourna de nouveau vers Olympe.

– Je ne défends pas seulement le beau sexe, mais aussi, comme vous le savez, la cause des esclaves. La Société des amis des Noirs a été officiellement créée en février[4] et je m'en réjouis ! Je compte naturellement les soutenir. Pour l'instant, elle est dirigée par Brissot et Clavière, auxquels s'est joint l'abbé Grégoire. Toutefois, leurs statuts imposant un système d'élections trimestrielles, je gage que les présidents devraient être souvent renouvelés.

– Souhaitez-vous devenir l'un d'eux[5] ?, demanda Olympe.

– Certainement. Ce serait pour moi un honneur de pouvoir dire que je dirige une association dont le but est l'égalité des Blancs et des gens de couleur dans nos colonies et, à terme, l'interdiction de l'esclavage et de la traite des Noirs.

– Cependant... Ne craignez-vous pas de rencontrer une violente opposition ?, contra Cubières. Tellement de riches familles de la Cour tirent leurs profits de leurs plantations... Comment vont-elles vivre par la suite ?

Condorcet acquiesça.

– Pertinente question, mon cher, et c'est l'argument principal de nos détracteurs. L'arrêt de l'esclavage doit être intelligent et donc progressif, dans le souci de maintenir l'économie de nos colonies, mais aussi dans celui de préparer les Noirs à cette liberté nouvelle en les éduquant. La suppression brutale de ce système causerait bien du malheur.

Ils reprirent leur promenade en devisant.

– Vous avez grandement raison, approuva Olympe. Il est urgent de commencer à débattre réellement de ces sujets. Et cela ne pourra

4. Le 19, exactement.

5. Condorcet le sera en effet.

advenir que si des gens crédibles se font entendre et prennent de l'importance. Ne dit-on pas que l'union fait la force ? Il faut que cesse cette inhumaine exploitation !

– Quelle fougue, madame ! Et quelle conviction !, s'amusa Condorcet. Toutefois, des hommes comme moi ont aussi besoin de femmes comme vous ! Vous êtes sensible à cette noble cause depuis un moment et ne le celez[6] point. Appuyez-nous, Olympe ! Cette lutte est la vôtre !

Michel de Cubières s'arrêta et tous l'imitèrent.

– Il est indéniable que vous avez en Mme de Gouges un soutien indéfectible et personne ne se montre plus véhément que notre amie lorsqu'un sujet lui tient à cœur !

– Le mois de février devait sans doute être propice, souligna Olympe, car j'ai pu, de mon côté, publier mon *Zamore et Mirza* en lui attachant un texte que j'ai appelé *Réflexions sur les hommes nègres*, où je dénonçais, justement…

– Mais pensez-vous que sa parution m'ait échappé ?, la coupa Condorcet. Pourquoi croyez-vous, chère amie, que je vous exhorte à nous rejoindre ? Vous avez toute votre place dans cette association. Par ailleurs, vous connaissez mon combat visant à ce que les femmes participent enfin à l'élaboration de notre société, qu'elles s'engagent en politique, que leur parole soit respectée et entendue à l'égal de la nôtre ! Vous êtes doublement emblématique, Olympe. Ne l'oubliez jamais !

– Oui, approuva-t-elle. Les femmes, les gens de couleur… Au fond, la croisade est la même…

---

6. Cachez.

XXXI

Paris, octobre 1788

La nuit était tombée et avec elle la froidure humide de l'automne. On avait allumé bougies et chandelles dans la bibliothèque qui servait de bureau à Mme de Gouges. Un feu crépitait dans la cheminée de marbre gris qui cassait l'angle de la pièce. L'ombre de la jeune femme dansait sur le mur comme elle se déplaçait, tandis que sa secrétaire, assise devant une petite table marquetée, écrivait, puis raturait en suivant avec application les instructions qui lui étaient données.

– Revenons sur ce paragraphe, s'il vous plaît !

Olympe, concentrée, marchait de long en large devant la fenêtre, ainsi qu'elle le faisait chaque fois qu'elle dictait ou corrigeait ses ouvrages, assistée d'Agnès qui l'aidait dans cette tâche depuis toujours.

– « Ce moyen, voici comme je l'envisage… », commença cette dernière.

– Non. « Comme je le présente », plutôt. Cela supprime ce côté un peu rêveur. Il s'agit d'une proposition concrète, il y faut la fermeté adéquate !

Dès le mois de février et la parution de son message prônant l'abolition de l'esclavage, Olympe de Gouges s'était jetée dans la bataille politique. Armée de sa plume, elle rédigeait brochures et pamphlets, interrogeant sans relâche la société sur le sort des Noirs, des femmes, des pauvres. Les récoltes avaient été catastrophiques et les finances du royaume se trouvaient au plus bas. Des voix s'élevaient afin de convoquer les états généraux, ce que le roi avait enfin autorisé. Leur réunion devait avoir lieu avant le printemps suivant. Pour l'heure, Sa Majesté venait de rappeler auprès d'elle Jacques Necker, très populaire parmi les gens du peuple. Ce dernier s'était vu confier différentes réformes destinées à enrayer cette crise majeure qui frappait le pays. Bon nombre de problèmes étaient la conséquence des erreurs commises au cours des règnes passés. Mais, si injuste que ce fût, Louis XVI demeurait comptable de ce mauvais bilan. À dire le vrai, l'accélération de cette dépression tenait surtout à la disette qui s'était installée depuis plusieurs années, les récoltes n'ayant jamais atteint le niveau espéré, en raison de catastrophes naturelles et d'intempéries. Des hivers particulièrement rudes, qui voyaient les pauvres souffrir de froid et de faim, succédaient à des étés de feu, où de violents orages provoquaient des pluies torrentielles qui saccageaient des moissons s'annonçant déjà maigres. Olympe avait eu l'idée de proposer un impôt volontaire, s'apparentant davantage à un don en espèces ou en nature s'adressant à toutes les catégories sociales, dans le but d'un effort national et citoyen.

– « … Un impôt volontaire dont la nation s'applaudirait ; et cette action mémorable du cœur français passerait à la postérité, et formerait l'époque la plus singulière et la plus remarquable des annales de la monarchie », termina Agnès en griffant le vélin du bout de sa plume.

Elle leva les yeux, dans l'attente d'éventuelles corrections.

– Cela me paraît convenable, approuva Olympe. Oui… ces lignes traduisent bien l'intention politique. Reprenons le passage qui concerne Sa Majesté, voulez-vous ?

La jeune fille souleva plusieurs feuillets, les parcourut brièvement et en sortit un, qu'elle tint plus près de la chandelle posée sur son bureau.

– Ah, voici.

Elle reprit à haute voix :

– « La reine, qui a manifesté son vrai caractère en s'empressant de solliciter le rappel de M. Necker, et qui l'a elle-même présenté à Sa Majesté, comme l'espoir unique de la France en ces temps de calamités ; la reine, dis-je, a montré par la joie qu'elle a manifestée dans cette occasion que les Français n'ont jamais cessé de lui être chers. Les états généraux… »

Olympe fit volte-face.

– Non, l'interrompit-elle. Ajoutez ceci après « être chers » : « Qui peut douter qu'elle ne fasse sur les finances les plus grandes réserves pour augmenter les fonds de cette caisse patriotique ? »

– « … Les fonds de cette caisse patriotique… », répéta la jeune fille, qui achevait d'écrire.

Mme de Gouges réfléchissait.

– Notre pauvre reine semble être responsable de tous les maux, à présent, expliqua-t-elle. Le peuple doit savoir qu'elle ne répugne pas à consentir des sacrifices pour aider la nation ! La mort de son dernier enfant[1] l'année passée et la maladie du dauphin ont rendu cette femme bien plus consciente des réalités. Elle n'est plus frivole ni dépensière ! Je veux que ma brochure le souligne, car nos souverains se doivent de veiller au bonheur des peuples et ils n'ont, à mon sens, pas failli.

Agnès écoutait, avant de reprendre sa copie.

– Où en étions-nous ?, demanda Olympe.

– « Les fonds de cette caisse patriotique », point d'interrogation.

– Ah oui. Voilà : « Et la nation, enchantée de voir M. Necker à la tête des finances, lui donnera les moyens de remettre tout dans le bon ordre, et la preuve la plus convaincante de son estime… de son estime… et de sa confiance pour ses lumières et ses vertus. » Et là, on raccroche avec le paragraphe suivant sur les états généraux, conclut Mme de Gouges. Veuillez me relire le texte dans son entier, Agnès, s'il vous plaît.

– Vous êtes-vous décidée sur le titre, Madame ?

– Oui. Ce sera *Lettre au peuple ou Projet d'une caisse patriotique*. Hâtons-nous de terminer les corrections : il paraîtra au début du mois prochain. J'ai déjà l'idée d'une nouvelle publication dans

1. Sophie est décédée de convulsions moins d'un an après sa naissance. L'héritier du trône, quant à lui, était atteint de tuberculose. Il s'était révélé d'une santé chancelante depuis longtemps ; un drame pour ses parents et pour le royaume.

laquelle j'énoncerai des remarques patriotiques[2], afin de dessiller les privilégiés de ce royaume. Les barons, marquis, comtes, ducs, princes, évêques, archevêques et éminences doivent comprendre qu'ils sont avant tout des citoyens !

2. En effet, un mois après la parution, le 6 novembre 1788, de sa *Lettre au peuple ou Projet d'une caisse patriotique*, elle publie ses *Remarques patriotiques*, toujours sous couvert d'anonymat, censure oblige.

XXXII

Paris, 5 mai 1789

Enfin se tenaient les états généraux, convoqués dès le 24 janvier, et pour la première fois depuis 1614, par Louis XVI, roi de France et de Navarre. La veille, la procession du saint sacrement, partie de l'église Notre-Dame, paroisse du château, s'était étirée dans les rues de Versailles afin de rejoindre la cathédrale Saint-Louis où l'on avait pu entendre la messe du Saint-Esprit et le sermon de l'évêque de Nancy, Mgr de La Fare, qui marquaient l'ouverture de cette importante réunion des trois ordres, le clergé, la noblesse et le tiers état. L'opinion mesurée du prélat avait été longuement commentée. Car s'il avait dénoncé les dépenses trop ostentatoires de la Cour, il avait fustigé dans le même temps les réformes souhaitées par le peuple.

Pour l'heure, dans la vaste galerie provisoire des Colonnes, aménagée au plus vite par l'architecte Pierre-Adrien Pâris à l'hôtel des Menus-Plaisirs et que l'on avait rebaptisée pour la circonstance « salle des trois ordres », se tenait le rassemblement à proprement parler, organisé par le grand maître des cérémonies de France, le marquis de Dreux-Brézé. Mille cent trente-neuf députés avaient pris place. Deux cent quatre-vingt-onze parmi eux, appartenant au clergé, s'assirent à la droite du trône, désireux de ne rien modifier quant à l'administration du royaume. Les deux cent soixante-dix nobles, siégeant à la gauche de Sa Majesté, en revanche, estimaient que la monarchie absolue avait vécu et espéraient retrouver leurs pouvoirs d'antan, lorsqu'ils étaient les seigneurs de leurs fiefs. La majorité, enfin, qui comptait cinq cent soixante-dix-huit membres, représentait le tiers état et se tenait face au roi. Tous étaient porteurs d'un cahier de doléances, dont l'usage remontait au XIVe siècle, rédigé par chaque assemblée dans les provinces. Ceux-là revendiquaient ardemment des réformes, une mutation profonde de la société qui irait vers davantage d'égalité et de liberté.

Assise parmi la foule, Olympe de Gouges ne perdait pas un mot de ce qui se disait à la tribune, où le monarque venait de lire son discours, suivi de Barentin, le garde des Sceaux, avant que Necker ne prenne la parole. Avide de mieux comprendre, elle s'était installée à Versailles depuis plusieurs jours pour être sûre de ne rien manquer de ces événements.

Son regard déviait très souvent sur la reine, belle et grave, parée d'une robe de satin blanc rehaussée d'un manteau mauve, une aigrette en diamants plantée au cœur de sa chevelure. Immobile, l'air absent, cette dernière ne trahissait aucune émotion. La veille, elle avait changé d'expression lors de la messe, lorsque Mgr de La Fare avait pointé du doigt les riches « qui cherchaient des jouissances dans la puérile imitation de la nature ». Chacun avait pu reconnaître le mode de vie de la souveraine au Hameau de Trianon. Et de fait, seul le roi avait été acclamé à la sortie de la cathédrale ; Marie-Antoinette, elle, avait regagné son carrosse en affrontant un silence pesant. Elle ne méprisait pourtant pas les miséreux et se montrait prompte à se préoccuper de leur souffrance. Mais un monde les séparait.

À l'instar de Louis Dufourny de Villiers, ingénieur de la ville de Paris, qui avait appelé à la convocation d'un quatrième ordre, l'ordre sacré des pauvres journaliers, des infirmes, des indigents et des infortunés, Mme de Gouges déplorait l'absence de représentation des plus misérables. Toutefois, cette large assemblée, qui n'avait pas vu le jour depuis cent soixante-quinze ans, portait un élan nouveau et Olympe voulait croire en l'avenir.

Le soir, elle mettait la dernière touche à un texte qu'elle avait intitulé *le Cri du sage, par une femme*, où elle développait ses propositions, prônant l'entente entre la noblesse et le tiers, prolongation de son idée d'impôt solidaire, auquel tout le monde devait participer.

Si elle continuait d'afficher son attachement et son soutien au couple royal et à la monarchie, sa volonté réformatrice commençait de faire grincer les dents, notamment dans l'entourage immédiat de la reine, en qui la femme politique qu'elle était devenue plaçait beaucoup d'attentes. Marie-Antoinette était jeune ; elle était femme, mère et souveraine : elle ne pouvait que vouloir changer ce qui devait l'être. En elle s'incarnait la possibilité d'une aube nouvelle, pour le règne actuel et pour celui de son fils. C'est pourquoi Olympe l'envisageait comme la pierre d'achoppement de son projet, s'attirant l'ire des ultraconservateurs, qui se courrouçaient de ses suggestions. Mme de Gouges s'était vue raillée, vilipendée, attaquée sur ses mœurs, dénigrée dans ses opinions. Mais l'écrivain qu'elle était ne désarmait pas et utilisait sans relâche la seule arme qui fût la sienne : sa plume. Elle rédigeait donc, en même temps, un texte qui se voulait un *Avis pressant, ou réponse à [s]es calomniateurs*, dans lequel elle entreprenait de se défendre en répondant point par point à chacune des critiques qui lui étaient adressées.

Le climat se tendait davantage chaque jour. Une effervescence engendrant une émulation intellectuelle, porteuse de réformes salutaires et d'espoir, côtoyait une volonté sourde d'en découdre et de tout renverser. Mirabeau, qu'Olympe admirait énormément et qui, comme elle, aimait Voltaire, Necker ou M. de La Fayette pour leur tempérament et la clarté de leurs idées, commençait à se faire entendre avec de plus en plus de force. En dépit de son titre de comte, il appartenait au tiers état, ayant été nommé à Aix et à Marseille dès le mois d'avril. Son talent de tribun, allié à ses convictions profondes quant à la nécessité de lever la censure de la presse, avait attiré l'intérêt de Mme de Gouges, éprise elle aussi de liberté d'expression.

Dans cette salle imposante où chacun venait exposer sa vision de l'avenir, Necker avait clairement expliqué le déficit budgétaire et la faillite de la France en insistant sur le fait qu'il serait extrêmement compliqué d'y remédier. Mais ce qui agitait les foules était la représentation du vote. Allait-on procéder par ordre ou par tête à l'issue de ces séances solennelles ? On estimait cette question décisive, car cela conditionnerait naturellement toute réforme. C'était de cela que cette assemblée était grosse et nul ne savait si elle enfanterait un monde nouveau ou un monstre.

Ces états généraux engendraient l'espérance. N'aboutir qu'à une parodie de concertation conduirait à nourrir les haines et les rancœurs.

Le danger était réel.

Consciente de ces enjeux, Olympe était particulièrement attentive à la moindre intervention.

Tout pouvait basculer.

XXXIII

Paris et Meudon, 4 juin 1789

Le visage baigné de larmes, Olympe ne quittait pas le chevet de Julie. Les dernières forces abandonnaient ce petit corps amaigri ; la vie s'échappait. Depuis quelques jours, l'enfant avait manifesté des douleurs abdominales intenses. On l'avait saignée à plusieurs reprises, puis on lui avait posé des sangsues. Les fumigations avaient provoqué des quintes de toux, accentuant son malaise et ses spasmes. Elle avait hurlé lors du lavement, et sa mère avait fini par interdire que les médecins la touchent. Elle était très pâle avec de grands cernes bleus sous les yeux. Olympe ne laissait à personne le soin de s'en occuper et baignait elle-même les tempes de la malade. Jacques de Biétrix était lui aussi auprès d'elle et ne lâchait pas sa main menue et déjà glacée, regardant par moments son ancienne compagne d'un air éperdu. Certes, il ne vivait point avec elle, et l'on était résigné à la disparition des enfants d'un âge peu avancé. Mais Julie était un lien qui l'unissait à la femme qu'il ne cessait d'aimer.

De fait, il n'avait jamais rechigné à assumer ses responsabilités, et la fillette s'était réjouie d'apprendre à mieux connaître son géniteur en l'absence de sa mère. Il ne l'avait pas installée dans l'hôtel particulier ancestral, cela eût été inconvenant. Toutefois, il la visitait chaque jour, au logis maternel, tandis qu'elle se trouvait confiée à sa gouvernante. Il s'était attaché à elle, la découvrant intelligente et gaie, bien élevée et curieuse de tout, ce dont il était fier, et il avait gardé l'habitude de la retrouver deux fois la semaine depuis la fin de la tournée théâtrale de Mme de Gouges dans les provinces du royaume.

Devoir lui dire adieu se révélait un véritable déchirement. L'arrivée de cette enfant alors qu'il n'était point parvenu à obtenir la main de sa mère avait été vécue de façon assez neutre par le couple. La venue au monde d'une bâtarde avait, dans un premier temps, signifié une charge morale et financière qui n'était guère de bon aloi lorsqu'on souhaitait convoler en justes noces et Jacques, résigné à ne jamais former une famille avec Olympe, songeait à rencontrer enfin une femme dont il pourrait faire son épouse légitime, afin de donner des descendants à son nom. Mme de Gouges, quant à elle, songeait plutôt à sa carrière. Cependant, la vivacité, l'espièglerie et la tendresse de cette adorable fillette avaient su gagner le cœur de ses parents.

Ils étaient à présent tous deux accablés de chagrin.

La journée de juin, déjà chaude, accentuait encore l'inconfort de la malade, toujours en proie à une forte fièvre liée à l'infection.

Toutefois, les cris de douleur avaient cédé la place au silence.

Soudain, un râle se fit entendre et Olympe, qui se précipita, ne put que recueillir le dernier soupir de sa fille et éclata en sanglots en la serrant contre son cœur.

– Julie ! Mon bébé ! Julie…

Elle ne répondit pas.

C'était fini.

Inerte petite poupée dans les bras maternels, elle s'en était allée vers un ailleurs lumineux où elle avait cessé de souffrir. Jacques, très pâle, s'approcha doucement et étreignit les deux êtres qu'il aimait le plus.

Julie était partie.

Olympe appartenait à un autre.

Son monde avait disparu.

*

*   *

Une scène identique se déroulait au château de Meudon, où se jouait la même tragédie. Lors de la procession qui avait précédé l'ouverture des états généraux, à Versailles, le cœur de la reine s'était serré quand elle avait aperçu, sur un balcon où on l'avait installé, le dauphin, blafard et décharné, que l'on avait ramené sur une civière afin qu'il assistât à l'événement. Pierre-Jean de Bourcet, ancien lieutenant de l'armée royale et premier valet de chambre du fils aîné de Leurs Majestés, se tenait à ses côtés, l'air soucieux. La fatigue qu'on lui imposait n'allait-elle pas précipiter le trépas de son protégé ? Car il advenait clairement que l'enfant chéri des souverains, censé incarner l'avenir de la monarchie, était moribond[1]. Plusieurs années déjà que la santé du garçonnet préoccupait les médecins de la Cour. Dès 1784, il avait été secoué de convulsions dues à de fortes fièvres, mais il s'était rétabli. Toutefois, après deux ans de relative tranquillité, celles-ci étaient réapparues et, à leur suite, des vésicules avaient boursouflé sa peau. Dans le même temps, sa colonne vertébrale s'était tordue, et les corsets de métal qu'on lui avait infligés s'étaient révélés une torture qui n'avait en rien remédié au problème : le dauphin était contrefait. Depuis le mois de janvier, les fièvres lentes ne le lâchaient plus. La tuberculose rongeait son pauvre corps. À sept ans et demi, Louis-Joseph de France impressionnait par son esprit de repartie et la maturité qu'il affichait en dépit de son jeune âge.

– Ne pleurez pas, ma chère maman…, parvint-il à articuler péniblement avant qu'un ultime spasme ne le secoue, tandis qu'il serrait la main de sa mère qui ne l'avait pas quitté depuis son arrivée.

Dévastée par le chagrin, Marie-Antoinette était méconnaissable. À une heure du matin, son petit garçon venait de rendre son âme à Dieu dans ses bras, au château de Meudon, en l'absence du roi que le protocole n'autorisait pas à assister à son trépas.

Elle suffoquait de douleur et il fallut l'arracher littéralement du chevet de son fils, qu'elle ne pouvait se résoudre à abandonner.

Le monarque fut averti dès l'aube.

Quatre jours plus tard, des délégations du clergé, de la noblesse et du tiers état vinrent s'incliner devant la dépouille du prince.

1. Voir les annexes.

Le couple royal, quant à lui, endura une journée entière de condoléances. La reine peinait visiblement à ne pas défaillir. Après que son cœur eut été envoyé à l'abbaye du Val-de-Grâce, le dauphin fut inhumé le 13 juin en la basilique Saint-Denis, en présence de son gouverneur, François-Henri d'Harcourt, comte de Lillebonne, duc et pair du royaume, d'Henri-Évrard de Dreux, marquis de Brézé, grand maître des cérémonies, de Louis-Joseph de Montmorency-Laval, grand aumônier de France, et d'Albert Séjan, curé de l'église royale et paroissiale de Meudon. Le protocole ne permit pas à Leurs Majestés d'accompagner cet enfant tant aimé en sa dernière demeure. Marie-Antoinette passa tout le jour abîmée dans les larmes et la prière.

Lorsque Louis XVI, anéanti, demanda qu'en raison de son deuil l'audience de la délégation du tiers état soit légèrement différée, les députés refusèrent.

Leur compassion n'allait pas jusque-là.

XXXIV

Paris, le 10 juillet 1789

La ville s'était éveillée au son des crieurs de journaux, qui rapportaient les récents événements survenus à Versailles. Les Parisiens n'en croyaient pas leurs oreilles ! Chaque matin révélait son lot de surprises, la vie politique galopait. Le 20 juin, au cœur du quartier Saint-Louis, non loin du château, les députés du tiers, qui s'étaient vu interdire l'accès de la salle des Menus-Plaisirs où se tenaient habituellement les états généraux, avaient adopté l'idée d'un des leurs[1], qui avait suggéré de se réunir rue Saint-François, dans l'édifice autrefois dédié au jeu de paume. Là, ils avaient fait le serment de ne point se séparer avant d'avoir élaboré une Constitution.

En dépit de son illégalité et de son absence de valeur juridique, cette décision ébranlait les consciences, car sans pouvoir le formuler clairement, le peuple y voyait une forme de transfert de la souveraineté et de la sacralité du monarque, jusqu'ici de droit divin, vers la nation qui venait de naître.

L'accouchement se révélait cependant douloureux. On peinait à s'entendre. Mieux : on refusait souvent de s'écouter. Les trois ordres avaient longuement bataillé et les délégués du tiers avaient fini par imposer le fait que, « représentant les quatre-vingt-seize centièmes au moins de [ladite] nation », ils avaient toute légitimité pour se

1. Le député Guillotin, qui fera opter pour la guillotine comme mode unique d'exécution capitale.

constituer en Assemblée nationale. Ils jurèrent donc à Dieu, au roi et à la patrie de remplir avec zèle et fidélité les fonctions dont ils s'étaient eux-mêmes chargés et invitèrent les membres de la noblesse et du clergé à se joindre à eux. Nonobstant la résistance du cardinal de La Rochefoucauld feignant d'ignorer que la majorité des gens d'Église avait voté en faveur de cette alliance, les députés obtempérèrent, sous la houlette de leur président, l'archevêque de Vienne, qui n'était autre que Jean-Georges Le Franc de Pompignan, « oncle » d'Olympe.

Cette dernière avait les yeux brillants de fierté lorsqu'elle rapporta cet événement à Michel de Cubières.

– Vous rendez-vous compte, mon ami ? Cet homme qui est de mon sang, le frère de mon propre père, a défié le cardinal de La Rochefoucauld, alors qu'il n'est lui-même qu'archevêque, pour conduire les représentants du clergé à s'unir à ceux du tiers état ! Cela témoigne d'un grand sens politique, je vous l'assure ! Et je gage que l'on parlera longtemps de ce serment du Jeu de paume. C'est un tournant de notre histoire, j'en suis certaine !

– Certes, ma douce, toutefois, le roi s'y est opposé et…

– J'en conviens, mais vous avez pu apprécier la suite !, triompha Olympe.

La suite, en effet, marquait un net recul de l'autorité royale.

Au fil du temps, la tournure des événements échappait à Louis XVI, visiblement dépassé par cette exigence nouvelle qu'il ne comprenait pas. Dans la matinée, la foule outragée par ce blocage intempestif de la salle des Menus-Plaisirs avait suivi ses députés en cortège jusqu'au jeu de paume, où le tiers avait rédigé un texte lu par Bailly, président de cette assemblée, affirmant sa volonté de se réunir partout où les circonstances l'exigeraient.

Mais quelques jours plus tard, le souverain, souhaitant reprendre la situation en main, avait déclaré qu'il interdisait le moindre rassemblement, non sans promettre plusieurs réformes destinées à apaiser les esprits. Hélas, l'égalité devant l'impôt, l'abolition de la taille, des corvées ou des lettres de cachet s'étaient révélées inaptes à contenir ce formidable élan qui était né. Dès que le roi s'en était allé, les gardes avaient dû user de la force en vue d'obliger les siégeants à se disperser. Quelques-uns parmi les nobles, dont M. de La Fayette qu'Olympe admirait pour sa droiture et sa vaillance, avaient même sorti l'épée du fourreau. C'était compter sans les qualités d'orateur de Mirabeau. Avec sa superbe, il répondit au marquis de Dreux-Brézé, grand maître des cérémonies, venu apporter l'injonction de dissolution de l'Assemblée constituante, signée de Louis XVI.

– *Oui, monsieur,* tonna-t-il, *nous avons entendu les intentions qu'on a suggérées au roi ; et vous qui ne sauriez être son organe auprès des états généraux, vous qui n'avez ici ni place, ni voix, ni droit de parler, vous n'êtes pas fait pour nous rappeler son discours. Cependant, pour éviter toute équivoque et tout délai, je vous déclare que, si l'on vous a chargé de nous faire sortir d'ici, vous devez demander des ordres pour employer la force ; car nous ne quitterons nos places que par la puissance des baïonnettes**[2] *!* Je souhaite que l'Assemblée décrète son inviolabilité !

Des hourras accueillirent cette proposition. Mirabeau était très apprécié. Le journal qu'il avait commencé à publier, intitulé *les États généraux*, qui se voulait un compte rendu fidèle rédigé à destination du peuple, n'avait pas tenu cinq jours avant d'être interdit par le Conseil d'État. Le vaillant député passa outre et poursuivit ses transcriptions d'audiences et ses analyses politiques sous le titre *Lettres du comte de Mirabeau à ses commettants* [3]. L'affaire prenait mauvaise tournure pour le souverain et ses ministres.

Averti de la gravité des événements et surtout de l'incroyable désobéissance de tous ces gens qui le bafouaient, le roi céda.

– S'ils ne veulent pas s'en aller, qu'ils y restent !, s'agaça-t-il.

– Sire, suggéra Necker, il vaudrait mieux en ce cas que Votre Majesté ordonne aux membres du clergé et de la noblesse de se joindre à ceux du tiers. Ainsi, à défaut de l'autorité royale elle-même, au moins l'apparence en sera sauve.

Louis XVI réfléchit un instant, puis acquiesça.

– Qu'il en soit comme vous l'entendez, dit-il d'un air las.

---

2. Nous avons utilisé dans ce dialogue la véritable harangue de Mirabeau, qui fut retranscrite dans *le Moniteur* le lendemain. La tradition populaire l'a transformée en l'apocryphe : « Allez dire à ceux qui vous envoient que nous sommes ici par la volonté du peuple et que nous ne quitterons nos places que par la force des baïonnettes. »

3. Ce journal cessa de paraître le 25 juillet sous ce titre. Il devint alors le *Courrier de Provence* (puisque, pour rappel, Mirabeau était député de Marseille et d'Aix) et fut édité jusqu'au 30 septembre 1791, c'est-à-dire même après la mort de son créateur.

Marie-Antoinette, toujours en deuil, assistait silencieusement à l'entretien, puisqu'on avait introduit en urgence le ministre auprès du souverain venu la visiter. Occupée à broder un napperon, elle ne put s'empêcher de soupirer. En vain tentait-elle d'exhorter son époux à plus de fermeté, mais ce dernier, à son grand dam, préférait la conciliation. Contrairement à elle, il jouissait encore du respect de ses sujets, qui le percevaient comme un homme bon. Cependant, il eût fallu être aveugle et sourd pour ne point comprendre que l'absolutisme[4] vacillait doucement et que le pouvoir du monarque était fortement mis à mal.

– Le peuple aime son roi, toutefois, il veut prendre son destin en main. Nous devons réformer la société, et je suis certaine que nous pouvons envisager une monarchie constitutionnelle dans laquelle chacun pourra vivre d'après ses mérites et non plus selon son titre ou sa naissance !, se réjouit Olympe. Nous allons vers davantage d'égalité et de liberté, Michel, c'est magnifique ! Tenez, laissez-moi vous lire le texte de ce serment publié hier[5] ! J'en ai eu des frissons ! « L'Assemblée nationale, considérant qu'appelée à fixer la Constitution du royaume, opérer la régénération de l'ordre public et maintenir les vrais principes de la monarchie, rien ne peut empêcher qu'elle ne continue ses délibérations dans quelque lieu qu'elle soit forcée de s'établir, et qu'enfin, partout où ses membres sont réunis, là est l'Assemblée nationale ; arrête que tous les membres de cette assemblée prêteront, à l'instant, serment solennel de ne jamais se séparer et de se rassembler partout où les circonstances l'exigeront, jusqu'à ce que la Constitution du royaume soit établie et affermie sur des fondements solides, et que ledit serment étant prêté, tous les membres, et chacun d'eux en particulier, confirmeront, par leur signature, cette résolution inébranlable. » Après quoi chacun est venu parapher le document, s'enthousiasma-t-elle.

– Je vous l'accorde, c'est une étape sans doute essentielle.

– Cela représente un tel espoir pour nous tous…

– Un espoir, oui, c'est juste. Mais nous ne sommes qu'aux prémices de cette aube nouvelle. Qu'adviendra-t-il ensuite ?

4. Le terme apparaît en 1796.
5. Par l'imprimeur de l'Assemblée nationale.

XXXV

Versailles, le 14 juillet 1789

Les régiments de Bouillon et de Nassau, arrivés la veille à Versailles, avaient été logés à l'Orangerie. Dûment fêtés par la reine et son beau-frère Artois, ces bataillons se voulaient dissuasifs. Ils étaient censés ramener l'ordre en rétablissant les prérogatives de la monarchie. Dans la soirée, il y eut malheureusement plusieurs échauffourées et le prince de Lambesc, commandant du Royal-Allemand, fit riposter à des jets de pierres par quelques coups de sabres. Ce geste fut très mal perçu par le peuple, qui accusa la souveraine de fomenter une contre-révolution en attaquant l'Assemblée. La nouvelle ne parvint que le lendemain à Paris et, le 14, la ville s'échauffa de manière inquiétante. Les rumeurs allaient bon train, la présence de ces soldats étrangers aux portes de la cité nourrissait les peurs les plus folles. On se mit à craindre un « complot aristocratique », on évoqua l'éventuel massacre des patriotes. L'avant-veille, avec un franc succès, Camille Desmoulins, journaliste pourtant peu renommé qui avait annoncé le renvoi de Necker dans son journal, était monté sur une table du café de Foy, situé rue de Richelieu à hauteur du jardin du Palais-Royal, pour haranguer la population et l'appeler à prendre les armes contre le roi, distribuant à chacun les feuilles vertes des arbres alentour comme moyen de reconnaissance. Le peuple commençait de s'attrouper en des manifestations spontanées où l'on portait les bustes de Necker et du duc d'Orléans en triomphe.

La colère grondait.

Dans cette atmosphère déjà très tendue, l'ordre donné au Royal-Allemand de charger la foule amassée aux Tuileries se révéla une erreur coupable. Plusieurs personnes furent blessées, dont des femmes et des enfants. Il y eut trois morts parmi les émeutiers. En tout début de soirée, Besenval, qui dirigeait les troupes installées à Paris, ordonna aux Suisses cantonnés au Champ-de-Mars d'intervenir. Les Parisiens prirent peur. On criait que les régiments d'étrangers étaient bien là pour protéger le roi et abattre la Révolution. Dès le lendemain, les habitants de la capitale exigèrent la baisse des prix du pain et de la farine. Le couvent de Saint-Lazare, soupçonné d'abriter du grain, fut mis à sac. Une réunion s'organisa alors à l'Hôtel de Ville, sous la direction de Jacques de Flesselles, prévôt des marchands de Paris. Ce groupe ainsi constitué décida à brûle-pourpoint de se substituer à la municipalité royale et de créer une milice bourgeoise de quarante-huit mille hommes, destinée à maîtriser les débordements populaires dans le but de défendre l'action de l'Assemblée nationale. Le signe de ralliement choisi fut la cocarde aux couleurs de la cité, le rouge et le bleu. Pour armer cette nouvelle milice, on pilla le Garde-Meuble, où étaient entreposés les fusils des collections anciennes. Flesselles lança par ailleurs la fabrication de cinquante mille piques. Mais déjà, parmi la foule, on envisageait de forcer la Bastille à distribuer ses réserves de poudre.

Une journée ensoleillée s'était levée sur Versailles en ce 14 juillet. Sur les terrasses près de l'Orangerie et du parterre du Midi, les officiers des régiments étrangers offraient un concert de musique et chacun se détendait après les fêtes de la veille qui avaient duré jusque très tard. Le roi n'avait point été chasser ce matin-là. Trop d'affaires urgentes à régler. Dépité, il s'était résigné à inscrire « rien » dans son carnet, car il aimait tenir registre de tous les animaux qu'il forçait lors de ses battues dans les giboyeuses forêts.

Sa Majesté s'octroyait ainsi un moment de repos en ses jardins, debout non loin de la reine qui bavardait avec la duchesse Jules de Polignac, quand M. de Bonsol, officier de ses gardes du corps, s'approcha, la mine soucieuse.

– Sire, le peuple de Paris s'est soulevé. La Bastille a été attaquée[1].

Louis XVI, atterré, le dévisagea.

– Y a-t-il des morts ?

– La forteresse était défendue par une centaine d'hommes, Majesté…

– Je sais parfaitement cela, monsieur de Bonsol. Il y avait exactement trente-deux soldats suisses détachés du régiment de Salis-Samade et quatre-vingt-deux vétérans invalides de guerre. Besenval m'a entretenu du remplacement de son gouverneur, il y a quinze jours à peine, car ce dernier a fait entreposer de la poudre dans son arsenal et il estimait qu'elle n'était point correctement protégée !

– C'est bien là tout l'objet du problème, sire. Le peuple cherchait à s'emparer de ces munitions… On évoque plus de cent morts. Nous ignorons l'issue de ces combats au moment où je vous parle, Majesté, mais il serait hautement préférable de rentrer. Il se dit que la foule aurait idée de marcher sur Versailles !

En quelques instants, la place fut déserte. L'heure n'était plus à la fête. Marie-Antoinette tenait le petit duc de Normandie sur sa hanche en l'entourant de son bras, tout en serrant la main de Madame Royale, lorsqu'elle regagna précipitamment ses appartements sur ordre de son époux.

La soirée fut longue. On tenta de faire des parties de jeux en comité restreint, mais le cœur n'y était pas.

Le souverain dormait depuis seulement une heure quand on vint le réveiller. Dehors, une nuit d'encre noyait le parc.

– Sire, la Bastille est tombée.

Le roi s'assit dans son lit, la mine grave.

– A-t-on des détails ?

– Le nombre de morts s'élève à six parmi les assiégés.

– J'avais ordonné aux troupes d'évacuer Paris. Cela n'a donc pas apaisé les esprits ?

1. Voir les annexes.

– Je crains que non, Majesté... Après avoir pénétré dans l'enceinte, ces enragés ont libéré les sept détenus, pris les réserves de poudre et fait prisonnière la garnison, qui a été conduite à l'Hôtel de Ville sous bonne escorte pour être jugée !

– Être jugée ? Mais de quel crime accuse-t-on les gardes de la Bastille ?

– De n'être point des patriotes pour n'avoir pas ouvert les portes au peuple afin de lui céder les munitions destinées à sa défense. Malheureusement, ce n'est pas tout, sire...

Louis XVI soupira, accablé.

– Je vous écoute.

– Le gouverneur a été massacré tandis qu'on le menait à l'Hôtel de Ville. La foule l'a tué au sabre, puis décapité au couteau. Sa tête comme celle du prévôt des marchands de Paris, qui venait hélas de subir un sort identique, ont été promenées au bout de piques...

Le roi se signa.

– Mon Dieu... Launay et Flesselles, morts tous les deux..., murmura-t-il. Pardonnez-leur... Ces gens ont perdu la raison !

Dans son logis versaillais, Olympe accueillit son amant en le serrant dans ses bras.

– J'ai eu peur pour vous, mon amour, avoua-t-elle. Quelles sont les nouvelles ?

– Les Parisiens se sont emparés de la Bastille.

– J'ai lu *Des lettres de cachet et des prisons d'État* que Mirabeau a publiées il y a quelques années. Il voyait en cette forteresse le symbole de l'arbitraire royal et du despotisme des ministres... Il n'est guère surprenant que le peuple s'y soit attaqué.

– En l'occurrence, l'assaut visait les réserves de poudre détenues à l'arsenal, rétorqua Cubières, dont les traits trahissaient une réelle fatigue.

– Je vous entends, renchérit Olympe, mais une lutte comme celle-là dépasse, selon moi, le besoin de munitions. Souvenez-vous du portrait que dresse notre ami Mercier de ladite prison dans son *Tableau de Paris* !

– Eh bien ?

– Il était à ce point convaincu de la valeur emblématique de ce bâtiment qu'il a prophétisé sa chute dans son *An 2440, rêve s'il en fut jamais*! Faut-il vous rappeler l'incroyable succès qu'a connu ce livre ?

– Non, je l'ai en mémoire. Et alors?

– C'est très simple : le monde idéal qu'il a inventé débute par le démantèlement de la Bastille!

XXXVI

Versailles, le 15 juillet 1789

Au lendemain de la prise de la Bastille, à Paris comme à Versailles et aux alentours, les sujets de Sa Majesté se réveillèrent en état de sidération. Le peuple, pour avoir réussi cette étonnante conquête, et la Cour, de mesurer la vulnérabilité de la monarchie. Stupéfaits, les Parisiens constatèrent que la démolition, pierre par pierre, de l'imposant édifice tombé la veille avait déjà commencé ! Le signal se voulait fort.

Les nobles comprirent que leur sécurité n'était plus assurée, et la plupart d'entre eux choisirent de s'éloigner de Paris, sinon de s'exiler à l'étranger. La question fut posée au maréchal de Broglie, commandant en chef de toutes les troupes et ministre de la Guerre, concernant le souverain et ses proches. Il évoqua l'idée de se réfugier à Metz. Mais ensuite ? La fuite de la famille royale serait susceptible de déclencher une guerre civile, ce à quoi Leurs Majestés ne consentaient à se résoudre. Même les frères du roi se divisèrent sur ce point. Artois prônait le départ, Provence le jugeait indigne. La décision fut tranchée par le monarque : il se rendrait à l'Assemblée.

Lorsque Louis XVI pénétra dans la grande salle des Menus-Plaisirs tandis que l'on débattait avec force, le silence tomba tout à coup, y compris sur les députés les plus virulents, impressionnés par son courage et sa loyauté. Le monarque se présentait humblement devant son peuple pour tenter de le comprendre et de sortir de la crise. On le laissa gagner la tribune et on l'écouta expliquer avec bonhomie qu'il souhaitait voir la violence disparaître de la rue, le débat retrouver sa sérénité.

Ainsi, après les avoir fait reculer de Paris, il exigea en signe d'apaisement le retrait complet des troupes qui inquiétaient tant les Parisiens.

– Par ailleurs, ajouta-t-il, j'ai entendu la voix de mes sujets et fait rappeler M. Necker !

Un tonnerre d'applaudissements accueillit cette annonce. On décida aussitôt de nommer l'homme politique genevois premier ministre des Finances. Le roi paraissait heureux de cette rencontre et le peuple, enthousiaste, l'escorta jusqu'au château. Son carrosse roulait au pas et le monarque, affable, remerciait la foule qui l'acclamait, serrant, par la fenêtre de la voiture, les mains qui se tendaient à lui. Lorsqu'il rejoignit sa femme et ses enfants, toute la famille royale apparut alors au balcon, la souveraine tenant le nouveau petit dauphin de quatre ans dans ses bras, sa fille à ses côtés. Là encore, les Versaillais furent enchantés non point de saluer l'épouse de Louis XVI, mais de voir ce bel enfant blond, plein de santé et de vie, qui incarnait l'innocence et l'avenir de la monarchie. Tandis qu'elle traversait la cour carrée, Mme Campan, première femme de chambre de Marie-Antoinette, fut arrêtée par une blanchisseuse.

– Dites à votre reine qu'elle ne se mêle plus de nous gouverner ; qu'elle laisse son mari et nos bons états généraux faire le bonheur du peuple !*

Du haut de son balcon, la souveraine s'était figée dans un sourire crispé. Elle peinait désormais à croire que ses sujets puissent de nouveau l'apprécier un jour et sentait bien qu'en dépit de quelques vivats la foule lui était hostile. Les larmes lui vinrent aux yeux. Comme elle regrettait le temps béni de ses promenades à Trianon, de ses rires, ses bals et ses folles nuits de jeu. Mais comme elle déplorait mêmement de n'avoir point entendu les mises en garde de Mercy, les remontrances de sa mère et les conseils de son frère ! Elle avait écarté la princesse de Lamballe l'exhortant à la prudence, pour lui préférer la duchesse de Polignac, aussi fantasque que dépensière, qui l'amusait par sa désinvolture et son effronterie.

Cruelle erreur.

Aujourd'hui, elle devait dire adieu à sa chère « comtesse Jules », car cette dernière quittait Versailles. On l'éloignait autant pour sa sécurité que pour redorer l'image de la souveraine qui devait ostensiblement renoncer à ses plaisirs futiles, afin d'apparaître enfin consciente de la souffrance du peuple.

L'abbé de Vermond, honni lui aussi comme suppôt de l'Autriche, se décidait à partir, ainsi que le comte d'Artois, dont la tête était misc à prix.

Versailles devenait un vaisseau fantôme qui se vidait de ses courtisans. Seuls les plus fidèles ou ceux qui n'avaient pas une réputation trop désastreuse demeuraient auprès des monarques. Mais l'entourage direct de Marie-Antoinette devait se résigner à fuir.

Elle se sentit vaciller sous une écrasante solitude. Car au lendemain de la prise de la Bastille, qui avait enterré un symbole du pouvoir royal, la reine, elle, enterrait l'insouciance rêveuse de sa jeunesse.

XXXVII

Versailles et Paris, le 17 juillet 1789

En larmes, Marie-Antoinette avait dû se résoudre à laisser son époux se rendre à Paris, à la demande de l'Assemblée et de la Commune. Tenant en ses bras la jeune « Mousseline » et son « Chou d'amour », elle mesurait le chemin parcouru depuis le début de son mariage. Donnée pour raison d'État à un homme qu'elle n'aimait pas, elle avait embrassé son destin sans en mesurer les enjeux. C'était aujourd'hui une femme qui regardait partir le père de ses enfants et craignait pour sa vie. Elle avait supplié Louis de l'accompagner, ce que le roi avait judicieusement refusé. La reine n'était point populaire, mais lui l'était encore. La situation était suffisamment explosive pour ne pas l'envenimer. En voyant s'éloigner le carrosse fleurdelisé surmonté de plumes d'autruche, escorté des gardes royaux et d'une centaine de députés, le cœur de la souveraine se serra. Par précaution, Louis XVI avait préféré confier la régence à son frère plutôt qu'à son épouse comme le voulait la tradition, car il avait bien conscience que la défiance dont elle était l'objet aboutirait à une confiscation de son pouvoir s'il devait périr ou être fait prisonnier au cours de cette journée. Épuisée par ses nuits sans sommeil et se sentant dangereusement vulnérable, Marie-Antoinette regagna ses cabinets intérieurs où elle manda qu'on lui apporte son écritoire. Assise à sa table ronde, elle rédigea fébrilement la proclamation qu'elle lirait à l'Assemblée, sous la protection de laquelle il lui appartiendrait de se placer s'il arrivait malheur au roi. Elle n'ignorait pas que la tutelle de son fils lui serait alors retirée et qu'elle se trouverait exposée au pire. La plume crissa sur le papier.

Messieurs,

Je viens vous remettre l'épouse et la famille de votre souverain ; ne souffrez pas que l'on désunisse sur la terre ce qui a été uni dans le ciel[1].

La gorge nouée, elle retint un sanglot. Jamais elle n'avait pensé qu'elle pourrait ressentir une telle affection pour cet époux qu'on lui avait imposé. Mais sa gentillesse et son humanité avaient fini par le lui rendre sympathique et même aimable. Toutefois, elle aurait souhaité plus de fermeté de sa part à l'égard de ces députés qui exigeaient chaque jour davantage et de ce peuple violent qui ne cherchait qu'à en découdre. Marie-Antoinette était une Habsbourg. Archiduchesse d'Autriche, elle avait vu sa mère diriger ses États d'une main de fer. La monarchie absolue relevait du droit divin, elle ne se négociait pas. Et pour la reine de France qu'elle était devenue, il n'y avait pas d'alternative. Elle aimait ses enfants plus que sa vie, et songer que l'on remettrait à son fils un royaume chancelant et un pouvoir amputé de bon nombre de ses prérogatives la torturait.

Pendant ce temps, à Paris, Louis XVI vivait lui aussi une journée singulière. La Fayette avait fait adopter la cocarde tricolore par la garde nationale. Au bleu et au rouge, couleurs de la cité, avait été associé le blanc, symbole de la royauté. Dès dix heures, Olympe de Gouges, qui avait suivi l'étrange cortège avançant au pas depuis Versailles, avait aperçu le souverain accueilli par le maire, Jean-Sylvain Bailly.

– *Sire*, avait-il proclamé pour que chacun puisse l'entendre, *qu'il me soit permis de vous remettre les clés de notre bonne ville, ainsi que la cocarde tricolore que Votre Majesté voudra bien arborer en gage de l'alliance auguste et éternelle entre le monarque et son peuple*!*

1. Cette première phrase nous a été rapportée par Mme Campan dans ses *Mémoires*.

La foule, silencieuse, guettait la réaction du roi.

Embarrassé, Louis s'était vu contraint de l'épingler à son chapeau. Avec bonhomie, il s'était exécuté, sans se départir de son flegme. La foule l'avait alors acclamé, ce qui lui avait fait chaud au cœur, et après des échanges de bons procédés, il avait repris la route de Versailles, toujours au pas, accompagné de tous ceux qui souhaitaient le suivre et lui témoigner fidélité. Cette journée, riche en émotions, l'avait épuisé. Il était passé de la peur à l'espoir, puis au soulagement. C'est aussi ce qui domina son épouse lorsqu'on annonça, à vingt-trois heures, le retour du cortège de Sa Majesté. Marie-Antoinette, folle d'inquiétude, se précipita au-devant du roi. Enfin, il revenait ! Le pire était évité.

Toutefois, quand elle aperçut la cocarde tricolore sur son couvre-chef, elle manqua défaillir.

Car elle comprit très vite que Louis XVI avait cédé sur tout.

XXXVIII

Paris, le 22 juillet 1789

Olympe rentrait du marché aux fleurs, une brassée de lys orangés et d'anthémis jaunes dépassant de son panier. Elle tenait le bras du chevalier de Cubières qui l'escortait dans sa promenade, lorsque des hurlements attirèrent son attention.

– Vous entendez, Michel ? Que se passe-t-il ?

– Je l'ignore, mais on dirait que cela provient de ce côté..., répondit son compagnon, pointant un doigt vers le lointain.

– Allons voir !, suggéra l'écrivain en pressant le pas.

– Attendez ! Olympe, de grâce ! Cela pourrait être dangereux !

– J'essaie de comprendre notre époque, mon ami ! Je ne vais pas me détourner quand les événements se déroulent sous mes yeux ! Venez !

Ils traversèrent le parvis de Notre-Dame et débouchèrent place de Grève. Arrivée à l'Hôtel de Ville, la jeune femme joua des coudes pour tenter de fendre une foule hostile et vociférante. Beaucoup de poissardes, le poing levé, menaçaient de mille morts et vouaient à l'enfer en des termes fleuris des personnes dont Olympe et Michel ne parvenaient pas à distinguer les noms. Lorsqu'elle s'approcha plus avant, Mme de Gouges se figea et poussa un cri d'effroi qui fit sursauter son compagnon. Devant elle se dressait une potence construite à la hâte, où deux cadavres sanguinolents se balançaient au bout d'une corde, au-dessus d'une mare de sang. Ils avaient été démembrés après leur pendaison, ce qui ne semblait, hélas, pas apaiser encore le peuple, qui crachait sur leurs dépouilles avec mépris.

– Qui est-ce ?, demanda Olympe à une femme dont le tablier blanchi de farine indiquait sans conteste le métier.

– Le sieur Bertier de Sauvigny et son beau-père, Foullon de Doué !, répondit-elle fièrement. Évidemment, on les reconnaît guère…, ricana-t-elle.

– Et que leur reproche-t-on ?

– Ce sont des traîtres ! Ils ont détourné le grain et affamé le tiers ! Ah mais on s'est pas laissé faire ! On a été en chercher un à Compiègne et l'autre à Viry-Châtillon, où ils se terraient comme des rats ! Et on les a ramenés à Paris pour qu'ils soient punis !

– Et comment savez-vous qu'ils volaient le peuple ?, reprit Olympe.

La femme la dévisagea d'un regard soupçonneux.

– Vous seriez pas à les défendre, des fois ?, interrogea-t-elle.

– Du tout ! S'ils ont trahi le tiers, il est normal qu'ils le paient cher !, la rassura Mme de Gouges, souhaitant obtenir davantage d'informations. J'étais seulement désireuse de connaître leurs fonctions…

– Ils s'occupaient du ravitaillement de ces foutus bataillons qu'on avait rassemblés autour de Paris pour écraser les braves gens ! Alors, ils gardaient tout le grain ; ils en donnaient pas aux Parisiens ! Et sans farine, y a pas de pain ! Çui-là, éructa-t-elle en désignant Foullon, c'était le nouveau contrôleur des finances, que le roi avait nommé à la place de M. Necker. Ça nous plaisait pas, à nous autres[1] ! C'est des paysans et des domestiques qui l'ont arrêté dans le parc de la maison où il s'était réfugié comme un lâche ! On l'a traîné pieds nus avec du foin dans la bouche et, quand il a eu soif, on lui a fait boire de force du vinaigre au poivre avant d'essuyer sa figure avec des orties[2] ! Et c'est encore trop bon pour c'te vermine !

– Mais pourquoi cette arrestation ?, interrogea Olympe en essayant de réprimer l'horreur qui s'était emparée d'elle.

1. Voir les annexes.
2. Foullon se cachait chez l'ancien secrétaire d'État à la Marine, Gabriel de Sartine. Tous ces détails sont vrais. Il était âgé de soixante-quatorze ans !

– À ce qu'il paraît, il a dit que si le peuple n'avait pas de grain il n'avait qu'à manger du foin. Bon, ça, moi, j'y étais pas... Toujours est-il qu'on a été obligé de le décapiter, parce que la corde s'est cassée, tout à l'heure, quand on a voulu le pendre, rue de la Verrerie ! C'est pour ça que vous voyez sa tête au bout d'une pique. Fallait pas la laisser par terre ! Faut que tout le monde puisse voir !

Cubières écoutait en silence, inquiet devant la pâleur de sa compagne qui semblait pourtant ne pas vouloir tourner les talons.

– Et l'autre ? Qu'a-t-il fait ?, l'entendit-il demander encore.

– Oh, pareil ! Ils sont comme cul et chemise : c'est son gendre ! Lui aussi s'occupait de ravitailler l'armée. C'est pas des patriotes, ça, ajouta-t-elle en crachant dans la poussière.

– Et... qui les a accusés et comment les a-t-on jugés ?, s'enquit Olympe.

La femme essuya ses mains dans son tablier et regarda son interlocutrice d'un air stupéfait.

– Mais personne, ma belle ! Pas besoin de déplacer les juges alors qu'on connaît la vérité ! Ils ont payé pour leurs crimes, c'est ce qui compte. Le tribunal, aujourd'hui, c'est le peuple ! La Révolution a tout changé ! Et en plus, j'ai entendu dire qu'ils étaient avec ceux qui ont puni nos compatriotes pendant la guerre des Farines, y a des années de ça[3], donc c'est bien mérité !

Mme de Gouges parvint à acquiescer et salua la boulangère qui recommençait de crier avec ses congénères. Elle fit demi-tour et reprit le bras du chevalier. Elle avait hâte, à présent, de s'éloigner. C'est alors qu'elle aperçut Bailly, le maire de Paris, accompagné de La Fayette, commandant de la garde nationale. Tous deux se tenaient à cheval, à l'écart, immobiles et muets, atterrés par ce macabre spectacle.

Ils n'étaient pas intervenus afin d'éviter un bain de sang, car à l'évidence, ils ne contrôlaient plus la situation. Or, cet aveu de faiblesse n'augurait rien de bon. La Révolution avançait, porteuse de réformes et de nouveauté. Mais elle montrait déjà son autre face, hideuse et haïssable, et dans le cœur d'Olympe, l'enthousiasme, désormais, le disputait à l'effroi.

---

3. Rappel : en 1775.

XXXIX

Versailles, le 25 juillet 1789

Mme de Gouges assistait à chaque débat tenu à l'Assemblée. Très souvent, elle adressait ses remarques et ses suggestions aux députés, qui ne manquaient pas de les lire et parfois de se les approprier. Elle œuvrait pour la réconciliation nationale avec passion, souhaitant le bonheur du peuple dans la considération pour son roi. Toutefois, même s'il était question de la supprimer, la censure royale sévissait toujours et, en ces temps incertains, nul ne savait si le monarque ne serait pas, à terme, rétabli en ses pleins pouvoirs. Chacun essayait d'être prudent, attendant de voir comment tournait le vent. Après avoir rédigé au mois de juin une huitaine de pages intitulées *Pour sauver la patrie, il faut respecter les trois ordres; c'est le seul moyen de conciliation qui nous reste*, l'écrivain de Gouges, apprenant la tenue des états généraux, s'était félicité en produisant *Mes vœux sont remplis*. Mais, Leurs Majestés tardant à réagir, Olympe avait pris sa plume dès le 9, afin d'apostropher le roi dans une *Épître* l'exhortant avec conviction à appuyer les réformes, pour que la Constitution naisse enfin :

> Qui peut mieux que vous, sire, se charger de cette négociation quand tous vos bons sujets l'attendent de votre tendresse, au nom de cet amour paternel que vous leur avez juré pour toujours ?

En cette dernière semaine du mois de juillet, l'immobilisme royal avait raison de sa patience. À la fin de la séance, Olympe attendait de rencontrer Mirabeau. Elle nourrissait pour ce tribun hors pair un certain attachement et le député, qui l'aimait bien, ne rechignait pas à bavarder avec elle.

– Vous ici, comme à l'accoutumée, l'interpella-t-il lorsqu'il l'aperçut. Le débat de ce jourd'hui vous aura-t-il intéressée ?

– Si fait. Et devant la situation où nous sommes, j'ai composé hier soir un factum de circonstance intitulé *Séance royale*, dans lequel j'engage notre sire à abdiquer pour un temps.

Mirabeau se figea.

– Rien que ça ! *J'ai coutume de dire de vous que, si vous n'aviez des fusées dans la tête, vous nous diriez parfois d'excellentes choses*[*1] *!*, s'amusa-t-il. J'espère que vous vous rendez compte de l'extravagance de votre propos !

– Non point. Cela me semblerait au contraire terriblement pertinent. *Le roi, abandonnant les rênes de l'État, se met[trait] à couvert des séductions, confond[rait] les ennemis de la patrie et s'élève[rait] au-dessus du trône, et la nation, pénétrée de cette démarche, donne[rait] au monarque le pouvoir indispensable qui convient au roi des Français*[*2] *!*

L'illustre député réfléchit un instant et hocha la tête.

– Vous oubliez les enseignements de Richelieu, ma chère : « Qui quitte la partie la perd ! » Ce serait folie pour notre sire que d'abdiquer. Il ne retrouverait jamais sa couronne !

– Si la situation s'apaise, que les réformes portent leurs fruits et que le peuple…

– La nature a horreur du vide, Olympe. Vous favorisez grandement les ambitions de Philippe d'Orléans, qui se rêve déjà en lieutenant général du royaume. Vous le savez plus que quiconque, vous qui avez conservé vos entrées au Palais-Royal !

– Je suis reçue chez le duc d'Orléans depuis l'époque lointaine où j'y côtoyais Mme de Montesson, qui était mon amie ! Cela ne signifie pas que je sois…

1. Phrase historique prononcée en effet par Mirabeau à propos d'Olympe de Gouges.
2. Olympe de Gouges, *Départ de Necker et de Mme de Gouges*, Paris, 1790, p. 11-12.

– Un de ses soutiens ? Si, tout à fait. Ajoutez votre *Bienfaisance ou la Bonne Mère*, ce conte dans lequel vous avez manifesté votre admiration pour cet encombrant cousin du roi, votre cause est entendue. Je vous conseille la prudence en ces temps troublés et fort incertains !

– Personne ne peut m'accuser de ne pas être une patriote !, se récria Olympe.

– Je ne l'ignore point et je vous sais incapable du moindre cynisme. Vous aimez le peuple, vous êtes sincèrement touchée par sa misère…

Mme de Gouges, qui cheminait sous les ombrages aux côtés de Mirabeau, s'arrêta pour le regarder en face. Le visage pourtant ingrat de cet homme respirait l'intelligence.

– *Les campagnes sont désertes*, dénonça-t-elle, *le malheureux paysan ne peut subsister dans son humble chaumière ; la pâture des pourceaux est devenue aujourd'hui sa nourriture ; ce que l'on prodiguait jadis aux animaux, les hommes le partagent actuellement avec les brutes. Le peuple ne demande que du pain : il veut même l'acheter à la sueur de son front, mais qu'il puisse au moins le manger sans l'arroser de ses larmes**[3] !

Le député la contempla en silence, l'air grave. Il passa un doigt sur sa joue, en signe d'affection.

– Je sais cela et ne l'oublie jamais. La situation est extrêmement tendue dans tout le royaume. Il y a trois jours, l'hôtel de ville de Strasbourg a été mis à sac. Necker n'est rentré de Bâle qu'avant-hier pour réinstaller son ministère à Versailles. Ses amis Montmorin et Saint-Priest, qui avaient été écartés avec lui, vont reprendre l'un le ministère des Affaires étrangères et l'autre, la maison du roi. Cela calmera-t-il le peuple ? Je ne le pense pas.

Olympe redressa son chapeau de paille, que le vent avait soulevé. Elle ramassa quelques mèches rebelles qui voletaient autour de son visage.

– Je n'y crois guère non plus, tant que certains privilégiés s'étourdissent encore dans des plaisirs dispendieux. Marie-Antoinette enchante le regard. Ses sujets auraient pu continuer de l'aimer si

3. Olympe de Gouges, *Mes vœux sont remplis*, Paris, 1789, p. 3-4.

elle ne se complaisait à jouer les fermières à Trianon, tandis que la population souffre et se lamente. *Un jour, cette reine versera des larmes de sang sur son inconséquence**[4] *!*

– Sauf si, avant ce jour funeste, on parvient à instaurer une monarchie constitutionnelle, repartit Mirabeau, songeur.

Ce fut au tour d'Olympe d'être stupéfaite.

– Est-ce là votre projet ? Convaincre le roi de renoncer à la monarchie absolue ?

– Le roi ? Non.

Il marqua un temps.

– Ce n'est pas lui qu'il faut convaincre, reprit-il. C'est sa femme !

4. Karamzine, *Voyage à Paris*, Paris, 1785, p. 289.

XL

Paris, fin juillet 1789

Un soleil rose incendiait l'horizon, nimbant le ciel de lueurs pourpres et orangées qui conféraient aux nues la tonalité des enfers. La chaleur ne s'estomperait qu'avec la nuit. Encore faudrait-il pour cela ne pas évoluer au milieu des candélabres, dans une foule assez compacte et perpétuellement en mouvement. C'était pourtant l'occupation d'Olympe, accompagnée de ses amis Mercier, Cubières et des Condorcet.

Car, en ce soir de juillet, on dansait au bal du Palais-Royal.

Depuis 1787, les travaux du cirque, menés par l'architecte Victor Louis, étaient achevés. Destiné à l'origine à des courses de chevaux, l'édifice, en forme d'hippodrome à l'antique, avait été reconverti en salle de spectacle. Avec ses soixante-douze colonnes ioniques et ses statues, le bâtiment comptait presque cent mètres de long sur un peu moins de vingt de large et était enterré à quatre mètres trente de profondeur afin de ne point obstruer la vue depuis les échoppes. L'idée de Philippe d'Orléans, propriétaire de l'ensemble, était d'appâter la clientèle en proposant des animations pour que les commerces, installés dans les galeries marchandes sur tout le pourtour du jardin, soient rentables. Ce lieu, devenu un pôle d'attraction, enchantait les Parisiens.

– *Le cirque est le monument d'architecture le plus beau, le plus gracieux, le plus original, si on ose le dire, qui existe à Paris,* s'enthousiasmait Mercier. *C'est une création souterraine formée d'un coup de baguette magique**[1] *!* Venez, Olympe !

– J'avoue y avoir souvent déambulé et reconnais que je goûte fort l'endroit. Je me suis à maintes reprises arrêtée pour boire une orangeade dans un café, avec ma sœur, notamment. La tentation est grande ; on rencontre toujours un petit quelque chose à acheter !

– Avec cent quatre-vingts boutiques, ce serait bien le diable de n'y rien trouver, s'amusa le journaliste. Savez-vous que quarante d'entre elles sont creusées dans le sol ? On peut dire que l'on a su innover[2] !

– Entièrement d'accord ! Toutefois, je voulais signifier que je n'étais point encore entrée dans le cirque à proprement parler. Aussi suis-je très heureuse de votre invitation à ce bal !

– Cela vous change un peu de votre table de travail, ma chère, grinça Cubières. Vous redevenez femme pour un moment de grâce…

Olympe sursauta.

– Parce que l'on ne peut être femme et écrire ? Est-ce là ce que vous sous-entendez ?

– Je dis simplement que vous vous êtes jetée à corps perdu dans ce combat des idées et que j'aime mieux, précisément, voir ce corps drapé dans une belle étoffe, comme ce soir, rétorqua-t-il en désignant sa silhouette d'un geste de la main.

La jeune femme allait répliquer quand Condorcet, au bras de son épouse, s'interposa.

– Il semble que vous ayez effectivement été très productive ces derniers mois ! Vous avez imprimé des affiches et rédigé des pamphlets à un rythme qui force le respect !

– Je vous retourne le compliment ! Entre vos articles pour le *Supplément à l'Encyclopédie*[3], votre déclaration des droits, vos diverses *Réflexions*[4] et votre *Éloge de M. Turgot*, vous trouvez encore le temps de publier une *Vie de Voltaire* ! Il est normal, cela dit, de rendre hommage à ce grand philosophe et à l'histoire des progrès que les arts ont dus à son génie. Et puisque vous êtes homme,

1. Phrases que Mercier a écrites dans un périodique, en 1789.
2. Cela annonce ni plus ni moins le concept de nos actuels centres commerciaux !
3. Au nombre de vingt-quatre pour cette seule année, sur l'analyse mathématique.
4. *Réflexions d'un citoyen sur la révolution de 1788, Réflexions sur ce qui a été fait et sur ce qui reste à faire, Au corps électoral, contre l'esclavage des Noirs.*

j'imagine que personne ne vous en fait grief?, repartit-elle avec un regard de biais pour Cubières.

Condorcet éclata de rire et pressa le bras de Sophie.

– Non, en effet, et je connais ma chance. Car ajoutez à cela les heures passées à rédiger le règlement de la Société des amis des Noirs et mon engagement récent en tant que député de Paris, et vous comprendrez qu'il me reste peu de temps pour m'occuper comme il sied d'une épouse!

– J'ai vu que vous avez de nouveau interpellé les gens susceptibles de voter, afin qu'ils se prononcent contre l'esclavage!

– Et sur le droit à l'égalité des femmes, oui. Ce sont deux combats que je ne lâcherai jamais…

– Voulez-vous danser?, hasarda Cubières en saisissant la main d'Olympe avant qu'elle ne puisse commenter les propos de Condorcet.

Sans attendre son assentiment, il l'entraîna vers le centre du manège, où les robes multicolores de ces dames voletaient au gré des figures qu'elles exécutaient. La jeune femme se laissa prendre au charme de l'instant. La tête lui tourna bientôt, et son cavalier lui proposa de se rafraîchir d'une boisson.

– C'est un bel endroit, convint-elle. Et je m'amuse chez le duc d'Orléans, moi qui n'y suis désormais pas la bienvenue!

– Comment l'entendez-vous?, s'enquit Mercier, qui les avait rejoints.

– Oh, c'est très simple… Après mon *Bienfaisance ou la Bonne Mère*, le fameux conte dans lequel je m'adressais à Orléans, on a pensé que j'appartenais à ses soutiens. J'ai publié, il y a peu, une motion dans laquelle j'ai revendiqué une lettre où figurait l'accusation d'une sorte de Cromwell qui se cacherait parmi les Français afin d'exciter les esprits, de les porter à la révolte pour se montrer à nos yeux tout-puissant.

Le chevalier se figea.

– Vous avez désigné Monseigneur, en le soupçonnant de soulever le peuple contre son propre frère?

– C'est un fait. Vous le savez comme moi. Et je suis fière d'avoir eu le courage de le dire. Mais quelques jours plus tard, on m'a signifié que mon fils Pierre était exclu du corps d'ingénieurs du duc, où il avait été admis l'année passée. Tout cela est vil et d'une mesquinerie sans nom ! Il s'en prend à ma famille au lieu de me répondre, le lâche !

La musique venait de s'arrêter, et ce dernier mot résonna dans le relatif silence. Plusieurs têtes se tournèrent vers le petit groupe qui continuait à deviser près du buffet en grignotant quelques pâtés.

– Je comprends votre courroux, chère amie, lâcha Mercier. Car c'est indigne d'un gentilhomme…

– Croyez que, dorénavant, je ne retiendrai pas mes coups, lança Olympe. Ma plume, contre lui, sera trempée dans de l'esprit de soufre[5] !

Cubières desserra discrètement son col.

Il se sentait un peu oppressé.

5. L'acide sulfurique, plus communément appelé « vitriol », à l'époque.

XLI

Versailles, le 5 août 1789

Une déflagration secoua la cité royale. Son onde de choc atteignit Paris avant midi. Au cœur de la nuit, l'Assemblée nationale constituante, désireuse d'apporter au plus vite une solution à une vague de révoltes qui soulevait les campagnes, venait de déclarer l'abolition des privilèges, mettant fin au régime féodal qui structurait la France depuis des siècles. La chute de la Bastille avait déconcerté, créant aux quatre coins du royaume un climat d'incertitude. Les quelques tentatives du roi pour reprendre le contrôle et ramener l'ordre s'étaient soldées par des échecs, et ce que l'on nommait déjà la « grande peur » sévissait dans les provinces. Les paysans attaquaient les châteaux, s'emparant des biens et pillant les archives dans le but de faire disparaître les livres terriers, où figuraient leurs redevances ainsi que l'énumération des droits seigneuriaux.

La situation devenait intenable. En réponse à ces insurrections, l'Assemblée, qui travaillait à élaborer une Constitution et une charte définissant les prérogatives de chacun, para au plus urgent, c'est-à-dire l'arrêt des exactions qui déchiraient le pays. Après avoir envisagé de réaffirmer la valeur de la propriété, ce qui aurait contribué à aggraver la colère paysanne, puis projeté d'instaurer des bureaux de secours afin d'aider les miséreux, ce qui se serait révélé temporaire et peu efficient, on entreprit d'abolir purement et simplement les impopulaires droits seigneuriaux pour régler définitivement les heurts sur le sujet. Le Club breton, enseigne qui désignait un petit groupe parmi les représentants de Bretagne aux états généraux, avait l'habitude de tenir séance au café Amaury, à l'angle de l'avenue de Saint-Cloud et de la rue de la Pompe[1], à Versailles. C'était là que la veille, non loin de la salle des Menus-Plaisirs, il avait été décidé de présenter cette proposition le lendemain à la Constituante. La Bretagne avait conservé la tradition de réunir ses états tous les deux ans et beaucoup de députés de la nouvelle Assemblée parisienne avaient été membres de ces groupes d'étude ; cette province pouvait ainsi s'enorgueillir d'avoir fourni les cahiers de doléances les plus aboutis. Les nombreuses réformes envisagées étaient mûries et élaborées. Habitués à œuvrer contre les aristocrates et leurs privilèges dans leur fief, les Bretons se montraient à présent particulièrement actifs et efficaces à Versailles.

C'est sous la houlette d'Armand-Désiré de Vignerot du Plessis, duc d'Aiguillon, que fut votée l'abolition de ces privilèges. Ce dernier avait accédé à la pairie l'année précédente, à la mort de son père, et s'était distingué en s'alliant aux membres de la noblesse qui, dans un élan tout nouveau, s'étaient joints au tiers. Première fortune de France après le roi, il fut la seconde personne à se lever au cours de cette mémorable nuit pour exhorter les gentilshommes de sa caste à renoncer à leurs droits.

Après minuit, on savait que la messe était dite. L'Assemblée nationale constituante venait de faire un pas décisif dans ce que d'aucuns nommaient déjà, en France comme à l'étranger, la « Révolution ». En quelques heures, on avait balayé un système séculaire, en abolissant l'entièreté des privilèges féodaux, ainsi que ceux des classes, des provinces, des villes et des corporations. Le maître mot, après celui de *liberté*, devenait *égalité*.

Cependant, un flottement s'ensuivit. Comment cela allait-il pouvoir se mettre en place ?

Olympe se débattait depuis le début de l'année avec la Comédie-Française, et la force d'inertie que lui opposaient les acteurs quant au fait de représenter sa pièce *Zamore et Mirza* avait décuplé

1. Actuelle rue Carnot.

sa combativité. En mars, elle leur avait adressé une ultime lettre, arguant que « seule une prompte réponse de la Comédie [pouvait] l'autoriser à anéantir dans sa naissance les effets d'un procès qui peut-être [leur ferait] plus de tort qu'ils ne le [pensaient] ». Mais sa missive était demeurée lettre morte et, deux semaines plus tard, les comédiens avaient été assignés à jouer cette pièce qu'ils avaient acceptée en 1785 ! La perspective d'une bataille devant la justice et surtout la tournure que prenaient les événements politiques les effrayèrent. Ils s'étaient sentis forts jusqu'à présent, car soutenus par les nobles et la Cour. Mais l'abolition des privilèges avait créé un malaise et une incertitude réelle, quant à l'avenir, dans de nombreux milieux.

– *Je ne sais pas mendier le crédit*, expliquait Olympe lorsqu'on l'interrogeait sur ses démarches, *je ne sais que demander justice et je l'attends de tous les honnêtes gens* !* D'ailleurs, j'ai fait envoyer un exemplaire de ma pièce au président de l'Assemblée nationale. *S'il n'y a pas de talent dans cet ouvrage, il y a l'heureux mérite d'avoir prévenu de quelques années l'Europe sur l'esclavage*[2] !*

Mme de Gouges connaissait le climat tendu de la Comédie-Française. Depuis plusieurs semaines, Paris bruissait d'un conflit qui agitait l'opinion. Marie-Joseph Chénier avait proposé dès le 19 juillet, dans un contexte déjà houleux, une œuvre théâtrale intitulée *Charles IX*, ayant pour thème le massacre de la Saint-Barthélemy. Son propos relevait clairement d'une attaque contre la monarchie. Le débat quitta l'enceinte du théâtre et gagna la place publique. Les Parisiens trouvaient inadmissible qu'après avoir fait disparaître la censure les comédiens du Français continuent de ne prendre les ordres que du roi par l'intermédiaire des gentilshommes de la chambre, et refusent de se plier aux injonctions de l'Assemblée nationale ou à celles de la municipalité. C'était la raison pour laquelle Olympe n'avait pas manqué d'écrire également à Bailly, afin d'obtenir de lui l'indispensable autorisation de la ville.

Elle aimait passionnément la liberté tout en haïssant la violence. Cette première moitié de l'année 1789 l'avait enchantée, transportée,

2. Les deux citations sont extraites de lettres adressées à ses amis.

émue, mais également inquiétée. Dès le printemps, elle avait conçu le projet de publier elle aussi un *Journal du peuple*, dans lequel elle aurait pu développer ses idées de réformes, sa volonté d'aller vers plus de justice entre les hommes et les femmes, comme entre les races et les castes. Elle avait voulu dénoncer la pauvreté et lutter contre la misère en construisant des ateliers destinés aux ouvriers sans travail et des centres d'hébergement voués aux femmes, aux enfants et aux personnes âgées les plus démunies. Elle souhaitait cependant œuvrer dans le respect de la loi et des codes, son but souverain étant de préserver l'unité nationale, et avait mandé le censeur royal concernant les accords nécessaires. Elle s'était vu opposer un silence assourdissant ! Travailleuse infatigable, la jeune femme s'était alors adressée directement au duc d'Orléans.

Monseigneur,

Vous ne doutez nullement de mon zèle et de mon patriotisme : vous êtes encore persuadé que, si tous les citoyens avaient employé ces mêmes moyens, l'État serait aujourd'hui dans une situation plus favorable que celle où il se trouve.
Malheureusement j'étais seule, malheureusement les hommes, pour vouloir le bien, veulent trop entreprendre ; mais enfin si mes écrits n'ont pu ramener leurs esprits au même point de vue, du moins ils ont pu en porter quelques-uns vers le bien.
Ce bien, Monseigneur, ne mérite pas peut-être une récompense signalée du gouvernement, mais du moins une grâce ordinaire.
Plusieurs personnes sont étonnées que je n'aie point obtenu encore le privilège du Journal du peuple*; ce journal, vous le savez Monseigneur, ne peut que calmer son effervescence et le porter vers le bien, et cependant il ne m'est pas encore accordé, on m'engage, on me presse de le demander aux états généraux. Avant de faire cette démarche, Monseigneur, je dois vous en prévenir et vous faire apercevoir que ce refus de votre part ou les défaites déplacées de M. Charles Poitevin de Maissemy, directeur de la librairie et censeur royal, pourraient accroître contre vous les soupçons injustes qu'on a conçus à votre égard : vous n'en doutez pas, Monseigneur, mon cœur en a gémi. Ce privilège accordé par vous prouvera assez*

que le peuple ne vous est pas indifférent : ce journal ne peut exciter aucune réclamation, il dépend de vous entièrement; et si, pour mieux vous affermir, vous jugez à propos de la mettre sous les yeux du roi, j'ose espérer que Sa Majesté l'approuvera avec plaisir.
Je suis avec respect, Monseigneur, votre très humble et très obéissante servante.

– Que faites-vous, mon amour ?, demanda Michel en soulevant les boucles d'Olympe pour lui baiser la nuque, tandis qu'elle parcourait des pages, assise à sa table de travail. Ne me dites pas que vous écrivez encore à cette heure avancée ?
– Non point. Je relisais la lettre que j'ai adressée à Monseigneur voilà exactement un mois. Demeurée sans réponse, elle aussi…
– Votre journal ne paraîtra donc pas, se rembrunit Cubières.
– C'est à craindre, en effet. Voyez-vous, je suis tous les débats avec passion. Je crois fermement que nous devons inventer une société plus juste, qui aide les miséreux, mais que nous sommes allés trop loin dans la violence et l'abjection. J'aime et je respecte le roi et sa famille. Ne pouvons-nous espérer évoluer vers une monarchie constitutionnelle sans qu'il n'y ait des émeutes, des morts, des infirmes et des mutilés ?
– J'aspire à la même chose que vous, toutefois, je vous sens un peu amère…
– Je m'interroge… Si Leurs Majestés ne prennent pas la mesure de ce qui se joue, si elles ne s'appuient pas sur les soutiens dont je fais partie, afin de justement permettre cette transition en douceur en éduquant le peuple, je redoute que n'advienne le pire. L'abolition nette et brutale de tous les privilèges est assurément un signal. Le seigneur et maître du royaume est encore le roi, mais la question est : « Pour combien de temps ? »

XLII

Versailles, le 26 août 1789

Le débat faisait rage dans la salle du jeu de paume, qui abritait la Constituante depuis le 20 juin. Les voix montaient et s'amplifiaient sous le haut plafond bleu parsemé de fleurs de lys, créant parfois un brouhaha considérable. Les murs, teintés de noir pour permettre à l'origine de mieux voir la balle au cours des échanges, gardaient la chaleur du mois d'août, qu'aucun orage ne semblait vouloir tempérer. Il en fallait toutefois davantage à Olympe de Gouges pour renoncer à assister aux délibérations, d'autant que le 9 juillet, à la demande du député du Dauphiné Jean-Joseph Mounier, il avait été décidé de rédiger une déclaration des principes fondamentaux à partir desquels serait établie une Constitution. Aussitôt, chacun s'était attelé à la tâche avec ardeur. La nuit où l'on avait aboli les privilèges, il était naturellement apparu que l'on devait définir les droits qui allaient régir la société que l'on dessinait. Un groupe de treize députés, constitué de nobles envoyés en Amérique comme officiers par Louis XVI pour soutenir la guerre d'Indépendance ou qui admiraient la révolution que l'on avait menée là-bas, influençait les débats dans ce sens. La Fayette comptait parmi eux, aux côtés du vicomte de Noailles, du marquis de Ségur, du comte de Montmorency, du duc de La Rochefoucauld d'Enville ou du marquis de Condorcet. Son projet avait séduit, mais semblait encore perfectible, c'est pourquoi, le 12 août, la Constituante avait désigné un comité composé de cinq de ses membres. Ainsi, les sieurs Démeunier, La Luzerne, Tronchet, Redon et Mirabeau furent chargés d'examiner les différentes ébauches de déclaration. Une semaine plus tard, on opta pour la proposition de commenter chaque article. Après avoir prôné l'abolition des privilèges et de l'esclavage des Noirs, l'abbé Grégoire, rallié au tiers, souligna qu'il conviendrait d'adjoindre l'énoncé des droits des hommes à celui de ses devoirs.

– *La Déclaration des droits [a] un grand nombre de partisans et quelques adversaires*, clama-t-il à la tribune. *Tous [ont] raison, car elle [est] à la fois nécessaire et dangereuse ! Nécessaire pour marcher suivant l'ordre des idées politiques, mais dangereuse pour le peuple qui se méprend facilement et qui ne sait pas qu'il n'y a point de droits sans devoirs et que, pour jouir des uns, il faut se soumettre aux autres**[1] !

Une vague de protestations se fit entendre depuis les tribunes où la plèbe assistait à ces joutes oratoires comme on va au spectacle.

L'abbé Grégoire, courageusement, reprit son argumentation.

– Croyez-moi ! Les droits doivent impérativement s'accompagner de devoirs, sans quoi les individus finiront par en concevoir une infinité de prétentions !

Toutefois, après moult invectives, discussions et passes d'armes, on convint de ne point valider cette idée et la notion de devoirs ne fut pas retenue pour figurer aux côtés des droits.

Même si le député Gaultier de Biauzat, avocat et journaliste, avait commencé à publier régulièrement son *Journal des débats et des décrets*, qui retranscrivait fidèlement les procès-verbaux des différentes sessions, Olympe prenait fébrilement des notes. Elle ne pouvait attendre de se procurer les comptes rendus. Chaque soir, elle travaillait sans relâche à l'élaboration d'affiches ou d'articles, de commentaires ou de suggestions se rapportant à la séance de la journée. L'esprit en ébullition, elle comprenait qu'elle vivait là un moment historique et fondateur.

Mme de Gouges s'enivrait de cette victoire, car si la Constitution avait pour objectif d'en finir avec le régime qui avait jusqu'alors

1. Voir les annexes.

prévalu, la Déclaration des droits de l'homme promouvait l'esprit des Lumières qui lui était si cher. C'était un texte illuminé des grands penseurs du siècle. On y entendait l'écho des voix de Voltaire, de Montesquieu et de Rousseau. Ces articles que l'on avait discutés, mûris, réfléchis et tellement espérés marquaient un tournant pour la France, un chemin nouveau pour la nation. Le préambule, rédigé par Mounier et Mirabeau, fut lu par celui-ci à la tribune.

– « Les droits, martela-t-il avec force, qui appartiennent à tout individu de par la nature même, ne sont pas des droits créés ou accordés par les révolutionnaires et qui pourraient être perdus, mais bien des droits naturels, constatés et imprescriptibles. Ces derniers figurent au nombre de quatre : la liberté, la propriété, la sûreté et la résistance à l'oppression ! »

Olympe ne put s'empêcher de frissonner. Car ce que l'on venait d'exprimer devait éradiquer *de facto* l'esclavage. Celui des Noirs ainsi que celui, qui ne se nommait pas, des femmes. Mirabeau lui fournissait un argument de poids pour son prochain article. Elle entoura plusieurs fois ces mots avec conviction, et sa plume crissa sur le papier. Enfin, quelques instants plus tard, après un moment d'interruption, il fut annoncé que l'on allait procéder à l'énoncé de la Déclaration des droits de l'homme à proprement parler et le silence se fit dans la salle. La chaleur était étouffante. Olympe tenta de se rafraîchir en agitant ses feuillets. Chacun retenait son souffle. Alors, une voix puissante s'éleva, planant au-dessus de l'assemblée, s'adressant aux députés, au peuple et aux siècles futurs :

– « Article premier : “Les hommes naissent et demeurent libres et égaux en droits. Les distinctions sociales ne peuvent être fondées que sur l'utilité commune.” »

On écoutait avec concentration., essayant de comprendre les termes qui n'étaient pas familiers. Cependant, sur tous ces visages attentifs, on décelait l'espoir d'un monde différent, d'un monde meilleur, plus juste, plus équitable, où l'on pourrait réussir et choisir sa vie. La foule pourtant agglutinée dans la galerie haute demeurait digne tandis que le temps s'étirait.

Mme de Gouges notait toujours.

– « Article 9 : “Tout homme étant présumé innocent jusqu'à ce qu'il ait été déclaré coupable, s'il est jugé indispensable de l'arrêter, toute rigueur qui ne serait pas nécessaire pour s'assurer de sa personne doit être sévèrement réprimée par la loi." Article 10 : "Nul ne doit être inquiété pour ses opinions, même religieuses, pourvu que leur manifestation ne trouble pas l'ordre public établi par la loi." Article 11 : "La libre communication des pensées et des opinions est un des droits les plus précieux de l'homme : tout citoyen peut donc parler, écrire, imprimer librement, sauf à répondre de l'abus de cette liberté dans les cas déterminés par la loi." »

Lorsqu'elle leva les yeux, la jeune femme vit des larmes ruisseler sur certains visages et elle-même peinait à contenir les siennes. Enfin la censure allait disparaître ! Enfin elle allait pouvoir s'exprimer selon son cœur et faire entendre sa voix sans craindre les représailles ! Les articles 10 et 11 instituaient la liberté d'opinion, celle de la presse et des consciences, comme la première d'entre elles. Le 26 août 1789 demeurerait à jamais le jour où ce mot était monté au firmament d'une nation nouvelle pour l'éclairer de sa lumière.

Liberté.

XLIII

Paris, septembre 1789

En dépit du décret pour le rétablissement de l'ordre et de la tranquillité dans le royaume, promulgué le 14 août, à l'application duquel on avait contraint l'armée à prêter serment à la nation, au roi et à la loi, des émeutes, frumentaires ou ouvrières, avaient éclaté un peu partout en France. De Saint-Étienne à Troyes en passant par Orléans, on avait pillé des maisons, cassé des machines au sein des ateliers, assassiné des maires ainsi que des notables. Ces accès de violence avaient été parfois durement réprimés par des milices de la haute bourgeoisie qui entendaient ramener la sécurité de la cité. Hélas, la société se fracturait chaque jour davantage et qui démarrait sa journée sereinement n'était pas certain qu'elle ne se termine pas en un bain de sang.

À Paris, comme ailleurs, la rue était prompte à s'enflammer. La Fayette, qui commandait la garde nationale, œuvrait avec Bailly, maire de la ville, à maintenir la paix. On suivait avec attention la bataille des idées qui agitait la Constituante, laquelle siégeait toujours à Versailles. Baudoin, l'imprimeur officiel de l'Assemblée, avait, le 29 août, racheté le *Journal des débats* de Gaultier de Biauzat, assurant ainsi la publicité des lois et des joutes parlementaires. À sa suite, de nombreux périodiques étaient apparus. Emboîtant le pas à Mirabeau qui continuait de publier son *Courrier de Provence*, Jean-Paul Marat fit naître *le Publiciste parisien* qui devint très vite *l'Ami du peuple* et connut un beau succès. Les enjeux politiques étaient colossaux et la lutte, extrêmement féroce. Chacun voulait exprimer son opinion et accompagner cette mutation incroyable qui s'opérait, cette métamorphose qui apportait chaque jour son lot de surprises, d'espoirs et d'effroi. Élu député du tiers état par la ville de Paris, le 13 mai, Armand-Gaston Camus, proche de Bailly, s'était vu nommé trois mois plus tard archiviste à la commission des archives de l'Assemblée constituante[1]. Tout ce que l'on produisait, clamait ou rédigeait faisait l'objet de données collectées et classées.

Olympe n'était pas en reste.

Elle écrivait sans relâche et commençait à être reconnue comme une voix intéressante. C'est en s'appuyant sur son projet qu'une délégation de citoyennes de Paris fut reçue par les députés dans la salle du jeu de paume, composée de femmes ou de filles d'artistes, à la tête de laquelle chacun put identifier la voluptueuse Adélaïde Castellas, dessinatrice et épouse du sculpteur de l'Académie royale Jean-Guillaume Moitte. Ces dernières expliquèrent vouloir participer à la « caisse patriotique » en faisant un don, ainsi que l'avait naguère suggéré Olympe, selon leurs possibilités.

– *La régénération de l'État*, s'écria Adélaïde depuis la tribune, *sera l'ouvrage des représentants de la nation ; et la libération de l'État doit être celui du patriotisme. Les engagements contractés envers les créanciers de l'État sont aussi sacrés qu'un vœu. La dette publique doit être scrupuleusement acquittée, mais par des moyens qui ne soient pas onéreux au peuple ! C'est dans ces vues que des femmes d'artistes viennent offrir à l'auguste Assemblée nationale des bijoux qu'elles rougiraient de porter quand le patriotisme en commande le sacrifice**[2] *!*

Un tonnerre d'applaudissements salua ces offres généreuses et les hourras de la foule couvrirent bientôt les voix du débat. Olympe se réjouissait que son initiative trouve pareil aboutissement.

De retour à son domicile, éreintée, en fin de journée, elle plongea son visage dans une cuvette d'eau glacée, puis le tamponna d'une

1. Le 14 août exactement. Il est à l'origine de la création des Archives nationales et conservera sa fonction d'archiviste national et de bibliothécaire du corps législatif jusqu'à sa mort, en 1804.
2. Tirade authentique, que nous avons néanmoins raccourcie.

serviette avant de s'asseoir pour boire un verre de lait en grignotant un biscuit. Eusebia entra en posant les mains sur ses hanches.

– M'est avis que vous allez encore travailler jusque tard !

– C'est tellement incroyable, Zia ! Tu n'imagines pas la fierté que j'ai ressentie en voyant tout l'après-midi ces femmes, venues spécialement de Paris, déposer le peu qu'elles possédaient, afin d'aider la nation ! Penser que cette idée est mienne et que je puis contribuer à nourrir la Révolution et l'aider à avancer vers des temps meilleurs est source de grande joie !, repartit-elle en s'étirant comme un chat.

Elle reprit un gâteau qu'elle croqua avec appétit.

– As-tu eu des nouvelles de M. de Cubières ?

– Non point. Mais M. de Biétrix est passé aujourd'hui. Il a déposé une jolie boîte d'amandes grillées au miel pour vous.

– Ce cher Jacques, s'attendrit Olympe. Toujours aussi délicat ! Apporte-nous ces merveilles, qu'on y goûte, et dis à Agnès de monter, s'il te plaît. Je suis prête à travailler.

La jeune secrétaire entra dans le bureau et s'installa à la table qui lui était réservée. Elle déboucha son encrier et vérifia l'état de sa plume.

– Nous allons rédiger ma douzième brochure politique, annonça Olympe. Le titre en sera… *Héroïsme*… non, *Action héroïque. Action héroïque d'une Française ou la France sauvée par les femmes*… Oui, voilà.

Après avoir longuement félicité l'intervention de la délégation féminine qui s'était présentée devant les députés sous la houlette de Mme Moitte, Olympe salua le patriotisme de ceux qui partageaient leurs richesses pour renflouer les finances du royaume.

– Il ne faut pas que cela demeure des vœux pieux, expliqua-t-elle à Agnès. Je dois agir. Et j'enverrai moi-même dès demain le quart de mes revenus à l'Assemblée ! Allons, poursuivons. Où en étais-je ?…, demanda-t-elle en regardant la page étalée devant la jeune fille. Ah, oui ! « Imiterez-vous l'égoïsme de ces capitalistes calculateurs, qui refusent d'ouvrir leurs trésors ? Laissez aux âmes viles, qui font la honte de notre sexe, le triste avantage d'étaler ces ornements effrontés qu'elles ont achetés au prix de leur honneur, et qui ne contribuent en rien à relever l'éclat de la beauté[3]. » Voilà qui est correct, je pense.

Dès le lendemain, Mme de Gouges envoya sa brochure à Stanislas de Clermont-Tonnerre, président de l'Assemblée nationale. La réponse de Mirabeau ne se fit point attendre. Fébrilement, Olympe décacheta le pli et lut la lettre de celui que l'on surnommait l'« orateur du peuple » :

> *Versailles, 12 septembre 1789,*
>
> *Je suis très sensible, Madame, à l'envoi que vous avez bien voulu me faire de cet ouvrage. Jusqu'ici j'avais cru que les grâces ne se paraient que de fleurs, mais une conception facile, une tête forte ont élevé vos idées, et votre marche, aussi rapide que la Révolution, est aussi marquée par des succès.*
>
> *H.-G. R. de Mirabeau.*

La presse salua unanimement cette glorieuse initiative et la générosité de ces aimables donatrices. L'entourage de la reine fut même interpellé. Ces riches dames de la Cour allaient-elles contribuer à aider au financement de l'État ? À l'origine de cette généreuse impulsion qui prônait à la fois la solidarité et la réconciliation, Olympe de Gouges comprit que le mouvement était amorcé. Ce lui fut un encouragement à poursuivre ses efforts et son travail. En ce mois de septembre 1789 où tout était encore à faire, elle sentait croître en elle une foi nouvelle en la Révolution.

3. Ce que dicte Olympe à Agnès renvoie au texte de cet article dont le titre figure dans ce chapitre.

XLIV

Paris et Versailles, 5 et 6 octobre 1789

Les rafales automnales effeuillaient déjà les arbres roussis par un été de feu. Lors des promenades dans les parcs parisiens, on évoquait les tensions qui montaient au sein des groupes de discussion. Les crispations devenaient palpables. Le divorce apparaissait inéluctable entre l'Assemblée et les patriotes. Sous l'égide de Marat, tout au long des articles de ses huit pages, *l'Ami du peuple* dénonçait la modération des députés. Si le roi œuvrait certes avec bonhomie, sa bienveillance irritait. Les monarchistes lui reprochaient toujours son manque d'autorité et ses détracteurs, de plus en plus nombreux, son absence de cohérence. De fait, Louis XVI tentait de maintenir le *statu quo* d'une situation chancelante en gelant, chaque fois que cela lui était possible, ce qui était promulgué ; non qu'il y soit farouchement opposé, simplement, il n'en voyait guère l'utilité. Cette attitude lui valait désormais le surnom de « monsieur Veto ».

Ainsi, le monarque venait encore d'émettre quelques réserves quant à accorder son accession aux dix-neuf articles de la Déclaration des droits de l'homme et du citoyen qu'on lui avait présentée deux jours auparavant. Toutefois, parce que ses observations s'avéraient souvent pertinentes et que sa loyauté envers le peuple et la nation se révélait sans faille, il conservait l'attachement de ses sujets.

Cependant, lorsque au matin du 5 octobre les députés les plus radicaux prirent connaissance des remarques royales, pourtant modérées et judicieuses, Robespierre, s'érigeant en porte-parole, s'emporta.

– Le *pouvoir constitué*, nota-t-il avec ironie pour nommer le trône, devrait montrer moins d'arrogance et davantage de modestie ! Car nous sommes le peuple ! Nous sommes la Majesté ! Nous sommes le pouvoir constituant de qui elle émane !, clama-t-il, ivre de colère. La pleine et entière souveraineté nous appartient ! Assez de ces atermoiements ! Le roi doit se soumettre ou se démettre[1] !

– Il a raison ! À bas le tyran !, crièrent certains.

À Paris, un rassemblement, organisé secrètement, prenait déjà forme sur la place de Grève, afin d'interpeller la Commune, gouvernement révolutionnaire de la ville, sur une disette et un manque de pain frappant la population. La Fayette, à la tête de ses troupes de la garde nationale, fut contraint d'intervenir, tandis que les Parisiens envahissaient l'Hôtel de Ville. La situation devenait de plus en plus instable quand des voix s'élevèrent pour inciter la foule à porter directement ces revendications au monarque et à l'Assemblée nationale siégeant toujours au jeu de paume.

– À Versailles ! Tous à Versailles ! Allons demander une fournée au boulanger, à la boulangère et au petit mitron !, hurlaient les poissardes.

Encadrées par des groupes armés, les femmes de Paris se mirent peu à peu en marche, galvanisées par des rumeurs infâmes sur la famille royale et surtout sur la reine, accusée de tyranniser le peuple.

– Il paraît que l'Autrichienne voudrait qu'on mange de la brioche, puisqu'on n'a pas de pain[2] !

– La gueuse ! Elle sait pas c'que c'est que d'mourir de faim, avec son Trianon qui nous saigne !

– Paris n'a eu que cinquante-trois sacs de farine et cinq cents setiers de blé depuis dix jours[3] ! Les aristos et les curés bouffent sur not' dos !

---

1. La teneur de ce discours, dans les grandes lignes, a été consignée et figure dans les archives.
2. Voir l'annexe A.
3. Voir l'annexe B.

– Et not' pain sent la terre[4] ! On cherche à nous empoisonner ! Encore un coup de l'Autrichienne !

– On va lui faire rendre gorge, tiens !

– Versailles est à nous ! Nous sommes le peuple !

La foule, toujours plus dense et composée majoritairement de femmes armées de crocs de fer, de couteaux emmanchés sur des bâtons, de lardoires, de piques et de fusils, progressait dans la campagne, précédée de sept ou huit tambours, de trois canons et d'un train de barils de poudre et de boulets saisis au Châtelet. Harengères, blanchisseuses, lingères, marchandes des quatre-saisons, ouvrières, filles de salle ou de chambre, catins, hommes déguisés en femmes persuadés que les troupes n'oseraient pas tirer sur eux, tout ce monde désespéré et mécontent ne demandait qu'à écouter les agitateurs qui le mobilisaient. Paris venait de créer un monstre furieux, assoiffé de vengeance et affamé de pain. La milice nationale se joignit bientôt à cette cohorte haineuse et ce furent environ vingt mille personnes qui se présentèrent, épuisées pour la plupart, aux alentours de seize heures devant les Menus-Plaisirs. Maillard[5], toujours prêt à se mettre en avant, entra à la tête d'un petit groupe et monta aussitôt à la tribune. Galvanisé par les applaudissements, il réclama avec force le départ du régiment de Flandre et dénonça la conduite des maires de province qui bloquaient les convois de grains à destination de Paris.

– *Nous sommes à Versailles pour demander du pain et en même temps pour punir les gardes du corps qui ont insulté la cocarde patriotique* !*, tonna-t-il en brandissant le poing.

– Oui ! On va fout' le feu !, clamèrent les citoyennes. Et on y jettera la putain du roi !

Les rires gras fusèrent.

– Le feu, elle l'a déjà au cul !, renchérit l'une d'entre elles.

– Alors on la noiera, ça lui éteindra !, lui répondit-on en gloussant.

Certaines se vautraient sur le siège du président en de lascives positions, provoquant moult chahuts.

---

4. C'était, hélas, vrai. Le pain de substitution était très mauvais, ce qui alimentait toutes les suspicions d'un complot de la Cour contre le peuple.

5. Voir l'annexe C.

– *À bas la calotte! À bas la chienne d'Autrichienne! Les gardes du roi à la lanterne**[6] *!* Allons chez les tyrans!

Quelques instants plus tard, les gardes du corps furent agressés à l'aide de pierres et de jets de boue. Un homme fut blessé d'un coup de feu. Toutefois, face à l'avenue de Paris, les grilles de la résidence royale demeuraient verrouillées et protégées par la compagnie écossaise. En dépit de l'ordre de ne pas tirer, le château tenait.

Des conciliabules commencèrent pour décider de la marche à suivre. On voulait du pain, mais également que le souverain ratifie les décrets relatifs à la Constitution et à la Déclaration des droits de l'homme et du citoyen. On exigeait par ailleurs que les gardes du corps du roi soient remplacés par la garde nationale, que le monarque et sa famille portent la cocarde et que tout ce beau monde regagne Paris. On s'étonnait de ces audaces, pourtant chacun renchérissait et y allait de sa proposition. On opta pour que Mounier, le président de l'Assemblée, se rende auprès de Sa Majesté accompagné de cinq Parisiennes. Louise Marguerite, dite Louison Chabry, petite posticheuse de dix-sept ans travaillant au Palais-Royal, était l'une d'entre elles. Intimidée, d'un pas peu assuré, elle traversa la cour d'honneur entourée des autres membres de l'ambassade, écarquillant les yeux sur les merveilles architecturales qui se dévoilaient dans la lumière crépusculaire, au fur et à mesure qu'elle avançait, comme si ce décor féerique relevait d'un songe.

*

* *

Olympe lisait au coin du feu lorsque son valet, qui s'en revenait de chez le cabaretier où il avait mangé et bu avec un ami, entra la prévenir qu'un raz de marée humain avait déferlé sur la ville.

La jeune femme bondit sur ses pieds.

– Zia, mon châle! Je pars constater de quoi il retourne!

– Mais vous n'y songez pas! Qui sait ce qui pourrait advenir de vous dans toute cette foule! Il doit y avoir des gens bien gris et…

6. Cela est historiquement vrai. La calotte désignait, par métonymie, le clergé.

– Zia… mon châle !, s'impatienta Olympe, dont le goût de l'aventure l'emportait toujours sur la prudence.

– M. de Rozières…, tenta la gouvernante.

– … N'est pas mon époux et ne peut en aucun cas me dicter ma conduite. Je serai rentrée dans deux heures.

Décidée, le cœur battant, elle sortit en hâte, suivie à distance par Sébastien, le valet, à qui Zia avait adressé un regard lui enjoignant de veiller discrètement sur leur maîtresse.

Mme de Gouges parvint difficilement à atteindre les grilles, devant lesquelles elle interrogea plusieurs personnes afin de mieux embrasser la situation. On lui rapporta qu'une ambassade de quelques femmes, porteuses des revendications du peuple, avait été mandée au-devant du souverain, mais qu'elle n'avait point encore reparu. Des nuages noirs menaçaient de se déverser sur ces femmes dépenaillées, grelottantes de froid et de fatigue. Leurs visages émaciés, aux traits tirés, traduisaient aussi la stupéfaction de contempler enfin la silhouette tant imaginée du palais, lequel se découpait, nimbé d'une étrange lumière de contraste, sur le ciel orageux.

Des gravures de l'édifice ou de Trianon circulaient dans Paris. Immense et majestueuse, la demeure du Roi-Soleil en imposait autant par son architecture époustouflante que par sa magnificence. Cependant, bien peu parmi ces poissardes avaient eu l'occasion de quitter la ville pour visiter la cité royale.

Un silence timide et respectueux s'était abattu sur la foule, dont les femmes, indécises, dansaient à présent d'un pied sur l'autre pour se réchauffer, car la température avait encore baissé. On avait allumé des feux de fortune.

Dans cette nuit glacée qui tomberait bientôt, la colère céderait sans doute le pas à l'épuisement.

*
*   *

Au château, depuis le lever du jour, se poursuivait l'existence quotidienne d'un mois d'octobre ensoleillé. Le roi était parti chasser dans les bois de Verrières, non loin de la porte de Châtillon. La traque du gibier lui permettait de se détendre et d'oublier, l'espace de quelques heures, le fardeau qui l'écrasait. Les quatre-vingt-une pièces[7] déjà tuées témoignaient de son ardeur en cette journée particulièrement clémente où le soleil dardait ses rayons depuis les nues, illuminant la forêt automnale déjà parée d'orange, d'or et de pourpre. Dans ce décor qu'il affectionnait tellement, Louis XVI aurait presque pu se sentir heureux.

Il forçait un renard lorsqu'on le rejoignit pour l'avertir qu'une foule de femmes vociférantes et affamées marchait sur Versailles. Il écouta en silence, la mine affligée.

– *Hélas*, se lamenta-t-il, *si j'avais du pain, je n'attendrais pas qu'elles vinssent m'en demander*!* Rentrons le plus vite possible. La reine pourrait être menacée!

Et c'est au grand galop, entouré de sa garde personnelle et des gentilshommes qui l'accompagnaient, que le souverain regagna le château assiégé, pénétrant discrètement dans les jardins par un accès dérobé situé au fond du parc.

Treize heures sonnaient à peine.

Marie-Antoinette, partie au Hameau le matin même nourrir canards et poissons, avait été avisée dès onze heures trente par M. de Saint-Priest, en charge du ministère de la Maison du roi, qu'il lui fallait sans différer trouver refuge en ses appartements. Assise dans la grotte de son cher domaine, elle goûtait ces instants de solitude comme on boit un nectar. Mais l'inquiétude qu'elle décela sur le visage du messager l'incita à se hâter. Ainsi le monarque retrouva-t-il avec soulagement sa femme saine et sauve, avant de convoquer un conseil extraordinaire.

– Il faut faire tonner le canon pour que ces mégères n'atteignent pas les grilles, Majesté!, s'exclama le comte de Luxembourg.

Louis XVI sursauta.

– *Tirer sur des femmes? Vous n'y pensez pas*!*

– Nous devons pourtant les ramener à la raison, sire!, renchérit le maréchal de Beauvau.

---

7. Ce nombre est authentique.

– Le peuple a faim. La disette gagne et, avec elle, la peur de la famine. Il nous appartient de les nourrir dans la mesure de nos moyens, et de les rassurer, avança Necker.

Les archevêques Champion de Cicé et Le Franc de Pompignan[8] échangèrent un regard entendu.

– Il y a fort à parier que cela ne leur agréera point, Majesté, affirma le premier. Ces personnes ne veulent pas être rassasiées aujourd'hui pour se retrouver l'estomac vide demain…

– Je le crois aussi, approuva le second. Cette histoire sera sans fin. La colère monte. Ces gens ne partiront pas satisfaits si rien ne change.

– Que doit-on faire en ce cas ?, interrogea le marquis de La Tour du Pin.

– Des réformes !, lança Necker.

Marie-Antoinette, qui siégeait pour la première fois au conseil en ces circonstances particulières, eut l'air excédée.

– Nous ne gagnerons point sans une extrême fermeté !, s'emporta-t-elle. Le peuple souhaite abolir la monarchie ! Il veut priver mon époux et mon fils d'un trône qu'ils ont reçu de Dieu ! Vous ne sauriez tolérer qu'une telle chose puisse advenir !

– Il n'en est pas question, Madame, temporisa le comte de Montmorin.

– Il serait sage d'accéder d'abord à ce qu'ils demandent, sire. Ratifiez les décrets relatifs à la Constitution et à la Déclaration des droits, cela apaisera leur courroux !, suggéra le comte de La Luzerne.

Louis XVI tapotait la table de sa main, le regard vague.

La pendule, qui sonna seize heures, le sortit de sa torpeur.

– Majesté, proposa Saint-Priest, la reine, votre sœur et vos enfants doivent sans tarder être mis à l'abri à Rambouillet, gardés par les chasseurs de Lorraine. Vous irez au-devant du peuple, qui vous aime, et saurez trouver les mots pour calmer les esprits. Vous serez entouré de vos gardes du corps et des dragons des Trois-Évêchés[9].

8. Jean-Georges Le Franc de Pompignan, archevêque de Vienne et président de l'Assemblée nationale du 3 au 17 juillet 1789. À ne pas confondre avec Jean-Jacques, son frère, marquis de Pompignan et académicien, le père naturel d'Olympe de Gouges.
9. Corps de troupes ainsi renommé le 17 mars 1788, lorsqu'il fut transformé en régiment de chasseurs à cheval. Créé en 1673, il disparaîtra en 1815, à la fin du premier Empire.

Cela effarouchera les plus récalcitrants ! Pendant ce temps, nous assurerons les ponts de Sèvres, de Neuilly et de Saint-Cloud grâce aux régiments des Suisses et de Flandre. Si par malheur ces défenses étaient enfoncées, vous auriez la possibilité de rejoindre votre famille à Rambouillet afin d'y trouver refuge !

– Vous pourriez, le cas échéant, confier le château royal à la municipalité de Versailles et à sa garde nationale commandée par d'Estaing, souligna le maréchal de Beauvau. Ses soldats seraient prêts à mourir jusqu'au dernier pour le protéger, j'en réponds !

Marie-Antoinette guettait les réactions de son époux. Celui-ci n'eut pas le temps d'intervenir que déjà Necker s'indignait.

– Il ne saurait en être question ! Ce serait la pire des solutions ! Vous exagérez grandement le péril où nous sommes et tout acte de bravoure de ce type serait assurément perçu comme une agression ! Si vous déclenchez une guerre civile, j'ignore comment nous ramènerons le calme ! Le peuple aime son roi. Que Votre Majesté se rende une nouvelle fois à Paris, elle y sera acclamée, ainsi que de coutume !

Louis XVI semblait toujours indécis. La souveraine s'adressa à lui.

– Quelle que soit votre résolution, je serai à vos côtés, lâcha-t-elle d'une voix étonnamment posée. Je suis la reine et votre femme devant Dieu. Je ne partirai de ce château qu'avec vous, si je dois en partir.

Sa déclaration stupéfia Saint-Priest.

– Majesté, je me permets d'attirer votre attention sur la sécurité du dauphin, de Madame Royale et de Madame Élisabeth…, commença-t-il.

– Ma belle-sœur sera d'accord avec moi. Quant aux enfants de France, ils ne seront jamais séparés de leur mère. Déduisez vous-même que nous demeurerons tous s'il plaît à mon époux de demeurer, car sans lui, aucun de nous ne quittera ce lieu.

Le monarque, hésitant, leva la séance sans avoir arrêté la moindre décision. On annonça l'arrivée d'une ambassade souhaitant le rencontrer.

Entourée de trois autres camarades guère plus âgées qu'elle[10], Louison Chabry avait traversé le salon de l'Œil-de-Bœuf, puis la chambre d'apparat du souverain, pour gagner le cabinet du conseil dans lequel Louis XVI se tenait debout, au centre de la pièce, à côté de la grande table où siégeaient quelques instants plus tôt sa femme et ses ministres. Il s'avança vers elles avec bonhomie.

– *Que voulez-vous** ?, interrogea-t-il.

– *Du pain**, répondit faiblement Louison avant de perdre connaissance.

Le souverain se précipita pour la retenir et manda qu'on lui apporte un gobelet de vin.

– Voilà, dit-il après l'avoir fait boire. Les couleurs vous reviennent, jugea-t-il en l'aidant à se redresser.

– *Puis-je vous baiser la main**, Majesté ?, demanda la jeune fille, rougissante.

– *Vous valez mieux que cela**, mademoiselle, repartit-il en l'embrassant gentiment sur les deux joues. Je vais donner des ordres pour acheminer du blé depuis Senlis et Lagny. De cette façon, vous aurez du pain. Assurez vos amies que leur roi se soucie de leur sort.

Les demoiselles exécutèrent un semblant de révérence et se retirèrent, émues et transfigurées par cette rencontre.

Leur joie fut de courte durée.

Comme elles rejoignaient leurs camarades en clamant « Vive le roi ! », marquant ainsi le succès de leur ambassade, elles entendirent en retour un murmure qui enfla jusqu'à devenir un flot d'injures.

– Vendues !

– Vous avez reçu des sous du gros Louis !

– Vous avez trahi notre cause !

– À mort, les traîtresses au peuple !

Déjà, on saisissait Louison qui se débattit, criant et jurant qu'elle n'avait touché aucune somme et que le roi ferait porter de la farine pour que l'on puisse confectionner du pain. Elle sentit que l'on

---

10. « C'étaient une ouvrière en sculpture de dix-sept ans, Louison Chabry [N.D.A. : d'autres sources en font une posticheuse], une bouquetière de vingt ans, Françoise Rolin, et une dentellière, Rose Barré : celle-ci boitait, ayant un pied enflé de sa marche forcée depuis Paris jusqu'à Versailles. Je ne trouve pas le nom de la quatrième. » Ainsi témoigne G. Lenôtre, historien, dans son ouvrage intitulé *Versailles au temps des rois* (Grasset, 1934).

passait une corde autour de son cou en vue de la pendre et hurla de terreur. Des gardes nationaux intervinrent alors et la sauvèrent. Les trois jeunes filles, affolées, décidèrent de retourner auprès du souverain, afin qu'il rédige de sa main la preuve que le blé allait être livré et que jamais elles n'avaient perçu le moindre sol de sa part.

Louis XVI les reçut de nouveau avec la même bienveillance et obtempéra. Puis il demanda qu'on les reconduise à Paris en les menant discrètement par une porte latérale des jardins. Saint-Priest revint à la charge en conseillant une fois encore à Sa Majesté de se replier sur Rambouillet, lorsqu'on apprit, de l'aide de camp du général La Fayette, que la garde nationale qui marchait sur la ville avait déjà atteint Auteuil. La situation devenait confuse. Personne n'y comprenait plus rien. Le souverain céda enfin, autorisant à contrecœur les préparatifs du départ. Il était presque dix-huit heures quand les voitures transportant la famille royale tentèrent de quitter Versailles en passant vers la grille de l'Orangerie. Mais on distingua soudain un brouhaha et des invectives. Marie-Antoinette serra le dauphin apeuré dans ses bras. Un groupe de manifestants retenait les chevaux et sciait les harnais pour dételer. Louis XVI, qui ne souhaitait pas être un roi fugitif, donna l'ordre à ses gardes du corps de ne point résister, et tout le monde regagna le château.

Lorsqu'il changea de nouveau d'avis, vers vingt heures, averti que l'on tirait des coups de feu, il était déjà trop tard : le personnel des régiments nationaux et de l'écurie s'opposa à cette dangereuse escapade.

La journée était loin de s'achever cependant, puisque le président Mounier s'annonça vers vingt et une heures, afin de présenter à Louis XVI les décrets que le peuple exigeait de le voir valider. À ses côtés, dans l'appartement du roi, les courtisans montraient des signes d'anxiété. L'insouciance de naguère s'était envolée. On entendait monter depuis la cour de Marbre la rumeur de la foule massée sur l'avenue de Paris. L'avenir se révélait incertain. Marie-Antoinette, assise, se tamponnait les yeux. Chacun redoutait l'heure qui allait suivre.

En soirée, le ciel toujours chargé de pluie ne permettait pas de dénombrer les étoiles ; la lune, presque pleine, éclairait de sa lumière blafarde les contours du palais. Le calme était revenu en ses alentours. Olympe apprit alors que le roi avait ratifié les décrets, accepté de remplacer ses gardes du corps par la garde nationale de La Fayette et également consenti à porter la cocarde. En revanche, il avait fait savoir qu'il prendrait la nuit de réflexion quant à la demande de le voir regagner Paris accompagné de sa famille. La surveillance extérieure du château ne serait plus assurée par les Suisses, mais bien par la garde nationale, dont les troupes se déployaient déjà. Mme de Gouges, transie, rentra en son logis, afin d'y dormir quelques heures et d'écrire ses articles.

Son intuition lui soufflait qu'elle vivait là des moments cruciaux et que l'ancien monde était effectivement en train de disparaître.

*

* *

Le lendemain, à l'aube, Olympe s'habilla en hâte pour ne rien manquer des développements du jour. Elle avala une tasse de lait et un petit pain beurré au miel avant de se précipiter sur l'avenue de Paris, où se massait toujours une foule assez dense. L'aurore nimbait la partie gauche de la cour carrée d'une lumière rosée qui se reflétait sur le pavage de marbre blanc et noir. La jeune femme admira ce magnifique édifice ; toutefois, sa rêverie fut de courte durée lorsqu'elle constata que bon nombre de personnes, affalées dans les fossés ou titubantes, étaient ivres mortes ou passablement éméchées, et que l'ambiance déjà très tendue la veille n'était point à l'apaisement. Beaucoup songeaient à en découdre, avec la reine notamment :

– On lui coupera la tête !

– *On fricassera son cœur et ses foies* !*

– *Oui ! Et on s'arrêtera pas là*[11] !*

On continuait à s'échauffer ; Mounier avait fait distribuer du pâté, du cervelas, mais aussi du vin et de l'eau-de-vie, et l'on avait bu, chanté et forniqué jusqu'au matin dans la salle des Menus-Plaisirs. Certains poursuivaient ces bacchanales en pleine rue, ingurgitant

11. Ces mots sont historiques. Les « foies » désignent les intestins.

du tord-boyaux directement à la bouteille en proférant des insanités à l'égard de la « chienne d'Autrichienne », de cette « tigresse assoiffée de sang »[12]. On entendait des coups de feu, de loin en loin ; l'air sentait la poudre et la pluie. Pendant la nuit, les orages avaient déversé des cataractes sur Versailles, éclairant la silhouette du château endormi d'éclairs zébrant le ciel. Depuis son lit, Marie-Antoinette, qui avait demandé que l'on ne tirât point ses courtines, avait regardé leur lumière vive à travers ses fenêtres et sursauté chaque fois que le tonnerre avait roulé. Apeurée et tremblante, elle craignait d'y voir un mauvais présage. Ce ne fut que vers deux heures qu'elle sombra dans un sommeil sans rêves, terrassée par la fatigue et bercée par le chant de l'averse qui cinglait les carreaux. Quatre de ses femmes la veillaient à sa porte.

Au lever du jour, Sa Majesté fut réveillée par des cris et une sorte de brouhaha. On la rassura ; ce n'étaient que des poissardes éméchées. Mais quelques instants plus tard, alors qu'elle tentait de se rendormir, Mme Augié, sœur de Mme Campan, première femme de chambre, entra précipitamment dans l'alcôve, à la suite de Mme Thibault. Cette dernière revenait de la salle des gardes, qu'elle avait trouvés ensanglantés, perdant la vie à défendre leur souveraine.

– *Madame, sauvez la reine, on vient pour l'assassiner* !*, avait supplié l'un d'eux à son adresse avant de s'effondrer.

Tremblante, Mme Thibault avait rebroussé chemin, afin de se rendre promptement auprès de Marie-Antoinette qui ne fut pas longue à s'éveiller tout à fait.

– Vite, Majesté !

– *Sortez du lit, Madame ! Ne vous habillez pas ! Sauvez-vous chez le roi* !*

La souveraine enfila des bas et un jupon à la hâte et gagna le cabinet de toilette, qui débouchait sur le salon de l'Œil-de-Bœuf dont la porte, hélas, était close.

– Ouvrez !, cria Mme Augié. *Ouvrez au nom de la reine* !*

On entendit un cliquetis, et le valet s'écarta afin de laisser passer les trois femmes. Mais avec désespoir, Marie-Antoinette comprit que son époux n'était pas en ses appartements. Elle s'apprêtait à

12. Ces deux dénominations couraient dans Paris.

repartir lorsqu'elle le vit arriver, Mme de Tourzel, gouvernante des enfants de France, sur les talons, tenant par la main le dauphin âgé de quatre ans et demi, encore tout ensommeillé, et Madame Royale, très digne en dépit de ses dix ans révolus, qui écoutait les adultes parler avec de grands yeux inquiets. Leur mère les étreignit avec force.

– Enfin, je vous trouve, dit le monarque. J'étais bien tourmenté. Aussi suis-je parti à votre rencontre par le couloir secret. Hélas, je n'ai croisé chez vous que quelques gardes du corps qui s'y étaient réfugiés ! Ah, voici mon frère et ma sœur, nota Louis XVI, soulagé à l'arrivée du couple Provence suivi de Madame Élisabeth, qui logeaient dans l'aile des Princes et avaient mis davantage de temps pour gagner la chambre.

Necker fit alors son entrée, ainsi que Mesdames tantes, passablement affolées après que leurs fenêtres eurent été brisées.

– On annonce M. de La Fayette, venu vous protéger !, lança-t-il.

– *Et qui nous protégera de M. de La Fayette* ?*, ironisa la reine. Car enfin, n'était-il pas censé défendre le château cette nuit ? On voit bien ici le résultat de son zèle !

Le général s'avança et salua, mal à l'aise.

– L'émeute est maîtrisée, Majesté. À présent, vos sujets vous acclament !

De fait, par les croisées demeurées closes, une rumeur encourageante parvenait aux oreilles de chacun.

– Vive le roi !, hurlaient des voix.

– Le roi au balcon !, scandaient certains.

– Vous devez apparaître, sire. Avec votre famille.

– Vous n'y songez pas, intervint Provence. On entend des coups de feu ! Mon frère pourrait être assassiné !

La souveraine le dévisagea avec tant de mépris que le comte baissa les yeux.

– Je crois que le général La Fayette a raison, reprit Necker. La France réclame son souverain. Ne la décevez pas !

Marie-Antoinette se retourna vers ses enfants, épouvantée de devoir ainsi les exposer à la populace haineuse.

Louis XVI soupira.

– Soit, dit-il avec résignation. Faites ouvrir les portes-fenêtres et allons au-devant du peuple. Il comprendra que nous sommes de bonne volonté.

Il s'avança, seul, sur la terrasse et salua la foule. Une clameur accueillit son apparition.

– Vive le roi ! À Paris !, martelèrent encore quelques-uns.

– À Paris ! À Paris !, répétait-on.

– La reine, au balcon ! La reine, au balcon !

Les cris redoublaient. Il n'y avait aucune issue. La Fayette encouragea la souveraine d'un signe de tête.

Marie-Antoinette, blême, souleva le dauphin dans ses bras et saisit la main de sa fille pour sortir à la suite de son mari. Toutefois, quand elle entendit que l'on protestait contre la présence des enfants, elle fut soulagée de confier son fils à Mme de Tourzel, tandis que Mousseline rentrait elle aussi aux côtés de sa gouvernante.

Alors, elle se retourna et considéra cette marée humaine qu'elle dominait depuis le premier étage.

Celle-ci se tut. Des coups de feu retentirent encore au loin.

Droite et muette, silhouette hiératique livrée à la vindicte populaire et à d'éventuels assassins, l'épouse de Louis XVI, n'écoutant que son courage, demeura seule face à ce peuple hostile et soudain silencieux, puis s'inclina en une révérence appuyée, pour le saluer. Tout d'abord stupéfaite de ce signe d'allégeance et de respect, la foule changea d'état d'esprit. Un « Vive la reine ! » claqua alors comme une détonation, bientôt repris par plusieurs dizaines de personnes.

Son cœur battait la chamade, mais lorsqu'elle se releva, le visage grave, Marie-Antoinette était enfin reine de France.

Depuis la cour de Marbre, Olympe de Gouges avait assisté à toute cette incroyable scène. L'attitude de la souveraine forçait son admiration. Mais l'écrivain se demandait quelle serait la conclusion de cet étrange épisode, car personne, visiblement, ne comptait en rester là.

– À Paris ! À Paris !, continuaient à exiger les poissardes.

Elle regarda autour d'elle et comprit en un rien de temps que la famille royale ne pourrait échapper à ce départ. La Fayette ne parviendrait pas à dissiper la foule si les monarques demeuraient à

Versailles. Cela signifiait aussi, bien sûr, que l'Assemblée nationale allait déménager, puisqu'elle ne pouvait siéger qu'en la ville où résidait le souverain. Dès lors, avec son sens aiguisé de la politique, Olympe en déduisit que la reine ne reverrait pas de sitôt son cher Trianon. Le vent de l'histoire soufflait et Mme de Gouges en ressentait une sorte d'ivresse et de joie angoissée. Une certitude s'imposait à son esprit : une page nouvelle était en train de s'écrire pour la monarchie et elle participerait à son élaboration !

Midi était sonné lorsque la famille royale au grand complet s'entassa dans un énorme carrosse. Aux côtés des souverains et de leurs enfants se tenaient Madame Élisabeth et le couple Provence. D'autres attelages suivaient cet équipage, car les courtisans ne quittaient pas le monarque. La Fayette et le comte d'Estaing ouvraient la marche pour s'assurer de la sécurité de ce précieux convoi. Les poissardes cheminaient autour des voitures, présentant au bout de piques les têtes des gardes du corps décapités. Les chevaux tirant le carrosse avançaient au pas. On avait, à la demande du peuple, supprimé les rideaux des fenêtres et Olympe croisa le regard affolé de Marie-Antoinette qui serrait son « Chou d'amour » sur ses genoux, protégeant sa vue de ces atrocités. Elles se dévisagèrent, l'espace d'un bref instant.

Mme de Gouges peina à reconnaître l'impérieuse Marie-Antoinette de Habsbourg-Lorraine, arrivée d'Autriche en grand apparat dix-neuf ans plus tôt, dans cette femme terrifiée que la foule arrachait à sa destinée.

Partie II

XLV

Paris, octobre 1789

L'ambiance avait changé au cœur de cette cité tumultueuse, fière d'avoir capturé son souverain. En fin d'après-midi, le 6, le carrosse des monarques avait fait son entrée à Paris, précédé de plus de trente mille hommes de la garde nationale exhibant pour certains une miche de pain au bout de leurs baïonnettes. Toutefois, même si on ne l'avouait pas, il était difficile de ne pas comprendre que la famille royale était désormais prisonnière.

– *Nous tenons le boulanger, la boulangère et le petit mitron ! Nous ne manquerons plus de pain* * *!*, hurlaient les poissardes qui l'escortaient.

Dans la voiture, Marie-Antoinette serrait les dents. À vingt heures, Bailly, maire de Paris, reçut le roi afin de lui remettre les clés de la ville sous les applaudissements des citoyens. La cérémonie s'étira, incluant deux discours et une longue déclaration, puis, le carrosse toujours entravé par la foule, on atteignit finalement les Tuileries vers vingt-deux heures. Le dauphin, terrorisé, affamé et épuisé, sanglotait doucement, blotti contre sa mère. Rien n'avait été prévu pour accueillir la Cour en ce lieu. La désorganisation était totale. Les courtisans campèrent au mieux. Seul le couple royal put bénéficier du modeste appartement que la reine s'était fait aménager pour ses soirées parisiennes au théâtre afin de ne pas regagner Versailles nuitamment. Le cœur broyé, celle-ci ferma enfin les yeux, se remémorant la douceur enfuie…

Les rues bruissaient de clameurs de triomphe, mais aussi de rumeurs. On était parvenu à déloger le souverain de Versailles, c'était une grande victoire ! Cependant, le duc d'Orléans était-il responsable des développements de ces deux jours d'octobre où la situation avait basculé ? Il était adoré du peuple, qui aimait à promener son effigie de cire lors de ses manifestations ; il se posait en ennemi du parti de la Cour et du roi, qu'il rêvait de renverser... Cela faisait-il pour autant de lui un insurgé ? Certains l'affirmaient et murmuraient même qu'il avait guidé les émeutiers jusque vers la chambre de la reine...

Les supputations allaient donc bon train.

Comme prévu, dès le 12, l'Assemblée nationale constituante se déplaça pour siéger à Paris. Dans l'urgence, il fut décidé que l'archevêché[1] serait accommodé en hâte pour permettre d'accueillir les députés.

Mme de Gouges déménagea chez sa sœur, qui vivait au cœur de la ville, afin de suivre, elle aussi, le mouvement historique qui s'amorçait sous ses yeux. Par ailleurs, le 5 octobre, à Versailles, alors qu'elle venait de rentrer en son logis, elle avait subi l'intrusion d'un groupe d'individus qui avaient proféré des injures à l'encontre du duc d'Orléans[2]. Ils l'avaient elle-même insultée et menacée, avant que ses gens ne jettent ces voyous dehors sans qu'elle ait toutefois pu savoir qui les avait mandés. On connaissait ses sympathies pour le cousin du roi[3]. Dès le 11 juillet, elle avait publié en trois mille exemplaires sa *Séance royale*, dans laquelle elle s'était substituée à Louis XVI pour écrire un discours expliquant que le mieux serait d'abdiquer en faveur d'un régent, dont chacun comprenait qu'il ne pourrait s'agir que du duc d'Orléans[4]. Les soutiens de la Couronne ne décoléraient pas. Par ailleurs, sa vie mondaine, qui l'amenait à

1. Les séances se tiendront au Manège des Tuileries à partir du 9 novembre.
2. Ce fait est authentique.
3. Voir les annexes.
4. Le duc descendait en lignée directe de Philippe d'Orléans, régent du royaume de France durant la minorité de Louis XV. C'est pourquoi une éventuelle abdication de Louis XVI, suivie d'une régence jusqu'à la majorité de son fils, aurait naturellement dû lui échoir.

côtoyer les grands du royaume, n'était un secret pour personne ; cela lui valait aussi quelques inimitiés parmi les gens du peuple.

C'est pourquoi la journée du lendemain, où le château avait été envahi, l'avait choquée ; ainsi que Marie-Antoinette, elle avait vécu cette peur de se voir agressée chez elle et, persuadée que le duc était à l'origine de cette horreur, elle dénonça les faits avec vigueur. Ayant tout d'abord écarté les conseils de ses amis, qui l'exhortaient à davantage de prudence quant à ses sympathies orléanistes, elle manifestait à présent sa suspicion et marquait son éloignement.

Le cœur n'y était plus.

Les têtes au bout des piques et la soif du sang l'épouvantaient et elle redoutait que ces débordements populaires ne s'étendent à tout le royaume.

Aussi Jacques Biétrix de Rozières, à qui Olympe avait de nouveau succombé, la trouva-t-il en train de rédiger une *Lettre aux représentants de la nation* en entrant dans sa chambre au lendemain de ces effroyables journées.

– Et quelle est la teneur de cette épître, ma mie ?, demanda-t-il en enlevant sa veste.

– *Je réprouve cette violence et condamne avec force les assassins qui ont poursuivi la reine jusque dans son lit* *[5] *!*, l'informa-t-elle.

– Ce sont certainement vos amis qui sont à l'origine de cela, ma chère, lâcha-t-il avec désinvolture.

Après un silence, il ajouta :

– Et quand je dis « vos amis »…

Olympe se figea, puis se tourna lentement pour lui faire face.

– Oui ? Comment l'entendez-vous ? Si vous avez une remarque à faire, faites-la. N'insinuez pas… des choses !

– Il se murmure que vous êtes ou que vous avez été la maîtresse du duc ! Voilà ce à quoi je faisais allusion, grinça-t-il.

Elle le toisa.

– Et si cela était, en seriez-vous jaloux ?

– Bien sûr que je le serais ! Nous sommes ensemble, que diable ! Et je tiens…

5. Cette phrase est extraite de la fameuse *Lettre*.

– Halte-là, très cher !, trancha-t-elle vivement. Je ne vous appartiens ni de corps ni d'esprit ! Je vous l'ai répété maintes fois ! Si vous ne supportez pas la liberté que je revendique, oubliez-moi ! Je ne me suis jamais enquise de vos conquêtes et n'ai point cherché à savoir si vous courtisiez plusieurs femmes. Je n'exige aucun engagement de votre part. Nous sommes sur un pied d'égalité. Si vous ne l'admettez pas, brisons là : cela signifie que nous ne nous accordons point.

Jacques, furieux, saisit sa veste et la renfila à la hâte.

– Diantre ! Et quel homme accepterait de passer après un autre sans en être, sinon blessé, du moins vexé ? !, protesta-t-il.

– Un homme intelligent, un esprit élevé qui verrait sa compagne comme son égale et ne lui reprocherait pas ce à quoi il s'adonne lui-même ! M'êtes-vous fidèle, Jacques ?, interrogea Olympe, vibrante d'une colère froide.

– Mais là n'est pas la question, enfin !, s'emporta-t-il.

– Bien au contraire ! Vous vous octroyez ce que vous me déniez ! Cette domination est inadmissible. Je travaille à la libération des femmes, tant à leur autonomie financière que sociale et affective. C'est l'un des combats de ma vie ! Je ne serai plus jamais soumise à aucun homme, m'entendez-vous ? Et ce, quels que soient les sentiments que je puisse éprouver !

– Dois-je comprendre que je ne vous suffis pas ? Vous m'avez humilié avec M. de Cubières, vais-je encore subir quelques avanies ? Vous faut-il être mieux troussée ou alors davantage ? À moins, naturellement, que vous ne tiriez bénéfices de votre commerce avec Monseigneur ?

Olympe pâlit.

– Vous déparlez, monsieur, lâcha-t-elle d'une voix blanche, et vous vous égarez. Je préfère considérer que je n'ai pas ouï vos propos, tellement ils sont ignobles et indignes d'un gentilhomme.

– On rapporte que vous vous comportez comme une catin, voilà ce que l'on dit de vous !, renchérit son amant, blême de rage.

– Si vous appelez « catin » une femme indépendante, peu me chaut. Cela signifie simplement que je me suis cruellement méprise à votre sujet et que vous ne valez pas mieux que les marauds qui colportent ces insanités. Hors de chez moi, Jacques !, ajouta-t-elle, glacée. Vous n'êtes désormais plus le bienvenu.

Biétrix de Rozières se tenait coi devant Mme de Gouges, silencieux, désemparé et stupéfait. Elle le regarda fixement, aussi muette qu'inexpressive. Excédé, il sortit en claquant la porte. Olympe sursauta en sentant le sol vibrer sous la violence du choc, puis soupira et se tourna de nouveau sur sa lettre, qu'elle considéra un instant avant d'en reprendre la rédaction. Une tache d'eau effaça le mot qu'elle venait de tracer. Des larmes perlaient sur ses joues.

L'heure était décidément aux ruptures et aux bouleversements de toutes sortes, dans la grande histoire comme dans la petite… Et la liberté pouvait avoir un prix exorbitant.

Les battements de son cœur se faisaient l'écho du tocsin qu'elle entendait au loin. Sans doute un incendie déclenché par une émeute.

Depuis quelques jours, tout n'était que chaos.

XLVI

Paris, décembre 1789

La France semblait s'apaiser sous les premiers frimas. Les cartes avaient été rebattues et l'échiquier politique, modifié. En octobre, le Club breton, né à Versailles[1], avait opté pour le nom de « club des Jacobins », sous la houlette du talentueux Mirabeau. Après son mea-culpa à l'Assemblée pour avoir participé à la conquête de la Corse lors de la campagne de 1768-1769, ce qui lui avait valu un surcroît de sympathie, ce grand orateur, que son ami l'abbé Sieyès surnommait « l'Hercule de la liberté », se taillait à présent la part du lion.

Il était, de fait, parvenu à calmer Paris. La famille royale tentait de prendre ses marques aux Tuileries. Beaucoup de monde défilait dans les jardins afin d'apercevoir la reine et le dauphin, qui séduisait par sa gaieté naturelle. Marie-Antoinette, traumatisée d'avoir vu, autour de son carrosse, les deux têtes des gardes du corps qu'elle connaissait bien au bout de piques, craignait pour sa vie et la sécurité de son fils. Le 10 octobre, la Constituante avait redéfini la titulature royale, et Louis XVI avait cessé d'être « Louis, par la grâce de Dieu roi de France et de Navarre », devenant « Louis, par la grâce de Dieu et la loi constitutionnelle de l'État, roi des Français ».

1. Rappel : en avril ou en mai, selon les sources.

Les monarques réduisaient les promenades, redoutant de subir des affronts ou des réflexions destinées à signifier qu'ils avaient perdu beaucoup de leurs prérogatives.

On avait réorganisé les Tuileries. Le château, que les rois de France avaient délaissé depuis soixante-cinq ans, s'était vu occupé jusque-là par des courtisans. Il avait fallu les déloger et les dédommager, afin que la reine puisse jouir d'un appartement au rez-de-chaussée de l'aile sud, puis installer au degré supérieur le dauphin et Madame Royale à côté du roi, lequel avait aménagé un cabinet de géographie dans son entresol et trois pièces, de plain-pied avec le jardin, pour son usage personnel. Des escaliers avaient été maçonnés dans le but de faciliter les déplacements de chacun, et on avait dégagé des salons d'apparat adjoints à une chambre de parade, une salle de billard et plusieurs antichambres, ce qui avait permis aux souverains de recréer un semblant de Cour auprès de leur entourage et de sauvegarder un peu du protocole, inévitablement modifié par les événements.

Louis XVI et Marie-Antoinette aspiraient au calme après ces bouleversements douloureux qui laissaient des séquelles. Le roi souffrait de ne pouvoir chasser, s'adonner à de l'exercice et prendre vraiment l'air, mais l'on faisait contre mauvaise fortune bon cœur. Tous deux suivaient les leçons de leurs enfants et le jeune dauphin avait ravi ses parents en montrant qu'il lisait, pour ses cinq ans. La reine, fragilisée, voulait croire en des lendemains meilleurs. Elle n'omettait pas de rédiger sa correspondance, et écrivit à Mercy :

> *En oubliant où nous sommes et comment nous y sommes arrivés, nous devons être contents du mouvement du peuple, surtout ce matin. J'espère, si le pain ne manque pas, que beaucoup de choses se remettront. Je parle au peuple : milices, poissardes, tous me tendent la main. Je la leur donne. Le peuple, ce matin, nous demandait de rester. Je leur ai dit, de la part du roi, qui était à côté de moi, qu'il dépendait d'eux que nous restions; que nous ne demandions pas mieux, que toute haine devait cesser; que le moindre sang répandu nous ferait fuir avec horreur. Les plus près m'ont juré que tout était fini.*

Elle savait toutefois qu'un rien pouvait de nouveau embraser la situation. Souvent, le matin, lors de sa promenade ou comme elle allait suivre la messe, on l'interpellait en allemand. Invariablement, elle s'employait à ne pas tourner la tête et à ne pas réagir. Un jour que l'on insistait, elle eut la présence d'esprit de répondre :

– *Je n'entends plus cette langue. Je suis reine de France, la France est mon pays*.*

Les femmes applaudirent. Certaines versèrent quelques larmes d'émotion.

Olympe assista à la scène, et son cœur s'en réjouit. Elle salua la souveraine avec déférence et les deux femmes se dévisagèrent un instant. Marie-Antoinette montra simplement qu'elle avait identifié Mme de Gouges, mais ne lui adressa aucun signe. Un soutien du duc d'Orléans, qui avait suggéré à son mari d'abdiquer, ne pouvait trouver grâce à ses yeux.

Pourtant, il y eut par le biais de leurs regards, entre ces figures féminines de ce que l'on appelait désormais la « Révolution », une sorte de reconnaissance tacite et d'admiration mutuelle. Aussi différentes qu'elles pussent l'être, ayant toutes deux des origines extrêmement dissemblables, elles n'en étaient pas moins des femmes de caractère, indépendantes et éprises de liberté, enfermées dans un carcan qui les étouffait, luttant contre les mensonges, les préjugés et les calomnies et emportées par la tourmente qui agitait le pays en profondeur. Chacune identifiait en l'autre l'otage de son époque.

Une époque incertaine, qui pouvait assurément les broyer.

XLVII

Paris, janvier 1790

Olympe ne décolérait pas. Sa sœur, assise au coin du feu, peinait à trouver des arguments susceptibles d'atténuer son courroux. La jeune femme lisait à voix haute le *Petit dictionnaire des grands hommes*, dont les rédacteurs, royalistes, ne l'épargnaient pas.

– « Cette femme, poursuivit-elle, se serait fendue en deux pour obliger le moindre auteur critique. Elle donne, quoique veuve, des petits citoyens à la nation. Malheureusement que ceux qu'elle a faits avant la Révolution doivent être aristocrates, puisque quelques-uns sont sortis des écuries d'Orléans. Ainsi, personne ne lui disputera la qualité de citoyenne active. Oui, elle est active et très active. » Un ramassis d'ordures ! Et quand je pense que mon fils vient justement de perdre sa place au sein de la maison du prince ! On me calomnie de tous côtés !

– Allons, l'encourageait son aînée, dès demain le débat public portera sa voix sur un autre sujet…

– Il n'empêche qu'on me traîne dans la boue et que ma pièce à peine représentée depuis fin décembre s'interrompt déjà, alors que nous ne sommes que le 2 janvier !

La sœur de Mme de Gouges se leva, déposa son ouvrage dans son panier à tisser et versa deux tasses d'un chocolat mousseux et fumant que venait d'apporter la servante. Une exquise odeur emplit la pièce. Elle offrit à Olympe un biscuit encore tiède, défourné peu avant en cuisine. La jeune femme le mordit machinalement, sans cesser de fulminer.

– Ce n'est pas faute d'avoir insisté auprès des comédiens, pourtant !

– Conviens qu'ils n'avaient point celé[1] leur répugnance à jouer le visage noirci de charbon...

– J'avais consenti à des modifications et des adoucissements, comme cela m'avait été demandé, continua Olympe, qui n'écoutait que distraitement les arguments de son aînée. J'ai même enrichi mon texte d'une préface pour dénoncer l'esclavage et prôner l'égalité entre les individus ! Je ne puis me montrer plus conciliante !

– Les mœurs ne peuvent se modifier aussi vite, et les esprits tournés...

– C'est une cabale des colons de Saint-Domingue ! Voilà la vérité. Il ne s'agit point tant de mœurs que de profit ! Tous ceux qui ont un intérêt au commerce triangulaire[2] ont participé à démolir ma pièce ! Ils louent à l'année des loges au Français ! On m'a appris qu'ils ont exigé la suppression de *l'Esclavage des Noirs*[3] du répertoire ! Te rends-tu compte ? Ils sont extrêmement puissants !

– Assieds-toi et bois une tasse de chocolat. Il est délicieux, tu vas voir...

Olympe obtempéra et parut se calmer. Elle dégusta son breuvage, les yeux fixés sur les flammes.

Il ne fallut guère de temps à sa sœur pour comprendre que la jeune femme était en train d'ourdir un plan de bataille.

Et en effet, après avoir rédigé une lettre une bonne partie de la nuit, ce fut auprès des représentants de l'Assemblée nationale que Mme de Gouges fit entendre sa voix.

> *Ce qui se passe, messieurs, est indigne. Quoi ! La cabale de quelques colons et la tyrannie histrionique l'emporteront sur l'intérêt*

---

1. Caché.
2. Voir les annexes.
3. La pièce, qui s'appela d'abord *Zamore et Mirza ou l'Heureux Naufrage* en 1785, devint en 1789 *l'Esclavage des Noirs ou l'Heureux Naufrage* après avoir été, conformément à la demande, retravaillée par son auteur (voir le chapitre XXVI).

> *public, sur la plus lumineuse équité, et l'an premier de la Liberté se souillera d'une injustice que n'eussent produite ni l'ignorance ni la barbarie du régime féodal ?*

Mais Olympe eut beau batailler, elle ne parvint pas à ce que l'on rejoue sa pièce, qui fut définitivement retirée de l'affiche. Toutefois, cet épisode contribua grandement à l'installer comme une femme de lettres et, dans les cercles littéraires, on admira sa pugnacité et son esprit frondeur.

Un soir, elle annonça à table que son ami Mercier l'avait enjointe à la prudence, tandis qu'ils se promenaient tous deux, l'après-midi, au Palais-Royal.

– Que t'a-t-il révélé exactement ?, s'enquit sa sœur. Aurait-il des informations dont tu devrais t'inquiéter ?

– Non point, la rassura Olympe. *Il affirme être soucieux de me voir engagée dans cette dangereuse carrière où tant d'hommes ont trébuché, et tremble pour moi… Il m'a exhortée à y renoncer*, je le cite, *« tant qu'il en est encore temps »**…

– Et qu'as-tu décidé ?, demanda son beau-frère avant de mordre dans une belle tranche de pain grillé qui croustilla tandis qu'il mâchait.

*– Je lui ai dit que j'étais fière et hardie comme Jean-Jacques et qu'en dépit de son inquiétude, qui certes me touche, je n'en poursuivrai pas moins mon entreprise**[4] *!*

Sa sœur échangea un regard avec son époux. Elle savait que sa cadette n'était pas femme à abdiquer, qu'elle défendait âprement son point de vue, prenant le risque de soutenir publiquement sa manière de penser dans une époque instable, troublée et périlleuse. Son mari s'empressa de détourner la conversation et l'on glissa sur un sujet plus léger. Mais au fond d'elle, elle continuait de craindre qu'Olympe ne finisse par payer sa franchise et l'incroyable audace dont elle pouvait faire preuve.

4. Ce dialogue s'inspire d'une lettre dans laquelle Olympe relate cet épisode. Jean-Jacques est évidemment Le Franc de Pompignan, son père naturel.

XLVIII

Paris, février 1790

La reine rentrait de la messe, le bas de sa robe maculé de neige. Paris s'était éveillé peu avant Noël sous une épaisse couche de duvet blanc. Depuis plusieurs semaines, les températures empêchaient la fonte et la nuit dispensait de nouvelles chutes. Les roseaux des bords de la Seine, prisonniers de leur gangue de glace, crissaient lorsque le vent tentait de les tordre. Partout, des braseros de fortune rougeoyaient au coin des rues pour les pauvres qui, n'ayant pas de toit, s'agglutinaient à la recherche d'un peu de chaleur.

– Majesté, un pli est arrivé à votre attention, l'avertit une servante en lui présentant une missive sur un plateau, dont la souveraine se saisit avant de la décacheter.

Elle gémit en parcourant les lignes qui noircissaient la page, puis regarda le roi, blême.

– Mon frère l'empereur n'est plus. Il s'est éteint le 20, dans la soirée… Paix à son âme, soupira-t-elle en se signant avant de saisir le carré de batiste qu'on lui tendait et de s'en tamponner les yeux.

Le trépas de Joseph II ne surprit personne. On le savait atteint de tuberculose pulmonaire, et les chancelleries communiquaient régulièrement sur son état de santé. Il crachait du sang, s'étouffait souvent et s'affaiblissait de façon alarmante. À plusieurs reprises, on l'avait même déclaré agonisant. Les derniers développements politiques n'avaient certes pas allégé ses ultimes instants. Après les journées des 5 et 6 octobre, Louis XVI et Marie-Antoinette tentaient de maintenir le lien ténu avec le peuple en sauvant les apparences, mais dans le secret de leur cœur, ils redoutaient que la monarchie ne soit condamnée en France. La reine, dont les cheveux avaient cette fois complètement blanchi, accompagnait au mieux son époux qui s'enfonçait depuis deux ans dans une mélancolie résignée. La non-violence absolue dont il avait fait preuve avait mené gardes et officiers des régiments de Flandre au massacre, puisqu'ils avaient reçu de lui l'ordre de ne pas se défendre devant les insurgés. Le 6 octobre était pour Marie-Antoinette le jour funeste où les Bourbons avaient perdu le trône. Peu de temps après, le comte d'Artois, alors réfugié à Turin, avait lancé un appel solennel à l'empereur dans le but de porter secours au couple royal outragé et de circonscrire la diffusion du « venin » révolutionnaire qui menaçait de ravager toutes les cours européennes. Mais Joseph II guerroyait aux côtés du tsar contre les Turcs et voyait lui-même une agitation préoccupante monter dans ses États. Il avait donc envoyé au frère du roi une fin de non-recevoir qui avait fait grand bruit, car il exhortait le comte à ne plus s'opposer à la Révolution et à regagner son pays afin de seconder Louis XVI. L'avènement du nouvel empereur, Léopold II, n'avait guère changé la situation des souverains français. S'il était effectivement parvenu à endiguer les rébellions dans ses propres provinces, il n'avait pu empêcher la noblesse de France en exil de nuire à leur image en entretenant toujours l'idée d'une conspiration fomentée depuis l'étranger pour les sauver.

Mme de Gouges avait suivi avec passion ces développements. Elle avait déménagé, quittant le séjour de sa sœur, pour s'installer à Auteuil dans la jolie rue du Buis, calme, bien fréquentée et très aérée. C'était un bel hôtel campagnard, avec pilastres, macarons et guirlandes en façade, dont les fenêtres donnaient sur les jardins aménagés de la comtesse de Boufflers-Rouverel[1], laquelle tenait un cercle où se rencontraient les éminences du monde littéraire et scientifique. Olympe n'avait pas tardé à s'y sentir chez elle. Si l'activité de ces bureaux d'esprit s'était quelque peu ralentie depuis

1. Cet hôtel particulier était situé à l'emplacement de l'actuelle villa Montmorency, dans le XVIe arrondissement de Paris.

l'ouverture des clubs où l'on discutait de politique et de philosophie, elle subsistait néanmoins. La jeune femme était heureuse d'y retrouver le couple Condorcet, afin d'échanger des idées et de nourrir sa réflexion. Ainsi, après 1789 qui avait vu se lever enfin l'espoir d'une équité entre les hommes, commençait à apparaître le désir qu'elle s'étende à ce que l'on nommait encore le « sexe faible ». Condorcet y travaillait ardemment, mettant la touche finale à un texte[2] dans lequel il démontrait avec justesse que jamais un État démocratique n'avait réellement existé, puisque jamais les femmes n'avaient jusqu'à présent exercé des droits de citoyennes. En se référant à la Déclaration, qui était maintenant sur toutes les lèvres, il dénonçait le viol de ce principe d'égalité en contrecarrant un à un les arguments visant à écarter les femmes du droit de cité.

– On nous explique qu'aucun génie ne se décèle parmi vos congénères, ma chère Olympe !, ironisa-t-il un soir, comme ils devisaient chez la comtesse. Mais comment cela adviendrait-il alors qu'on leur barre l'accès à l'éducation ?

– Vous avez mille fois raison !, rétorqua Mme de Gouges. D'ailleurs, de nombreuses femmes se révèlent en maints domaines bien plus fines que ces messieurs !

– C'est tout à fait exact ! Et ôte-t-on à des hommes leurs droits civiques au seul motif qu'ils seraient benêts ? Que nenni ! Vous voyez que ces principes ne tiennent pas !, triompha-t-il.

– J'écris actuellement sur le sujet. J'ambitionne de publier l'année prochaine.

– C'est une noble et juste croisade. Et elle se répand en Europe. Un ami m'a apporté un exemplaire d'un ouvrage rédigé en allemand, d'un certain Théodore von Hippel, qui s'intitule *Sur l'amélioration du sort de la femme au point de vue du droit de cité*, que j'ai commencé de traduire sommairement pour en reprendre quelques raisonnements.

– Figurez-vous que j'ai moi-même ouï parler d'une femme, en Angleterre, Mme Mary Wollstonecraft, qui aurait établi une *Déclaration du droit des femmes*, à l'image de la nôtre. Il y a grandement matière à réflexion…

2. *Sur l'admission des femmes au droit de cité.*

– La Révolution, chère amie ! Et rien désormais ne pourra l'arrêter. Les siècles à venir comprendront ce qu'ils doivent à notre courage et à notre ténacité, se félicita-t-il.

Olympe leva sa coupe en l'honneur de ces belles paroles, puis avala une gorgée de champagne avant d'ajouter :

– Je travaille par ailleurs à l'écriture d'une pièce sur la défense du peuple noir. Puisqu'il est question d'égalité, il faut aussi que cette cause essentielle soit entendue !

– C'est exact et j'ai la faiblesse – ou l'orgueil ! – de penser que nous sommes parmi ceux qui modifieront les esprits jusqu'à obtenir une avancée notable à ce sujet dans la loi. Ces deux principes sont mêlés et relèvent du droit des opprimés ! Battez-vous comme je le fais, chère Olympe ! Ne relâchez pas vos efforts !

– Qu'êtes-vous en train de comploter ?, s'amusa Sophie de Condorcet, qui surgit en passant son bras sous celui de son mari. Je vous vois des airs de conspirateurs !

L'homme de lettres et mathématicien lui prit tendrement la main.

– Nous disions qu'il est déjà demain…

XLIX

Paris, mai 1790

Durant tout l'hiver et le début du printemps, l'approvisionnement n'avait cessé de préoccuper le roi. Dès le 7 octobre de l'année précédente, après son emménagement aux Tuileries, le souverain avait convoqué le maire, le comité des subsistances de Paris et quatre commissaires principaux, afin de cerner les besoins les plus urgents de la population. Ses interlocuteurs s'étaient alors étonnés de la pertinence de ses suggestions et surtout de sa connaissance des rouages administratifs. On tentait d'impliquer Sa Majesté dans les affaires de la ville, de concilier tradition capétienne et Révolution. En réalité, la monarchie devenait une entité vide de sens et le monarque, un pantin soumis aux volontés de l'Assemblée et de la rue. On avait transformé Louis en une sorte de « premier fonctionnaire héréditaire de la nation[1] », ce qui n'échappait point à la reine, laquelle en tremblait de colère.

Olympe continuait de faire entendre sa voix et s'était jetée dans une nouvelle bataille qui concernait la justice, réclamant ainsi l'institution de conseils spécifiques afin que les gens du peuple soient jugés par des personnes de condition égale à la leur. Son *Projet sur la formation d'un tribunal populaire et suprême en matière criminelle* avait été adressé à l'Assemblée au matin du 26 mai. « Tout

1. L'expression, extrêmement juste, est de Jean-Christian Petitfils, in *Louis XVI*, Perrin, 2005, p. 734.

malfaiteur, écrivait-elle, [...] sera soumis au jugement souverain de ses pairs, [...] aura huit ou quinze jours pour se défendre [...] et il sera condamné ou absous, à la pluralité des voix[2]. » Ses propositions se révélaient ambitieuses, puisqu'elle réclamait aussi que celui dont le verdict serait l'exécution aurait la possibilité de faire appel de cette sentence en deuxième instance.

– Le peuple apprendrait à s'instruire, Gabriel ! Il deviendrait conséquent dans les occasions les plus orageuses ! Aujourd'hui, il n'entend pas la loi, parce qu'elle est injuste et qu'elle punit toujours le faible plutôt que le fort ! Mais s'il l'exerce lui-même, il saura la comprendre, la faire parler, peut-être avec davantage d'intégrité que les magistrats qui siégeaient au nom du roi[3] !

Mirabeau, affalé plus qu'assis face à elle, la couvait d'une tendresse aussi amusée qu'attentive. Au fil du temps, leur relation s'était muée en une amitié profonde. Ils se tutoyaient à présent et échangeaient régulièrement, au sortir des débats, autour d'une assiette de chaircuiteries et de fromages, d'une miche de pain et d'un pichet de vin. Tout le monde ne connaissait pas la faim à Paris, et l'embonpoint du célèbre député disait assez qu'il mangeait bien au-delà du nécessaire.

Il porta son gobelet à ses lèvres, but une gorgée et reposa son breuvage en soufflant.

– Tu as sans doute raison, de Gouges. Sûrement, même...

– Alors, aide-moi en portant ma voix ! Personne ne m'écoute, parce que je suis une femme ! C'est désespérant !

– Allons, allons, calme-toi, ma belle ! Tu t'attaques à trop de sujets... *Si tu étais plus construite, plus rigoureuse aussi, dans ta manière de présenter les choses*[*4], tout cela serait excellent !

– J'ai été à l'origine de bien des réformes, Gabriel, reconnais-le ! Je lance des idées qui sont reprises par certains députés sans que jamais ils ne me citent !

2. On notera qu'elle ébauchait ce qui deviendrait notre actuelle cour d'assises.
3. Dans cette tirade d'Olympe, nous avons reproduit les propos de sa lettre à l'Assemblée, en modifiant toutefois le style parfois trop littéraire qui messied à un dialogue parlé.
4. L'expression est effectivement de Mirabeau, au sujet d'Olympe, et sa tirade est inspirée de ses propos la concernant.

On apporta une assiette de saucisson, de pâtés en croûte et de pains au fromage. Le tribun s'en saisit avec une voracité stupéfiante. Le pichet de vin vide fut remplacé et Mirabeau resservit sa compagne.

– *J'ai coutume de dire de toi que nous devons de grandes découvertes à une ignorante**, figure-toi ! J'ai conscience de ce que la Constituante te doit ! Je t'estime, tu es honnête et sincère dans tes combats. La patrie et le peuple ont besoin de gens comme toi. Beaucoup te prennent très au sérieux, n'en doute pas !

Olympe prit une bouchée de tourte, qu'elle savoura un instant avant de répondre.

– Je le crois volontiers ! La société d'Auteuil[5] me reçoit et m'écoute, et cela m'est d'un vrai réconfort. J'y ai des appuis, et non des moindres. Toutefois, Gabriel, le temps presse. Le peuple souffre et souffrira encore si nous n'agissons pas. C'est à l'Assemblée que se votent les lois, et c'est là qu'il faut que l'on m'entende !

– *Tu as fait la Constitution à toi seule* !*

– Ne dis pas de sottises… Je n'emploie sans doute pas assez d'art pour énoncer mes idées à peine ébauchées, mais j'affirme qu'elles sont excellentes. *D'autres ont soin de les polir et de les orner, comme des diamants bruts*…*

Mirabeau sourit.

– … *Et tout l'éclat et l'honneur reviennent alors à mes lapidaires* !*, conclut-elle avec dépit.

5. Ce cercle, situé à la périphérie de Paris, comportait des membres prestigieux et de nombreux aristocrates.

L

Paris, mai-juin 1790

Rentrée de sa promenade avec le dauphin et Madame Royale, la reine se délassait en jouant sur son clavecin un air de contredanse très populaire que l'on devait à Bécourt, violoniste au théâtre Beaujolais tout juste racheté par Mlle Montansier après que la Comédie-Française et la Comédie-Italienne avaient obtenu que ce dernier cessât d'employer des enfants en lieu et place des marionnettes traditionnelles. Cette originalité, qui avait assuré le succès de ce petit établissement inauguré en 1784 sous la férule de Louis-Charles d'Orléans, comte de Beaujolais, avait déplu à ses aînées et voisines du Palais-Royal. La première de ce que l'on appelait désormais le « théâtre Montansier[1] » avait créé l'événement, le 12 avril. Marie-Antoinette se tenait au fait de cette vie qu'elle avait tant aimée et qui lui paraissait déjà si lointaine…

Alors que les belles mains fines de la reine couraient sur les touches, le dauphin, fatigué de sa promenade, qui l'écoutait d'un air rêveur en suçant son pouce, se dressa sur ses pieds et se précipita vers la croisée.

– Oyez ceci, mère ! Les Parisiens reprennent votre chanson !

La souveraine s'interrompit et vint à ses côtés. Elle entrouvrit la fenêtre et tendit l'oreille. Dehors, dans les jardins embaumés de lilas

1. À son emplacement se trouve aujourd'hui le théâtre du Palais-Royal.

en fleur, un petit groupe entonnait effectivement un couplet sur l'air qu'elle venait de jouer.

Ah ! ça ira, ça ira, ça ira !
Pierrette et Margot chantent à la guinguette ;
Ah ! ça ira, ça ira, ça ira !
Réjouissons-nous, le bon temps viendra !
Le peuple français, jadis à quia ;
L'aristocrate dit : « Mea culpa ! »
Ah ! ça ira, ça ira, ça ira !
Le clergé regrette le bien qu'il a,
Par justice, la nation l'aura.
Par le prudent La Fayette,
Tout trouble s'apaisera.
Ah ! ça ira, ça ira, ça ira[2] !

– Vous entendez ?, s'enthousiasmait le garçonnet. C'est cela, oui, oui !

La reine sentit les larmes lui monter aux yeux. Elle posa une main sur la tête blonde de son fils.

– Vous avez raison, Charles. Votre oreille est exercée, je vous félicite. Fermons la fenêtre, maintenant, voulez-vous ? Je vais sonner votre gouvernante pour qu'elle vous emmène manger une pâtisserie pendant que je rédige quelques missives.

Plus tard, tandis que le petit duc de Normandie se régalait d'un chou à la crème, la reine s'était installée à son écritoire. Elle éprouvait une incommensurable lassitude et ne pouvait cependant s'empêcher d'espérer. Après avoir réfléchi un instant, elle trempa sa plume dans l'encrier et reprit le fil de ses pensées :

2. Cette version de la chanson fut entendue dans les rues de Paris en mai 1790. Elle est en effet l'adaptation d'une contredanse de Bécourt, que la reine répétait au clavecin. Le texte, hélas, évoluera, nous le verrons, vers des paroles beaucoup plus sanglantes, les années suivantes.

Il faut inspirer de la confiance à ce malheureux peuple. On cherche tant à l'inquiéter et à l'entretenir contre nous ! Il n'y a que l'excès de la patience et la pureté de nos intentions qui puissent le ramener à nous ; il sentira tôt ou tard combien, pour son propre bonheur, il doit tenir à un seul chef, et quel chef encore ! Celui qui, par l'excès de sa bonté et toujours pour leur rendre le calme et le bonheur, a sacrifié ses opinions, sa sûreté et jusqu'à sa liberté ! Non, je ne puis croire que tant de maux, tant de vertus ne soient pas récompensés un jour[3] *!*

Les yeux rougis, Marie-Antoinette suspendit une nouvelle fois sa rédaction. Dans le silence de sa chambre, tandis que le jour déclinait, elle laissa son esprit vagabonder et rejoindre son cher Trianon où elle était parvenue parfois à se sentir libre et heureuse. Elle se revit, courant et riant en des parties endiablées de colin-maillard ou dégustant à pleines dents les fruits mûrs de son verger. Elle ferma les paupières pour retrouver la sensation des mains d'Axel sur la soie de sa robe quand il l'avait étreinte lors d'une fête nocturne, à l'abri des regards, au cœur d'un bosquet à peine éclairé de quelques flambeaux. Heureusement que le comte de Fersen veillait sur elle. Même lorsqu'il était loin, elle avait toujours éprouvé sa force et son amour. Aujourd'hui, il ne quittait plus le couple royal, qu'il aidait de son mieux. Son honneur était de servir la femme qu'il aimait et la reine qu'il vénérait. Sa dévotion ne connaissait aucune limite. Il était capable de donner sa vie pour elle. Il lui était tellement précieux... !

Elle se redressa soudain et fixa les derniers mots de sa missive, par lesquels elle évoquait le roi. Son époux, si bon et si généreux. Sa grandeur d'âme l'empêchait de s'opposer à ce peuple fou qui le chassait du trône. Louis XVI était le représentant de Dieu sur terre, l'unique détenteur de la souveraineté. Il attendait que ses sujets se reprennent et sortent de cette incurie. Manquait-il de courage ? Cédait-il à la mélancolie ? S'était-il résigné ? Marie-Antoinette l'ignorait, toutefois, elle savait au fond d'elle-même qu'elle n'accepterait jamais de le quitter. Leurs destins s'étaient mêlés le jour de leurs noces. Elle demeurait son épouse et sa reine devant le

3. Le destinataire de cette lettre authentique n'est pas identifié.

Seigneur comme devant les hommes. Mais la tâche lui apparaissait à présent écrasante, car elle redoutait qu'à refuser de verser le sang des Français il ne permette que coulât un jour le sang de France…

LI

Paris, fin juin 1790

Le 22 mai, le pouvoir du roi avait été encore circonscrit par la Constituante. Le monarque, dépité, n'avait pu qu'acquiescer lorsqu'on lui avait annoncé qu'il n'était plus dans ses prérogatives de négocier des traités ou de déclarer des guerres. Toutefois, l'Assemblée, qui craignait la fureur d'un peuple trop prompt à s'embraser, avait opté pour rétablir la Cour autour du souverain et lui redonner ainsi une apparence de dignité, voire de panache, destinée à impressionner l'homme de la rue et à le tenir à distance. Mirabeau avait donc fait voter une liste civile de 25 millions par an et l'on avait autorisé la famille royale à partir en villégiature à Saint-Cloud dès le 11 juin, entourée de quelques courtisans.

La reine se savait très surveillée. Elle rêvait de recouvrer sa liberté, et au cours du mois de mars, le comte d'Inisdal l'avait approchée dans l'idée d'enlever le roi afin de le soustraire à ses geôliers tout en le dédouanant d'une éventuelle responsabilité en cas d'échec. Une fois encore, son époux avait tergiversé, puis refusé. Marie-Antoinette désespérait de le convaincre.

L'été s'annonçait radieux. Le parc offrait la possibilité de se promener sous les ombrages et la souveraine en profita pour reprendre l'équitation, qu'elle avait délaissée en raison de ses maternités. Cette pratique éveilla les soupçons : tenterait-elle de fuir à cheval avec son fils ? Toutefois, on n'émit aucune remarque à leur intention et, chaque jour, les membres de la famille royale pouvaient constater combien ils étaient libres, galopant et chassant à perte de vue sans jamais apercevoir le moindre garde les rappelant à l'ordre. Ce relâchement en apparence complet de la surveillance dont ils avaient été jusqu'alors l'objet finit par les interroger.

– Il est étrange, remarqua la reine au souper, que nul ne me demande de comptes sur mes chevauchées, quand je m'éloigne pourtant dangereusement du château !

Louis XVI attaqua une cuisse de poulet rôti avec appétit. Rien n'altérait sa gourmandise, ce qui agaçait son épouse, souvent si contrariée le soir par les événements de la journée qu'elle n'en pouvait avaler une bouchée.

– Vous avez grandement raison, ma sœur, renchérit Madame Élisabeth. Il en va d'ailleurs de même pour vous, sire mon frère : vous semblez n'avoir aucune limite quant à votre domaine de chasse !

– Cela est ma foi vrai, constata le monarque. Nous jouissons à Saint-Cloud d'une liberté sans égale.

– Je pensais ce sentiment perdu à jamais…

– Cela veut dire que notre attitude est payante, se félicita Louis. Nos sujets verront que leur roi leur est dévoué, ne cherche ni à les abandonner ni à les trahir et mène une vie exemplaire, ajouta-t-il en dégustant une tranche de pâté.

Marie-Antoinette leva les yeux au ciel.

– Ne soyez point trop naïf. On nous tend un piège, ni plus ni moins ! On nous laisse accroire que la porte de la prison est entrouverte, mais si l'on en franchissait seulement le seuil, on convaincrait le royaume de notre duplicité ! Ne nourrissez aucune illusion, ma sœur, nous n'avons de liberté que l'apparence. Le peuple et l'Assemblée sont nos geôliers. S'ils nous permettent de respirer, c'est sûrement pour mieux nous étouffer ensuite !

Le dauphin grimaça.

Mousseline sursauta.

– Pourquoi voudrait-on étouffer notre père alors qu'il est acclamé, mère ?, s'enquit-elle.

Louis XVI soupira et se tourna vers Madame Royale.

– Il ne faut pas en vouloir au peuple, ma chère fille, parce qu'on le trompe à notre endroit. Mais bientôt mes sujets comprendront, à force de patience et de bonté, que nous ne voulons que leur bien. Si nous songions à fuir aujourd'hui, cela nous discréditerait complètement et nous perdrions, justement, cette confiance que nous commençons à regagner [1]...

Madame Élisabeth, qui s'adonnait à la dévotion depuis que sa vie avait basculé, n'en demeurait pas moins convaincue qu'un appui extérieur serait nécessaire pour sauver la famille royale. Elle échangeait à ce sujet fréquemment avec son frère Artois, alors en exil. Elle jeta un coup d'œil en direction de sa belle-sœur, puis s'adressa au roi.

– Vous n'allez pas tarder à être fixé sur les intentions du peuple et sa disposition d'esprit à votre égard, sire mon frère ! La fête de la Fédération approche et les dernières nouvelles qui nous sont parvenues montrent que les Parisiens, aidés par les représentants des provinces, préparent activement l'événement !

Louis XVI termina la poire au vin sucrée au miel qu'il avait entamée.

– Vous avez raison, madame. Et je me réjouis de me rendre à ce grand rassemblement qui célébrera l'unité de la nation autour de son roi.

– Que le ciel vous entende, mon époux, soupira la reine. Je ne suis pas certaine, pour ma part, d'apprécier cette journée. Mais en cela comme en tout le reste, avons-nous le choix ?

1. Tous les témoignages s'accordent à dire que le souverain tenait en permanence ce genre de discours à ses enfants. Que ce soit Mme Campan, dame d'honneur de la reine, Mme de Tourzel, gouvernante des enfants de France, ou même la lettre que le roi a laissée avant de mourir, laquelle prouve qu'il souhaitait que son fils comme sa fille pardonnent au peuple et ne cherchent nullement à se venger.

LII

Saint-Cloud, le 3 juillet 1790

Marie-Antoinette ne parvenait pas à dormir. Après une journée particulièrement chaude et ensoleillée, la nuit avait drapé le parc d'un voile lapis-lazuli constellé d'étoiles. La lune qui se découpait très nettement lui rappelait les décors en stuc des théâtres. Un monde féerique qui lui permettait, en sa verte jeunesse, de s'évader de ses pesantes obligations. La chaleur montait du sol ; on décelait encore en cette heure pourtant tardive l'odeur des fleurs composant les massifs. Dans le silence ombreux des arbres à peine distinct de celui des étoiles, tout semblait calme et apaisé. Elle avait alors tenté d'oublier qu'elle était la souveraine d'un royaume qui la désaimait et était demeurée, rêveuse et nostalgique, accoudée à sa fenêtre jusqu'aux premières lueurs du jour naissant, redoutant la matinée qui s'annonçait.

Il n'était en effet plus question de songes à présent qu'elle attendait en ses appartements un homme qui la révulsait.

En grand secret, la reine de France, accompagnée de son époux censé ne pas intervenir dans la discussion, s'apprêtait à rencontrer Honoré-Gabriel Riqueti de Mirabeau.

Celui qu'on surnommait « la torche de Provence » était devenu, le 10 mars, contre de nombreuses livres d'or, le conseiller occulte du roi, à qui il promettait de sauver le trône[1].

Le monarque, silencieux, se montrait circonspect quant à l'issue de l'entretien. Mais le comte de La Marck ainsi que Mercy-Argenteau avaient servi d'intermédiaires et insistaient depuis des jours sur son impérieuse nécessité. Pour ces deux mentors du couple royal, le salut ne pouvait venir que de cet insupportable individu. Marie-Antoinette leur avait fait jurer que jamais Mirabeau n'avait pris la moindre initiative dans les journées traumatisantes d'Octobre, et c'était seulement après en avoir été convaincue qu'elle avait accepté. Toutefois, la souveraine demeurait très tendue.

Si le député avait demandé à la rencontrer, c'était parce qu'il avait parfaitement perçu les hésitations et l'immobilisme de Louis XVI. Or le temps était compté, et le tonitruant tribun pensait qu'en parvenant à persuader l'épouse il aurait peut-être de l'emprise sur le mari. Dans une note qu'il avait adressée à La Marck, il avait écrit :

> *Le roi n'a qu'un homme, c'est sa femme. Il n'y a de sûreté pour elle que dans le rétablissement de l'autorité royale. J'aime à croire qu'elle ne voudrait pas de la vie sans sa couronne, mais ce dont je suis bien sûr, c'est qu'elle ne conservera pas sa vie sans sa couronne.*

Mirabeau souhaitait sincèrement aider le couple royal à en finir avec la Révolution et l'amener à une monarchie constitutionnelle dont il aurait pu être le Premier ministre. Cependant, le double jeu de cet orateur aimé de tous les révolutionnaires avait éveillé chez Marie-Antoinette une défiance qui confinait à de la répulsion.

On introduisit discrètement le député dans l'antichambre sans annonce du chambellan.

– Majestés, me voici, dit-il simplement.

La jeune femme se raidit devant tant de familiarité.

1. Tout cela est historiquement vrai.

– Soyez le bienvenu, monsieur de Mirabeau, parvint-elle toutefois à articuler. Vous êtes au fait du motif de cet entretien. Qu'avez-vous à nous apprendre ?

En connaisseur de la gent féminine, Mirabeau ne put s'empêcher d'admirer son teint d'albâtre et ses traits fins, ainsi que sa taille bien prise et ses longues mains. On devinait, sous son bonnet de dentelle, des mèches argentées qu'éclairait le soleil matinal baignant la pièce par les croisées.

– Il nous faut nous hâter, à présent. Les événements galopent comme un cheval fou !...

La reine frissonna.

– Affirmez-vous cela parce que les distinctions militaires ne sont plus désormais réservées aux nobles[2] ou parce que l'on vient de piétiner la noblesse de France en supprimant les titres séculaires qui légitimaient son existence[3] ?, grinça-t-elle. J'imagine que vous n'êtes pas pour rien dans tous ces beaux changements ?

– Majesté, *je suis l'homme du rétablissement de l'ordre, pas celui du rétablissement de l'ordre ancien**. Le peuple aime toujours son roi. Il recherche un chef qui le guide et le mette à l'abri de ses propres excès. *L'anéantissement du clergé, des parlements, des pays d'états, de la féodalité, des capitulations des provinces, des privilèges de tout genre est une conquête commune à la nation et au monarque**.

– En d'autres termes, nous craignions d'avoir pour ainsi dire perdu le trône, mais vous êtes en train de nous expliquer qu'après ces indignités notre pouvoir s'en voit renforcé. Par quel tour de passe-passe cela serait-il possible, monsieur de Mirabeau ? Seriez-vous le nouveau Cagliostro[4] ?, railla Sa Majesté en agitant nerveusement son éventail.

2. Proposé à l'Assemblée le 28 février, accepté le 21 mars et promulgué le 28 avril.

3. Le 19 juin, un décret de l'Assemblée nationale abolit les titres de noblesse (prince, duc, comte, marquis, etc.). De plus, il était désormais interdit de faire porter des livrées à ses serviteurs et d'arborer des armoiries. La nouvelle fit l'effet d'une bombe, car cet arrêté mettait fin à des siècles de tradition nobiliaire en France.

4. De son vrai nom Joseph Balsamo, le comte de Gagliostro, italien d'origine, arrive à la Cour dans les années 1780, accompagné de Casanova. Il se fait passer pour un mage, un thaumaturge, qui prédit l'avenir et possède des pouvoirs magiques. Il sera hélas impliqué dans l'affaire du collier de la reine. Emprisonné à la Bastille, il sera expulsé de France en 1786.

Le tribun se tut. Le moment d'intervenir n'était pas venu. La souveraine désirait s'épancher et assener enfin ce qu'elle avait sur le cœur. Il eut de la peine pour elle, mesurant que son monde, ce qu'on lui avait enseigné, sombrait lentement sous ses yeux en une violence inouïe, la laissant meurtrie et désemparée.

– Pourtant, je vous l'affirme, ajouta-t-elle, chaque jour qui s'écoule fait davantage de nous des marionnettes et il est manifeste que l'on acclame le roi seulement s'il accède aux désirs de chacun...

Mirabeau prit une inspiration et regarda Marie-Antoinette droit dans les yeux.

– Madame, l'avenir pourrait s'annoncer harmonieux pourvu que vous entendiez que l'absolutisme[5] a vécu en notre pays et qu'une monarchie constitutionnelle, qui donne la parole aux représentants du peuple, est désormais la seule voie envisageable.

– En cas d'acceptation de notre part, nous ne serions que les laquais de l'Assemblée, monsieur de Mirabeau. Est-ce là ce que vous souhaitez, vous qui prétendez défendre nos intérêts ? Il est vrai que l'on vous surnomme « l'orateur du peuple », il faut bien que vous le flattiez pour être à ce point digne de son attachement !

La reine affichait une moue amère. Le député comprit qu'elle ne lui accordait aucun crédit.

– Vous n'auriez en effet plus le droit de signer des traités, d'imposer votre politique, de déclarer la guerre ou de rendre la justice, prérogatives que vous avez déjà perdues, madame. Je vous demande d'être lucide, car la Révolution se fera avec ou sans vous, et si vous tentez de la contrer, c'est elle qui vous brisera. Ce que je viens de citer peut être décidé non par le roi, mais en son nom. Il garde le trône, pour lui, puis pour son fils et sa postérité. Vous serez au-dessus des partis, vous représenterez le peuple et celui-ci vous défendra, car vous serez la pérennité de la nation. Il y a aussi des avantages à ce statut. Les erreurs politiques, les famines, les mauvaises décisions ne sont plus imputables au monarque, qui se mue en une figure tutélaire que l'on aime uniquement comme le père de la patrie, ce qui est nettement moins périlleux, croyez-moi !

5. Ce mot ne sera en réalité couramment employé qu'à partir de 1796.

– Ce que vous nous proposez, monsieur de Mirabeau, c'est de devenir esclaves des caprices de l'Assemblée ! Il n'y aurait plus de royauté en France !

Le député soupira.

– Je comprends votre désarroi, cependant nul ne peut aller contre l'histoire. Vous l'accompagnerez ou vous vous perdrez. Il n'y a d'autre issue possible. Avez-vous vu le sort réservé en février au marquis de Favras, soupçonné d'avoir participé à l'évasion de la famille royale ?

– On l'a aussi accusé de fomenter l'assassinat de La Fayette et de Bailly !, se défendit la reine. C'est surtout le principal motif de sa condamnation !

– J'étais à son exécution, madame. Je puis vous affirmer que le peuple le conspuait tout autant pour vous avoir aidé à vous soustraire à lui. Vous ne sauverez ni le trône ni votre vie sans son appui. Je vous suggère de faire davantage que d'y penser !

– Et justement : que suggérez-vous ?

– Vous êtes déjà parvenus à être plus près des foules en vous promenant parmi les Parisiens. Il nous faut accroître encore votre popularité. Montrez-vous, soyez accessibles, parlez avec les gens afin de vous les concilier, acceptez qu'ils approchent le dauphin. Et laissons dans le même temps l'Assemblée se déconsidérer par des décrets intempestifs qui useront la créance de la rue…

– Votre idée n'est point mauvaise, monsieur, mais je vous rappelle le nombre de libelles qui circulent dans Paris et qui nous discréditent aux yeux de ce peuple qu'il nous faut reconquérir, remarqua Marie-Antoinette.

Louis XVI hocha la tête, approuvant la remarque de sa femme.

Mirabeau lui jeta un regard de biais, puis revint à la reine.

– Vous avez raison, Majesté. C'est pourquoi nous ferons appel à des ateliers d'influence[6] qui seront à même de contrer ces calomnies.

– Admettons, concéda-t-elle. Mais on ne gagne pas une révolution avec des pamphlets ou en s'attaquant à des dessins satiriques !

Mirabeau la jaugea un instant. Il était sous le charme.

6. Ancêtres des agences de publicité et de relations publiques.

– C'est parfaitement exact. C'est pourquoi la famille royale doit quitter Paris pour préparer son retour victorieux. Toutefois, il n'est pas question de fuir ! Vous devez aviser l'Assemblée de votre départ. *Un roi ne s'en va qu'en plein jour quand c'est pour être roi * !*

– Et où irions-nous ?

– *Vous ne vous retirerez point à Metz ou sur une autre frontière, car vous risqueriez de ne plus pouvoir rentrer dans vos États autrement que les armes à la main, et seriez alors réduits à mendier des secours étrangers**, ce qui aurait un effet désastreux ! Vous pourriez en revanche envisager de vous rendre en Normandie ou à Compiègne, ou bien encore à Fontainebleau, entourés de troupes sûres qui vous garderaient. De là, vous lanceriez un appel solennel au pays tout entier, l'invitant à se rallier derrière son unique dirigeant historique, le chef du « parti national » ! Le roi reviendrait ainsi en triomphe à Paris, auréolé de la confiance renouvelée de son peuple.

Marie-Antoinette ouvrait de grands yeux dans lesquels perlaient des larmes.

– Soit, soupira-t-elle enfin, nous allons y réfléchir sincèrement. À vous revoir, monsieur de Mirabeau, ajouta-t-elle en lui tendant sa main, qu'il baisa avec déférence.

– *Madame*, lâcha-t-il, conquis, *la monarchie est sauvée**[7].

7. Voir les annexes.

LIII

Paris, fête de la Fédération, le 14 juillet 1790

Il pleuvait à verse ce jour-là. Au Champ-de-Mars, de massives tribunes s'élevaient dans une brume d'eau qui conférait à l'ensemble une atmosphère presque irréelle. Venus de toutes les provinces, vingt-cinq mille fédérés avaient rejoint les Parisiens et trois cent mille personnes attendaient de fêter l'alliance des troupes de ligne et de la garde nationale. Cette idée de l'Assemblée constituante visait à mettre fin à la situation insurrectionnelle engendrée par la prise de la Bastille, en conservant par ailleurs contre les troupes royales la force d'une armée civile. C'est pourquoi la date hautement symbolique du 14 juillet avait été retenue.

Sous la houlette de La Fayette, cinquante mille hommes armés, arrivés eux aussi des quatre coins du territoire, défilaient en un immense cortège qui traversa la Seine pour gagner l'esplanade, devant une foule enthousiaste.

Deux jours auparavant, on avait exigé des ecclésiastiques du royaume de prêter serment de fidélité à la Constitution civile du clergé. Les réfractaires, qui demeuraient soumis à la papauté puisque la France était fille de l'Église, s'opposaient à présent aux jureurs. En ces moments d'union sacrée, c'était donc une messe sur l'« autel de la patrie » que célébrait Charles-Maurice de Talleyrand-Périgord, évêque d'Autun[1], assisté de trois cents prêtres.

Ce trublion n'était pas méconnu des Parisiens. Le 10 octobre de l'année précédente, il avait déposé une motion auprès de l'Assemblée constituante pour nationaliser les biens de l'Église. La nouvelle avait fait l'effet d'une déflagration. Le projet, défendu par Mirabeau, avait été approuvé dès le 2 novembre, déclenchant l'ire de ceux qui considéraient qu'il avait trahi son ordre. *Le Moniteur*, qui retranscrivait les débats de l'Assemblée, le soutint en le couvrant d'éloges, mais les échanges se crispèrent lorsque Talleyrand suggéra, le 28 janvier, d'accorder le statut de citoyens aux Juifs. Les pamphlétaires se déchaînèrent.

Depuis l'adoption de la Constitution, l'évêque d'Autun et les royalistes constitutionnels se trouvaient au zénith de leur influence. Et celui qu'on appelait « le diable boiteux » en raison de son pied bot était l'homme qui avait proposé, le 7 juin 1790, que l'on célébrât l'unité des Français lors d'une immense fête où les gardes nationaux serviraient les représentants. Il ne restait qu'un peu plus d'un mois, cependant l'enthousiasme fut tel que l'on réalisa des miracles. Chacun y mit du sien, de l'ouvrier au bourgeois, du marchand à la grisette. Le peuple tout entier s'unit pour construire et aménager la gigantesque esplanade destinée à accueillir tant de monde. Et en effet, le prestige de cette exceptionnelle manifestation échut à Talleyrand, ainsi qu'à La Fayette. Incontestablement, ils furent les deux héros du jour.

Assise dans la tribune royale, au fond du Champ-de-Mars, Marie-Antoinette l'avait bien compris, qui tentait de sauver les apparences devant cette marée humaine en liesse. C'était la journée de la grande réconciliation nationale, la famille royale devait faire montre du même engouement que celui qui animait la foule, mais le cœur n'y était pas. Les souverains constataient que l'on se dirigeait vers une monarchie constitutionnelle et se sentaient dépossédés de leurs prérogatives. La reine, surtout, fille de Marie-Thérèse,

1. Évêque depuis le 2 novembre 1788, il le sera jusqu'au 3 avril 1791 avant de retrouver une vie laïque. Député aux états généraux, il fut président de l'Assemblée nationale du 16 au 28 février 1790. Talleyrand ne prêtera serment à la Constitution civile du clergé que le 28 décembre. C'est le roi qui le nomme afin qu'il officie lors de la fête de la Fédération.

impératrice ayant tenu ses États de main de fer, peinait à envisager que son époux et plus tard son fils puissent n'avoir qu'un rôle symbolique de représentation.

À l'autre extrémité de l'esplanade se dressait un arc de triomphe. On fêtait avec allégresse cette jeune nation à peine éclose, née d'un formidable élan d'espoir et de liberté. Talleyrand, peu habitué à célébrer la messe, officia tant bien que mal sur une haute estrade placée au centre, avant que ne commence la prestation de serment. La Fayette, commandant la garde nationale, ouvrit alors la session. Sanglé dans son uniforme, il s'avança sur le devant de la scène et déclama avec panache et conviction un texte posé sur un pupitre.

– *Nous jurons de rester à jamais fidèles à la nation, à la loi et au roi, de maintenir de tout notre pouvoir la Constitution décrétée par l'Assemblée nationale et acceptée par le roi et de protéger, conformément aux lois, la sûreté des personnes et des propriétés, la circulation des grains et des subsistances dans l'intérieur du royaume, la prescription des contributions publiques sous quelque forme qu'elle existe, et de demeurer unis à tous les Français par les liens indissolubles de la fraternité**.

Une clameur enfla comme une vague qui déferle. La foule hurlait sa joie. Marie-Antoinette ne distinguait qu'une masse compacte et grise, noyée sous la pluie. Elle songea que le ciel ne cessait de pleurer sur le peuple de Paris et espéra ne pas y voir un présage. Son cœur s'emplit d'une insondable tristesse.

Assise sous un parapluie, Olympe ne perdait rien du déroulement de cette incroyable journée qui ferait date, elle n'en doutait point, dans l'histoire de son pays. Sa sœur, qui l'accompagnait de plus en plus souvent depuis sa rupture avec Biétrix, frissonnait de froid sous sa pelisse tandis que le président de l'Assemblée prêtait serment au nom des députés et des électeurs.

Enfin, Louis XVI se leva, dans la tribune royale.

Le silence tomba.

– *Moi, roi des Français, je jure d'employer tout le pouvoir qui m'est délégué par la loi constitutionnelle de l'État à maintenir la Constitution décrétée par l'Assemblée nationale et acceptée par moi et à faire exécuter les lois**, affirma-t-il.

Alors, dans un murmure pluvieux, en ce 14 juillet tellement symbolique, la reine se leva à son tour et, désignant la petite silhouette immobile du dauphin, ajouta d'une voix assurée et claire :

– *Voici mon fils, il s'unit, ainsi que moi, aux mêmes sentiments**.

Le peuple, séduit, acclama soudain la famille royale.

Chacun voulait croire que tout était encore possible.

LIV

Paris, novembre 1790

Mme de Gouges remontait la rue de Richelieu[1], emmitouflée dans une cape de laine tandis qu'un vent froid soulevait les bords de son bonnet. Luttant contre les rafales qui la ralentissaient, elle se rendait à un club savant auquel elle adhérait, siégeant depuis le mois de janvier au Manège d'Orléans, dans le centre des jardins du Palais-Royal. Comptant plus de sept cents membres, cette sorte de collège rassemblait beaucoup de beaux esprits qui y dispensaient des cours. Parcieux pour la physique, Bélanger pour l'architecture rurale, Garat et Marmontel pour l'histoire, Condorcet et Lacroix pour les mathématiques. La jeune femme y suivait aussi des enseignements en anglais et en italien, par goût des langues étrangères. Consciente de l'indigence de son éducation, Olympe s'y était montrée très assidue au cours des quinze derniers mois. Sa vie, partagée entre ces séminaires et les séances de l'Assemblée la journée, auxquels s'ajoutait la rédaction de ses articles ou de ses pièces le soir, aurait pu se résumer ainsi : apprendre, comprendre et faire entendre. Anciennement nommé Le Panthéon, ce cercle d'élite avait pris la désignation

1. D'abord baptisée « rue Royale » à sa création en 1633, la rue de Richelieu fut très vite renommée ainsi en hommage au ministre de Louis XIII. Toutefois, en 1793, elle deviendra la « rue de la Loi », car la Révolution s'attachera à faire disparaître tous les vestiges de l'Ancien Régime. Elle ne reprendra son nom qu'en 1806, au moment de l'abandon du calendrier républicain par Napoléon.

de Club de la Révolution ou Portique français. L'écrivain qu'elle était s'enorgueillissait d'appartenir à cette société prestigieuse. On y croisait l'abbé Sieyès, le duc d'Aiguillon, M. de Clermont-Tonnerre, M. Guillotin, médecin politique, le tonitruant avocat Robespierre ou le tribun Mirabeau. Tous espéraient le progrès, l'égalité, l'accès à la connaissance et à l'instruction.

Cette année avait vu se constituer bien des groupes d'influence. Le 27 avril, le député Danton, entouré de son acolyte Desmoulins mais aussi de Marat, d'Hébert, de Fabre d'Églantine, du sulfureux écrivain Choderlos de Laclos et de Chabot, avait créé le club des Cordeliers, baptisé ainsi car ses membres se réunissaient dans le réfectoire des moines franciscains, dont la ceinture n'était qu'une simple corde. L'adhésion y était gratuite ; on souhaitait seulement surveiller l'Assemblée tout en recherchant les moyens d'aider les indigents. Il s'opposait aux Jacobins, anciennement Club breton, dont l'action, sous la houlette de Mirabeau et de Robespierre, figures emblématiques de la Constituante, s'était renforcée depuis le début de l'année. Dès le 12 mai, ce fut au tour de La Fayette et de Bailly de fédérer un ensemble politique prônant la monarchie constitutionnelle, le Club de 1789.

Tous sentaient que l'on se situait à la charnière de cette Révolution. Le 8 mars, Barnave, porte-parole des colons, avait fait admettre le maintien de l'esclavage dans les colonies, au grand dam d'Olympe et de Nicolas de Condorcet, qui, sans relâche, tentaient d'éveiller les consciences. Or, sur place, la situation s'était considérablement dégradée. Après l'insurrection des mulâtres de Martinique le 3 juin, d'autres colonies avaient été agitées par des troubles graves. On avait appris ainsi, le temps que la nouvelle parvienne par bateau, que ceux de Saint-Domingue[2] s'étaient eux aussi rebellés, le 29 octobre, puis le 14 novembre à l'île de France[3]. L'autorité séculaire était remise en question, voire bafouée, partout où elle s'exerçait.

L'année précédente, Mme de Gouges avait eu le plaisir de rencontrer Thomas Jefferson, alors ambassadeur des États-Unis à Paris, qui l'avait impressionnée. Ayant rempli naguère les fonctions de magistrat, cet ardent défenseur de la liberté s'était battu pour

2. Devenu Haïti.

3. Devenue l'île Maurice.

le droit des esclaves. Plus que jamais, ce combat était le sien. La tension ne se relâchait pas dans Paris, en dépit des fêtes de réconciliation. La mise à sac de la somptueuse demeure appartenant à la famille de Castries[4] montrait si besoin était que le peuple tolérait de moins en moins les nobles. Olympe avait été choquée d'apprendre que Charles de La Croix de Castries, élu député de la noblesse par la prévôté et la vicomté de Paris aux états généraux de 1789 et cependant fervent soutien de l'abolition des privilèges, avait été l'objet d'une campagne calomnieuse de la part de la presse jacobine, qui l'avait qualifié chaque jour d'assassin après un duel l'ayant opposé à Charles-Malo de Lameth, qu'il n'avait pourtant que très superficiellement blessé. L'altercation aurait dû en rester là, mais les Parisiens, rendus ivres de colère par ces articles de journaux, ravagèrent sa demeure sise au 72 de la rue de Varenne[5], le contraignant à s'enfuir en Suisse et à rejoindre, contre son gré, la cohorte des exilés[6].

Le seul tort du marquis avait été de se déclarer royaliste dans l'âme et hostile à la réunion des trois ordres. Pressentant que la noblesse s'éteindrait si la famille royale ne représentait plus rien, il s'était affirmé comme un soutien indéfectible du monarque et de ses prérogatives, essayant en cela de contrer La Fayette.

Ce même La Fayette qui se trouvait à la tête des troupes de la garde nationale, laquelle avait reçu, le jour du saccage de l'hôtel de Castries, l'ordre de ne pas bouger.

4. Le 13 novembre.
5. Ironie du sort, la rue s'appelait déjà ainsi, et cela ne tenait pas à la fuite du roi. Un plan de 1651 la référence comme « rue de la Varenne ». Elle tire probablement son nom d'une garenne, espace boisé ou herbeux (par corruption *varenne*), qui se trouvait en ce lieu avant que l'on ne construise cette partie du faubourg Saint-Germain.
6. Le bâtiment fut ainsi récupéré et devint le ministère de la Guerre.

LV

Paris, février 1791

La représentation de la monarchie se délitait. Louis XVI et Marie-Antoinette en recevaient chaque jour des signes tangibles. En octobre[1] de l'année précédente, l'étendard royal blanc et fleurdelisé avait cédé la place au pavillon tricolore dans la marine tout d'abord, puis comme drapeau officiel de la France.

Les lois contre l'Église avaient décidé Mesdames Adélaïde et Victoire, les très pieuses filles de Louis XV[2], à quitter le royaume afin de pratiquer librement leur culte. Las! Aussi discrètes qu'elles aient pu être, leur volonté de s'enfuir était parvenue aux oreilles des députés. À la tribune, avec véhémence, on avait exigé de leur neveu de les en dissuader.

– *Sire, vos tantes n'ont pas le droit d'aller manger nos millions en terre papale* !*, avait craché Camille Desmoulins.

– *Il faut garder ces béguines en otage! Et il faut donner triple garde au reste de la famille**, avait renchéri Marat, en hurlant.

Le souverain s'était emporté.

– *Quand vous me montrerez un décret de l'Assemblée qui interdit les voyages, je défendrai à mes tantes de partir : jusqu'alors, elles sont libres de sortir du royaume comme les autres citoyens* !*

1. Les 21 et 22, par décret de l'Assemblée constituante.
2. Rappel : Louis XVI est monté sur le trône à la suite de la mort de son père, puis de son frère aîné. Louis XV était son aïeul.

Les débats devenaient houleux ; chacun se crispait. Olympe de Gouges, assise dans les gradins, hochait la tête en signe d'approbation. Les propos du roi lui paraissaient sensés. L'une des libertés fondamentales des individus était de pouvoir se déplacer sans entrave. Personne, à part les prisonniers, ne devait voir ce droit confisqué.

À Bellevue où elles résidaient depuis qu'elles avaient délaissé Versailles, Adélaïde et Victoire hâtèrent leurs préparatifs. Le départ, prévu le 20, fut avancé, car on craignait un soulèvement sur Meudon. Elles furent contraintes de quitter nuitamment leur villégiature, tandis que les insurgés arrivaient sur une autre route pour prendre d'assaut le château. Toutefois, une foule hostile et vociférante les arrêta, en dépit de leurs passeports en règle, à Moret. Des chasseurs de la garnison de Fontainebleau les sortirent de ce mauvais pas, mais l'épisode se reproduisit à Saulieu, où l'on dut accélérer afin qu'elles puissent échapper aux habitants, qui criaient et les insultaient.

À Arnay-le-Duc, elles eurent moins de chance.

Cette fois, on bloqua la voiture en les sommant de descendre. Elles furent détenues par des Jacobins qui saisirent alors la Constituante quant à leur sort. N'ayant aucune nouvelle de ce qui se tramait à leur sujet, Mesdames tuèrent leur ennui et leur angoisse en jouant au piquet avec le curé de la paroisse.

À Paris, il fallut toute la verve de Mirabeau qui opta pour l'humour et la hauteur, tandis que le baron de Menou appuyait cette stratégie en raillant les députés, afin d'obtenir qu'on les libérât.

– *Je crois que l'Europe serait bien étonnée d'apprendre que l'Assemblée nationale s'est occupée, pendant quatre heures, du départ de deux dames qui aiment mieux entendre la messe à Rome qu'à Paris * !*, s'exclama-t-il un matin en déclenchant des rires.

Treize jours plus tard et après moult délibérations et palabres, on accorda enfin aux princesses l'autorisation de rallier le duché de Savoie, dont l'héritier se trouvait être l'époux de leur nièce Clotilde[3]. Toutefois, dans la ville frontalière de Pont-de-Beauvoisin, la voiture

3. Clotilde est donc une des sœurs de Louis XVI.

fut de nouveau immobilisée et ses occupantes, huées une fois de plus par les villageois. Leur enfer semblait ne jamais vouloir s'arrêter.

– *La liberté est faite pour le peuple, non pour les princes* *[4] *!*, criait-on à leur portière.

Victoire et Adélaïde demeurèrent dignes ; elles ne répliquèrent point. Il y eut plus de peur que de mal et l'on put repartir sans dommage, à l'immense soulagement des voyageuses. Le souverain reçut le récit de la bouche d'un chevaucheur et en fut peiné [5]. « *Au moins sont-elles sauves* », songea-t-il. Il relut une fois encore la lettre que l'une d'elles lui avait adressée avant de quitter Bellevue et qu'il serrait dans ses mains.

> *Vous êtes bien sûr, mon cher neveu, que c'est avec le plus grand regret que nous nous éloignons de vous et que nous avons pris notre résolution ; il m'a fallu des raisons aussi fortes que celles que je vous ai déjà dites, celles de ma religion, pour prendre ce parti si cruel à mon cœur.*

Il soupira, conscient de ne pas les revoir avant longtemps et peut-être même jamais…

Cependant, les conséquences de leur départ furent multiples, car il suscita une forte émotion et relança, à l'Assemblée, l'idée d'une fuite possible du roi et de sa famille. On proposa d'interdire l'émigration, ce que Mirabeau et ses soutiens refusèrent avec véhémence. Le débat faisait rage, lorsque au matin du 28 février, alors qu'une épaisse couche de neige recouvrait rues et venelles, une foule formée de Jacobins, des vainqueurs de la Bastille et de gens des faubourgs décida de marcher sur Vincennes, ancienne prison d'État que l'on commençait à rénover, arguant que le souverain projetterait sûrement d'utiliser ce château en point d'appui de son évasion. Toutefois, vers midi, comme rien, finalement, ne permettait d'accré-

---

4. En réalité, cette phrase historique leur fut assenée par leurs geôliers bourguignons, qui s'en dessaisirent à regret. Il est en revanche avéré qu'elles ont été huées à Pont-de-Beauvoisin.

5. Mesdames tantes parviendront à Rome le 16 avril 1791, où elles rencontreront en audience privée le pape Pie VI dès le lendemain.

diter cette théorie alambiquée, on s'en retourna aux Tuileries où l'on exigea de lui qu'il rappelle ses tantes de leur exil.

Le ton montait.

Or, depuis les journées des 5 et 6 octobre, environ trois cents gentilshommes ou chevaliers de Saint-Louis, soucieux de la sécurité de la famille royale, venaient la protéger à la moindre alerte. La Fayette en profita pour créer des troubles, donnant ainsi des gages aux antiroyalistes. L'époux de Marie-Antoinette, redoutant que le sang ne coule à flots en cas d'engagement franc, enjoignit, la mort dans l'âme, à ses fidèles et loyaux soldats de rendre les armes. Elles furent d'abord mises sous des scellés que le commandant de la garde nationale[6] ordonna de briser, afin de pouvoir les détruire.

On avait trouvé au fond d'une poche de l'un d'eux un couteau de chasse. Il n'en fallut pas davantage pour que la presse révolutionnaire nommât « chevaliers du poignard » les défenseurs du monarque, narrant, au fil de ses articles chargés d'attiser la peur, que ces derniers étaient équipés en vue de « déchirer les entrailles des patriotes ».

Louis XVI, pétrifié devant tant d'ignominie, en tomba malade.

L'hiver redoublait de froid.

Il se mit à cracher du sang.

6. Rappel : La Fayette.

LVI

Paris, mars-avril 1791

Paris, en deuil, pleurait Mirabeau.

Tous les spectacles avaient été annulés le jour de ses obsèques. Le célèbre tribun de quarante-deux ans avait tiré sa révérence assez subitement, et peut-être un peu mystérieusement selon certains. Celui qui avait occupé brièvement, en début d'année, le siège de président de l'Assemblée nationale était entré en agonie sans le moindre signe avant-coureur. Par respect pour sa tranquillité et dans le but de lui complaire, on avait alors épandu de la paille dans sa rue, afin que le bruit des fiacres ne l'empêchât point de se reposer. Le peuple, stupéfait, commentait la vie dissolue et les excès de ce colosse, tout comme la possibilité qu'il ait succombé sous le poison de ses ennemis. Olympe ne savait plus où donner de la tête. Le mois qui venait de s'écouler avait été intense.

Venue se recueillir en son logis, Mme de Gouges s'était entretenue avec la domesticité, qu'elle connaissait bien. On lui avait rapporté que sur son lit de mort le grand homme avait demandé à Danton et à La Fayette d'œuvrer à maintenir la monarchie constitutionnelle, que son départ ne manquerait pas de fragiliser considérablement. Sans toujours l'avouer, l'orateur du peuple s'était montré l'un des plus fervents soutiens du couple royal. Olympe rentra chez elle le cœur lourd, et rédigea une oraison funèbre[1] qu'elle lut ensuite au café Procope[2]. Rendant un vibrant hommage au « père de la liberté », elle appelait les députés à saluer dignement sa mémoire en un monument spécifique, qui accueillerait les dépouilles des héros de la nation.

Dans les deux jours suivant le décès de Mirabeau, la Constituante adopta un décret dont l'intitulé se terminait par « aux grands hommes, la patrie reconnaissante », prévoyant que ces derniers seraient inhumés dans l'église Sainte-Geneviève, dont la première pierre avait été posée en 1764[3] par Louis XV. L'Assemblée chargea à cet effet l'architecte Quatremère de Quincy d'adapter les lieux, et de transformer l'édifice en un temple dédié à ces figures remarquables auxquelles la France était redevable. À la suite de nombreux débats, on choisit le nom de « Panthéon » par référence à celui de Rome où l'on honorait tous les dieux et, dès le lendemain, après une cérémonie religieuse en l'église Saint-Eustache, le peuple de Paris accompagna avec ferveur le corps de Mirabeau, afin qu'il reposât en son ultime demeure[4]. Mme de Gouges ne manqua pas un détail de ces festivités et s'en retourna chez elle prendre des notes afin de rendre compte de l'événement.

Elle ne cessait d'écrire, sentant que la cause des Noirs et celle des femmes devaient impérativement trouver un nouveau souffle. Les esprits s'ouvraient peu à peu.

L'actualité s'emballait.

Au début du mois précédent, une insurrection à Port-au-Prince s'était conclue par l'assassinat d'un officier français, le chevalier de Mauduit du Plessis. Ce meurtre avait eu un profond retentissement. Les colonies se soulevaient une à une, la situation éruptive dépassait de loin les frontières naturelles du royaume. Le chantier demeurait vaste et Olympe savait que la lutte ne faisait que commencer. Elle travaillait avec Agnès à longueur de nuit. En

1. Le titre en était *le Tombeau de Mirabeau*.
2. Le café Procope, ou simplement le Procope, était l'un des plus célèbres cafés-restaurants de Paris, fondé en 1686. Il a fermé définitivement en 1890. Le site est occupé aujourd'hui par un restaurant moderne portant le même nom.
3. Le 6 septembre, précisément.
4. Voir les annexes.

janvier, un décret relatif aux spectacles l'avait comblée d'aise. Il stipulait que les auteurs de pièces avaient des droits sur les représentations théâtrales de leur vivant et que leurs héritiers pouvaient à leur tour en bénéficier durant cinq ans suivant leur décès. Ce n'était bien sûr qu'un début, mais qui favorisait les écrivains dans une forme de reconnaissance de la propriété intellectuelle de leurs œuvres, ce dont Mme de Gouges ne pouvait que se réjouir.

En dépit du chagrin lié à la perte de son ami, le mois d'avril avait été pour Olympe plutôt positif, même si cette disparition la privait d'un appui certain à l'Assemblée, où le tribun s'employait souvent à valoriser ses idées, citant parfois ses articles ou les relayant avec ses propres mots. Paris était instable, mais offrait de nombreuses opportunités. Son théâtre dramatique, publié l'année précédente, lui avait valu de figurer dans *l'Almanach des Françaises célèbres par leurs vertus, leurs talents ou leur beauté*, et son combat en faveur du droit des femmes était salué par beaucoup. Elle jouissait à présent d'une indéniable notoriété.

Cependant, pour la famille royale, la situation devenait intenable. Outre le fait qu'elle perdait en la personne de Mirabeau un soutien de taille, le dialogue avec le Saint-Siège se détériorait de façon préoccupante. Louis XVI, déchiré, ne savait quelle attitude adopter. Pressé par l'Assemblée, avec laquelle il devait composer sans cesse, quitte à se renier, il recevait aussi des injonctions du pape, lui rappelant ses devoirs envers l'Église et le serment de son sacre. Dès le 10 mars, Pie VI avait repoussé la Constitution civile du clergé par le bref *Quod aliquantum*, qualifiant un mois plus tard cette même Constitution de « schismatique » et d'« hérétique ». Rome s'apprêtait à rompre ses relations diplomatiques avec la France.

Louis XVI et Marie-Antoinette, littéralement écartelés, souffraient tous deux d'insomnie.

C'est ainsi que le dimanche 17 avril, jour des Rameaux, une berline emporta le monarque et les siens à destination de Saint-Cloud, après la messe célébrée par le grand aumônier, le cardinal de Montmorency-Laval, en la chapelle du palais des Tuileries. Encore convalescent et épuisé nerveusement, le roi avait besoin de s'éloigner du tumulte et de se reposer. Las ! La Constituante, lui reprochant de continuer de s'entourer de prêtres réfractaires, le soupçonnait de vouloir faire ses pâques dans la pure tradition de Rome. Danton et Desmoulins avaient été à ce sujet extrêmement véhéments, dénonçant Sa Majesté comme parjure et incitant le peuple à se masser place du Carrousel pour empêcher ce départ.

Terrée au fond de la voiture que les émeutiers faisaient tanguer, la famille royale, pétrifiée, subit pendant plus d'une heure insultes, crachats et quolibets. Le cardinal, qui les accompagnait, fut mis en joue. On malmena les quelques courtisans qui formaient le convoi et des domestiques qui cherchèrent à s'interposer furent blessés. Comprenant que le voyage serait impossible, le souverain passa la tête à la fenêtre et déclara d'une voix forte :

– *Il serait étonnant qu'après avoir donné la liberté à la nation je ne fusse pas libre moi-même* !*

Certains curieux étaient venus grossir l'attroupement. La Fayette estima que la situation pouvait lui échapper et tenta, secondé par Bailly, de contenir cette foule haineuse avant que l'irréparable ne soit commis.

– Sire, dit-il tout bas en se penchant vers le roi, proclamez la loi martiale et j'userai de la force pour vous dégager !

– Cela ne saurait advenir, répondit calmement le souverain. *Je ne veux pas que l'on verse du sang pour moi*.*

Marie-Antoinette serra davantage le petit Louis-Charles, qui tremblait dans ses bras, tandis que Mousseline écarquillait les yeux, pâle et muette de terreur.

Une heure et demie s'était écoulée lorsque la reine, Madame Royale, le dauphin et Madame Élisabeth, précédés du roi, regagnèrent leurs appartements sous le regard désolé de Fersen qui chevauchait aux côtés de la voiture. Le peuple eut l'outrecuidance de les suivre jusqu'en leur privé. Quand le monarque s'aperçut qu'il s'apprêtait même à en franchir le seuil, il se retourna et lança, d'un ton courroucé :

– Halte-là, grenadiers !

Les Parisiens se figèrent comme un seul homme, puis dans un murmure déçu firent demi-tour afin de vaquer à leurs occupations.

Le sang n'avait pas coulé, mais le souverain avait perdu la face.

Il était officiellement prisonnier des Tuileries.

Sa famille et lui ne connaîtraient plus désormais la moindre liberté.

L'unique salut devenait la fuite.

LVII

Paris, mai 1791

L'air était doux et sentait bon. Les bouquetières, joliment parées de couronnes de marguerites tressées ou d'anémones piquées dans leurs cheveux, vendaient sur des étals les dernières jonquilles cueillies sur les talus des forêts alentour. Leurs bouquets ronds, noués de rubans de couleur, s'alignaient comme autant de petits soleils devant elles. Les badauds qui déambulaient s'arrêtaient pour acheter de quoi plaire à leurs belles ou simplement dans le but de bavarder un moment.

Assise au bureau de l'hôtel garni qu'elle louait rue de la Grange-Batelière afin d'être au près des événements lorsqu'elle ne résidait pas à Auteuil, Olympe travaillait, fenêtre ouverte, écoutant distraitement les bruits de son quartier qui parvenaient jusqu'à elle. Elle entamait la rédaction d'un roman qu'elle voulait « le plus sage, le plus fou et à la fois le plus original », ainsi qu'elle se plaisait à le décrire quand on la questionnait sur sa production en cours. Le printemps fourmillait en ses veines, elle se sentait vivante, inspirée, tenace.

En présentant *le Couvent ou les Vœux forcés*, elle avait choisi de s'attaquer, l'année passée, au douloureux sujet de la liberté de conscience, dénonçant la vie des jeunes gens contraints d'entrer dans les ordres par leurs parents; une pièce dont le succès ne se démentait pas. On avait brûlé l'effigie du pape[1] dans l'enceinte du Palais-Royal, l'anticléricalisme redoublait, assurant des lendemains prospères aux représentations. La fibre rousseauiste d'Olympe

1. Le 3 mai.

s'exaltait, et après avoir dédié à l'homme de lettres une pièce[2] qui fut reçue en lecture au Français mais finalement refusée à l'unanimité, elle embrassa avec passion la cause de la nature, partageant cet enthousiasme avec son ami Louis-Sébastien Mercier qui, comme elle, estimait qu'il lui devait l'entièreté de ce que l'existence lui offrait.

– *Sans prévention de ma part*, affirmait-elle un jour qu'ils cheminaient bras dessus, bras dessous en bord de Seine, *je serais sans doute considérée avec l'admiration que l'on accorde aux ouvrages qui sortent des mains de la nature. Tout me vient d'elle, je suis une de ses rares productions* !*

– Et sans vouloir vous flatter, vous êtes parmi ce qu'elle a fabriqué de plus beau !, convint le journaliste philosophe, d'un ton empreint d'une amicale tendresse, posant affectueusement sa main sur celle de sa compagne qui le tenait par le coude.

– Vous êtes trop aimable..., sourit-elle. *Il est certain que, pour moi qui n'ai étudié que les bons principes de la nature, je ne définis plus l'homme, et mes connaissances sauvages ne m'ont appris à juger les choses que d'après mon âme. Aussi mes productions n'ont-elles que la couleur de l'humanité. Je sais que la nature me guide dans mes entreprises**[3]. C'est infiniment précieux.

– Vous êtes également, Olympe, une femme d'instinct et de cœur.

– Certes, mais la bonté innée de l'être naturel est, vous ne l'ignorez point, inévitablement corrompue par la société. C'est cet état originel dénué de toute souillure que je recherche !

Mercier soupira.

– Je suis comme vous. Oui, reprit-il un brin songeur, je me trouve dans l'exacte démarche que vous décrivez.

Ils remontèrent rue de la Comédie[4], où vivait Fabre d'Églantine, l'acteur et député des Cordeliers que la jeune femme comptait parmi

2. Intitulée *les Rêveries de Jean-Jacques ou la Mort de Jean-Jacques à Ermenonville*, présentée le 12 janvier 1791 au Théâtre-Français.

3. Ces phrases sont extraites des préfaces de ses livres.

4. Nommée ainsi en raison de la construction du premier Théâtre-Français en 1680. Elle prendra son nom actuel, « rue de l'Ancienne-Comédie », par décret le 21 mai 1834, après

ses amis, et poussèrent la porte du Procope. Confortablement installés à une table un peu reculée, ils commandèrent un chocolat mousseux.

– Souhaitez-vous une part de tarte à la frangipane ?, s'enquit le garçon en charge de la commande.

Louis-Sébastien interrogea sa compagne du regard, laquelle acquiesça, les yeux pétillants de gourmandise.

Ils savourèrent silencieusement leurs premières bouchées. Les denrées ne parvenaient pas régulièrement à Paris et, si quelques privilégiés jouissaient toujours d'un service de bouche convenablement approvisionné, certains ingrédients pouvaient se faire plus rares.

Mercier sortit soudain de ses pensées.

– Je suis très impressionné par votre ardeur au travail, Olympe. À chaque rencontre, vous m'annoncez être captivée par au moins trois projets.

Elle se tamponna les lèvres d'une serviette blanche posée à son intention sur la table.

– Il est vrai que les thèmes ne manquent pas. Le décret promulgué par l'Assemblée[5], qui admet enfin l'égalité des Noirs nés de parents libres avec les Blancs, est une réelle avancée, mais je ne m'arrêterai pas en si bon chemin ! Et puis… les femmes sont toujours les perdantes de cette Révolution. J'écris actuellement sur un sujet qui me tient vraiment à cœur !

– Vous y mettez invariablement la même fougue, me semble-t-il, remarqua Mercier, amusé.

– *Songez que le droit de se choisir librement une place dans la société appartient, par la nature, à tout être pensant, et que le premier des devoirs est d'être utile*[*6], mon cher !, rétorqua Mme de Gouges en le regardant droit dans les yeux.

---

la relocalisation du Français au Palais-Royal en 1799.

5. Le 15 mai.

6. Phrase extraite de sa pièce *le Couvent ou les Vœux forcés*.

– Notre regretté Mirabeau avait coutume de vanter votre pertinence ! Je ne doute pas que la postérité n'oubliera pas ce que la liberté vous doit ! Pour ma part, j'envisage de quitter *les Annales patriotiques* [7] !

Olympe sursauta.

– Êtes-vous sérieux ? Vous paraissiez tellement satisfait de votre tribune !

– Le vent tourne. Et je me sens de moins en moins en accord avec les Jacobins…

La jeune femme le scruta, essayant de deviner ses pensées.

– Et vers qui se portent vos regards ?, s'enquit-elle.

Mercier prit le temps de déguster un morceau de tarte.

– Eh bien, force m'est de constater que, plus j'avance, plus je me reconnais dans les perspectives révolutionnaires des Girondins[8]…

7. En octobre 1789, il avait fondé ce journal, destiné à propager les idées révolutionnaires, avec un autre journaliste, un certain Jean-Louis Carra. Il le rédigea jusqu'en 1791. Bientôt, rompant avec les Jacobins, il ne craignit pas de les attaquer dans la feuille girondine *la Chronique du mois*, éditée par le Cercle social.

8. Cette appellation de « Girondins » ne fut popularisée qu'au milieu du XIXe siècle, notamment par Lamartine dans son *Histoire des Girondins* (1847). Nous l'emploierons toutefois, par commodité.

LVIII

Paris, juin 1791

– *Madame, il vous faudra réussir ou périr* !*, s'exclama Mercy-Argenteau, devenu, au commencement de la Révolution, le représentant de l'empereur Joseph II à Bruxelles, dans les Pays-Bas autrichiens.

Marie-Antoinette, très pâle, dévisagea son interlocuteur un instant. Que de fois l'avait-elle combattu et tourné en dérision ! Ambassadeur du Saint Empire à Paris, il avait naguère négocié son mariage avec le dauphin. Placé auprès d'elle par sa mère, l'impératrice d'Autriche, dès son arrivée, il s'était employé à la diriger, essayant inlassablement de l'influencer en faveur de la maison de Habsbourg-Lorraine, ce qui n'était pas à mettre à son plus grand crédit, car cela n'avait guère favorisé l'intégration de la petite archiduchesse dans sa nouvelle patrie. Toutefois, avec patience et dévotion, il s'était aussi ingénié à guider ses pas, à tenter de lui éviter un comportement inapproprié ou trop dispendieux. Comme ce temps-là était loin... La jeune reine insouciante et sûre de son charme qu'elle avait été regimbait alors devant toutes ces admonestations. Elle voulait être libre de s'amuser, de plaire et d'aimer, ne comprenant pas l'enjeu dont elle était la proie. Et à présent, ce cher Mercy passait la frontière et risquait gros pour la venir visiter aux Tuileries. Il appartenait à ce petit cercle d'amis très fidèles, qui s'était tellement restreint au fil des jours !

– Vous jouez à quitte ou double, Majesté. Si votre fuite échoue, c'en est fait du trône !, reprit le diplomate.

– Envisagez-vous un seul instant que je puisse l'ignorer ?, souligna amèrement la souveraine. Toutefois, daignez, je vous prie, considérer notre affligeante condition désormais ! Depuis le 27 avril, nous n'avons plus de secrétaires d'État : ni à la Guerre, ni à la Marine, ni aux Affaires étrangères, ni même en la Maison du roi ! L'Assemblée constituante leur a substitué des ministres adjoints à celui de l'Intérieur et un autre chargé des Contributions et revenus publics ! On aurait pu accroire en une modification sans conséquence, mais tout a changé ! Songez que ces maudits députés en ont profité pour supprimer le Conseil, afin de le remplacer par un conseil d'État qui n'est en réalité que celui de ces ministres. Peut-on encore, à ce titre, parler de monarchie en France ? Mon époux a bien sûr protesté [1], cependant ses paroles sont emportées par le vent…

– Croyez que je me désespère comme vous de ce sort funeste qui semble vous poursuivre ; toutefois, il m'échoit le triste devoir de vous prévenir contre des décisions hasardeuses qui pourraient mettre en péril le peu d'espoir qu'il vous reste…, rétorqua Mercy, désolé.

Marie-Antoinette fit quelques pas, puis s'arrêta devant la fenêtre qui donnait sur le parc et contempla, d'un air absorbé, les frondaisons nouvelles.

– J'ai mille fois retourné cela dans ma tête, reprit-elle plus bas. Jusqu'à en tomber étourdie. Le roi ne nous aide pas. Encore serai-je soulagée s'il ne renonce pas, au dernier moment, à partir. Puisqu'il répugne à s'enfuir, j'endosse l'entière responsabilité de ce que nous préparons. Le comte de Fersen et moi avons envisagé et vérifié chaque détail. Mon époux ne souscrira à ce projet que s'il est empêché de le contrer. Nous devons réussir. Comprenez qu'il en va du salut des enfants de France, monsieur Mercy ! Si seulement nous obtenions le soutien de mon frère ! Il m'assure de son affection, mais je le sens bien frileux…

– Aussi longtemps que l'on ne sera pas en lieu de sûreté, aucune tentative étrangère ne peut devenir efficace, la moindre démonstration

1. Le 25 mai.

deviendrait même d'un danger effrayant *[2] !, s'écria l'ambassadeur, enfreignant gravement le protocole qui interdisait que l'on interrompît les souverains. Le roi ne peut dénier l'abîme qui vous guetterait alors, vous et votre famille, madame ! Sa Majesté estime peut-être que cette échappée revêt un caractère par trop téméraire. Il est vrai que la manœuvre est extrêmement risquée...

– Chaque nuit, je me réveille en sursaut en entendant des coups de feu, des cris. Je vis dans la hantise que le château ne soit attaqué, que mon mari ou mes enfants ne soient tués. Puisque nous ne sommes ni libres ni protégés en ces lieux, il s'agit moins d'une fuite que d'une évasion. Si nous devons œuvrer à restaurer la monarchie, cela ne pourra se faire que loin d'ici. Sur ce point, Mirabeau voyait juste !

– L'Église est à genoux, le trône est affaibli, Voltaire entre au Panthéon. Le monde d'avant vient de disparaître, madame, et je crains, hélas, qu'il ne soit bien difficile de le reconstruire. Toutefois, si j'ai pris la peine de vous visiter en personne, c'est pour m'assurer de vous. Or, ce que vous m'annoncez m'alarme au plus haut point ! Vous êtes assignés à résidence et vous formez le dessein de passer outre et de courir les chemins du royaume, si peu sûrs, sans le moindre bataillon... Je vous avoue que cela me terrifie !

– Le couple royal et les enfants de France auraient besoin d'être protégés. Pas une famille de bourgeois qui voyage en berline ! Nous partirons déguisés, sous des noms d'emprunt, et vêtirons même le dauphin en fille, afin de brouiller davantage les pistes !

Mercy soupira.

– Je m'entretiendrai avec Fersen avant mon départ, lâcha-t-il.

Marie-Antoinette tira le cordon d'appel de sa servante.

– Vous n'aurez pas à le faire quérir, il est là. Demandez au comte de nous rejoindre, je vous prie, ordonna-t-elle à la domestique comme elle entrait.

Notant l'air surpris de l'ambassadeur, l'épouse de Louis XVI crut bon d'ajouter :

---

2. Mercy-Argenteau échangeait des courriers nombreux avec son ancienne pupille. Cette phrase est extraite de leur correspondance.

– Il habite depuis le début du mois dans un logement à Versailles[3] et nous rend quotidiennement visite.

Le commandant du Royal-Suédois s'annonça un instant après. Toujours de belle prestance, ses cheveux blonds encadrant un visage aux traits réguliers, il s'inclina avec déférence devant la souveraine et salua son hôte.

– Heureux de vous revoir, monsieur de Fersen, lança Mercy. Dommage que ce soit en ces temps si incertains…

– Ils sont plus que cela, à présent, Excellence. La famille royale est en grand danger.

– Nous venons en effet de discuter le délicat projet que vous préparez…, avança l'ambassadeur.

– Sachez, monsieur, coupa le Suédois, que je suis prêt à donner ma vie pour sauver la reine, son époux et ses enfants !

Les yeux embués de larmes, Marie-Antoinette baissa la tête.

3. Cela est authentique.

LIX

Paris, le 25 juin 1791

Épuisée, anéantie et terrorisée, la souveraine se tenait roide et crispée lors de son retour à Paris par la barrière des Ternes, puis l'avenue des Champs-Élysées et la place Louis-XV. Elle regagnait les Tuileries, à la suite de l'arrestation de la famille royale en la bourgade de Varennes-en-Argonne, sur la route de Montmédy. De grands cernes noirs marquaient son visage aux joues creusées. Elle n'avait presque pas dormi ni rien avalé depuis trois jours. Le 21, Marie-Antoinette avait quitté sa prison après avoir feint de se coucher, pour retrouver la berline stationnée rue de l'Échelle, dans laquelle l'attendait déjà le roi, parti de son côté afin de ne pas éveiller les soupçons. Las ! La reine s'était égarée aux alentours du Louvre, et c'était avec une heure et demie de retard que la voiture avait enfin pu s'ébranler. Le cœur battant, la souveraine avait alors remis sa vie entre les mains de Dieu et de son cher Axel. La liberté lui tendait les bras !

*

* *

Cinq terribles journées plus tard, le mot d'ordre émanant de la municipalité était tombé, menaçant : « Quiconque applaudira le roi sera bâtonné ; quiconque l'insultera sera pendu. » Les Parisiens se le tenaient pour dit, et c'est dans un silence de mort que le descendant de Saint Louis revenait avec les siens à son point de départ, accablé.

Trois commissaires avaient été envoyés par l'Assemblée pour s'assurer des précieux passagers et les avaient rejoints au lieu-dit du Chêne fendu, sur la commune de Boursault. Le sieur Barnave, du club des Jacobins, et le député Jérôme Pétion de Villeneuve, alors président du tribunal criminel de Paris[1], avaient pris place sur la banquette capitonnée, Barnave s'asseyant entre le monarque et son épouse afin de les protéger contre un tir de mousquet. La colère du peuple était telle qu'il convenait de demeurer vigilant. Charles-César de Fay, comte de La Tour-Maubourg et officier général, s'était installé dans la voiture des femmes de chambre, qui suivait celle, plus massive, de la famille de France.

Tandis qu'il avait été reconnu et accueilli avec chaleur en ses provinces, Louis XVI avait, au regard de Paris, trahi la nation. Et si une double haie de gardes précédée par La Fayette encadrait le convoi, les soldats portaient la crosse en l'air, comme pour des obsèques. On montrait ainsi que les hommes chargés de le défendre ne rendaient point les honneurs au souverain fugitif.

La proclamation de son départ avait été une déflagration. Paris avait appris la stupéfiante nouvelle par les crieurs de journaux, au matin du 21 juin. À sept heures, selon l'usage, le valet était entré dans la chambre de son maître pour en tirer les courtines. En lieu et place du monarque, il avait découvert un manuscrit de seize feuillets rédigés de sa main, qui se voulait son testament politique et expliquait les raisons de son geste. Censuré par La Fayette, puis confisqué par l'Assemblée, ce texte ne fut pourtant pas rendu public[2]. En revanche, au cours de l'heure qui suivit, la capitale bruissa de l'incroyable annonce tandis que paraissaient les premiers articles de journaux : la famille royale au grand complet avait échappé à la surveillance dont elle était l'objet.

1. Fonction qu'il n'exercera finalement pas. Pétion était très apprécié des Parisiens. Le 30 septembre 1791, lors de la clôture des séances de l'Assemblée, il bénéficiera, avec Robespierre, d'une ovation de la foule, puis sera élu maire de Paris face à La Fayette, le 14 novembre de la même année.
2. Voir les annexes.

La stupéfaction fut cependant de courte durée, car dès le lendemain, à l'aube, les Parisiens prirent connaissance des derniers développements. On avait arrêté, à vingt-trois heures dix, la veille, les souverains français accompagnés de leurs deux enfants et de la sœur du roi; tous étaient ramenés aux Tuileries. Mais aussi bref qu'eût été l'épisode, il créa un véritable séisme au sein du royaume et des cercles politiques. On débattait sans relâche à l'Assemblée pour savoir si l'on allait qualifier ce départ de fuite ou d'enlèvement. Les députés s'insultaient. Toutefois, afin de sauver l'idée d'une monarchie constitutionnelle, il fut décidé que le récit officiel serait que Louis XVI ne s'était pas soustrait volontairement à l'amour de son peuple. La faute en incombait donc naturellement à l'Autrichienne, sur qui reposait l'entièreté de ce désastre. Plus que jamais, Marie-Antoinette cristallisait la haine. Les ultras, qui œuvraient pour que soit proclamée la république, ne décoléraient pas devant ce mensonge arrangé, mais n'en déversaient pas moins leur fiel sur la reine.

Olympe suivit avec passion ces événements et présenta à l'Assemblée un projet de formation de garde nationale de femmes. Reprochant sans ambages au roi d'être un hypocrite et un faussaire, elle souhaitait toutefois attirer l'attention des députés sur le fait que le souverain était très mal entouré, par une « Cour vicieuse » qui le pervertissait. Il convenait, selon elle, de chasser loin de lui ces ci-devant duchesses, princesses et autres marquises, dans le but de « substituer à cette classe de femmes, esclaves de leurs préjugés, des citoyennes actives et zélées, pour le bien de la patrie ».

Sa requête ne trouva guère d'écho, à l'exception de la Société fraternelle des deux sexes[3], à laquelle elle appartenait.

Déçue et meurtrie par la réaction des représentants du peuple dans leur ensemble, et notamment des Jacobins qui l'écoutèrent à

3. Fondée en février 1790 par Claude Dansard, un maître de pension, la Société fraternelle des patriotes de l'un et l'autre sexe, défenseur de la Constitution, se donnait pour mission l'éducation civique du peuple, afin de faire passer les acquis révolutionnaires dans la vie quotidienne. L'originalité de ce club était qu'il ouvrait largement ses portes aux femmes et que son adhésion ne coûtait que deux sous!

peine, Olympe rentra à son domicile et convoqua Agnès, afin de lui dicter une lettre à l'attention de Louis XVI. La jeune fille arriva une heure après avoir été mandée par le cocher de Mme de Gouges. Cette dernière, fébrile, l'accueillit en l'enjoignant de se mettre rapidement au travail, pendant que l'inspiration la tenait encore.

– « Vous avez appris que le pouvoir d'un roi n'est rien quand il n'est pas émané de la force supérieure et soutenu de la confiance du peuple. Il faut vous soumettre à cette loi plus forte que de vains préjugés, il faut changer l'esprit de votre Cour, faire une réforme totale de votre maison, de même que celle de la reine, de Madame Royale, de Madame Élisabeth… »

Agnès écrivait aussi vite que possible, car Olympe élaborait ses textes avec une rapidité stupéfiante. Elle agençait ses réflexions en une forme d'exaltation, et l'idée de s'adresser directement au monarque la grisait. Après cet épisode douloureux, la monarchie constitutionnelle était en danger. Les débats houleux de l'Assemblée le prouvaient assez. L'œuvre de son ami Mirabeau pouvait s'en trouver compromise. Et cela, Olympe ne le tolérerait pas.

– « De Madame Élisabeth… », répéta-t-elle pour elle-même tandis qu'Agnès remuait légèrement son poignet afin de le détendre, en attendant de reprendre sous la dictée. « … Et régénérer entièrement, comme la Constitution, cette Cour gangrenée ; mettre à la place des aristocrates des anciens nobles patriotes ainsi que les citoyens et citoyennes connus de même pour leur patriotisme… » Te rends-tu compte, ma belle, que tu es en train de t'adresser au roi ?, s'exclama-t-elle soudain.

La jeune fille la considéra un instant, perplexe. Puis elle regarda les lignes qu'elle avait tracées, qui brillaient à la bougie, car l'encre n'avait point encore séché.

– Certes, Madame. Mais nous entendra-t-il ?

LX

Paris, juillet 1791

Depuis son retour de Varennes, la famille royale était gardée à vue aux Tuileries. On avait obstrué tous les petits escaliers menant aux différents entresols et, sur ordre de La Fayette, fouillé de fond en comble chaque appartement. La reine et son époux ne pouvaient faire un pas en dehors de leur chambre sans être escortés de deux gardes. On refermait à double tour derrière eux dès qu'ils pénétraient dans une pièce et l'extérieur du château était surveillé nuit et jour.

L'ambiance des rues et des venelles témoignait d'une tension de nouveau palpable. Marie-Antoinette ne sortait plus, redoutant insultes, bousculades et crachats. La présence des souverains désormais captifs portait l'agitation républicaine à des seuils inquiétants. Une bonne partie des députés s'employait à abolir purement et simplement la monarchie.

Dès le 12 juillet, le club des Cordeliers avait rassemblé au Champ-de-Mars près de quatre mille personnes, afin de rédiger sur l'autel de la patrie une pétition contre les projets de décrets qui redonneraient le pouvoir à la Couronne. L'Assemblée, qui souhaitait dans son ensemble instaurer la monarchie constitutionnelle, soutenait toujours que le roi avait été enlevé contre son gré et œuvrait à rétablir ses prérogatives. Mais elle craignait une autre insurrection, car la volonté de cette manifestation était de ne plus jamais reconnaître

Louis XVI comme souverain de la France. On envoya la cavalerie en vue de disperser les agitateurs et, lorsque les commissaires arrivèrent à la salle du Manège, où siégeaient les députés, afin d'y porter leurs revendications, lesdits décrets venaient d'être votés et l'époux de Marie-Antoinette, réhabilité. Dépités, les pétitionnaires rejoignirent alors les Jacobins à Port-Royal dans le but de leur rendre compte des événements.

Ces derniers édictaient tout juste une proposition rédigée par l'écrivain Choderlos de Laclos, auteur des *Liaisons dangereuses*, visant à déposséder le monarque de ses droits constitutionnels. Cette nouvelle pétition encouragée par le tonitruant Danton ou par Brissot, membre du club des Girondins et créateur du journal républicain *le Patriote français*, n'emportait toutefois pas l'adhésion de Robespierre qui estimait cette démarche légitime, mais demeurait persuadé qu'elle serait à l'origine de troubles à l'ordre public et donc d'une répression. On convint de la déposer le lendemain au Champ-de-Mars, où l'on attendait, une fois encore, un rassemblement.

Au matin du 16, les Cordeliers tinrent leur promesse et, flanqués de leur bannière, sur laquelle on pouvait lire « La liberté ou la mort », vinrent soutenir les Jacobins, au sein desquels les débats faisaient rage. Au cours de la journée, il apparut que la scission devenait inévitable. Une nouvelle formation se regroupa autour de La Fayette et de Lameth, député issu d'une très vieille famille de noblesse d'épée, que la fuite du roi avait ébranlé, sous les voûtes de l'ancien couvent des Feuillants.

– Mes amis, entendez ce qu'on écrit dans *le Père Duchesne*[1], s'écria Barnave, debout sur une table, brandissant le journal. « D'un bout de la France à l'autre, il n'y a qu'un cri contre toi, contre ta foutue Messaline, contre ta bougre de race. Plus de Capet, voilà le cri de tous les citoyens. Nous te foutrons à Charenton, et ta garce à l'Hôpital ! »

Des sifflements d'indignation retentirent à travers la salle.

– Français, je vous le dis : nous ne laisserons personne nous confisquer ainsi la Révolution et empêcher l'instauration d'une monarchie constitutionnelle qui ramènerait la paix au sein du royaume en écoutant enfin la voix du peuple !, poursuivit-il avec force.

– Il a raison !, hurlaient les uns.

– Non à la république !, renchérissaient les autres.

Tard dans la soirée, une nouvelle pétition fut rédigée par le club des Cordeliers, sous la houlette d'un certain François Robert, auteur d'un libelle intitulé *le Républicanisme adapté à la France*[1]. Le texte, qui réunissait plus de six mille noms, exigeait que le peuple décidât du sort du monarque qui l'avait trahi.

On choisit de se rencontrer le lendemain dimanche, jour de promenade des Parisiens. Le lieu, hautement symbolique, rappelait la fête de la Fédération, et les Jacobins, s'ils ne s'associaient pas à cette demande, incitèrent au calme et à la mesure, précisant que l'on n'emporte ni bâton, ni couteau, ni pique. Toutefois, l'Assemblée, qui venait officiellement de mettre hors de cause le roi dans sa fuite à Varennes, souhaitait circonscrire le mouvement populaire et, dès le matin du 17, la commune de Paris ordonna à La Fayette de proclamer la loi martiale en déployant le drapeau rouge. Tout rassemblement au-delà de vingt fut interdit.

Rien n'y fit.

La foule enfla dans cette arène que constituaient les tribunes ceignant le Champ-de-Mars, et on l'estimait à plus de vingt mille personnes en fin d'après-midi. Deux hommes cachés sous l'autel de la patrie, au centre de l'esplanade, furent lynchés. Le conseil municipal dépêcha alors Bailly sur place. Lorsque la garde nationale arriva pour disperser les manifestants, elle subit un jet de pierre et riposta prestement en ouvrant le feu.

Olympe, prévenue de la violence qui ne manquerait pas de sévir, avait choisi de demeurer chez elle et de mettre la dernière touche à un texte qui lui tenait à cœur concernant les droits des femmes. Dès que Cyril, son nouveau cocher, vint lui rendre compte des événements, elle s'alarma.

– Y a-t-il des morts ?, s'enquit-elle d'une voix blanche.

1. Cet ouvrage, paru à la fin de 1790, fut sous-titré pour sa deuxième édition par *Avantages de la fuite de Louis XVI et nécessité d'un nouveau gouvernement.*

– Dame, je le pense ! Les tirs de boulets, ça fait pas bon ménage face à des gens massés comme ça ! Personne ne pouvait sortir !

– Vous avez raison. Le Champ-de-Mars constitue une véritable nasse et les portes de l'arc sont bien étroites pour permettre de s'enfuir avec la cohue ! Mon Dieu, ce pourrait être un carnage !

Les jours qui suivirent, les fauteurs de troubles qui appelaient à l'insurrection furent poursuivis, leurs journaux interdits et leurs clubs fermés. Des canons bloquèrent l'accès de celui des Cordeliers et Hébert, fondateur du *Père Duchesne*, fut arrêté. Marat entra dans la clandestinité, Danton rejoignit l'Angleterre et Desmoulins suspendit la publication de son périodique.

On déplora, officiellement, une quinzaine de victimes. Pour la première fois, les soldats de la Révolution, la fameuse garde nationale chargée de défendre le peuple, venaient de se retourner contre lui. Les noms de La Fayette et de Bailly étaient sur toutes les lèvres, qui se tordaient de haine à leur évocation.

Certes, la monarchie constitutionnelle allait pouvoir être proclamée.

Mais sous de bien funestes auspices.

LXI

Paris, mi-août – début septembre 1791

Encensés sous la plume virulente de Marat qui s'exprimait dans son *Ami du peuple*, célébrés par les articles d'Hébert qui noircissaient les pages du *Père Duchesne*, ils regroupaient petits commerçants, artisans, ouvriers ou paysans, tous reconnaissables à leur pantalon bleu rayé de blanc, leur carmagnole[1] et leur bonnet phrygien rouge sur lequel s'agrafait la cocarde. Ils n'arboraient jamais la tenue austère des élus du tiers état, entièrement de noir vêtus jusqu'à leur bicorne, ni celle, plus élégante, des bourgeois ou des nobles : une culotte coupée à mi-genoux sur des bas de soie.

En vertu de quoi on les nommait les « sans-culottes ».

Dès le début de la Révolution, ils s'étaient révélés diligents au sein de plusieurs clubs, celui des Cordeliers ou de l'Évêché, dans le Cercle helvétique ou encore la Société fraternelle des deux sexes. On les savait farouchement opposés à la monarchie constitutionnelle censitaire, désireux d'une démocratie directe sans aucun député, dédaignant toute marque d'allégeance envers quiconque, au point de prôner le tutoiement de chacun. Les grandes figures politiques – au nombre desquelles s'adjoignait Mme de Gouges – manifestaient une sorte d'indulgence à l'endroit de ces individus pourtant violents, en raison de ce qu'ils représentaient. Nul n'oubliait qu'ils avaient

1. Veste courte à gros boutons.

sauvé l'Assemblée nationale constituante en maintenant à Paris les velléités de soulèvement tandis que la Révolution n'en était qu'à ses balbutiements. Par ailleurs adeptes de l'*Encyclopédie*, de l'esprit des Lumières et particulièrement des théories de Rousseau sur la nature, les dirigeants de chaque club valorisaient le travail manuel que les sans-culottes incarnaient. Or, depuis ce que l'on désignait à présent comme le « massacre du Champ-de-Mars », ces derniers relevaient la tête et agitaient dangereusement les rues.

Dans la chaleur de l'été qui s'était abattu sur la capitale, chacun retenait son souffle. La Constitution établissant la base légale de la monarchie constitutionnelle représentative suscitait le mécontentement. Elle distinguait en effet les citoyens actifs, soit quatre millions trois cent mille hommes possédant des droits civiques, mais elle laissait sur le bas-côté les citoyens dits « passifs », soit l'entièreté de la gent féminine ainsi que les trois millions d'hommes payant en impôts directs moins de trois journées de travail. Toutes ces personnes, qui composaient pratiquement les deux tiers des Français, se voyaient donc exclues du suffrage censitaire. Elles n'avaient ni la possibilité de voter ni celle d'être élues.

Après tant d'espoirs soulevés par l'élan révolutionnaire, la potion se révélait bien amère.

Olympe tempêtait, rédigeait proposition sur proposition, ne renonçant pas à promouvoir la liberté des femmes à exister au sein d'une société certes en construction, mais qui apparaissait encore réellement inégalitaire.

Les débats entre les députés demeuraient très vifs.

Si l'insurrection intervenue à Saint-Domingue n'eut qu'un faible retentissement, puisqu'on s'habituait à présent aux échauffourées régulières advenant dans les colonies, on surveillait en revanche l'étranger avec inquiétude. Les nobles en exil n'avaient pas bonne presse. Dès le 9 juillet, on avait enjoint ces émigrés à rentrer sous deux mois ou à se voir confisquer tous leurs biens, et les sanctions prenaient désormais effet. Les hôtels particuliers étaient pillés avec une joie mauvaise ; le peuple dépeçait symboliquement la bête qu'il n'avait pu capturer.

La déclaration du 18 mai, par laquelle, depuis Pavie, le frère de la reine, Léopold II, avait annoncé son intention d'agir de concert avec d'autres puissances contre les desseins à redouter de la politique française, avait rendu la position des souverains intolérable au point de les contraindre à s'enfuir avec les conséquences désastreuses qui s'étaient ensuivies. Mais personne n'avait tiré leçon de ces visées maladroites, puisque ce même empereur récidiva, allié à Frédéric-Guillaume, roi de Prusse. Il s'exprima à la demande du comte d'Artois et du marquis de Bouillé lors d'une conférence tenue dans le duché de Saxe, arguant qu'ayant « entendu les désirs et les représentations de Monsieur et de M. le comte d'Artois, ils déclaraient conjointement qu'ils regardaient la situation où se trouvait actuellement Sa Majesté le roi de France comme un objet d'un intérêt commun à tous les souverains de l'Europe et qu'ils espéraient que cet intérêt ne pouvait manquer d'être reconnu par les puissances dont le secours était réclamé, et qu'en conséquence ils ne refuseraient pas, conjointement avec Leursdites Majestés, les moyens les plus efficaces relativement à leurs forces, pour mettre le roi de France en état d'affermir, dans la plus parfaite liberté, les bases d'un gouvernement monarchique également convenable aux droits des souverains et au bien-être des Français ».

Une fois encore, cette annonce eut un retentissement extrêmement négatif. Si elle ne défiait nommément personne, elle ne proposait guère d'aider concrètement Louis XVI et son épouse. En revanche, elle fut utilisée, notamment par le chef des Girondins, le sieur Brissot, en vue d'agiter le peuple en lui faisant accroire que des armées étrangères menaçaient d'envahir Paris pour rétablir le monarque dans ses prérogatives.

À la suite des élections organisées entre le 29 août et le 5 septembre, la Constituante fut dissoute, remplacée par une Assemblée législative. La monarchie constitutionnelle attendait que le roi signât la nouvelle Constitution que l'on devait lui présenter dès la mi-septembre. D'ici là, et ce depuis le 15 juillet, il se voyait suspendu de ses fonctions.

Du jamais vu.

La situation se révélait instable, et pouvait basculer d'un jour à l'autre.

Quand la reine prit connaissance de la missive de Léopold II en date du 3 septembre, la phrase « la force a tout détruit, il n'y a que la force armée qui puisse réparer », elle eut soudain le visage inondé de larmes. Allait-on enfin les sauver ? Elle replia le papier armorié de la couronne des Habsbourg pour le serrer en sa cassette secrète, rangée dans une excavation du mur de son antichambre, où une pierre avait été descellée.

Après un abattement légitime, Louis XVI avait réellement décidé qu'une ère différente commençait et souhaitait honorer son engagement avec dévouement et sincérité.

À l'inverse, Marie-Antoinette, qui refusait ce qu'elle considérait être une infamie, ne se résignait pas.

Aussi, lorsque son époux s'enquit du courrier qu'elle avait reçu, elle évoqua brièvement la santé de son frère, se gardant toutefois d'avouer combien ses écrits avaient suscité en elle un espoir.

LXII

Paris, le 14 septembre 1791

Robespierre s'affirmait chaque jour comme la figure de proue des Jacobins et s'employait à contrer les initiatives du club des Feuillants, constitué de ceux qui les avaient quittés au lendemain de Varennes et des émeutes du Champ-de-Mars. Barnave et Lameth contactaient les sociétés des départements et tentaient de rallier à la monarchie constitutionnelle le plus de gens possible. Cette jeune organisation se rassemblait en l'église du couvent du même nom, situé rue Saint-Honoré, non loin des Tuileries. La proximité de la salle du Manège, où siégeait l'Assemblée, leur permettait de se réunir aussitôt les débats clos, afin de déterminer la marche à suivre. L'hôtel particulier de Lameth, sis au cul-de-sac Notre-Dame-des-Champs, devint rapidement, à son tour, un « cercle feuillant ». L'épouse du député y recevait les membres les plus éminents. Nonobstant les sollicitations dont elle était l'objet, Olympe ne répondait à aucune des invitations qui lui étaient adressées. Elle ne parvenait pas à dépasser les positions de Barnave à propos du statut des Noirs. Attaqué par Brissot sur ce point crucial dans son journal *le Patriote français*, celui-ci s'était en effet montré clairement hostile à l'idée que l'on accordât la citoyenneté aux gens de couleur au sein des colonies françaises et s'était même exclamé à la tribune :

« Le Nègre ne peut croire qu'il est l'égal du Blanc*[1] ! », ce qui avait soulevé l'indignation de Mme de Gouges. Aussi, en dépit de son attachement à la mise en place d'une monarchie constitutionnelle, à laquelle les députés travaillaient depuis le 3 septembre, Olympe refusait-elle farouchement d'adhérer aux Feuillants.

Le 14, enfin, Louis XVI se rendit à l'Assemblée. Il n'arborait que le cordon rouge de l'ordre de Saint-Louis, appelé désormais « décoration militaire », car le bleu, celui du Saint-Esprit, le plus prestigieux du royaume, avait été aboli. On le pria de prendre place sur un fauteuil tout simple, certes recouvert de tissu fleurdelisé, mais à la gauche et à hauteur de celui du président. On lui présenta la Constitution, afin qu'il puisse prêter serment. Toutefois, au moment où le souverain jura, la plupart des députés s'étaient assis, dans un manquement manifeste de respect et de considération pour la personne royale. Son discours fut néanmoins applaudi et, sur la suggestion de La Fayette, on vota l'amnistie des inculpés de Varennes et des manifestants du Champ-de-Mars. L'heure était à l'apaisement.

Outrée, la reine assista, la gorge serrée, à l'humiliation de son époux depuis une loge qui lui avait été réservée. De retour aux Tuileries, le roi, effondré, pleura dans les bras de sa femme[2].

Ce même jour marqua aussi dans l'esprit d'Olympe le point de départ d'une ère nouvelle. Elle édita une brochure qui incluait une « Déclaration des droits de la femme et de la citoyenne ».

Certes, l'Assemblée refusait toujours d'examiner la moindre proposition prônant une équité entre les sexes, mais avec ce texte, Mme de Gouges ambitionnait d'être enfin entendue. Dans les cahiers de doléances déjà, au commencement de la Révolution, de nombreuses revendications avaient été exprimées par quelques anonymes, exigeant que la gent féminine puisse faire partie du gouvernement et avoir des représentantes parmi les députés. En juillet 1790, son ami Condorcet avait publié l'article « Sur l'admission des femmes au droit de cité ». Il tentait de contrer point

1. Cette position ternit sa popularité auprès de nombreux patriotes et figure dans l'acte d'accusation qui l'enverra à l'échafaud en novembre 1793, sous la Terreur.
2. Voir l'annexe A.

par point les arguments de ses détracteurs, car l'opposition à cette égalité était tenace.

> [Les philosophes et les législateurs] n'ont-ils pas violé le principe de l'égalité des droits, en privant tranquillement la moitié du genre humain de celui de concourir à la formation des lois, en excluant les femmes du droit de cité ?
> […] Il serait difficile de prouver que les femmes sont incapables d'exercer les droits de cité.
> Pourquoi des êtres exposés à des grossesses, et à des indispositions passagères, ne pourraient-ils exercer des droits dont on n'a jamais imaginé de priver des gens qui ont la goutte tous les hivers, et qui s'enrhument aisément ? […] On dit qu'aucune femme n'a fait de découverte importante dans les sciences, n'a donné de preuves de génie dans les arts, dans les lettres, etc. ; mais, sans doute, on ne prétendra point n'accorder le droit de cité qu'aux seuls hommes de génie. On ajoute qu'aucune femme n'a la même étendue de connaissances, la même force de raison que certains hommes ; mais qu'en résulte-t-il, qu'excepté une classe peu nombreuse d'hommes très éclairés, l'égalité est entière entre les femmes et le reste des hommes ; que cette petite classe mise à part, l'infériorité et la supériorité se partagent également entre les deux sexes ?

Depuis l'année précédente, l'idée avait fait son chemin.

Au cours de l'été, alors que les tensions politiques marquaient le pas, des pamphlets de Mme de Cambis notamment avaient relancé le sujet. Olympe soutenait avec véhémence que les membres de la gent féminine, qui possédaient « les mêmes facultés intellectuelles que les hommes, avaient, par nature, les mêmes droits », que la nation se voulait la « réunion de la femme et de l'homme » et que la Constitution se voyait entachée de nullité « si la majorité des individus qui la composaient n'avait pas coopéré à sa rédaction ».

La fameuse brochure devait être adressée à la reine.

Avec fièvre, l'auteur rédigea une lettre[3] pour Sa Majesté, où elle exposait ce que les Français attendaient d'elle : défendre la France contre les armées étrangères et conduire la nation vers la terre promise où le beau sexe aurait des prérogatives identiques à celles des hommes. Non sans lui avoir rappelé qu'elle avait toujours soutenu sa souveraine et la monarchie, Olympe terminait sa missive en l'assurant d'être sa « très humble et très obéissante servante », dans « le plus profond respect ».

À ses congénères, elle envoya en revanche un message moins policé et davantage musclé. Elle souhaitait que le peuple se lève et agisse, que le monde change enfin ! Alors que la monarchie constitutionnelle balbutiait, incertaine et chancelante sur ses pas, Mme de Gouges se tenait courageusement debout, portée par l'élan de l'histoire.

> Femme, réveille-toi ; le tocsin de la raison se fait entendre dans tout l'univers ; reconnais tes droits. Le puissant empire de la nature n'est plus environné de préjugés, de fanatisme, de superstition et de mensonges. Le flambeau de la vérité a dissipé tous les nuages de la sottise et de l'usurpation[4].

Il était temps, pour elle, de brandir l'étendard de la liberté.

3. Voir l'annexe B.
4. Voir l'annexe C.

LXIII

Paris, octobre 1791

Le premier du mois, l'Assemblée législative nouvellement élue entra en séance. Elle était composée de jeunes députés pour la plupart issus des Feuillants, ayant à sa tête Barnave, Duport, Lameth et La Fayette, puis de Jacobins, en moindre représentation, parmi lesquels Condorcet, Brissot ou Vergniaud. Enfin, une majorité, très attachée à la Constitution et à la Révolution, se voulait indépendante, ne revendiquant nulle appartenance au moindre club. Si Robespierre ne siégeait pas, il continuait toutefois d'influencer les débats. D'aucuns affirmaient à présent qu'il attendait son heure.

La France progressait – on venait de promulguer un code pénal, ce qui était une avancée immense dans le domaine de la justice –, mais la monarchie constitutionnelle se révélait toujours boiteuse. Certes, Louis XVI considérait qu'il avait consenti librement à la signature de l'acte fondateur de ce nouveau régime, geste qui avait d'ailleurs été salué par des manifestations d'allégresse générale. Beaucoup y voyaient les prémices d'un apaisement, la fin de la violence et le retour à une vie normale, loin des émeutes, des morts et du canon. Pour ceux-là, la Révolution était achevée. Barnave et Lameth avaient même rencontré le roi et la reine au vu et au su de tous et leur avaient recommandé de sortir du palais, de se montrer aux Parisiens, accessibles et sympathiques, tout en arborant les couleurs nationales qui prouveraient au peuple que son monarque le soutenait, à défaut de le gouverner. Cette opération de séduction s'était avérée payante, et les souverains, qui s'affichèrent à la Comédie-Italienne lors d'une représentation de *Castor et Pollux*, puis au Français où l'on déprogramma pour eux *la Coquette royale* afin de donner *la Gouvernante*, et enfin aux Italiens où l'on joua *Richard Cœur de Lion*, goûtèrent cette affection recouvrée de leurs sujets, qui les acclamèrent. L'époux de Marie-Antoinette se détendit au point de retourner un peu chasser, au fusil et non plus à courre, puisque ses équipages lui avaient été confisqués.

Mais cette accalmie était bien précaire. D'une part, les Jacobins, les Cordeliers et les Montagnards[1] ne désarmaient pas, car dans leurs esprits, la lutte ne s'achèverait que lors de la proclamation de la république. Et d'autre part, outre les divergences de perspectives au sein même du couple royal, les aristocrates opposaient une résistance farouche à ces mutations, auxquelles le roi tentait pourtant de souscrire.

Olympe, selon qui tout était encore à obtenir à propos des causes qui lui tenaient à cœur, ne pouvait que le déplorer.

Dans les cercles de réflexion qu'elle continuait de fréquenter, elle ne manquait aucune occasion de débattre et de s'indigner, puisque cela lui était toujours interdit à l'Assemblée.

– Mais enfin, monsieur de Ferrières, s'agaça-t-elle un jour, notre sire a reconquis l'amour de son peuple, les députés travaillent à légiférer sur l'ensemble des points les plus importants concernant les droits des citoyens. Pourquoi ces crispations à la tribune quand chacun devrait avancer en ce sens ?

Le ci-devant marquis, homme affable aux manières exquises, avait été représentant de la noblesse de la sénéchaussée de Saumur aux états généraux. Conseiller de la Vienne, il poursuivait sa carrière littéraire en offrant ce soir-là, à un public choisi, la lecture d'un extrait du quatrième tome de son *Saint-Flour et Justine, ou Histoire d'une jeune Française du XVIIIe siècle.*

– Ma chère, l'homme n'a aucune sagesse. Les privilèges ont la vie dure. *Les grands seigneurs, le haut clergé, les parlements, les financiers ne veulent pas de la Constitution, quelque adoucissement qu'on puisse*

1. Extrême gauche. Branche très radicale qui se heurtait violemment aux Girondins.

y apporter. Il leur faut tout l'Ancien Régime[*2] *!* Les nobles gagent que cette situation ne sera que transitoire et que le roi recouvrera les pouvoirs qui étaient naguère les siens. Alors, espèrent-ils, Sa Majesté sera en mesure de leur restituer l'entièreté de ce qu'ils ont dû, à leur corps défendant, abandonner.

– Mais n'est-il point déraisonnable de ne pas soutenir Louis XVI dans cette entreprise lorsqu'on sait combien le contexte est fulminant ? Aujourd'hui encore, le calme n'est qu'illusion et l'on sent bien que Paris ne demande qu'à s'embraser !, intervint Mercier, chevalier servant d'Olympe pour la soirée.

Ferrières but une gorgée de champagne.

– Les courtisans dont je vous parle n'embrassent pas ces vues à long terme. Ils pleurent sur un monde dévasté qu'ils souhaitent retrouver au plus vite. Notre sire pâtit fortement de cette impatience aristocratique. Entre les émigrés qui s'agitent, le mettant en danger avec des déclarations retentissantes reprises par les Jacobins pour effrayer le peuple, et ceux de l'intérieur qui jouent les trouble-fête et encouragent la reine à ne point adhérer à la Constitution, tout n'est que feintes et faux-semblants…

– Vous paraissez tourmenté, remarqua Olympe.

– Je le suis, madame, hélas. J'aimerais souscrire à ce doux rêve et accroire que, tel un vaisseau lancé dans l'immensité de l'océan, la monarchie constitutionnelle appareille pour voguer durant des années ! Hélas, si je me fie à ce que je peux ouïr de tous côtés, ce serait là un souhait plutôt audacieux. Ce jeu de dupes finira mal.

Mme de Gouges et Mercier échangèrent un regard consterné. Plus que jamais, Olympe devait se faire entendre. Car si, à sa grande satisfaction, les Juifs avaient enfin obtenu les droits des citoyens depuis la fin du mois de septembre, les femmes, comme les Noirs, dans cette nouvelle société, n'étaient toujours rien.

Tout restait donc à construire, mais sur des sables bien mouvants.

2. In *Mémoires du marquis de Ferrières*, Baudouin fils, tome II, 1822, p. 417.

LXIV

Paris, décembre 1791

Le froid qui régnait dehors n'encourageait guère Olympe à se lever. Pelotonnée sous l'édredon, elle regardait d'un œil appréciateur son amant d'un soir se rhabiller. Présentés par un ami commun lors d'une réunion politique, ils s'étaient sentis irrémédiablement attirés l'un par l'autre. Les quelques heures qu'ils venaient de partager avaient comblé leurs attentes. Ils n'avaient que peu dormi, jouant de leurs corps dans une partition des sens qui justifierait peut-être, se disait-elle, rêveuse, une nouvelle entrevue.

Au-delà de ses prunelles noires, de sa chute de reins et de son opulente chevelure, Gauthier admirait la vivacité et le courage de Mme de Gouges, car les Feuillants ne détenaient pas la majorité des sièges et leur conception d'une monarchie renforcée n'emportait pas l'adhésion de l'Assemblée. Sa pugnacité et ses convictions l'impressionnaient, et après leur dialogue sensuel de la nuit, il prenait visiblement grand plaisir à s'entretenir avec elle.

– Il est certain que la fuite de la famille royale ne nous a pas aidé à asseoir l'influence de notre sire, avança-t-il en enfilant sa chemise.

*– Je suis une « royaliste constitutionnelle », parce que aucun régime n'est meilleur pour la France**. Les gens deviennent fous ! On accuse le souverain de tous les maux ! *Si je voyais disputer la question avec décence et sagesse ou si je voyais régner l'esprit de désintéressement particulier, je demanderais peut-être plus que personne la république** *!*,

repartit la jeune femme en s'étirant. *Je suis née véritablement avec un cadre républicain; mais l'esprit en général du gouvernement français exige une monarchie**. J'en suis convaincue! *Détruire cet esprit, c'est perdre le royaume et les citoyens**[1] *!* On se doit d'être lucide!

– Je connais votre honnêteté, toutefois convenez que les tensions ne s'apaisent guère! Louis XVI est sans arrêt pris entre le marteau et l'enclume. Il désavoue Monsieur qui tient Cour à Coblence, mais soutient ses courtisans, les émigrés, pour ne point fâcher la noblesse censée lui demeurer fidèle et quête des appuis auprès des souverains européens en condamnant une intervention armée de leur part! Avouez que tout cela est bien confus!

– C'est aussi contradictoire que l'attitude des députés qui applaudissent à l'idée de lui retirer ses titres solennels début octobre et qui, lorsqu'il proteste, lui redonnent du « sire » et du « Majesté » le mois qui suit! Rien n'est à l'endroit, ajouta-t-elle d'un air las. Les prêtres insermentés[2] sont brutalisés; le roi ne peut les protéger, et pour finir Paris a faim!, renchérit Olympe.

– Il ne pourrait en être autrement! La récolte a été calamiteuse dans le Sud et l'on ne parvient pas à acheminer le blé venu du Nord. Les convois sont détournés, les bateaux, arraisonnés. L'Assemblée ne s'est, hélas, guère alarmée de la révolte des esclaves noirs et des mulâtres affranchis à Saint-Domingue, or les prix du café, du rhum et du sucre s'envolent! Cela n'est certes pas la faute de notre souverain, mais…

– Mais de nombreux députés s'arrangent pour faire retomber la responsabilité de ces maux sur les émigrés et donc sur notre sire qui les défend, coupa Mme de Gouges. Oui, l'Assemblée n'aime décidément pas la popularité de Louis XVI. Tout est mis en œuvre pour le discréditer. Cela me navre autant que toi!

On toqua à la porte.

– Madame, M. Pierre est arrivé et souhaite vous entretenir. Il vous attend dans le salon.

– Entre pour m'aider à m'habiller, Zia!

1. Olympe de Gouges, *Écrits politiques*, 1793, tome I, p. 191.

2. Par le décret contre les prêtres réfractaires, l'Assemblée décide que ces derniers doivent prêter serment sous peine de perdre leurs pensions et traitements. La loi les rend responsables des troubles religieux. Louis XVI refuse la sanction de ces décrets.

Olympe se leva d'un bond et étreignit son amant avant de déposer un baiser sur ses lèvres.

– J'aimerais vous revoir…, lui chuchota-t-il dans le creux de l'oreille.

– Je te préviendrai en t'envoyant mon cocher qui te fera tenir un billet dès que possible !

Gauthier quitta la pièce et Eusebia s'avança, présentant la toilette qu'elle venait de choisir dans le cabinet attenant.

– Par ce froid, Madame, je suggère votre robe bleue.

– Cela me semble parfait, Zia.

Une vingtaine de minutes plus tard, une mère émue embrassait son fils en le serrant contre elle.

– Quel bonheur ! Comment te portes-tu ?

– Parfaitement bien, maman, je vous remercie et vous retourne la question, avec cette campagne de calomnies dont vous êtes l'objet !, ajouta-t-il, soucieux.

– Tu veux sans doute parler des réactions à la suite de la parution de mon *Contrat social de l'homme et de la femme*[3] ? Oui, je sais, cela fait grand bruit. Je demande seulement que les enfants nés d'une inclination particulière, donc hors mariage, puissent avoir les mêmes droits que les héritiers légitimes !

– Mais on vous traite de Messaline, de Circé, de Lucrèce[4] ! On dit que vous êtes une fille de joie !, s'emporta le jeune Aubry.

– J'ai appris à dédaigner les sots ! Depuis ma *Nécessité du divorce*[5] inscrite à la Comédie-Italienne en début d'année et que l'on a refusé de jouer, je m'attends au pire pour chacun de mes écrits. *Je vois s'élever contre moi les tartufes*[6]*, les bégueules, le clergé et toute la séquelle infernale**[7], je n'en ai cure !

Pierre la considéra avec admiration. Elle paraissait petite et fragile à côté de ce garçon de vingt-cinq printemps qui la dépassait de deux têtes et dont la carrure était maintenant celle d'un homme aguerri.

---

3. Article publié dans la *Déclaration des droits de la femme et de la citoyenne.*
4. Il s'agit bien sûr de Lucrèce Borgia, fille naturelle du pape Alexandre VI, dont la réputation était sulfureuse.
5. Voir les annexes.
6. C'est bien l'orthographe retenue par l'Académie en cas d'antonomase.
7. In *Déclaration des droits de la femme et de la citoyenne.*

Toutefois, il émanait d'elle une énergie et une volonté qui forçaient le respect. Il s'avança et l'enlaça avec tendresse.

– Tous ces libelles et ces pamphlets me blessent pour vous, maman…

– Ne t'en fais pas ! Seule la finalité a de l'importance. Nous œuvrons à construire un avenir meilleur, et c'est là l'essentiel !

*

* *

Dans son cabinet des bains, Marie-Antoinette se laissait aller à la mélancolie. Elle avait appris tout récemment la nouvelle. Une cérémonie s'était tenue à Prague le 14 décembre, réunissant plusieurs milliers de personnes, en hommage à Wolfgang Amadeus Mozart, qui venait de rendre, le 5 décembre à Vienne, son dernier soupir un peu après minuit.

La reine de France était de deux mois son aînée et, la première fois qu'elle avait croisé Wolferl, comme l'appelait son père, il était âgé de six ans et avait manqué trébucher sur les parquets cirés de Schönbrunn. L'archiduchesse Maria Antonia, ainsi qu'elle se nommait à l'époque, l'avait aidé à ne point chuter. Il l'avait chaudement remerciée, complimentée sur sa joliesse et lui avait même, dans un élan de tendresse tout enfantine, promis de l'épouser ! Quelle insouciance était la sienne et combien cet univers enchanteur, qu'il avait tellement incarné par le génie et la grâce de sa musique, lui faisait à présent cruellement défaut !

Elle ferma les yeux et s'abandonna un instant dans la chaleur de son étuve, pour tenter de retrouver les images de sa jeunesse et de cette vie à jamais enfuie qu'elle avait tant aimée.

LXV

Paris, mars 1792

La citoyenne de Gouges ne désarmait pas. Sa production d'articles, d'affiches et de pamphlets témoignait de son ardeur à infléchir le débat à l'Assemblée. Après avoir délivré à son public *le Bon Sens du Français* en février, elle avait choisi de répondre au Jacobin Jacques-Antoine Dulaure, lequel s'était, quelques années auparavant [1], attelé à la rédaction d'une *Description de la France par provinces* en six volumes, mais avait interrompu son travail d'historien pour adopter les principes révolutionnaires et se jeter dans la bataille des idées. Il faisait ainsi paraître, depuis le 11 août 1791, un journal politique. La *Lettre aux rédacteurs du Thermomètre du jour* [2] d'Olympe l'interpellait directement et suscita des échanges houleux. Si la jeune femme fut vivement attaquée, elle ne se laissa nullement impressionner. Infatigable, elle publia dans la foulée *l'Esprit français, ou Problème à résoudre sur le labyrinthe des divers complots* [3], afin de dénoncer les cabales dont elle était l'objet et l'inertie des révolutionnaires face aux enjeux essentiels concernant la liberté et les droits des opprimés. Elle savoura la repartie bienveillante du maire de

1. En 1788-1789. Dès 1790, il rédige et lance *les Évangélistes du jour*, éphémère publication de seize numéros, puis du 11 août 1791 au 25 août 1793, le *Thermomètre du jour*.
2. Le 1er mars.
3. Le 22 mars.

Paris, le sieur Pétion, qui répondit[4], à la tribune de l'Assemblée, aux remarques de l'écrivain sur les incohérences de la Constitution de 1791 :

– *Il ne faut qu'ouvrir les yeux sur les gouvernements sans nombre qui disposent du sort des pauvres humains; leur diversité est un beau et grand sujet de méditation; il en est de si bizarres, de si absurdes, de si contraires à tous les principes de la nature et de la raison qu'on ne conçoit pas comment ils existent. Cependant, les hommes s'y habituent, que dis-je, ils en deviennent idolâtres, l'opinion et les préjugés les conservent et les soutiennent : si la Constitution éprouve des difficultés, des embarras dans son action, ce n'est nullement dans l'ouvrage en lui-même qu'il faut en chercher la cause**..., s'exclama-t-il avec véhémence en jetant à Olympe des regards appuyés.

Assise au premier rang, dans le bas des tribunes, cette dernière ne pouvait dissimuler sa satisfaction. Elle était femme, interdite de parole devant une Assemblée pourtant censée représenter le peuple, mais son avis était pris en compte, au point que l'on commentait ses écrits. Son combat n'était donc pas vain, d'autant que la société se durcissait de toutes parts. La suspicion gangrenait les cénacles, les groupes, les cabinets ministériels et même les familles. Si la fuite du roi avait grandement fragilisé sa position, le soutenir, à présent, s'avérait périlleux.

Quelques jours après qu'il fut advenu, on avait appris, aux Tuileries et dans la capitale, le trépas de Léopold II, empereur du Saint Empire et frère de Marie-Antoinette. S'il ne s'était guère trouvé de monde à Paris pour s'en émouvoir, cette annonce avait plongé la reine en un chagrin profond, celui d'un nouveau deuil familial. Plus inquiétant encore, à l'occasion de cette disparition, le couple royal avait perdu un appui. La situation s'aggrava dans les semaines qui suivirent avec la mort prématurée de Gustave III de Suède, assassiné le 29 mars par un officier de la noblesse mécontent de ses réformes sur la tolérance religieuse, ainsi que sur l'abolition de la torture et de la vénalité des charges. Au moment de cet attentat, le souverain

4. Le 27 mars.

du Nord s'apprêtait à prendre la Révolution française à revers. La famille de France fut consternée, car si la perte de l'ancien archiduc d'Autriche la précipitait dans l'affliction, celle du monarque suédois lui ôtait presque tout espoir. Celui-ci ne reposait plus dorénavant que sur le roi de Prusse, à qui Louis XVI avait adressé au mois de décembre[5], par l'entremise du baron de Breteuil, une longue missive décrivant sa position d'une part, ce à quoi il aspirait d'autre part, en prévenant dans le même temps toute ingérence intempestive qui pourrait annihiler ses chances de reconquérir son trône. Mais l'heure n'était plus aux compromis, car les antimonarchistes gagnaient du terrain. Prêts à en découdre, ils répandaient nombre de rumeurs dans Paris, affolant les populations sur l'imminence d'une invasion étrangère et de sanglantes représailles, dénonçant d'imaginaires trahisons de la famille royale contre les patriotes. Leur haine allait croissant et leurs rangs se structuraient dangereusement.

Par ailleurs, les relations avec les pays susceptibles d'intervenir dans les affaires françaises se tendaient chaque jour davantage et le comportement des nobles émigrés qui rêvaient de vengeance accréditait la théorie du complot. Le couple des souverains, éperdu, cherchait des appuis, donnait moult assurances aux uns, doutait soudain des autres et ne croyait en personne. Les alliés sûrs, comme Fersen, prônaient le retour de la monarchie absolue par le biais d'un coup de force. La reine, en digne fille de Marie-Thérèse, était ulcérée à la perspective d'un roi constitutionnel privé de ses prérogatives. Son époux se voulait plus conciliant, comprenant les aspirations de ses sujets, mais il tergiversait, comme à l'accoutumée. La France changeait, tandis que la famille censée l'incarner demeurait prisonnière de son image, figée dans un mode de pensée et des idées préconçues.

Louis XVI et Marie-Antoinette, nés tous deux au sein d'une maison prestigieuse, étaient les héritiers de plusieurs siècles de traditions. Or, un nombre toujours croissant de révolutionnaires refusait de les voir évoluer et s'adapter aux mutations profondes,

5. Le 3 décembre 1791.

leur déniant le droit de tenir encore le moindre rôle, fût-il de simple représentation.

Face à cet enlisement, beaucoup gageaient que les mois à venir seraient décisifs.

LXVI

Paris, avril 1792

Le printemps s'était enfin installé sur la ville. Les cerisiers fleurissaient dans les vergers alentour et parfois une brise légère déposait leurs pétales blancs jusqu'au cœur de la capitale. Olympe achevait de faire quelques emplettes rue de la Verrerie. Réputée très étroite sous le règne de François Ier, cette venelle avait été élargie par un décret royal stipulant qu'emprunté par Sa Majesté comme passage ordinaire pour aller de son château du Louvre à celui de Vincennes, et étant par ailleurs le chemin par lequel s'effectuaient les entrées des ambassadeurs des princes étrangers, cet accès nécessitait d'être convenablement aménagé. De nombreuses échoppes n'avaient alors pas tardé à ouvrir de chaque côté de la voie, et l'on aimait à présent y déambuler de boutique en boutique. Mme de Gouges dirigea ses pas jusqu'à la rue Vieille-du-Temple, puis déboucha dans celle des Francs-Bourgeois, où l'attendaient, dans un café, Cubières ainsi que Mercier et son grand ami Restif de la Bretonne[1].

Les deux écrivains ne s'appréciaient guère.

Olympe avait fort goûté *la Vie de mon père* que Restif avait fait paraître treize années auparavant et qui avait connu un vif succès. Cette biographie, qui offrait une vision assez enjolivée du monde

---

1. Il signera bientôt Rétif Labretonne, les noms à particule devenant suspects dans les années à venir. D'où les confusions que l'on rencontre aujourd'hui sur son patronyme qui se mue même parfois en Rétif de la Bretonne, en mélangeant les écritures.

paysan et de la figure paternelle, ne pouvait que séduire cette amoureuse de la nature, hantée par l'absence de son géniteur. Les ouvrages qu'il publiait, et que le public accueillait favorablement, se voulaient des témoignages très vivants de la capitale. Là encore, Mme de Gouges avait lu de bout en bout les premiers volumes de cette belle fresque intitulée *les Nuits de Paris ou le Spectateur nocturne* et ne manquait jamais de complimenter son auteur. Hélas, la réciproque n'était pas vraie. Restif, par ailleurs proche de Beaumarchais avec qui elle avait eu un différend, voyait en elle non pas un écrivain œuvrant pour le pouvoir des opprimés, mais une femme de mœurs légères qui entendait de surcroît, en un délire coupable, octroyer l'équité entre les sexes !

Lorsqu'il aperçut Olympe dans sa jolie toilette lavande, Mercier, qui s'exprimait à propos du décret du 4 avril de la Législative instaurant l'égalité des droits politiques entre hommes de couleur affranchis et Blancs, changea immédiatement de sujet. Il ne savait que trop ce qu'en dirait son amie, car une fois de plus, ni les individus de la gent féminine ni les Noirs dans leur ensemble n'appartenaient à ces « libres »-là[2]. « Ô mon pauvre sexe, ô femmes qui n'avez rien acquis dans cette Révolution », venait-elle d'écrire dans son *Bon sens français*[3]. Lui qui partageait cette indignation ne l'ignorait pas pour s'en être entretenu à maintes reprises avec elle.

– Bonjour à vous trois !, lança-t-elle gaiement.

Ils se levèrent tous à son arrivée et Cubières lui avança une chaise.

– J'espère que je n'interromps pas une conversation passionnante ! De quoi parliez-vous ?

Mercier se racla la gorge et jeta un coup d'œil circulaire d'avertissement à ses compagnons.

– Nous étions en train de nous féliciter du projet de décret sur l'organisation générale de l'instruction que s'apprête à présenter notre cher Condorcet[4]. C'est incontestablement une avancée.

– Je suis heureuse que dans ce contexte tellement heurté nous puissions trouver matière à nous réjouir. J'ai assisté ce matin à

2. Le 28 mars 1792, Brissot avait réussi à faire voter ce décret, ratifié le 4 avril.

3. *Le Bon Sens français ou l'Apologie des vrais nobles, dédiée aux Jacobins*, Paris, 15 avril 1792.

4. Ce sera chose faite les 20-21 avril après lecture à l'Assemblée d'un rapport sur le sujet.

une réunion des Girondins, qui prônent la plus grande fermeté concernant les négociations entreprises avec l'empereur d'Autriche à propos des princes possessionnés. Je comprends cette position, toutefois je redoute que nous n'ayons la guerre! L'ultimatum expire bientôt et François II ne m'apparaît pas disposé à céder.

– Vous avez entièrement raison, ma chère, c'est là une impasse et l'affrontement se révélera probablement inévitable, confirma Cubières.

– On aurait pu croire que la mort de Léopold II, qui affichait son indéfectible soutien à la monarchie contre la Révolution, apaiserait un peu les conflits, mais son successeur semble encore plus déterminé à réintégrer les princes possessionnés dans leurs prérogatives, renchérit Mercier.

Restif opina.

De fait, après l'annexion de l'Alsace ayant généré les traités de Westphalie et de Nimègue de 1648 et 1679, puis celle de la Lorraine en 1766, des princes allemands avaient conservé leurs fiefs au cœur des deux provinces. Les fameux traités stipulaient alors que ces possessions ne dépendaient pas du droit français, mais de celui du Saint Empire romain germanique. Les tensions s'accentuaient à ce sujet depuis 1787 et venaient d'atteindre leur comble quand les révolutionnaires avaient déclaré l'unité du territoire national, confisquant les domaines en spoliant les propriétaires. Monté sur le trône le 1er mars, Frédéric II n'avait point tardé à adresser à cette France indomptable, qui balayait toutes les alliances, une mise en garde qui ne laissait aucun doute.

Le lendemain, 20 avril, vers midi, on apprit en effet que l'Assemblée avait voté à l'unanimité, moins sept abstentions, la déclaration de guerre au « roi de Hongrie et de Bohême », c'est-à-dire à l'empereur d'Autriche.

La reine sanglota lorsque son époux, qui, conformément à la Constitution de 1791, avait été contraint de se présenter devant les députés pour cette occasion, revint aux Tuileries et lui annonça la nouvelle.

On fit sonner le tocsin dans chacune des églises du royaume et, partout sur les places des villages, des crieurs publics lurent le message de l'Assemblée, qui se concluait par : « Aux armes, citoyens, aux armes ! »

Dans la foulée, en vertu de l'accord défensif austro-prussien signé le 7 février, la Prusse attaqua à son tour la France révolutionnaire.

Les événements se succédaient à une cadence effrénée et le peuple, qui rêvait jusqu'ici d'en découdre, s'inquiétait à présent de cet emballement.

Aussi, lorsque cinq jours plus tard la tête de Nicolas Pelletier[5] roula à terre, tranchée par une curieuse machine que l'on appelait « guillotine », du nom de son inventeur Guillotin, les Parisiens eurent-ils un mauvais pressentiment. Cet homme n'était certes qu'un simple tire-laine accusé d'avoir poignardé un passant afin de lui dérober sa bourse. Il n'y avait là aucune implication politique.

Toutefois, le flot de sang qui inonda la place de Grève, en dépit de la paille que l'on avait épandue à l'aube, fut perçu par certains comme un funeste présage.

5. Il fut la première personne guillotinée en France.

LXVII

Paris, mai 1792

Les saints de glace[1] étaient passés et, s'il n'avait point gelé, les températures se faisaient moins clémentes et l'on surveillait anxieusement les cultures. Dans le climat extrêmement tendu qui régnait à Paris et en province, une disette aurait été de nature à engendrer une insurrection. La France venait de se mettre à dos deux puissances majeures, l'Autriche et la Prusse, auxquelles s'adjoignaient, par des jeux d'alliances, la Sardaigne et quelques principautés germaniques. La menace, réelle, inquiétait le peuple. À l'intérieur des frontières, la traque des vestiges de l'Ancien Régime se poursuivait ; l'on eût dit un théâtre dont chaque pan du décor se serait abattu au fil du temps. L'Assemblée poursuivait toujours de sa vindicte les membres réfractaires de l'Église. Après les avoir obligés, en novembre, à prêter serment à la Constitution civile du clergé, puis avoir sanctuarisé les églises en les réservant aux prêtres jureurs avant Noël, voici que la Législative décrétait que les insermentés qui maintenaient leur allégeance à Rome seraient proscrits sur seule dénonciation de vingt citoyens actifs. Le roi, bien sûr, avait une nouvelle fois protesté en mettant son veto.

Peine perdue.

1. Voir les annexes.

Certaines villes rassemblèrent brutalement ces pauvres ecclésiastiques qui furent ensuite détenus dans des conditions difficiles. Louis XVI et Marie-Antoinette, très pieux, étaient atterrés. Cependant, quand les souverains pensaient n'avoir plus rien, ils découvraient avec effroi que l'on pouvait encore les dépouiller. Ainsi, le 29 mai, apprirent-ils que la garde constitutionnelle commandée par le duc de Cossé-Brissac allait être dissoute. Ce régiment avait été constitué au lendemain de Varennes, succédant alors aux quatre compagnies de gardes du corps de la maison militaire du roi de France, et ce, malgré la vive opposition des Jacobins. Le monarque, souhaitant continuer d'être protégé par ceux en qui il avait confiance et qui le servaient jusque-là, avait différé la promulgation de cette loi. Toutefois, depuis le mois de février, celle que l'on appelait la « garde Brissac » était entrée en fonction, même si Sa Majesté avait autorisé la garde nationale à demeurer pour servir « le plus près de sa personne », afin de ne point attiser d'éventuelles jalousies ou créer d'inutiles inimitiés.

Ladite unité avait pour vocation de veiller sur la famille royale, après avoir prêté serment à la nation, à la loi et au souverain. Ses membres, entraînés à réprimer les émeutes, se voyaient chargés de contenir la violence de certains manifestants. Si les nobles ne pouvaient directement intégrer cette troupe personnelle, Marie-Antoinette avait œuvré à la constituer à son profit, en y plaçant des gens qu'elle savait lui être dévoués et loyaux. Tandis que Louis XVI émettait des doutes quant à la fidélité de ces soldats en cas d'attaque des Tuileries, il fut stupéfait de découvrir que l'on soupçonnait les quelques courtisans qui lui restaient de préparer une « Saint-Barthélemy des patriotes » appuyée par ce corps d'élite. Le jeune Joachim Murat[2], appartenant à la garde Brissac, fournit à la Constituante un rapport accablant stipulant que ce bataillon était un affreux repaire de royalistes. Dumouriez, le ministre des Affaires étrangères, prit peur. Avec l'ennemi aux portes du royaume, ces hommes constituaient un risque de contre-offensive à la Révolution. Dans la matinée du 29 mai, alors que le député Girardin s'employait à la soutenir, la garde constitutionnelle du roi fut dissoute. Membre

2. Il deviendra le beau-frère de l'empereur Napoléon en épousant sa sœur Caroline.

du club des Cordeliers, haïssant la monarchie, le député Bazire défendit avec véhémence sa position à la tribune, au point que le sieur Brissac fut décrété d'arrestation. Les Girondins applaudirent. Les sans-culottes, pour qui ce corps militaire était une « pépinière infernale d'aristocratie », ne se satisfirent pas du seul licenciement et attaquèrent les soldats qui quittaient le château. On dut faire appel à la garde nationale afin qu'elle les entoure, puisque, délaissant leurs fonctions, ils venaient d'être désarmés.

Barnave, demeuré proche des souverains depuis Varennes, exhorta la reine à convaincre son époux d'autoriser la création d'un corps d'élite constitué de Jacobins, en signe de bonne volonté. Ce dernier, humilié une fois encore, refusa tout net.

Mais désormais, le roi était nu.

LXVIII

Paris, juin 1792

Le soleil printanier qui éclairait à présent la capitale n'apaisait nullement les esprits. Le ministre de la Guerre, Servan, eut l'idée d'un arrêté [1] promulguant le rassemblement près de Paris d'un camp de vingt mille gardes nationaux fédérés, sous le fallacieux prétexte de défendre la patrie en danger. Il apparut cependant très vite à chacun que cette armée menaçait davantage les Tuileries et la Constitution qu'elle ne protégeait le royaume de France d'un éventuel envahisseur. Sa Majesté fut ulcérée de ce procédé indigne qui s'ajoutait à l'inacceptable loi concernant les prêtres jureurs, et ne ratifia point ces infâmes décrets. Deux jours plus tard, le député Roland somma le roi de se positionner enfin, l'accusant sans ambages de complaisance envers la contre-révolution à travers une lettre assassine rédigée par son épouse, nouvelle égérie des Girondins ; missive qui fit grand effet dans les quatre-vingt-trois départements où elle fut diffusée.

Sortant alors d'une torpeur inquiétante dans laquelle il était plongé depuis une semaine, le monarque s'emporta. En présence de la reine, il convoqua son ministre des Affaires étrangères.

– Monsieur Dumouriez, s'énerva-t-il, *je veux la Constitution, mais je veux aussi l'ordre et l'exécution dans toutes les parties de l'administration** !

1. Le 8 juin.

– Certes, je n'ignore point cela, sire, admit sobrement le lieutenant général[2].

– … *Et tous mes soins seront constamment dirigés à les maintenir par tous les moyens qui seront en mon pouvoir* *[3] *!*, poursuivit avec véhémence le descendant de Saint Louis. Ainsi ai-je décidé de congédier Roland, Clavière et Servan, et vous prie de le leur signifier.

Satisfaite, Marie-Antoinette ne put s'empêcher d'acquiescer pour avaliser les directives de son époux. Dumouriez se retira enchanté de l'entretien et prit à sa charge le ministère de la Guerre, ce qui déchaîna contre lui l'ire de Brissot, chef de file des Girondins, qui rédigea des articles très violents dans son journal *le Patriote français*[4].

Olympe était sensible à l'argumentation de ce dernier. Elle se sentait en phase avec les idées de son cercle politique et réfléchissait à le rejoindre officiellement. Dans cette perspective, elle se tenait au fait des événements et humait l'air du temps avec avidité. Elle ne manquait point une occasion de procéder à quelques emplettes elle-même pour bavarder avec les gens du peuple et sonder les tendances qui se dessinaient. Comme elle achetait des bougies de cire dans le but de remplacer les chandelles de suif malodorantes, il lui fut distribué des caricatures de Marie-Antoinette, présentée en catin buvant le sang du peuple et forniquant avec les contre-révolutionnaires.

Plus que jamais Paris s'échauffait.

Alors que l'on parlait de prélude à un coup d'État en associant cette crise à celle qui avait secoué la capitale en 1789 lors du renvoi de Necker, Dumouriez, conscient que la situation lui échappait, exhorta le roi à revenir sur ses deux veto dans le but d'apaiser les tensions. Louis XVI tergiversa, mais entérina finalement sa décision. Soutenu une nouvelle fois par son épouse, il expliqua à son ministre qu'il ne pouvait décemment souscrire à une telle infamie.

2. Dumouriez l'était depuis le 6 février 1792.

3. Ces deux phrases historiques n'en font en réalité qu'une, qui fut prononcée par le roi à la tribune de l'Assemblée dans les jours qui suivirent.

4. Voir les annexes.

Le mercredi 20 juin, jour anniversaire du Jeu de paume, les sans-culottes pétitionnèrent en armes afin d'exiger le retour des ministres limogés et de protester contre la sanction des décrets. En dépit de l'interdiction de la municipalité, ils s'assemblèrent devant la salle du Manège, appuyés par les gardes nationaux et, à la demande des Girondins, l'Assemblée les laissa même pénétrer dans son enceinte.

Mais soudain, emporté par quelques-uns, le cortège se dirigea vers les Tuileries.

Le roi et sa famille se trouvaient en leurs appartements privés lorsque leur parvint un chant bien connu, dont les paroles à présent avaient été modifiées pour terroriser les nobles qui entouraient les monarques et les souverains eux-mêmes. Enflant tel un torrent qui s'apprête à déferler, la mélodie vola jusqu'aux fenêtres du château.

Ah ! ça ira, ça ira, ça ira !
Les aristocrates à la lanterne.
Ah ! ça ira, ça ira, ça ira !
Les aristocrates on les pendra.

Le dauphin fut le premier à l'entendre et comme à l'accoutumée, n'en comprenant pas le propos, il en conçut du contentement, ce qui ne manqua pas de faire perler des larmes dans les yeux de sa mère.

– Écoutez, maman ! Une nouvelle fois, les Parisiens chantent ce que vous jouiez au clavecin. Ils aiment votre chanson !

Marie-Antoinette n'eut pas le temps de répondre à son « Chou d'amour ». Déjà, un terrible vacarme annonçait que l'on entreprenait de défoncer les portes. Louis XVI réagit immédiatement.

– Madame Augié[5], veuillez emmener Sa Majesté, le dauphin et Madame Royale, je vous prie, lâcha-t-il calmement.

Son épouse prit le garçonnet dans ses bras et la main de Mousseline, puis suivit prestement sa femme de chambre. Il descendit alors à la rencontre des émeutiers tandis que Marie-Antoinette ne cherchait plus à dissimuler son angoisse :

5. Rappel : sœur de Mme Campan.

– *Français, mes amis grenadiers, sauvez le roi *!*, s'écria-t-elle du haut de l'escalier avant de disparaître dans les appartements privés pour tenter de mettre ses enfants à l'abri.

Imperturbable, le souverain ordonna que l'on ouvrît la porte de l'Œil-de-Bœuf. Il était déjà trop tard : la foule enfonça celle qui était fermée, à l'opposé. Le monarque se trouva donc directement menacé. Protégé des seuls MM. de Tourzel, de Septeuil et d'Aubier, ainsi que du maréchal de Mouchy, qui faisaient un rempart de leurs corps, il monta sur une banquette, dans l'angle de la pièce, et subissant insultes et quolibets, fut contraint de se parer d'un bonnet phrygien, puis d'arborer le ruban tricolore.

Il obtempéra, marquant ostensiblement sa bonne volonté.

Madame Élisabeth, sa sœur, qui ne l'avait point quitté, fut attaquée par un émeutier qui appuya la lame de son coutelas sur sa gorge. D'une voix douce, elle l'apaisa.

– *Vous ne voudriez pas me faire du mal**, souffla-t-elle en s'exhortant au calme. *Écartez votre arme**, je vous prie.

Des banderoles défilaient devant les yeux de Sa Majesté et des quelques gentilshommes qui l'entouraient, sur lesquelles ils pouvaient lire : « Tremblez, tyrans, le peuple est armé. »

Tandis qu'un grenadier lui renouvelait son indéfectible loyauté pour le rassurer, le roi tapota amicalement l'épaule du vaillant soldat.

– *Un homme qui n'a rien à se reprocher ne connaît ni la peur ni la crainte**, affirma-t-il.

Puis il attrapa la main du garde et la posa sur sa poitrine.

– Sentez mon cœur, reprit-il. *Voyez s'il bat plus vite** *?* Je n'ai nulle crainte.

Celui de la reine, en revanche, s'était accéléré, car la foule avait forcé les appartements du dauphin. Marie-Antoinette avait alors tenté de s'enfermer chez le roi, mais en vain. Cernée par les émeutiers, elle serrait la main du petit « prince royal[6] », tandis qu'on lui infligeait insultes, menaces et crachats. Elle se trouva même plusieurs fois en joue d'un pistolet brandi par l'un d'eux. Louis-Charles écarquillait

6. Ainsi appelait-on à présent le fils des souverains.

les yeux d'horreur. Toutefois, devant le courage de sa mère, il n'osait pleurer. La jeune Marie-Thérèse, très pâle, demeurait statufiée.

De toute évidence, l'Assemblée, informée pourtant du péril dans lequel se trouvait la famille royale, ne daignait pas intervenir. Elle n'envoya que tardivement une délégation chargée de haranguer la foule, mais sans succès. Louis XVI se voyait toujours sommé de rappeler les trois ministres remerciés et de ratifier le décret des prêtres insermentés, ainsi que celui du camp des fédérés.

Cependant, il n'en démordait pas et répétait inlassablement les raisons pour lesquelles, en dépit de l'amour qu'il avait des Français et de la nation, il ne pouvait en conscience avaliser de telles mesures.

À dix-huit heures, Pétion, le maire de Paris, apparut enfin. Il s'avança vers le monarque exténué, qui avait pourtant résisté.

– *Le peuple s'est présenté avec dignité*, affirma-t-il d'une voix forte ; *le peuple sortira de même ; que Votre Majesté soit tranquille**.

Après quoi il se retira, afin de rendre compte des événements aux députés qui siégeaient toujours au Manège. Tard dans la soirée, les souverains, épuisés, durent encore recevoir une délégation de l'Assemblée venue constater les dégâts et les assurer de son soutien.

Officiellement, on certifia que la foule avait souhaité apporter, dans le calme, une pétition à son roi.

En réalité, chacun comprenait qu'un tournant décisif de la Révolution venait d'être franchi.

LXIX

Paris, juin-juillet 1792

La reine vivait à présent fenêtres closes. Ses appartements, situés au rez-de-chaussée, la rendaient particulièrement vulnérable à toute intrusion. Lorsqu'elle entendait du bruit ou le *Ça ira* chanté aux abords du palais, elle se réfugiait, pour la nuit, à l'étage, dans la chambre du dauphin. En dépit de la chaleur, elle dut renoncer également aux promenades après qu'un député eut demandé que la terrasse des Feuillants, qui jouxtait le jardin des Tuileries fermé au public depuis les derniers événements, soit ouverte au peuple. Un simple ruban séparant les deux aires, il ne lui était plus permis de respirer et de faire un peu d'exercice sans être violemment insultée. Seul Louis-Charles y jouait avec la gouvernante des enfants de France, Mme de Tourzel, laquelle limitait au strict minimum les récréations du prince royal, afin d'assurer sa sécurité. On avait réparé les portes et doublé les verrous, mais chacun savait désormais qu'il était possible de pénétrer à l'intérieur du château pour agresser les souverains.

La bougie qui se consumait tandis que Marie-Antoinette rédigeait sa lettre dégageait de la chaleur dans cette chambre déjà suffocante, que l'on ne pouvait aérer désormais. À l'encre sympathique, la reine écrivait à Fersen. Penchée sur sa page, elle s'accordait avec délectation cet instant de grâce dans une vie devenue cauchemardesque, en entrevoyant, à travers ses lignes transparentes, le beau visage aimé de son prince suédois.

> *J'existe encore, mais c'est un miracle. La journée du 20 a été affreuse. Ce n'est plus à moi qu'on en veut le plus, c'est à la vie même de mon mari, ils ne s'en cachent plus. Il a montré une fermeté et une force qui en ont imposé pour le moment, mais les dangers peuvent se reproduire à tout moment...*

De fait, elle craignait d'être assassinée ou que le roi ne le soit. Depuis un certain temps, le couple royal envisageait que l'on userait de poison pour l'intoxiquer. Un fervent Jacobin était entré au service de bouche, et chacun se défiait à présent du vin, du pain, du sucre et des pâtisseries qui étaient présentées. Tous feignaient de manger, mais personne n'y touchait. L'état d'anxiété de la reine devenait préoccupant. Certes, l'Assemblée, qui avait toléré que la foule pénétrât en son enceinte avant d'aller directement menacer la famille royale, s'était quelque peu discréditée. Par ailleurs, le souverain avait fait proclamer, quarante-huit heures après cette inqualifiable agression, une déclaration.

> Les Français n'apprendront pas sans douleur qu'une multitude égarée par quelques factieux est venue à main armée dans l'habitation du roi. Il n'a opposé aux menaces et aux insultes que sa conscience et son amour pour le bien public. Si ceux qui veulent renverser la monarchie ont besoin d'un crime de plus, ils peuvent le commettre. Le roi donnera jusqu'au dernier moment à toutes les autorités constituées l'exemple du courage et de la fermeté qui seul peut sauver l'empire.

Le sang-froid et le calme de Louis XVI lui permirent de jouir auprès du peuple d'un regain de respect, à défaut de sympathie. Les dirigeants, dans les provinces, furent outrés en apprenant le traitement qui lui avait été réservé. Au sein même de la capitale, une pétition reçut vingt mille signatures pour dénoncer cette indignité. Accusé par le directoire du département et par le monarque en personne, Pétion fut alors suspendu et remplacé par un médecin,

Philibert Borie. Le 24 juin, accompagné du dauphin qui en portait l'uniforme, le roi passa en revue la sixième troupe de la garde nationale, monté sur un beau cheval et arborant la cocarde ainsi que la plume tricolore à son chapeau.

Après une accalmie à l'Assemblée où, en raison du danger qui pesait sur la patrie, le député Lamourette obtint de ses condisciples de s'embrasser pour marquer l'unité de la nation, on s'apprêtait à fêter le 14 juillet.

Lors de cette nouvelle fête de la Fédération, Louis XVI et son épouse comprirent que le répit avait été de courte durée. Des prêtres venaient d'être massacrés à Marseille, à Limoges et à Bordeaux et le député Ducos, siégeant chez les Girondins, avait accusé le monarque d'en être responsable, arguant que son refus de sanctionner les décrets avait excité la haine du peuple. Contournant celui des camps fédérés, auquel le souverain s'était opposé, les clubs politiques avaient invité à leurs frais les meilleurs éléments de leurs représentants des sections de province. On fit de Pétion un symbole. Il fut ovationné et rétabli dans ses fonctions, tandis que le roi n'obtint qu'un silence glacé lorsqu'il s'avança pour prêter serment. Olympe, qui ne manquait aucun détail de ce qui se jouait ce jour-là au Champ-de-Mars, observa grâce à ses jumelles la reine, en grand apparat, les yeux rougis, qui suivait à l'aide d'une longue-vue son époux montant à la tribune comme on va au supplice. Chacun ignorait qu'elle l'avait convaincu de revêtir sous son habit un plastron, censé le protéger des balles et d'un coup de poignard, confectionné par ses soins.

En rentrant aux Tuileries, le souverain fut finalement applaudi. Mais on hurla dans le même temps : « À bas le veto ! À bas l'Autrichienne ! Vive Pétion ! Vive la nation ! Vive les Jacobins ! »

Le couple royal se tournait à présent vers Dieu, ne croyant plus guère en son salut parmi les hommes.

Olympe, portée par son idéal, continuait son combat. Rédigeant sans jamais se fatiguer ses suggestions, protestations, demandes et réclamations, elle inondait véritablement le débat public, se voyant de plus en plus citée dans les journaux de tous bords. Son dernier pamphlet de seize pages[1], où elle mettait en cause les tendances rivales de l'Assemblée, lui avait attiré les foudres de Robespierre.

– *L'auteur est connu, il écrit contre nos principes * !*, s'était-il écrié à l'adresse de Carra et de Collot d'Herbois, ses deux lieutenants, comme il quittait le Manège après avoir siégé.

Les Feuillants, quant à eux, avaient réclamé un décret pour empêcher la « diffusion d'un ouvrage suspect ». Si l'influence de Mme de Gouges allait croissant, le nombre de ses ennemis prenait à présent des proportions inquiétantes. Elle n'en avait cure, préférant se concentrer sur ses objectifs littéraires et politiques. Sa carrière d'écrivain battait son plein, avec la publication de sa pièce à succès *l'Esclavage des Noirs ou l'Heureux Naufrage*, maintes fois représentée depuis sa création, et la parution des *Œuvres de Mme de Gouges*, en deux volumes, réunissant ses réalisations théâtrales, articles et pamphlets des années 1791 et 1792.

Une consécration.

Par ailleurs, après une lutte acharnée, elle avait obtenu l'autorisation pour les femmes d'assister à la fête de la Loi qui avait eu lieu le 3 juin. La garde nationale avait demandé à l'Assemblée de réagir à la suite du lâche assassinat de Simonneau[2], maire d'Étampes, appartenant au club des Jacobins. Ce dernier avait péri sous les coups d'émeutiers rendus furieux au sujet des taxes sur le pain et la farine, qui les avaient opposés aux marchands et aux paysans. La Législative déclara le pauvre homme martyr de la liberté et de la fidélité à la loi et ordonna que l'on célébrât sa mémoire lors d'une manifestation solennelle. Le cortège partit de l'extrémité des Boulevards, place de la Bastille, pour se rendre au Champ de la Fédération. Les trompettes de la gendarmerie et un corps important de cette troupe, à cheval, ouvraient la marche. Les soldats à pied, chargés spécialement de la sûreté et de l'exécution des jugements des tribunaux, la fermaient en brandissant une bannière antique sur laquelle était inscrit « La Loi ». Une fanfare précédait les différents détachements des gardes nationales du département de Paris, marchant devant un modèle en

1. Intitulé *Grande éclipse du soleil jacobiniste et de la lune feuillantine, pour la fin d'avril ou dans le courant du mois de mai, par la Liberté, l'an IVe de son nom, dédié à la Terre*, avril 1792.
2. Le 3 mars 1792.

pierre de la Bastille, soutenu par douze hommes vêtus à la romaine et couronnés de chêne. Des députations des quarante-huit sections de la capitale, distinguées par des boucliers élevés sur des piques, marchaient ensuite, arborant un drapeau portant pour inscription « Indivisibles ». Un bataillon de troupes de ligne formait la tête de la seconde division, suivi par des soldats députés de la garde nationale parisienne, agitant de petits étendards avec les noms des quatre-vingt-trois départements.

Les habitants de la ville et des faubourgs goûtaient fort ces jours de liesse où l'on buvait et l'on chantait en rêvant que seul le vin, et non le sang, coulerait à flots. La participation active des citoyennes grâce aux efforts répétés de Mme de Gouges fut un événement souligné avec ferveur et les journaux de tous bords saluèrent son action et sa pétition, qui avaient permis « que des femmes couvertes de crêpe de la douleur précèdent le sarcophage, et qu'une bannière où était représentée l'action héroïque du grand homme, sur laquelle on pouvait lire "À Simonneau, les femmes reconnaissantes", soit déposée par elles au Panthéon français », puisque « le Champ-de-Mars leur était fermé ». Le nom de l'écrivain avait couru ce jour-là comme un murmure parmi la foule. Mais Olympe, souhaitant que cela soit acté, avait poussé son avantage et composé un *Pacte national*, qu'elle adressa à l'Assemblée le 5 juillet.

La gent féminine l'appréciait, constatant qu'elle ne ménageait pas sa peine afin de lui obtenir reconnaissance et place légitime dans cette société qui s'inventait chaque jour. On voulait croire qu'en dépit des soubresauts et des heurts le peuple allait s'unir pour une vie meilleure.

LXX

Paris, août 1792

C'est dans un contexte mouvant et toujours incertain, au sein duquel alternaient épisodes violents et fêtes de réconciliation, que le manifeste de Brunswick parvint à l'Assemblée. Rédigé sous l'impulsion d'Axel de Fersen, le 25 juillet, en réponse au scandale du 20 juin où la famille royale avait été menacée en sa propre demeure, il fut accueilli en la capitale comme un véritable coup de tonnerre.

Le chef des armées austro-prussiennes, Charles-Guillaume-Ferdinand, duc de Brunswick, adressait au royaume de France un avertissement, « rendant personnellement responsables de tous les événements, sur leurs têtes, pour être jugés militairement, sans espoir de pardon, tous les membres de l'Assemblée nationale, du département, du district, de la municipalité, et de la garde nationale de Paris, juges de paix, et tous autres qu'il appartiendra[it]. Déclarant [...] Leursdites Majestés, sur leur foi et parole d'empereur et de roi, que si le château des Tuileries [était] forcé ou insulté ; que s'il [était] fait la moindre violence, le moindre outrage à LL. MM. le roi et la reine, et à la famille royale ; s'il [n'était] pas pourvu immédiatement à leur sûreté, à leur conservation et à leur liberté, elles en tirer[aient] une vengeance exemplaire et à jamais mémorable, en livrant la ville de Paris à une exécution militaire et à une subversion totale, et les révoltés, coupables d'attentats, au supplice qu'ils [auraient] mérité ».

Rédigée à Coblence, cette proclamation parvint entre les mains des représentants du peuple le 1er août et fut publiée le 3 dans *le Moniteur*, journal chargé de la transcription des débats parlementaires. Elle fournit aux députés les plus antimonarchistes des arguments dont ils n'auraient pu rêver. Chaque citoyen y vit une agression contre sa souveraineté, et la colère envers le trône décupla. Le club des Feuillants, qui soutenait modérément le roi, tout comme la compagnie de grenadiers dont le bataillon des Filles-Saint-Thomas avait résisté, mais en vain, à celui des fédérés de Marseille, furent dissous, ainsi que les chasseurs de la garde nationale, dernier bastion de la force bourgeoise. Le souverain se trouvait démuni et livré à cette nouvelle révolution qui mutait jusqu'à devenir un monstre plus dangereux encore.

Brillant avocat de trente-deux ans, Danton, chef des Cordeliers, s'affirmait chaque jour par son sens de la formule, la profondeur de ses convictions et son statut de tribun. Ami de Maximilien de Robespierre, Camille Desmoulins, Fabre d'Églantine et Jean-Paul Marat, il disposait d'un ascendant certain sur le peuple, qui l'écoutait, fasciné par la puissance de ses harangues.

L'afflux de volontaires et de fédérés à Paris échauffait les esprits. Le bataillon des Marseillais, en particulier, jouissait d'une réputation effrayante. Venu par le faubourg Saint-Antoine, ses rangs gonflés de bandits et d'hommes de main recrutés en route, il s'était fait remarquer par son *Chant de guerre pour l'armée du Rhin* composé en avril à Strasbourg par un capitaine du génie[1]. À leur suite, les Parisiens entonnaient : « Allons enfants de la patrie, / Le jour de gloire est arrivé. / Contre nous de la tyrannie / L'étendard sanglant est levé », ce qui les galvanisait et ne contribuait guère à ramener le calme.

Le 8 août, un comité d'insurrection chargé d'organiser un soulèvement de masse conduisant au détrônement du roi fut créé. Pétion avait réclamé à l'Assemblée que soit proclamée la fin de la monarchie, mais celle-ci refusa. La rue ne l'entendit pas ainsi et la section des Quinze-Vingts déclara le 9 que, si l'on n'accédait pas à cette demande, elle attaquerait la résidence royale des Tuileries.

1. Notre actuelle *Marseillaise*, dont l'auteur est Rouget de Lisle.

À l'exception d'une seule, toutes les loges de Paris se rangèrent à cette décision et, dans la nuit, une nouvelle Commune révolutionnaire prit possession de l'Hôtel de Ville. Pétion fut rapidement fait prisonnier.

Alors que la capitale retenait son souffle, à minuit, le tocsin sonna aux Cordeliers.

C'était le signal.

Il ſut bien vite relayé par les autres clochers jusque dans les faubourgs, tandis que retentissaient des roulements de tambours.

Chacun comprit que l'insurrection venait de débuter.

Olympe se releva en hâte et, pieds nus, se précipita à la fenêtre afin d'ouvrir ses volets de bois pour humer l'air du soir. Une chaleur étouffante et lourde la saisit. Des milliers de falots brillaient dans l'obscurité, diffusant une lumière presque irréelle. Elle distinguait de vagues lueurs montant des rues, car les toits et les cheminées n'étaient éclairés que par les étoiles. Au loin, des chiens hurlaient à la mort, tandis qu'une odeur de fumée lui parvenait aux narines. Aux alentours de son logis, les venelles étaient calmes. Toutefois, dans le centre de la ville, l'atmosphère semblait moins sereine.

Bien avant l'aube, alors que l'on proposait au couple royal de se réfugier à l'Assemblée, le ci-devant vicomte du Bouchage, ministre de la Marine, fit part de sa crainte de livrer ainsi les souverains à l'ennemi. La reine décida cependant de demeurer et de résister. L'aurore pointait lorsque Louis XVI passa la garde en revue pour s'assurer de son soutien. Il apparut rapidement qu'il ne pourrait compter sur ces protections. Les cris de « Vive le roi ! » se mêlaient à ceux de « Vive la nation ! », « À bas le veto ! », « À bas le traître ! ». Le cœur en cendres, il regagna ses appartements, conscient que les heures prochaines seraient décisives. À peine avait-il rejoint sa chambre que le ci-devant duc de Coigny, responsable de la maison militaire du monarque, s'annonça.

– Sire, les troupes que vous venez d'inspecter ont déserté pour se placer près du pont Royal. Leurs canons sont à présent tournés contre le palais !

– Et qu'en est-il des deux autres bataillons disposés dans la cour ?

Le messager baissa les yeux.

– Même trahison, Majesté : ils se sont déployés place du Carrousel en position d'attaque. Et on me rapporte à l'instant que les insurgés ont forcé l'arsenal ! Ils sont armés et avancent sur plusieurs colonnes.

Louis XVI blêmit.

– Nos défenses ?

– Toujours sur le Pont-Neuf, sire, avec la consigne d'empêcher la jonction des deux bataillons, celui qui arrive par le faubourg Saint-Antoine – on m'a parlé de quinze mille personnes – et celui du faubourg Saint-Marcel, qui n'en contient que cinq mille…

– C'est énorme ! Nous risquons un véritable bain de sang, répliqua le roi, effaré.

– Les Suisses vous seront fidèles, Majesté. Neuf cent cinquante hommes prêts à mourir jusqu'au dernier pour vous sauver, vous et la famille royale, j'en réponds !

Le souverain se rendit en son cabinet, où le rejoignirent bientôt sa sœur, puis son épouse, escortée de quelques officiers auxquels s'était jointe la princesse de Lamballe. L'inquiétude devenait palpable. La nuit commençait à peine à se dissiper quand le marquis de Mandat, qui dirigeait les seize bataillons de la garde nationale, ainsi que ceux de la gendarmerie qui comptaient en tout un millier d'hommes, comme celui des Suisses, équivalent en nombre, fut appelé à l'Hôtel de Ville.

– *Je n'en reviendrai pas**, affirma-t-il laconiquement après avoir salué le couple royal.

On apprit en effet très vite son arrestation, puis son transfert à la prison de l'Abbaye suivi de son remplacement par le sieur Santerre dans ses fonctions. Au palais, cette annonce remplit d'effroi. Le monarque réorganisa sa défense en la confiant au maréchal de Mailly. L'angoisse grandissait.

L'Assemblée des commissaires des sections de Paris s'était constituée en Commune insurrectionnelle en chassant de l'Hôtel de Ville la municipalité légale. On rapporta que le pauvre marquis de Mandat venait d'être exécuté froidement au pistolet par un proche du député Danton, puis achevé au sabre. Son corps avait été jeté dans la Seine. À l'écoute de ce récit glaçant, la reine et Madame Élisabeth ne purent retenir leurs larmes. Le roi, très éprouvé, se contraignit à apparaître au balcon et passa une fois encore les troupes en revue. Il fut acclamé. Toutefois, Roederer, le procureur général syndic du département de Paris, un Jacobin, demanda audience alors que le souverain s'était retiré en sa chambre.

– Je crains que *le danger* ne soit *au-dessus de toute expression, la défense* étant *impossible. Réfugiez-vous, sire, réfugiez-vous promptement au sein du corps législatif. Les jours de Votre Majesté, ceux de la famille royale ne peuvent être en sûreté qu'au milieu des représentants du peuple. Sortez de ce palais, il n'y a pas un instant à perdre* * !

Indignée, la reine intervint :

– Cela ne se peut, *monsieur, il y a ici des forces, il est temps de savoir qui l'emportera du roi et de la Constitution ou de la faction**! Nous devons résister. Nous n'avons pas le choix!

– *Si le roi s'en va à l'Assemblée, il est perdu**, affirma Bachmann, le major des Suisses, qui assistait à l'entretien.

Mais Roederer tint bon et argumenta.

– Sire, songez au dauphin! Nous ne pouvons plus assurer votre sécurité en ce lieu!

Mme de Tourzel leva les yeux vers Marie-Antoinette, qui s'était figée. Cette dernière venait de comprendre que son époux abdiquait en se rangeant à cette opinion.

Vers neuf heures, l'ancienne archiduchesse arrivée naguère d'Autriche empruntait, la mort dans l'âme, le grand vestibule entre deux haies de Suisses rendant les honneurs, avant de franchir le perron et la grille du jardin. Anéanties, la pauvre reine et la gouvernante des enfants de France tenaient chacune le petit prince par une main. Madame Royale pleurait. Le major Bachmann, le colonel Maillardoz ainsi que M. de La Rochefoucauld escortaient les hôtes illustres du palais des Tuileries, que le roi espérait protéger par son départ.

En traversant la terrasse des Feuillants, le cortège fut hué, la reine, insultée et conspuée, traitée de « garce qui fait le malheur de la France », tandis que l'on promenait devant elle des têtes au bout de piques. Son époux fut mis en joue. Marie-Antoinette poussa un cri alors que le dauphin était subitement séparé d'elle.

Après des instants qui parurent une éternité, on parvint enfin péniblement à l'Assemblée.

– *Je suis venu ici pour éviter un grand crime*, lança Louis XVI en gagnant l'estrade et en s'adressant au groupe de représentants qui avait siégé toute la nuit. *Je pense que je ne saurais être plus en sûreté qu'au milieu de vous, messieurs**.

– *Vous pouvez compter, sire, sur la fermeté de l'Assemblée nationale ; ses membres ont juré de mourir en soutenant les droits du peuple et les autorités constituées**, répondit le député girondin Vergniaud.

La famille fut enfermée dans la loge du logographe, située derrière le président, où s'asseyaient habituellement les secrétaires rapporteurs des débats. On avait ôté les grilles, mais l'endroit était exigu.

Aux Tuileries, le combat faisait rage. Il dura deux longues heures. Louis XVI, averti, ordonna un cessez-le-feu. Ce fut pire que tout. Les Suisses obéirent et arrêtèrent de lutter. Ils furent alors poursuivis, embrochés, basculés par les fenêtres, émasculés par la populace ; il y eut même des cadavres dépecés et mangés. Le palais fut pillé, ravagé, incendié. Plus de six cents gardes de ce bataillon qui en comptait neuf cents périrent en d'inhumaines conditions.

À l'arrivée des insurgés glorieux, l'Assemblée émit une proclamation demandant au peuple de respecter la justice, ses magistrats et les droits de l'homme. La nouvelle municipalité, précédée de bannières portant les mots *Patrie*, *Liberté*, *Égalité*, fit son entrée au Manège, exigeant la déposition du roi et l'institution d'une Convention nationale. Sous les insultes et les quolibets, on mena la famille de France, la princesse de Lamballe et la gouvernante des enfants au couvent des Feuillants, afin qu'ils prennent possession des quatre pièces situées dans l'enceinte du corps législatif, lesquelles servaient jusqu'alors de logement à l'architecte de la salle des séances.

Louis XVI et les siens y passèrent les trois nuits suivantes. Le roi occupa une chambre à lui seul ; la reine s'installa avec sa fille. Enfin, Madame Élisabeth établit ses quartiers aux côtés de la princesse de Lamballe et de Mme de Tourzel qui ne quittait pas le prince royal. On accédait à ces appartements par une galerie que fermait une simple grille, devant laquelle des émeutiers s'attroupèrent pour vociférer et proférer des menaces, empêchant les prisonniers de dormir.

Sommés d'assister des heures durant aux débats, ils étaient conduits chaque matin dans la petite loge grillagée. Il était difficile de contenir l'énergie de Louis-Charles, âgé de seulement sept ans, que l'exercice mettait au supplice. Il pleurnichait, avait faim et s'ennuyait. La chaleur était suffocante en ce local exigu et Marie-Antoinette sentait sa robe lui coller au corps. Madame Royale demeurait silencieuse et grave, le regard apeuré.

La reine pleurait beaucoup, nerveusement épuisée, d'autant qu'au cours de l'avant-dernière journée on avait évoqué, à l'Assemblée, la possibilité de retirer le dauphin à ses parents, qui le « pervertissaient », afin de confier son éducation à un précepteur pétri des idées nouvelles. La souveraine en avait presque défailli. Toutefois, dans la cohue et compte tenu du contexte houleux, les députés avaient choisi de différer cette proposition.

Le 12, Robespierre avait obtenu la reconnaissance de la Commune insurrectionnelle et exigé que les Suisses capturés lors de l'assaut des Tuileries soient jugés comme des traîtres et des conspirateurs par une cour populaire. Il avait fallu toute l'adresse du député Brissot pour éviter ce tribunal inquisitorial et maintenir le fonctionnement normal de la justice. Mme de Gouges apprit toutefois ce même jour que les « empoisonneurs de l'opinion publique » seraient arrêtés et leurs presses, caractères et instruments, distribués aux imprimeurs patriotes[2]. Indignée que l'on tentât d'imposer un tel régime de privation des libertés, elle comprit qu'il lui serait à présent difficile d'écrire des articles qui s'opposeraient à Robespierre.

Bon nombre de journaux royalistes cessèrent effectivement de paraître, tout comme les feuilles contre-révolutionnaires, qui furent poursuivies par la Commune de Paris. La censure s'était installée, au nom… de la liberté du peuple !

Au cours du quatrième jour, Olympe, revenue d'un séjour de deux semaines en province où elle avait fait représenter ses pièces, écarquilla les yeux de stupeur en apprenant les derniers développements. La Commune insurgée, nouvellement légitimée, avait proclamé le remplacement de l'Assemblée législative par la Convention. Ce gouvernement instauré par la force venait d'abolir

2. Voir les annexes.

purement et simplement la monarchie en France. Un système politique vieux de plusieurs siècles disparaissait donc, en dépit de la volonté de la majorité des députés.

Le rêve de Mirabeau, qu'elle avait tant soutenu, s'était effondré.

Et c'était désormais avec le statut de prisonnière que la famille royale avait quitté pour une ultime fois le Manège, afin d'être transférée à la tour du Temple.

La reine, effarée, avait alors pris conscience que le roi et le dauphin devenaient à présent des pièces gênantes sur l'échiquier politique, et que son époux comme elle-même allaient entreprendre l'ultime ligne droite de leur chemin de croix.

Une aube nouvelle s'était levée.

D'une manière ou d'une autre, la délivrance approchait.

Mme de Gouges s'employa le soir venu à remettre de l'ordre dans ses idées en récapitulant les événements des dernières semaines en son cabinet de travail, dont la fenêtre s'ouvrait sur une relative fraîcheur nocturne. Tandis que la volonté d'une monarchie constitutionnelle était pourtant majoritaire à l'Assemblée, l'insurrection des Tuileries avait rebattu les cartes et façonné un pouvoir autoritaire qui écrasait les désirs du peuple.

Quelle désillusion !

Elle conclut que, pour défendre la liberté et les droits, il lui faudrait continuer la lutte en s'engageant davantage et, avant de souffler sa bougie, résolut d'intégrer officiellement le club qui tentait de résister à cette oppression : celui des Girondins.

LXXI

Paris, août-septembre 1792

La Commune avait choisi le Temple pour enfermer la famille royale, car le bâtiment[1] était ceint de hautes murailles percées d'une unique porte, ce qui limitait les risques d'évasion. Elle laissa volontairement planer le doute, devant l'Assemblée, sur le logis qui serait attribué aux souverains et permit à Mme de Lamballe et à Mme de Tourzel de demeurer avec eux. Mais alors que l'enceinte contenait le luxueux palais du Grand Prieur, on octroya à Louis XVI et aux siens, arrivés sur place, un espace des plus rudimentaires au sein de la petite tour accolée au donjon, lequel était vétuste et inhabitable.

Et dans la nuit du 19 au 20 août, tandis que Marie-Antoinette tentait péniblement de dormir en dépit de l'angoisse et de la chaleur étouffante qui régnait en ces lieux, on vint arracher la princesse à son affection, afin de l'emprisonner. Mme de Tourzel fut, elle aussi, contrainte de partir. Accablée, la souveraine embrassa son amie en pleurant, devinant, en cet instant, qu'elles ne se reverraient plus.

Les journées qui suivirent s'organisèrent, monotones. La reine donnait à sa fille des leçons de clavecin et d'écriture, le roi enseignait le calcul et la géographie au dauphin. On jouait aux charades, on récitait des tirades de Racine ou de Corneille. Dès qu'elle se

1. Il était délimité par les actuelles rues du Temple, de Bretagne, de Picardie et Béranger.

promenait à l'air libre, la famille royale était conspuée et menacée, « l'Autrichienne », vilipendée et insultée. Toutefois, son attitude irréprochable et son incroyable politesse à l'égard des geôliers attiraient la sympathie de ces derniers, au grand dam de la municipalité, obligée de renouveler son entourage au bout de quelques jours. Cependant, à la fin du mois d'août, chacun put percevoir un regain de tension qui laissa place à une vive inquiétude. Le 19, l'armée du duc de Brunswick avait franchi la frontière et La Fayette, impuissant, s'était rendu aux Autrichiens. Longwy tomba le 23 et, le 30, Verdun fut investi par les Prussiens, dégageant la route de Paris.

À l'Assemblée, les débats s'avéraient de plus en plus houleux. Dès le 17, on avait instauré, sous la pression de la Commune, une juridiction extraordinaire présidée par le sieur Fouquier-Tinville, afin de châtier les contre-révolutionnaires. Les exécutions de Collenot, propagandiste royaliste, de Durozoy, directeur de la *Gazette de Paris*, d'Arnaud de La Porte, intendant de la Liste civile, ou de Bachmann, major général des gardes suisses, que l'on avait guillotinés, ouvraient le bal macabre qui allait faire danser les Français.

Aux premiers jours de septembre, les après-midi demeurèrent aussi chauds, mais la nuit apporta quelque fraîcheur bienvenue. Toutefois, parmi les députés, la fièvre monta encore.

– *Il est bien satisfaisant, messieurs, pour les ministres d'un peuple libre, d'avoir à lui annoncer que la patrie va être sauvée. Tout s'émeut, tout s'ébranle, tout brûle de combattre ! Le tocsin qu'on va sonner n'est point un signal d'alarme, c'est la charge sur les ennemis de la patrie. Pour les vaincre, il nous faut de l'audace, encore de l'audace, toujours de l'audace, et la France sera sauvée* !*

Depuis la tribune, l'imposant Danton, vêtu de rouge, galvanisait la foule, qui acclama son discours par une ovation qui semblait ne jamais devoir s'interrompre.

Au Temple, on s'affola.

– Monsieur, il vous faut regagner au plus vite vos appartements, ordonna le commissaire au roi tandis que ce dernier effectuait, avec sa famille, sa promenade de santé quotidienne au pied de la tour.

Il était environ dix-sept heures en ce 2 septembre, et la famille royale n'eut pas le temps d'interroger ses geôliers que le canon d'alarme se mit à tonner, suivi en effet du tocsin et des roulements de tambours battant la générale.

L'armée austro-prussienne marchait vers Paris.

Dès le 22 juillet, l'Assemblée avait proclamé la patrie en danger et entamé le recrutement des troupes en organisant des enrôlements volontaires sur des estrades érigées çà et là dans la ville. Olympe de Gouges, dont le fils et le frère venaient de s'engager, avait apporté son soutien à la cause en apparaissant sur celle que l'on avait dressée place du Carrousel, face au château des Tuileries. Contre vents et marées, elle défendait la Révolution comme un élan de liberté, un idéal de renouveau et d'espérance pour chacun.

*

*   *

Très vite, cependant, lorsqu'on apprit que l'armée austro-prussienne avançait, une rumeur courut les rues et les venelles : les royalistes détenaient des armes cachées et fomentaient une contre-révolution, appuyés bientôt par ces bataillons qui ne manqueraient pas de déferler sur la capitale. Dans leurs journaux, Marat et Hébert appelaient clairement au meurtre. Matthieu, un des commissaires qui surveillaient le roi, s'en prit vertement à lui :

– *Le peuple est en fureur et veut se venger. Ce n'était pas assez d'avoir fait assassiner nos frères le 10 août, d'avoir employé contre eux des balles mâchées dont on a ramassé des milliers dans les Tuileries ; c'est vous qui faites encore marcher contre nous un ennemi féroce qui menace d'égorger nos femmes et nos enfants. Notre mort est jurée, nous le savons ; mais avant qu'elle nous atteigne, vous et votre famille périrez de la main même des officiers municipaux qui vous gardent. Il est temps encore ; et si vous le voulez, vous pouvez *...*

– *J'ai tout fait pour le bonheur du peuple*, le coupa le monarque. *Il ne me reste plus rien à faire*.*

Dans l'après-midi du 3 septembre, alors que des égorgeurs avaient attaqué les prisons et massacré des centaines de détenus, un détachement se présenta au Temple en exigeant de rencontrer les otages royaux, ce qui leur fut refusé. Le ton monta, et Daujon, qui tenait la place, s'interposa au premier guichet durant plus d'une heure pour protéger ses prisonniers.

– *Franchissez cette barrière si vous l'osez! Mais vous devrez rendre compte au peuple de ce que vous l'aurez privé de juger lui-même son tyran! Il faut frapper sur l'échafaud un roi coupable de trahison*!*

Ils portaient, plantée au bout d'une pique, la tête de la princesse de Lamballe, dont les boucles blondes étaient maculées de sang.

– On mettra celle de la louve à côté de sa chienne!

– *La tête d'Antoinette ne vous appartient pas, les départements y ont des droits; la France a confié la garde de ces grands coupables à la ville de Paris : c'est à vous de nous aider à les garder, jusqu'à ce que la justice nationale venge le peuple*!*, répondit Daujon.

– Alors, laissez-nous au moins entrer pour voir *l'Autrichienne, on veut lui faire embrasser les lèvres de sa putain**!

La princesse avait été tirée de sa geôle aux aurores dans le but d'être jugée sommairement, puis « élargie », sans que l'on sache ce que cela désignait vraiment. En réalité, livrée à la rue, elle avait été purement et simplement massacrée. Après avoir subi durant plus de deux heures les outrages lubriques et obscènes d'une foule qui l'avait entièrement dévêtue, elle avait été décapitée, son corps, éventré et éviscéré, ses parties intimes, mutilées. On avait promené sa dépouille dans la ville, comme un pantin dont on se jouait, avant de venir au Temple l'exhiber devant la reine que l'on accusait d'avoir entretenu avec la malheureuse des amours coupables.

Daujon était parvenu à sauver ses précieux détenus, mais afin de calmer les esprits, il autorisa les six personnes exhibant des morceaux du corps de Mme de Lamballe à entrer dans l'enceinte du Temple. L'un portait la tête dont on reconnaissait parfaitement le beau visage; l'autre, le cœur; le troisième, les entrailles; le quatrième, la chemise ensanglantée. Les suivants fermaient la marche.

Lorsqu'ils se présentèrent au bas de l'escalier de la tour, on les empêcha d'accéder à l'étage avec leurs sordides étendards. Ce fut l'un des geôliers qui se rendit auprès des prisonniers. Vêtu de l'uniforme de la garde nationale, il s'adressa à la souveraine grossièrement :

– *On veut vous cacher la tête de Lamballe, que l'on vous apportait pour vous faire voir comment le peuple se venge de ses tyrans. Je vous conseille de paraître, si vous ne voulez pas que le peuple monte ici* !*

Marie-Antoinette porta les mains à sa poitrine et perdit connaissance.

– *Nous nous attendons à tout, monsieur*, reprocha le roi d'une voix dure, *mais vous auriez pu vous dispenser d'apprendre à la reine ce malheur affreux * !*

Arrivé derrière eux, Daujon, une fois encore, maîtrisa la situation en affirmant aux égorgeurs qu'ils ne pouvaient priver le Palais-Royal et les Tuileries de si glorieux trophées. Ces derniers se laissèrent convaincre et quittèrent enfin les lieux.

Revenue à elle grâce aux sels qu'on lui fit respirer, Marie-Antoinette pleura des heures sans pouvoir se calmer[2].

Dans Paris, les massacres se poursuivaient. Les détenus étaient tirés de leurs cellules et assassinés. De l'Abbaye, de laquelle Mme de Tourzel et sa fille étaient miraculeusement parvenues à s'enfuir, aidées d'un gardien, au couvent des Carmes en passant par le Châtelet, la Conciergerie, la Grande et la Petite Forces, le séminaire de Saint-Firmin ou le couvent des Bernardins, toutes les prisons ou les lieux assignés comme telles furent vidés. La folie meurtrière s'étendit jusqu'aux filles des rues, ainsi qu'aux aliénés de la Salpêtrière et de Bicêtre, que l'on massacra avec la même énergie[3].

Dans les jours qui suivirent, Paris compta ses morts.

Le bilan était effroyable[4].

Olympe, au bord de la nausée, composa moins d'une semaine plus tard un pamphlet intitulé *la Fierté de l'innocence*, dans lequel elle dénonçait le silence indigne de tous ceux qui avaient laissé commettre ces atrocités. Une fois encore, Agnès écrivait sous son impérieuse dictée. Mme de Gouges, agitée, marchait de long en large, donnant le tournis à son employée.

2. Madame Royale confia qu'elle avait entendu sa mère sangloter toute la nuit qui avait suivi et que celle-ci ne s'était jamais remise de cet épisode traumatisant.
3. Voir l'annexe A.
4. Exactement 1 392 victimes.

– « Le sang, disent les féroces agitateurs, fait les révolutions. Le sang même des coupables, versé avec profusion et cruauté, souille éternellement les révolutions, bouleverse tout à coup les cœurs, les esprits, les opinions et, d'un système de gouvernement, on passe rapidement dans un autre. Dans un autre… »

– Ne craignez-vous pas de provoquer le courroux de ce nouveau pouvoir, justement, qui…, commença la secrétaire.

– Peu me chaut. Cette révolution est en train de sombrer dans le chaos. Tout ce à quoi je crois est piétiné, les gens meurent par centaines pour rien. On ne juge pas : on assassine ! Est-ce là la vie dont nous avions rêvé ?

– Non, naturellement… Simplement, je songeais à votre sécurité. La censure est très dure, nombre de journaux ne paraissent plus et les opposants sont tués. Cette horrible machine, mise au point par M. Guillotin[5], me fait craindre des lendemains bien sombres, gémit sa compagne en massant son poignet engourdi de se crisper sur la plume. Que Dieu veille sur vous, madame…

– Il faut savoir prendre des risques si l'on aspire à voir triompher son idéal ! J'œuvre non pour moi, mais pour un destin qui me dépasse : l'égalité entre les hommes, quels que soient leur sexe ou leur couleur de peau ! Je n'abandonnerai jamais la lutte tant qu'il me restera un souffle de vie ! Remettons-nous au travail, veux-tu !

– « D'un système de gouvernement, on passe rapidement dans un autre », relut la jeune femme.

– Oui, donc : « L'histoire de l'univers en offre plusieurs exemples. Les cruautés passées, celles dont on nous menace encore, changent l'esprit public. »

Agnès leva sur Mme de Gouges un regard inquiet. Elle ne tenait visiblement aucun compte de ses avertissements.

– « Les bons citoyens comme les mauvais fuyaient la capitale et la plupart des habitants, s'ils avaient osé en convenir, désiraient l'approche de l'étranger tant la barbarie de l'intérieur rendait celle de l'ennemi soutenable ! Voilà comment nous avons failli perdre notre liberté ! »

5. Dressée sur la place de Grève, elle commença à servir bien davantage à partir du 21 août, et ce, jusqu'au 10 mai de l'année suivante, place du Carrousel.

– Vous visez directement les membres de la Commune !, souligna douloureusement Agnès. J'ai bien peur…

– Mais ce que j'affirme est réel ! Tout le monde n'a pas eu la chance de se faire envoyer en mission à l'étranger fort opportunément, comme ce lâche de Talleyrand[6] ! Et ce n'est pas fini ! Reprends de l'encre, dans ce tiroir, j'ai encore à dire. « Les malveillants ont été reconnus sous le manteau du patriotisme. Paris, cette mère des arts et des talents, cette reine des cités, n'offrait plus aux voyageurs, aux habitants qu'un vaste repaire, et l'on n'y distinguait plus le véritable patriote du faux ; la rage et l'intérêt particulier l'emportaient sur l'amour de l'intérêt public… »

– Attendez un instant !

Agnès sortit du tiroir une petite lame et retailla sa plume. Olympe la regarda s'appliquer à la tâche, silencieuse et concentrée.

– Voilà qui est mieux, constata la secrétaire de Mme de Gouges. Je vous écoute.

– « Le peuple malgré lui était entraîné dans le crime ; l'on égorgeait impunément des milliers de citoyens, dont la plupart étaient coupables, il faut bien le croire, mais, citoyens, la vie de l'homme est-elle si peu de chose aux yeux de l'humanité qu'on ne daigne pas examiner pourquoi on la lui ravit ? » Qu'en penses-tu, ma belle ?

– Mon idée est que l'on ne peut devenir un égorgeur que si l'on en présente la disposition. Je vous trouve assez indulgente envers ces gens qui se sont corrompus en perpétrant ces atrocités, madame, puisque vous requérez mon avis.

– La Révolution doit guider ses enfants vers la lumière. Or, elle les précipite dans les ténèbres ! Sans repères, une foule se mue en un troupeau de moutons égarés. Il lui faut s'approprier les valeurs qui fondent la nation ! Et pour cela, elle doit faire preuve de modération en chaque chose ! Je prône l'apaisement. Personne ne saurait m'en tenir grief! D'ailleurs, rajoute ceci : « Quand l'Assemblée constituante a engagé tous les gens de lettres à faire des recherches sur le code pénal afin d'abroger la peine de mort, même sur les criminels, s'attendaient-ils que dans une révolution opérée par les lumières de la

6. Voir l'annexe B.

philosophie, au bout de quatre ans, les Français donneraient la mort sans relâche pendant trois jours et trois nuits à leurs concitoyens ? »

À la suite de ce pamphlet, Bernardin de Saint-Pierre, l'auteur de *Paul et Virginie*[7], un ami avec lequel elle correspondait très régulièrement, lui attribua le surnom d'« ange de paix ». Il l'avait félicitée pour ce vieil homme qu'elle était parvenue à sauver de l'horreur d'une mort injuste en démontrant son innocence, ce qui lui avait valu d'être applaudie à l'Assemblée. Sa nature généreuse et son courage se voyaient salués en ces temps troublés où la suspicion s'installait.

L'atmosphère à Paris devenait délétère.

Le 20 septembre, la victoire de Valmy consacra Danton.

Il fut encensé comme le héros ayant galvanisé le peuple. On ne craignait plus le retour de la monarchie ni le massacre des patriotes, et la Ville lumière[8] respira de nouveau. Les Parisiens, soulagés, dansèrent sur les places. La Convention nationale abolit la royauté dans le but de fonder la république.

Olympe, qui ne délaissait pas la vie théâtrale et littéraire, se rendait fréquemment aux soirées que donnait Julie, l'épouse du grand acteur Talma, en leur hôtel particulier de la rue Chantereine. Elle y rencontrait souvent Vergniaud, qu'elle avait connu dès son arrivée dans la capitale et qu'elle appréciait beaucoup. Comme il était incontestablement le plus bel orateur des Girondins, Mme de Gouges en profitait pour lui glisser certaines idées qui lui tenaient à cœur. Quelque temps après le triomphe des Français, elle eut l'honneur d'y être présentée, un soir, au général Dumouriez, tout auréolé de gloire. Elle se promit d'écrire en hommage à ce héros de Valmy que la Nation fêtait.

L'espoir renaissait.

Olympe voulait y croire.

7. Roman à succès paru en 1788.

8. Gabriel-Nicolas de La Reynie, lieutenant général de la police en 1667, décida de mettre en lumière les secteurs dangereux, afin d'éviter que les voyous et les tire-laine ne se cachent dans les ruelles sombres. Il fit placer des lanternes et des flambeaux sur la plupart des axes et demanda aux habitants d'éclairer leurs fenêtres à l'aide de bougies et de lampes à huile. C'est pourquoi on attribue ce surnom à Paris.

Au fond de sa cellule, au Temple, Marie-Antoinette priait. Le roi détrôné se tournait lui aussi chaque jour davantage vers Dieu. Les anciens souverains ne trouvaient de réconfort qu'en œuvrant au salut de leur âme.

LXXII

Paris, octobre-novembre 1792

Olympe de Gouges rejoignit le cercle des Girondins pour s'engager plus avant en faveur des libertés menacées. Elle s'opposait à présent vertement à Robespierre dans ses publications, en dépit des exhortations de ses amis, qui l'invitaient à la prudence en l'estimant dangereux. Dès le premier du mois d'octobre, la Convention créa une commission de vingt-quatre membres chargée d'instruire le procès du roi, rendu possible par l'instauration de la république, puisque sous ce nouveau régime l'inviolabilité du monarque n'existait plus. Cette commission étudia avec application les documents saisis chez les souverains après le sac des Tuileries, allant de leur correspondance personnelle à des mémoires, des projets de réponses, des demandes de pensions, des pétitions ou même des registres officiels, comme ceux de la liste civile. Il s'agissait de produire un inventaire détaillé de pièces, à charge de préférence. Les élections de la Convention nationale, qui s'étaient déroulées du 2 au 19 septembre dans l'atroce climat des massacres, eurent lieu en public et à main levée. L'abstention fut massive, toutefois les quelques courageux et néanmoins terrorisés qui osèrent se proposer au vote désignèrent naturellement Robespierre, Danton, Collot d'Herbois, Desmoulins, Marat, Fabre d'Églantine, le peintre David et le duc d'Orléans qui se faisait depuis peu appeler le « citoyen Philippe Égalité ». Les Girondins furent représentés dans les provinces, mais n'obtinrent aucune voix dans la capitale. Le déséquilibre devint total, l'Assemblée ne reflétait plus du tout le peuple. Elle était aux mains des plus durs, des plus intransigeants, des plus violemment antiroyalistes.

Et c'était eux qui allaient s'ériger en juges lors du procès tant attendu.

Désormais séparée de son mari et de son fils, qui logeaient avec leur valet Cléry à l'étage supérieur, Marie-Antoinette vivait des heures très sombres, dévorée d'angoisse à l'idée de ce jour. On avait confisqué papier, encre et plumes au souverain et chacune de ses demandes devait à présent être consignée en un registre. Louis s'occupait de son petit garçon, se hâtant de lui transmettre son héritage de père et de roi de France. Il s'interrogeait souvent sur la destinée de ce pauvre enfant, lequel affichait une gravité nouvelle. Depuis les violences auxquelles il avait assisté, puis la douloureuse séparation d'avec sa mère, qui s'était effectuée dans les larmes, Louis-Charles ne souriait plus. Il pleurait doucement, seul le soir, recroquevillé sur son lit, ne comprenant pas la méchanceté dont ses parents étaient victimes.

À l'étage inférieur, sa mère guettait le bruit de ses pas, imaginant ce qu'il pouvait faire, tourmentée elle aussi par les lendemains. Toutefois, les souverains tentaient de garder espoir, car si l'on avait d'ores et déjà, à l'Assemblée, demandé que l'on tuât le « citoyen Capet » sans le moindre débat, il avait été décidé de juger le roi, et à travers lui, la monarchie, par le biais d'un procès en bonne et due forme. Force était de reconnaître que, depuis le début du mois d'octobre où l'on avait entamé les recherches et les fouilles, on ne trouvait guère de documents à charge, à l'exception de la correspondance du monarque avec ses frères et des ordres de paiement à ses anciens gardes du corps, lesquels prouvaient qu'il entretenait des relations avec ceux qui lui étaient demeurés fidèles.

Jusqu'au 20 novembre, où tout bascula.

Le serrurier François Gamain, tétanisé à l'idée que l'on découvre son travail, était allé prévenir le ministre girondin de l'Intérieur, le sieur Roland, de la présence d'une sorte de coffre-fort, dissimulé par un lambris pivotant, dans le mur du couloir reliant l'alcôve du souverain à la chambre du dauphin, aux Tuileries. Au cours de l'après-midi, Roland révéla à l'Assemblée l'existence de cette cachette.

– Messieurs, j'ose l'affirmer, cette armoire de fer contient des éléments *de la plus grande importance**!, annonça-t-il aux députés tout ouïe.

Ménageant ses effets, il marqua une pause et balaya des yeux son auditoire. Chacun tendait l'oreille, afin d'apprendre ce qui allait accuser le roi.

– J'ai en ma possession une supplique de Louis XVI à l'évêque de Clermont au sujet de ses pâques, qui prouve, en dépit de ses dénégations farouches, son hostilité à la Constitution civile du clergé!

Un tonnerre de cris et de quolibets accompagna cette déclaration.

Roland attendit que le calme revînt.

– Mes amis, reprit-il, levant les mains en signe d'apaisement, il y a aussi une lettre adressée au prince de Poix l'assurant ne devoir tenir aucun compte des actes, je cite, « que les circonstances le forçaient à faire »! Le citoyen Capet, lorsqu'il était roi, feignait d'aimer la nation!

De nouveaux hurlements saluèrent l'énoncé de cette découverte.

– Mais je vous ai gardé le meilleur pour la fin...!

Le silence s'abattit soudain sur le Manège.

– La correspondance[1] du sieur Talon, chef de la police secrète des Tuileries, et surtout du citoyen La Porte, intendant de la Liste civile, sur laquelle les fonds étaient prélevés, témoigne de la collusion entre le grand Mirabeau et la famille royale! Ce traître nous a dupés!

Une vague d'indignation sidérée s'éleva des gradins.

– Oui, il nous a dupés! Tout comme Talleyrand!, assena-t-il.

La foule, cette fois, manifesta bruyamment sa colère.

Quelques jours plus tard, les bustes de Mirabeau furent descellés, descendus de leurs piédestaux et cassés au marteau. On alla même chercher la dépouille du député-orateur au Panthéon pour la jeter dans une fosse commune.

Olympe en fut atterrée.

La haine envers le roi s'amplifiait vertigineusement.

1. L'armoire contenait également des échanges épistolaires avec La Fayette, le général Santerre et Rivarol, un écrivain, essayiste, journaliste et pamphlétaire connu pour ses positions monarchistes.

– *Si Louis XVI est innocent, nous sommes tous des rebelles! S'il est coupable, il doit périr* * *!*, s'emporta le député montagnard Jeanbon Saint-André, le dernier jour du mois de novembre.

– *La royauté est un crime de lèse-humanité. Je demande que la Convention déclare Louis traître à la nation française, criminel contre l'humanité!*, renchérit Robespierre dans la semaine qui suivit. *Le mouvement du 10 août, illégal au regard des institutions de 1791, exige que l'on aille jusqu'au bout, à la mort sans jugement* * *!*

– *Capet est une bête qu'il faut exterminer au plus tôt* * *!*, affirma le député Thirion.

La masse sanguinaire enflait, grossissant comme un fleuve abreuvé de moult ruisseaux, qui s'apprêterait à déferler en une immense vague.

Mme de Gouges, qui ne manquait pas de suivre attentivement tous ces débats, regagnait chaque soir son logis, consternée. Elle était à présent convaincue que le procès ne pourrait avoir lieu dans les conditions de sérénité requises pour une justice véritable.

Au Temple, la reine Marie-Antoinette et sa belle-sœur, la princesse Élisabeth, étaient parvenues à déjouer la surveillance de leurs geôliers en instaurant un système de code avec l'un de leurs valets, et glanaient ainsi quelques informations émanant de la ville et de l'Assemblée.

Effondrées, elles en étaient arrivées à la même conclusion.

LXXIII

Paris, novembre-décembre 1792

Paris se réjouissait des victoires de Dumouriez. Dès la fin du mois de novembre, toute la Belgique fut conquise et la Savoie, rattachée à la France. Les Autrichiens étaient en passe d'être écrasés. Outre le fait que le couple royal n'attendait évidemment plus aucun secours de la part des troupes étrangères, il prenait conscience du peu de valeur qu'il avait à présent aux yeux des révolutionnaires : nul besoin de monnaie d'échange quand on est vainqueur, nul besoin d'un monarque en république. Depuis la découverte du contenu de l'armoire de fer, la ferveur royaliste avait faibli, y compris chez les constitutionnels. Olympe elle-même souhaitait un procès équitable pour Louis XVI et avait dans cette optique proposé ses services afin de figurer aux côtés de François-Denis Tronchet, Raymond de Sèze et Chrétien-Guillaume de Malesherbes, les trois avocats de ce dernier. Mais le roi avait refusé son aide, ce qui avait légèrement amoindri ses ardeurs monarchistes au profit d'un enthousiasme plus républicain.

Une pluie froide cinglait la capitale, dont les venelles non encore pavées s'étaient muées en de véritables bourbiers. La Seine était haute, sale, bouillonnante et dangereuse par endroits. Les prisonniers du Temple, dont les geôles étaient mal éclairées tant les fenêtres avaient été obturées, subissaient des conditions de détention difficiles. Si l'on avait été plutôt généreux quant à satisfaire la famille royale dans ses besoins, on n'en tenait à présent plus compte. Les pièces, humides et mal isolées, nécessitaient que l'on soit correctement habillés pour des gens qui ne bougeaient que très peu, puisque les promenades avaient été réduites, lorsqu'elles n'étaient pas interdites, les jours d'agitation dans les rues. Toutefois, quand le roi passa commande de vêtures chaudes, on ne prit même pas la peine de lui répondre.

Louis XVI fut, dans l'indifférence générale, le premier qui tomba malade et dut garder le lit. Il était brûlant de fièvre. Son état de santé fut jugé préoccupant et on consentit enfin à mander un médecin à son chevet. Chacun, après avoir contracté la maladie, fut soigné par son entourage. À l'évidence, la famille royale n'intéressait guère de monde.

Le valet Cléry, demeuré fidèle au roi, apprit grâce à sa femme que le procès du monarque s'ouvrirait le 11 décembre et qu'il serait mené à la Convention. Il ne restait donc plus que quatre jours à l'illustre prisonnier pour faire ses au revoir, lesquels seraient peut-être des adieux, et donner ses recommandations, ainsi que pour mettre au point un code secret si d'aventure il leur était encore possible, à l'avenir, de tromper la vigilance de leurs geôliers. Marie-Antoinette et Élisabeth craignaient qu'il ne fût massacré par la foule lors de son transfert et furent grandement soulagées de son retour, mais elles découvrirent alors le dernier châtiment qu'on lui imposait : il était séparé de sa famille et interdit de promenades et de repas en commun. La reine ne fut pas autorisée à rencontrer une ultime fois son mari. Le 15, un billet parvint de la Convention après que Louis XVI eut demandé à s'entretenir au moins avec son petit garçon et la sœur de celui-ci. On lui lut la décision adoptée par les députés à ce sujet :

– « Louis Capet pourra voir ses enfants, lesquels ne pourront, jusqu'à son jugement définitif, communiquer avec leur mère ni avec leur tante. »

– *Vous voyez la cruelle alternative où ils viennent de me placer ; je ne puis me résoudre à avoir mes enfants avec moi ; pour ma fille, cela est impossible, et pour mon fils, je sens tout le chagrin que la reine en éprouverait* *, lâcha-t-il, consterné.

Ses propos furent rapportés à la souveraine, qui en fut bouleversée.

– *Laissez-lui au moins son fils* * *!*, s'exclama-t-elle.

– *Madame, je crois que c'est à celui qui est supposé avoir le plus de courage à supporter la privation ; d'ailleurs, l'enfant, à son âge, a plus besoin des soins de sa mère que de ceux de son père**, repartit tristement Cléry.

Pour atténuer le chagrin de son épouse, Louis XVI avança qu'il devait préparer sa défense et qu'il était préférable qu'elle s'occupât de Louis-Charles. Le cœur de Marie-Antoinette se gonfla d'émotion pour cet homme qu'elle n'avait jamais autant admiré qu'en leur malheur. Il faisait preuve de calme, de mesure et de sérénité, se révélant chaque jour davantage exemplaire dans sa dimension tragique.

Cela n'échappait pas à Mme de Gouges, qui s'était à présent jetée corps et âme dans la bataille de l'histoire. Si elle ne refusait pas sa couche, elle ne donnait plus son cœur, tout entier mobilisé à lutter pour la liberté. Comme il marchait sur les quais de la Seine dans le froid de décembre, Cubières, qui n'avait cessé de l'aimer, lui en fit délicatement la remarque, extirpant de son habit un feuillet sur lequel sa plume avait couru la nuit précédente.

– Qu'est-ce que cela ?, demanda-t-elle. Avez-vous une nouvelle idée à soutenir devant la Convention ?

– Non point. Ce texte s'intitule *Épître à Marie-Olympe de Gouges*, ma chère !

– Vous m'avez écrit ? Mais à quel propos ?, s'étonna-t-elle.

– Écoutez plutôt, rétorqua-t-il en sortant son binocle, qu'il posa sur son nez avant de lire à voix haute :

« Tu n'en veux aujourd'hui qu'aux citoyens rebelles
Qui prêchent le désordre et violent la loi.
Le plus beau dictateur est un monstre pour toi,
Et fût-il Adonis, Endymion, Alcide,
À tes yeux courroucés il n'offre qu'un perfide.
Oui, le patriotisme a sur tes sentiments,
L'empire qu'autrefois obtenaient les amants. »

Olympe sourit d'émotion.

– Comme à l'accoutumée, vous voyez clair en moi, cher Michel. *Les prudes, c'est-à-dire les intrigantes à trente-six aventures, m'ont* *donné des amoureux dans l'Assemblée constituante, législative et jusqu'à la Convention. Certes, je peux avoir fait quelques conquêtes, mais je déclare qu'aucun législateur n'a fait la mienne* !*

– Insinuez-vous que votre cœur se soit à jamais refermé ?, s'enquit le marquis doucement.

– Je ne prise ni les jamais ni les toujours. L'âme humaine recèle bien des secrets… Cependant, parmi cette Assemblée au sein de laquelle je passe tous mes jours, beaucoup se renient et me dégoûtent. *C'est sans me parer d'une fausse vertu que je crois pouvoir en convenir hautement, je ne vois pas qu'il y ait d'hommes dignes de moi*.*

– Je ne saurais trop abonder en ce sens, car je constate que vous œuvrez désormais vertement contre Marat et Robespierre, ce qui inquiète fort l'ami que je suis…

– Je les hais, à présent. *Ce sont des perfides, altérés de sang. Ne jurant que par la République et n'attendant que le comble du désordre pour proclamer un roi !* Les massacres de Septembre m'écœurent à en vomir et Marat est responsable ! *Il est question de faire le procès de Louis XVI qui périra peut-être sur l'échafaud pour avoir trahi la nation. Et Marat ? Marat ! Fameux agitateur, destructeur des lois, ennemi mortel de l'ordre, de l'humanité, de sa patrie, atteint et convaincu de vouloir introduire en France une dictature et menacer sans cesse la Convention nationale de son entière dissolution* !*

– Vous vous emportez… Olympe…, avança le marquis en posant sa main sur le bras de son amie.

– *Marat vit libre dans la société dont il est le tyran et le fléau* !*, s'indigna-t-elle avec force.

– Je sais tout cela, et je pense comme vous ; toutefois, je vous rappelle que la censure existe, que vous vous entêtez à dénoncer ces événements de Septembre en accusant les coupables…

– Certes !

– Olympe, votre combat est admirable, mais vous m'inquiétez vivement. Vous ne tenez aucun compte des risques que vous prenez. Vous collez vos affiches sur tous les murs de la capitale, vous publiez vos pamphlets. Même si vous êtes lucide dans ces analyses politiques, vous ne l'êtes guère quant aux dangers que vous encourez !

– Je me suis engagée aux côtés des Girondins, il est normal que je les soutienne !, argumenta-t-elle avec véhémence.

Cubières souffla dans ses mains. De la buée sortit de sa bouche. Le soleil commençait à disparaître, la température baissait.

– Rentrons, je vous prie. Je me fustigerais que vous preniez mal par ma faute.

– Vous êtes toujours aussi prévenant, remarqua-t-elle avec tendresse.

– Vous m'êtes très chère, Olympe, et me mettez au supplice. Car je vois bien que je n'arriverai pas à vous protéger contre vous-même !

– Il est vrai, répondit-elle, mutine, en passant son bras sous le sien et en se serrant dans sa chaleur. Mais vous ne m'apprécieriez sans doute pas autant si je n'étais pas ainsi : libre et passionnée !

LXXIV

Paris, décembre 1792

– *Pas besoin de jugement, il est coupable et mérite la mort parce qu'il a été le roi* *!, s'époumona Saint-Just du haut de la chaire républicaine.

– Il a raison, approuva Danton, assis dans les gradins aux côtés de ses amis Montagnards et Jacobins qui souhaitaient exécuter Louis XVI en l'assassinant. *Nous ne le jugerons pas, nous le tuerons** !

Les Girondins, auxquels appartenait Olympe de Gouges, ne l'entendaient pas ainsi. Rebutés par les massacres perpétrés en septembre, ils exigeaient que le droit l'emporte et que le monarque ait un procès en bonne et due forme. C'est pourquoi Robespierre choisit un angle presque juridique pour son argumentation lorsqu'il monta à son tour haranguer la foule des députés.

– *Louis dénonçait le peuple comme rebelle*, s'écria-t-il à haute et intelligible voix. *La Révolution et le peuple ont fait que lui seul était rebelle ! Louis ne peut donc être jugé : il est déjà jugé ; il est condamné ou la république n'est point absoute**.

Dans les tribunes, Marat eut une moue de dénégation. Agacé, il se leva et clama :

– Non ! Il faut *un procès qui serve à l'instruction du peuple** ! Capet doit rendre compte de sa trahison ! Nous en détenons les preuves avec ce qui a été saisi dans l'armoire de fer !

Enfermé loin de toute cette agitation en sa prison du Temple, Louis XVI rédigeait sereinement son testament.

> *Au nom de la très sainte Trinité, du Père, du Fils et du Saint-Esprit. Aujourd'hui 25ᵉ jour de décembre mil sept cent quatre-vingt-douze, Moi, Louis XVIᵉ du nom, roi de France, étant depuis plus de quatre mois enfermé avec ma famille dans la tour du Temple à Paris par ceux qui étaient mes sujets, et privé de toute communication quelconque, même depuis le onze du courant avec ma famille, de plus impliqué dans un procès dont il est impossible de prévoir l'issue à cause des passions des hommes, et dont on ne trouve aucun prétexte ni moyen dans aucune loi existante, n'ayant que Dieu pour témoin de mes pensées et auquel je puisse m'adresser, je déclare ici en sa présence mes dernières volontés et mes sentiments.*

Deux heures plus tard, l'aube pointait et le monarque déchu écrivait toujours.

On lui avait exceptionnellement permis de le faire depuis l'ouverture de son procès, ce dont il ne se privait pas. Des petits mots parvenaient à être échangés chaque jour avec la reine et avec sa sœur, ultime manifestation de tendresse avant leurs adieux. Il retrempa sa plume dans l'encrier.

> *Je recommande à mon fils, s'il avait le malheur de devenir roi, de songer qu'il se doit tout entier au bonheur de ses concitoyens, qu'il doit oublier toute haine et tout ressentiment, et nommément tout ce qui a rapport aux malheurs et aux chagrins que j'éprouve…*

Il était venu devant ses juges le 11 décembre et se voyait rappelé à la barre le 26, lendemain du jour de Noël, où il ne serait pas autorisé à voir les siens.

Une pâle lueur nimbait la pièce, dont les fenêtres étaient toujours obturées. Louis XVI admira la beauté des étoiles.

Bientôt, tout serait sans doute fini.

Son chemin le mènerait enfin au ciel.

*

* *

Interrogé longuement sur ses agissements, puis sur les pièces découvertes dans le couloir des Tuileries, l'époux de Marie-Antoinette répondit avec honnêteté et pondération. Il insista pour qu'on ne lui imputât en aucune manière les massacres du 10 août et demanda que l'on prenne soin de sa famille, car il savait la reine et le dauphin extrêmement exposés après son trépas. Toutefois, parce qu'il avait compris que son procès était inique et le verdict déjà arrêté, il ne tenta point de se défendre.

Sèze, l'un de ses trois avocats, osa élever la voix :

– *Parmi vous, je cherche en vain des juges et je ne vois que des accusateurs* !*, s'indigna-t-il.

Cependant il était trop tard.

Les Girondins sentaient que la situation leur échappait et s'en alarmaient. Ils incitaient le peuple à voter sur la sentence, estimant grandes les chances que les quarante-quatre mille assemblées primaires siégeant à travers toute la France refusent d'un bel élan le régicide, ce qui éviterait pour le pays le soulèvement des puissances étrangères coalisées contre la folie révolutionnaire. Mais Robespierre ne cédait pas. Il considérait le ci-devant roi comme déjà jugé et condamné.

– *La clémence qui compose avec la tyrannie est barbare !*, tonna-t-il. *Nous devons obéir à des principes indestructibles supérieurs* !*

Vergniaud lui répondit avec panache. Olympe ne cessait de commettre affiches et pamphlets à l'encontre de celui qu'elle ne désignait plus que par le mot *tyran*. Sous le pseudonyme de Polyne, anagramme arrangée d'Olympe, elle affirmait :

> Tu te dis l'unique auteur de la Révolution, tu n'en fus, tu n'en es, tu n'en seras éternellement que l'opprobre et l'exécration. [...] Que pourras-tu dire à la tribune pour ta justification ? Crois-moi, Robespierre, fuis le grand jour, il n'est pas fait pour toi ; imite Marat, ton digne collègue, rentre avec lui dans son infâme repaire. Le ciel et les hommes sont d'accord pour vous anéantir tous les deux. Que veux-tu ? Que prétends-tu ? De qui

> veux-tu te venger ? À qui veux-tu faire la guerre et de quel sang as-tu soif encore ? De celui du peuple ? Il n'a pas encore coulé. Tu sais que les lois républicaines sont plus sévères que les lois des tyrans que tu voudrais égaler en autorité comme en forfaits ! [...] Tu voudrais assassiner Louis le dernier pour l'empêcher d'être jugé légalement ; tu voudrais assassiner Pétion, Roland, Vergniaud, Condorcet, Louvet, Brissot, Lasource, Guadet, Gensonné, Hérault de Séchelles, en un mot tous les flambeaux de la république et du patriotisme ! Tu voudrais te frayer un chemin sur des monceaux de morts et monter par les échelons du meurtre et de l'assassinat au rang suprême ! Grossier et vil conspirateur !

Olympe finançait sur ses propres deniers l'impression de ses affiches, qu'elle collait elle-même sur les murs de Paris, à la nuit tombée.

Au Temple, on tentait toujours de glaner des nouvelles. Cléry avait réussi à payer un crieur de journaux qui venait non loin des fenêtres annoncer les titres qu'il vendait. La reine et sa belle-sœur étaient à l'affût du moindre renseignement. Mais Marie-Antoinette n'avait plus aucune illusion.

La Révolution était à présent devenue le monstre que chacun avait naguère redouté de voir enfanté. Elle avançait, broyant des vies sur son passage, inondant les rues de sang, réclamant des coupables, massacrant des innocents.

La question du châtiment de Louis XVI demeura plusieurs jours en suspens. Les Girondins souhaitaient ardemment la détention jusqu'au retour à la paix, cependant les Jacobins et les Montagnards ne l'entendaient pas ainsi. La formation politique à laquelle appartenait Mme de Gouges essaya de le protéger en proposant de soumettre ce point épineux à un vote populaire par le biais des commissions électorales, mais cette idée ne fut pas retenue. On demanda alors aux députés de défiler à la barre et de voter publiquement. Le duc d'Orléans fit scandale en se prononçant contre son propre sang, celui de son cousin. Assise dans les gradins, Olympe poussa un cri d'horreur devant cette infamie, car ce fut la voix qui manqua pour que Louis XVI puisse être sauvé.

On espérait encore un sursis, qui fut refusé dès le lendemain.

Le 18 janvier 1792, la sentence résonna sous les voûtes du Manège de l'Assemblée :

– Louis Capet, nous te condamnons à mort !

LXXV

Paris, le 21 janvier 1793

Ébranlée dans ses convictions monarchiques par la découverte des papiers compromettants de l'armoire de fer, Olympe de Gouges n'en était pas moins désespérée à la perspective de l'exécution du roi. Au mois de décembre, tandis que se jouait le sort de Louis XVI, elle s'était directement tournée vers Frédéric-Guillaume II de Prusse afin d'obtenir son retrait du territoire français, sous peine de porter la responsabilité du régicide. Mais la diffusion de son pamphlet *Adresse au Don Quichotte du nord* fut un cri dans le vent.

Elle ne manquait aucune séance à l'Assemblée où, grâce à elle, les femmes se faisaient de plus en plus nombreuses, même si elles n'avaient toujours ni le droit de voter ni celui de prendre part aux débats. Elle tentait de convaincre les députés indécis de l'inutilité de l'exécution du souverain. Reconnaître sa culpabilité lui semblait suffisant. Habilement, elle placarda à ses frais dans Paris une affiche dont le titre avait de quoi rassurer les sans-culottes, les Jacobins ou les Montagnards : *Arrêt de mort que présente Olympe de Gouges contre Louis Capet*. En réalité, elle y développait l'idée que l'ancien monarque avait déjà été tué politiquement et que point n'était donc besoin d'assassiner l'homme. Hypocritement, elle argumentait par :

> Cette tête coupable, une fois tombée, elle ne nous est plus d'aucune utilité ; cette tête nous a coûté trop cher pour ne pas en tirer un réel avantage.

Mercier la soutenait dans ses tentatives désespérées d'épargner la vie du souverain déchu.

En vain.

Au matin du 21 janvier, le roi quitta pour la dernière fois sa chambre du deuxième étage de la tour. Il avait passé l'après-midi du dimanche, veille de son exécution, auprès des siens. La jeune Madame Royale s'était alors évanouie de chagrin.

Il avait promis de leur dire adieu à l'aube. Toutefois, il n'eut pas le cœur d'affronter cet épisode déchirant, ce fut donc seul et sans les avoir revus qu'il se rendit, en voiture fermée entourée de deux haies de gardes armés, place Louis-XV. La guillotine[1], dressée à deux mètres au-dessus du sol sur une estrade, se découpait dans la lumière blafarde de cette matinée glacée de janvier où le brouillard semblait ne jamais vouloir se dissiper. Plus de quatre-vingt mille hommes en armes avaient été disposés dans Paris, car on craignait que l'on ne tentât d'enlever le roi. Le cortège mit ainsi une heure et demie pour rallier la grande esplanade depuis le Temple ; on progressait au pas. Avant que celui qui devait être le dernier monarque de France ne gravisse les degrés menant au supplice, l'abbé Edgeworth, qui l'avait accompagné, s'exclama à haute et intelligible voix :

– *Fils de Saint Louis, montez au ciel* * !

Parvenu sur l'estrade, Louis XVI, souhaitant s'adresser au peuple, réclama le silence.

– *Je meurs innocent de tous les crimes qu'on m'impute. Je pardonne aux auteurs de ma mort et je prie Dieu que le sang que vous allez répandre ne retombe jamais sur la France* * !

Un officier de la garde nationale intervint promptement et, levant son épée, donna le signal de battre les tambours et de sonner les trompettes pour lui confisquer immédiatement la parole.

1. Elle était normalement installée place du Carrousel, mais on la déménagea pour l'exécution du roi, par manque d'espace, car environ vingt mille personnes assistèrent à l'événement. La guillotine revint place Louis-XV du 10 mai 1793 au 8 juin 1794.

À dix heures vingt-deux[2], Louis-Auguste de France, XVIe du nom, avait cessé de vivre.

Des Parisiens se ruèrent au pied de l'estrade, pour tremper leurs mouchoirs, fabriquer des reliques et revendre des fioles « contenant le sang du tyran ». Le bourreau Sanson tint un baquet à leur disposition, afin que ce sinistre commerce leur fût facilité.

En entendant au loin le roulement des tambours, la reine et Madame Élisabeth comprirent que Louis ne reviendrait pas les embrasser une ultime fois. La demie de dix heures retentit à la petite pendule de la cheminée lorsque Marie-Antoinette s'approcha de son fils et inclina discrètement la tête devant lui pour saluer l'avènement symbolique du nouveau roi de France, à qui elle devait désormais la préséance. Elle prit soin de ne pas appuyer son geste, qui pouvait la perdre auprès de ses geôliers, lesquels ne manqueraient pas de rapporter que la « veuve Capet » se prenait toujours pour la reine.

Le surlendemain, au théâtre de la République[3], on jouait *l'Entrée de Dumouriez à Bruxelles ou les Vivandiers*, la pièce qu'Olympe avait composée dans l'urgence afin de célébrer un patriotisme renouvelé, fondé sur l'amour de la nation libérée de tous les despotismes. La femme engagée qu'elle était y abandonnait donc définitivement son loyalisme envers l'Ancien Régime. Une page se tournait vraiment, et elle voulait croire que le sacrifice de Louis XVI allait ramener la paix sur l'idée d'un pays uni, enfin rassemblé autour d'un projet commun.

Car, en réalité, la Convention n'avait pas simplement exécuté un homme.

Elle venait, avec une mise en scène calculée, de tuer la monarchie.

---

2. Cet horaire est celui où le roi est officiellement monté sur l'estrade et est donc retenu comme étant l'heure de son trépas. Il est toutefois évident qu'il mourut peu après.
3. Situé à l'emplacement de notre actuelle Comédie-Française.

LXXVI

Paris, mars 1793

L'hiver interminable figeait les toits sous une gangue neigeuse. Les stalactites accrochées aux gouttières absorbaient les rayons blancs du soleil, donnant aux bâtiments alignés l'aspect d'une cité enchantée. Paris, engourdi, s'étirait paresseusement de chaque côté du fleuve alangui sous sa surface gelée, miroir géant reflétant un ciel blafard. Çà et là, de petits tourbillons de neige emportés par des courants d'air se déplaçaient dans les rues les plus larges. Le vent demeurait vif, dispersant les fumées noires que crachaient les cheminées.

L'ambiance était morose.

Fin janvier, le comte de Provence, frère du défunt Louis XVI, s'était proclamé régent depuis Hamm, la ville de Westphalie où il s'était exilé. Le pays se déchirait, écartelé entre deux tendances. Les provinces se révélaient instables. La levée en masse des célibataires et veufs âgés de dix-huit à vingt-cinq ans, que l'on enrôlait de force au sein des bataillons nationaux, avait déclenché un soulèvement en Vendée et dans les régions des Mauges, au sud-ouest de l'Anjou. On peinait à calmer les esprits. Des troubles secouaient également la capitale en raison de la cherté du sucre, du savon et des chandelles. Les boutiques des épiciers avaient été pillées et ces derniers, violentés. La France faisait face à des échecs militaires répétés, infligés par la coalition monarchiste née après le supplice du roi.

Elle venait, en outre, de déclarer la guerre à l'Espagne.

Dans le même temps, la Convention avait voté une loi infernale stipulant que tout rebelle pris les armes à la main serait exécuté sous vingt-quatre heures sans aucun procès. Les Girondins protestèrent, mais la guerre de Vendée qui éclata soudain devint un argument pour les Montagnards et les sans-culottes, qui exhortèrent la nation à sévir en urgence ! La mort dans l'âme, le club des amis de Mme de Gouges souffrit alors la création, le 10 mars, d'un Tribunal révolutionnaire, juridiction criminelle d'exception, sous l'impulsion des députés Danton, Lindet et Levasseur.

Sans vergogne, les sans-culottes mirent à sac les imprimeries girondines. Olympe fulminait. Il lui devenait de plus en plus difficile de porter sa voix dans un pays où la censure et la violence étaient les seules réponses à toute opposition. Les Jacobins avaient fort peu goûté ses interventions lors du procès de Louis XVI et la représentation de sa pièce avait été perturbée par des spectateurs venus sur scène danser *la Carmagnole*, chanson révolutionnaire apparue l'année précédente, empêchant ainsi les acteurs de poursuivre. La créatrice fut chahutée jusqu'au sein des coulisses, où elle avait tenté de trouver refuge après avoir été huée dans la salle. On l'appelait « l'avocate de Louis Capet », on l'invectivait, on l'injuriait. Ce châtiment organisé, destiné à la faire taire, s'installa comme une machine à broyer. Ducray-Duminil, rédacteur de la partie littéraire des *Petites affiches*, osa affirmer que ces manifestations d'hostilité n'étaient dues qu'à la médiocrité de son œuvre, ce qui indigna les chevaliers servants d'Olympe, Louis-Sébastien Mercier tout d'abord, qui fit entendre sa vérité dans *les Nouveaux Tableaux de Paris*, et Michel de Cubières qui ne décolérait pas.

– *Ce sont des hommes malintentionnés qui ont empêché que la pièce ne soit représentée plus de deux fois**, s'agaça-t-il comme ils s'étaient attablés dans une taverne pour boire un vin chaud.

– Je suis bien d'accord, *cette pièce avait le mérite d'être à la fois remplie de patriotisme et dotée d'une intrigue ingénieuse et sagement conduite* *, souligna le député girondin Vergniaud.

– Merci infiniment, mes amis. Votre bienveillance me réconforte grandement, s'exclama Olympe.

– Mais c'est très sincère, reprit ce dernier. Dans cette œuvre, *il n'y avait aucune personnalité, il n'y avait rien au monde qui pouvait appeler contre elle l'opinion publique**.

– Je crois qu'il faut se rendre à l'évidence, ma chère, renchérit Mercier. Vous avez été victime d'une cabale. D'ailleurs, la publication du texte imprimé, où vous avez obtenu le succès mérité, vous prouve que ces méfaits qui vous ont porté grand tort étaient parfaitement ourdis.

– Il est vrai, admit Olympe. Je viens d'ailleurs de rédiger un texte que je compte placarder partout dans Paris, annonça-t-elle en sortant d'un sac quelques affiches intitulées *Avis pressant aux représentants.*

– De quoi est-il question ?, s'enquit Cubières en sirotant son vin chaud.

– Les affrontements entre partis doivent cesser, assena Mme de Gouges. Ils n'ont que trop duré. La France a contre elle plusieurs pays étrangers qui ne demandent qu'à la punir et elle ne parvient qu'à se diviser et à se quereller. Cela menace directement l'unité nationale et met en péril tout espoir d'une défense efficace.

– Vous avez entièrement raison, très chère, souligna Mercier en lui baisant la main, ce qui déplut à Cubières, son ancien rival. Notre position militaire est des plus inquiétantes. Mais je gage que la Convention compte abattre incessamment sa dernière carte : celle de l'ancienne reine. Sans doute pourrait-elle servir de monnaie d'échange, en cas de défaite…

– Je pense en effet que cela n'est pas à exclure, repartit Olympe, subitement songeuse.

Son esprit s'envola un instant vers la veuve du Temple, enfermée avec ses deux orphelins et leur tante. Que devenaient-ils ?

En ce 20 mars 1793, assise en grand deuil sur les remparts de la tour, puisqu'il lui était impossible de descendre marcher au jardin sans être insultée, Marie-Antoinette de France serrait dans le creux de ses mains ce que le brave valet Toulan venait de lui remettre en secret après les avoir volés dans l'armoire des gardes, où on les avait confisqués : le sceau royal, une mèche des cheveux tressés des membres de la famille et l'anneau nuptial du roi, sur lequel était gravé *M. A. A. A., 19 aprilis 1770* [1].

C'était tout ce qui lui restait de son mariage éclatant à Versailles et du règne de son époux.

1. *Maria-Antonia Arciducissa Austriae*, suivi de la date du mariage par procuration. Ce témoignage nous vient de Madame Royale, qui put récupérer ces objets à la mort de sa mère et sut comment elle les avait obtenus.

LXXVII

Paris, avril 1793

La France émergeait de son interminable hiver. Depuis le mois précédent, les feuilles tendres des arbres égayaient enfin les rues, les berges de la Seine et les places ; les températures se faisaient clémentes. L'engourdissement de la nature ne présumait en rien de celui de l'Assemblée, où la discorde s'envenimait. Le premier, la Convention avait adopté un décret d'accusation des députés qui avait scandalisé les Girondins. Sur une proposition de Marat, qui œuvrait à présent à développer l'« exagération révolutionnaire » dont les partisans, appelés les « exagérés », appartenaient pour la plupart au club des Cordeliers occupant, comme lui, les rangs de la Montagne, il avait été décidé que la Convention pourrait imposer désormais que soient remis devant le tribunal « celui ou ceux de ses membres contre lesquels il y aura[it] de fortes présomptions de leur complicité avec les ennemis de la liberté, de l'égalité et du gouvernement républicain », sans que ces derniers ne puissent invoquer leur inviolabilité de représentants du peuple. Cette outrance avait débuté avec les massacres de Septembre qui avaient tant horrifié Mme de Gouges. Durant ces funestes journées, Marat avait soufflé sur les braises dans son *Ami du peuple*, prônant l'élimination systématique des royalistes emprisonnés.

Il avait été un moment sur la ligne de l'amie de Condorcet concernant les destinées du peuple noir en rendant hommage à la pensée de Montesquieu développée dans un texte très ironique intitulé *De l'esclavage des Nègres*[1], qui avait fait grand bruit. Marat avait même publié, deux années auparavant, un plan d'abolition progressive de la traite des Noirs. Mais sa violence extrême heurtait à présent Olympe, surtout depuis qu'il avait rejoint le comité de surveillance de Paris, instauré le 21 mars, institution révolutionnaire composée de douze membres, active dans chacune des communes, qui dressait les listes des étrangers ou des suspects selon ses propres critères.

Pour Mme de Gouges, la Révolution échappait complètement à sa vocation première et elle ne le supportait pas. La veille de la création de ce comité, elle avait adressé solennellement son *Avis pressant aux représentants* à la Convention, adjurant les députés de mettre fin à leurs dissensions, pour le bien de la France. Las ! La trahison de Dumouriez, passé à l'ennemi, ne valorisait guère la femme de lettres qu'elle était, puisqu'elle avait composé une pièce à sa gloire.

Un jour, comme elle s'engageait sur le Pont-Neuf après avoir traversé la place Dauphine, elle comprit qu'elle était suivie par une bande de coupe-jarrets. L'un d'eux la désigna du doigt, tandis que l'autre était armé d'un gourdin. La jeune femme put trouver refuge chez un papetier ; elle s'échappa ensuite par une porte dérobée qui donnait dans une ruelle. Cela ne découragea toutefois pas son poursuivant, qu'elle fut contrainte de signaler à la garde nationale afin que ce dernier fût arrêté.

En réalité, on ne lui pardonnait toujours pas de s'être proposée à défendre le roi.

Cependant la courageuse surmontait ses peurs et reprenait inlassablement le combat. Elle craignait les dénonciations anonymes, car le Comité de salut public recevait chaque jour un nombre conséquent de lettres non signées, dont chacune pouvait valoir l'emprisonnement sur un simple soupçon.

Ce formidable espoir de justice qui avait enthousiasmé tout un peuple n'existait plus. Celui-ci vivait à présent dans l'angoisse,

1. Paru en 1748, dans *De l'esprit des lois*.

ignorant jusqu'au sens du mot *liberté*, se repaissant de violence et de sang, mû par une soif de vengeance aveugle.

La mort sacrificielle du roi n'avait engendré ni unité ni apaisement.

Depuis sa cellule, Marie-Antoinette écoutait l'écho lointain du monde. Le crieur de journaux venait toujours le matin sous ses fenêtres pour annoncer les gros titres, mais la reine était moins attentive désormais à ce qui agitait Paris. Elle n'espérait pas davantage voir les troupes coalisées remporter la victoire qu'elle ne croyait en la volonté de sa famille de la sauver, car elle n'ignorait point qu'en Autriche Thugut, le responsable de la politique étrangère, préférait perdre ce qui restait de la famille royale au Temple plutôt que de traiter avec la Convention qui se discréditait par sa brutalité sourde et son instabilité.

De fait, on conspuait un jour ce que l'on avait encensé la veille et les hommes influents d'hier étaient ceux que l'on mettait en accusation le lendemain.

L'ex-archiduchesse d'Autriche ne comptait plus pour son pays d'origine et se savait haïe dans sa patrie d'adoption. Elle trouvait consolation dans la lecture et les apprentissages dispensés à ses enfants. Mais le petit dauphin affichait une mine grave et Madame Royale demeurait silencieuse des heures durant. Le souvenir de leur père les hantait, les yeux rougis et la maigreur de leur mère les inquiétaient.

Traumatisés, les princes de France, coupés du monde, vivaient dans l'angoisse de perdre à présent la reine de la même façon qu'on les avait soustraits à l'affection du roi.

LXXVIII

Paris, mai, juin et juillet 1793

Au sein du Comité de salut public, la guerre entre Girondins et Montagnards faisait rage. Rasséréné par la victoire de Valmy, le club auquel appartenait Mme de Gouges souhaitait en effet enrayer le processus révolutionnaire et apaiser une société crispée, que la violence avait beaucoup abîmée, tandis que leurs opposants, craignant que l'insurrection vendéenne ne restaure la monarchie, prônaient la répression, rangés comme un seul homme derrière Robespierre. Tout le monde, à Paris ainsi qu'en province, avait déjà humé l'odeur fade du sang. La délation engendrait méfiance et suspicion. La mort rôdait partout. Soutenus par les Jacobins et les sans-culottes, les Montagnards promulguaient lois sur lois. Les Girondins, perdant encore du terrain, s'ingénièrent à les freiner dans leur progression en demandant que Marat fût écroué. Las ! Jugé par le Tribunal révolutionnaire qu'il avait lui-même créé, il fut acquitté le 23 avril, dans le plus grand désordre. On fonda alors une « commission extraordinaire des Douze », formée de Girondins, qui tenta de contre-attaquer en arrêtant notamment le journaliste Hébert.

Robespierre riposta en lançant, le 26 mai, un appel à l'insurrection. Olympe assista, impuissante, à cette terrible escalade qui conduisit une foule en colère à exiger de l'Assemblée la dissolution de la commission des Douze. Les Girondins, menacés, essayèrent de faire front. Mais le 2 juin, une seconde émeute, appuyée par quatre-vingt mille soldats de la garde nationale, les contraignit au silence et vingt-neuf « suspects » parmi leurs rangs durent céder. Danton, le plus modéré des Montagnards, comprit alors que Robespierre venait de le doubler en prenant la tête de l'Assemblée.

Le coup d'État avait réussi.

La Terreur[1] s'instaurait.

Le 1er juin, la Commune et le Comité insurrectionnel demandèrent la mise en accusation de ces fameux députés.

Le lendemain, la Gironde tomba.

Courageusement, Olympe adressa un exemplaire de ses *Œuvres politiques*, le 9 juin, à la Convention. Dans une lettre héroïque de soutien à son club, elle s'indigna des mesures attentatoires aux règles démocratiques et son courrier fut censuré lors de sa lecture. Mais Mme de Gouges ne désarmait pas. Au grand désarroi de ses amis, elle osa publier un texte retentissant qui la plaçait en contravention avec la loi de mars 1793 protégeant le principe républicain.

> J'ai préparé la Révolution par mes écrits : je ne parle pas du sacrifice de mon repos. Je m'offre pour victime aux monstres avides du sang humain, si ma mort peut apaiser leur rage et rendre la Convention nationale à sa splendeur.

Consternés, Cubières et Mercier essayèrent de l'arracher à son funeste dessein : sauver la liberté et la Révolution. Rien n'y fit !

> Si trente-deux[2] victimes peuvent faire éteindre les haines et les passions, si elles peuvent faire déclarer par les puissances étrangères la république indépendante et détruire l'armée des contre-révolutionnaires, hâtez-vous de faire couler leur sang sur les échafauds, je vous offre une victime de plus. Vous cherchez le premier coupable ? C'est moi. Frappez, j'ai tout prévu, je sais que ma mort est inévitable.

1. Elle ne cessera que le 28 juillet 1794, à la chute de Robespierre.
2. On comprend ici que leur nombre était approximatif. Il va de vingt-sept à trente-deux, selon les récits.

Chaque soir, sous sa dictée, la main d'Agnès tremblait. Elle s'employait à infléchir la volonté d'Olympe de se battre pour son idéal, mais en vain.

Pendant ce temps, au Temple, Marie-Antoinette relevait la tête et rédigeait, elle, des lettres secrètes au chevalier de Jarjayes, un ancien serviteur qui lui était fidèle, afin que celui-ci les fasse parvenir à ses beaux-frères demeurés en exil, ainsi qu'à son cher Fersen. Une tentative d'évasion avait failli réussir au mois de mars, hélas interrompue par les nouvelles lois édictées par la Convention concernant les passeports, lesquelles venaient d'être durcies. Marie-Antoinette refusait de se séparer de son fils, ce qui ne facilitait guère les opérations. Toutefois, un certain nombre de gens dévoués ne désespéraient pas de la libérer.

Et tandis que la ci-devant reine cherchait à s'échapper de ses geôles, Mme de Gouges collait elle-même des affiches dans Paris. Toutes deux rêvaient de liberté.

Un espoir ténu se faisait jour.

Pourtant, le sort frappa Marie-Antoinette au cœur. Le 3 juillet, dans l'après-midi, on vint lui enlever son petit garçon. La Commune avait opté pour une éducation républicaine. Un garde municipal lui lut le décret :

– « Le jeune Louis, fils de Capet, sera séparé de sa mère et placé dans un appartement à part, le mieux défendu de tout le local du Temple. Il sera remis dans les mains d'un instituteur au choix du conseil général de la Commune. »

Membre des Cordeliers, lecteur du *Père Duchesne* et sachant à peine écrire, le savetier Simon avait été désigné précepteur de l'enfant. L'interdiction de se revoir fut une déchirure. La reine comme le dauphin pleurèrent plusieurs nuits durant. Par la suite, elle passa chaque jour des heures à la fenêtre, tentant d'apercevoir son Chou d'amour à sa promenade. Son cœur était brisé.

Olympe de Gouges poursuivait vaillamment son combat. Mais le 20 juillet au soir, alors qu'elle venait de placarder son texte intitulé *les Trois Urnes ou le Salut de la patrie par un voyageur aérien*, elle fut arrêtée par les Montagnards.

Pour l'une comme pour l'autre, l'avenir s'annonçait sombre.

LXXIX

Paris, août 1793

Après que Marat eut été assassiné, le 13 juillet, poignardé dans sa baignoire par la jeune Charlotte Corday que l'on avait guillotinée quatre jours plus tard, Paris n'en finissait pas de convulser. Un soulèvement poussait l'autre, une nouvelle émeute balayait la première, les prisons se remplissaient, les exécutions se banalisaient.

Tout ce qui rattachait la France à l'Ancien Régime était emporté, saccagé, piétiné, nié. Dans la nuit du 1er au 2 août, aux alentours des deux heures, la ci-devant reine et sa belle-sœur furent tirées de leur sommeil par quatre commissaires de la Commune. Ils lurent à Marie-Antoinette l'arrêté pris par la Convention à la demande du Comité de salut public, l'informant qu'elle était renvoyée devant le Tribunal révolutionnaire et qu'elle devait être transférée immédiatement à la Conciergerie.

Très digne, elle adressa ses recommandations et ses adieux à sa fille et à Élisabeth, lesquelles fondirent en larmes en l'embrassant pour la dernière fois.

Au passage du guichet, son front heurta la poutre. L'inspecteur des prisons Michonis, qui l'accompagnait, s'enquit de sa douleur.

– Rien à présent ne peut me faire du mal…, répondit la reine, qui marchait vers son supplice.

Les aristocrates et l'Ancien Régime devaient disparaître, Marie-Antoinette ne l'ignorait pas. La Convention ordonna dès le 6 août la destruction des tombeaux de la nécropole royale de Saint-Denis. Les tombes furent profanées, les dépouilles de quarante-deux rois, de trente-deux reines, de soixante-trois princes, de dix grands serviteurs du royaume, ainsi que d'une trentaine d'abbés et de religieux furent jetées entre des lits de chaux dans les fosses communes du vieux cimetière des moines, qui s'étendait au nord de l'imposante basilique. Une partie du trésor fut transformée en monnaie et les gisants, chefs-d'œuvre funéraires conservés en ce lieu saint dès le Moyen Âge, furent mêmement détériorés.

Au cours des jours qui suivirent, on ouvrit pour la première fois un musée au sein du palais du Louvre, qui hébergeait depuis un siècle plusieurs académies, dont celle de peinture et de sculpture, ainsi que quelques artistes pensionnés par le roi. Ce Muséum central des arts de la République exposait en réalité six cent soixante œuvres issues des collections royales ou confisquées chez les nobles émigrés et dans les églises.

Par ailleurs, on dispersa en une vente aux enchères le contenu du château de Versailles et de Trianon, domaine déclaré propriété nationale, dont le terrain fut partagé en six lots.

Sous l'égide de Robespierre, dans le sang et les larmes, la France tentait de se réinventer.

Déférée devant le Tribunal révolutionnaire le 6 août, Olympe de Gouges fut inculpée. Sa situation était grave. Ses amis étaient conscients qu'elle risquait d'être guillotinée.

Ses écrits avaient été jugés hostiles à la Révolution, mais fin juillet, elle était encore parvenue à publier *Une patriote persécutée*, qui avait fortement déplu à l'Assemblée, ainsi qu'un pamphlet intitulé *Olympe de Gouges au Tribunal révolutionnaire.*

En dépit des menaces et des mises en garde, elle ne se résignait pas.

Pétrie de son idéal et éprise de liberté, Olympe résistait et refusait d'abandonner sa croisade, tout en sachant que sa vie ne tenait qu'à un fil.

Le décret d'abolition de l'esclavage, qui fut enfin voté le 29 août, lui redonna espoir : ses combats n'étaient pas vains. Engagé dans la même lutte de l'égalité pour les Noirs, son ami Condorcet put s'en réjouir lui aussi… depuis le fond de sa cachette, chez Mme Vernet, victime qu'il était du décret d'arrestation promulgué contre lui à la demande du conventionnel Chabot, le 8 juillet, après la critique qu'il avait osé émettre sur la nouvelle Constitution.

Tous les esprits éclairés, qui prônaient la mesure et la réflexion ou qui appelaient à ne plus faire montre de violence, étaient déclarés traîtres à la nation.

Au début du printemps, Olympe, qui ignorait ce que devenait son fils, adjudant général, chef de bataillon à l'armée des côtes de La Rochelle, s'était rendue à Tours, avec Justine Thomas, sa domestique âgée de vingt-huit ans, chez Marie-Anne Hyacinthe Mabille, la jeune compagne de Pierre, qui élevait leurs enfants. Elle ne l'y avait pas trouvé, car il avait été blessé, mais en avait profité pour visiter en Touraine une maisonnette en tuffeau, à flanc de coteau, surplombant la vallée de la Loire, agrémentée d'une terrasse et de jardins fleuris, pourvue d'une cave, d'un pressoir à fûts pour le vin, d'une étable occupée par quatre vaches et un taureau, entourée de quatre hectares de prés, de bois et de vignobles. Elle avait décidé de s'y retirer dès que les événements deviendraient incontrôlables à Paris et avait officiellement acquis le Clos Figuier le 1er juillet, puis avait commencé d'y envoyer des meubles dans les semaines qui avaient suivi.

Elle n'eut, hélas, jamais le temps d'atteindre ce refuge…

Elle y songeait avec regret et amertume, dans la solitude de sa sinistre geôle du dépôt de la mairie de Paris.

Mme de Gouges avait été dénoncée par la famille Meunier, ses afficheurs. Elle pensa tout d'abord devoir son arrestation à Marino, l'administrateur du Comité de salut public, à qui elle écrivit prestement. Peu amène, ce dernier se déplaça pour assister aux interrogatoires conduits par Louvet et Baudrais. Elle dut se justifier et reconnaître être l'auteur de l'affiche intitulée *les Trois Urnes ou le Salut de la patrie par un voyageur aérien*, dans laquelle elle prônait que chaque département pût se prononcer sur le choix du gouvernement. Trois urnes, suggérait-elle, seraient alors placées sur les tables du président de l'Assemblée, contenant les inscriptions « gouvernement fédéral », « gouvernement républicain » et « gouvernement monarchique ». Les citoyens décideraient ainsi de l'avenir politique de leur pays. Or, depuis le 29 mars, une loi punissait de mort quiconque tendrait, par ses écrits, au rétablissement d'un gouvernement autre que républicain, un et indivisible.

Après avoir nommé Danton exécuteur testamentaire, Olympe avait distribué au mois de juin, à tous les membres de la Convention, aux Jacobins, à la Commune, aux diverses sections parisiennes comme aux journalistes, un exemplaire de son *Testament politique* dans lequel elle défendait courageusement ses amis Girondins incarcérés. Le *Thermomètre du jour* avait salué ce texte en des termes élogieux : « Cet ouvrage est fait pour ajouter à la réputation que l'auteur s'est déjà acquise », pouvait-on lire dans ses colonnes. Mais cette accumulation de fronde de sa part l'exposait à présent dangereusement à la vindicte de ses opposants, qui souhaitaient la réduire au silence.

C'est pourquoi on l'avait mise au secret, afin qu'elle ne pût entrer en communication avec personne. Ainsi, Cubières apprit trop tard l'arrestation de son amie.

Alors que son dossier avait été transféré au Tribunal révolutionnaire, une lettre d'elle lui parvint enfin.

Au citoyen Dorat-Cubières, secrétaire de la Commune,

Je vous fais savoir, citoyen, que je viens d'être mise en état d'arrestation à la mairie. Mon délit est le même que celui qui m'avait désigné une place en 1785 à la Bastille. Mon Esclavage des Noirs *fut le premier coup de massue qui frappa la tyrannie et mon dernier ouvrage intitulé* les Trois Urnes ou le Salut de la patrie *vient enfin de me donner la récompense de mes efforts civiques. Une femme monstre, Charlotte Corday, vient de montrer un courage peu commun : elle n'a reçu que la récompense de son crime. Mais l'être sensible et humain qui a tout sacrifié au bien de son pays et qui se voit persécuté, peut-être conduit à la mort pour avoir préparé la paix et voulu faire le bonheur de la république, doit ambitionner son dernier moment si une injustice de cette force doit*

> *assurer le salut public en ouvrant tous les yeux.* [...] *Servir la cause du peuple, la patrie, avec toute la modestie dont je suis capable, c'était là ma plus douce récompense. Mais on veut me conduire à l'immortalité, et j'attends avec impatience la publicité des crimes que l'on m'impute. Je suis hors d'état de vous écrire moi-même, excusez. De l'indulgence pour les fautes d'orthographe et de style! Je ne possède pas le calme du crime, et ce que j'éprouve m'indigne et me fait frémir pour la patrie.*

Le 22 juillet, Mme de Gouges accompagna les commissaires pour une perquisition à son domicile de la rue de Harlay. Ils ne trouvèrent rien de notable et s'apprêtaient à repartir lorsque l'écrivain les informa que ses documents, papiers, manuscrits et lettres étaient au troisième étage, dans la pièce qui lui tenait lieu de bureau. À sa grande fierté, ils furent contraints de convenir, sur leur procès-verbal, que ces écrits et ces imprimés ne respiraient que patriotisme et républicanisme.

Épuisée par un abcès qui s'était déclaré dans son genou à la suite d'une blessure occasionnée par une mauvaise chute, la prisonnière regagna sa geôle à vingt-deux heures.

Elle se plaignit de ne pouvoir avoir de linge propre. Son infection lui procurait des poussées de température et sa chemise était trempée de sueur. Six jours plus tard, la jambe toujours enflée, elle fut transférée à l'abbaye de Saint-Germain-des-Prés dans une cellule qui comportait sur les murs les traces horribles des massacres du 2 septembre. Olympe, qui jeta un coup d'œil circulaire à la pièce, ne sut si elle frissonnait de fièvre ou de dégoût.

Enfermée à la Conciergerie, Marie-Antoinette, souffrante elle aussi, perdait beaucoup de sang. Robespierre envoya auprès d'elle Joseph Souberbielle, son médecin personnel, qui rendit compte de son état en des mots qui inquiétèrent le chef du gouvernement révolutionnaire.

La ci-devant reine apprit que l'on vidait le château de Versailles de toutes ses beautés. Le bureau de vente avait été installé dans un logement qui donnait sur la cour des Princes, naguère occupé par la princesse de Lamballe. Il y avait bien longtemps que l'ex-souveraine n'espérait plus revoir son cher Trianon et l'assassinat du roi lui faisait craindre sa condamnation à mort prochaine. Mais cette nouvelle emplit, pour une ultime fois, son cœur de regrets et de nostalgie. Celle d'une époque où, adulée et gâtée, elle rêvait d'un ailleurs, ignorant qu'elle était heureuse.

Les yeux secs d'avoir versé trop de larmes, elle songeait à ses enfants, à son petit garçon que l'on était en train de pervertir et de corrompre, et à sa fille, si sérieuse et si grave, et elle ne parvenait pas à se laisser emporter par le sommeil.

Sa vie n'était plus qu'une interminable nuit.

LXXX

Paris, septembre-octobre 1793

À la toute fin du mois d'août, Michonis était entré dans la cellule de la reine, accompagné d'un homme que celle-ci reconnut immédiatement comme un chevalier de Saint-Louis, le sieur de Rougeville. Son visage s'empourpra d'émotion. Il tenait un œillet qu'il lâcha négligemment à ses pieds. Lorsqu'ils furent partis, l'ex-souveraine y découvrit un billet roulé dans les feuilles, lui expliquant qu'il mettait des hommes et de l'argent au service de son évasion. Elle y répondit en piquant un papier de son aiguille, plaçant son sort entre ses mains et l'assurant de sa confiance. Le 30 août, les deux hommes reparurent et réglèrent avec l'illustre prisonnière les détails du plan qui devait la conduire vers son salut.

Dans la nuit du 2 au 3 septembre, tout se déroulait au mieux. Mais après avoir traversé sans encombre la salle des gardes, puis la loge du concierge et deux guichets, elle fut interceptée devant la grille de la cour du Mai, juste avant de déboucher sur la rue, perdant ainsi son ultime chance de recouvrer la liberté. Le gendarme Gilbert, d'abord complice, avait pris peur et s'était ravisé. Il arrêta la captive et la reconduisit en son cachot, puis adressa un rapport circonstancié à son supérieur, le lieutenant-colonel Dumesnil. Ce dernier, inquiet, s'empressa d'alerter le Comité de sûreté générale. La conjuration dite « de l'Œillet » était découverte. Marie-Antoinette se vit désormais gardée à vue et au secret, tandis que l'on cherchait à faire accélérer son procès.

Ce même jour, le Comité de salut public décréta la fermeture de la Comédie-Française, non sans avoir au préalable enfermé les comédiens. Lorsqu'elle apprit cette nouvelle, du fond de sa cellule, Olympe fut convaincue que son pays basculait dans les ténèbres. Et en effet, une rumeur circulait dans Paris : la Terreur allait officiellement s'instaurer.

– *L'heure de la vengeance est arrivée, point de quartier; la Convention vous a donné la plus grande latitude de pouvoir; elle a ordonné que tous les gens suspects soient arrêtés ! Eh bien ! Il faut mettre en état d'arrestation non seulement les aristocrates décidés, mais aussi ceux qui n'ont rien fait pour la liberté. Il faut que la Terreur soit à l'ordre du jour * !*, vociféra Hébert à la tribune[1].

Dès le 12 octobre, la Convention lança une deuxième vague de profanation des tombeaux de Saint-Denis. On découvrit le cadavre variolique décomposé de Louis XV, tandis que celui de son aïeul Louis XIV, mort gangrené, offrait la vision effrayante d'un corps calciné, d'un noir d'encre. Parfaitement conservée, en revanche, la momie d'Henri IV fut alors exposée aux curieux durant deux jours, accrochée debout sur des tréteaux à l'entrée de la basilique. D'autres dépouilles furent mutilées, certains révolutionnaires et sectionnaires n'hésitant pas à prélever un ongle, des cheveux, des dents et des os pour les remiser comme fétiches ou en faire commerce. On achetait de quoi fabriquer des onguents médicinaux à partir de corps humains embaumés depuis plusieurs siècles. Leurs vertus étaient réputées. L'affaire des poisons[2], qui avait éclaté sous le règne du Roi-Soleil en scandalisant la Cour, avait mis en lumière ces pratiques douteuses. On avait tenté de les éradiquer; elles avaient perduré.

Qu'ils soient morts ou vifs, ceux qu'une partie de la population appelait les « ci-devant », pour signifier leur ancienne appartenance à des titres nobiliaires, n'étaient plus respectés tant ils étaient devenus l'objet de toutes les frustrations et de toutes les haines.

---

1. Dix jours plus tard.
2. Voir Karin Hann, *Les Venins de la Cour*, Éditions du Rocher, 2013.

Dans ce contexte, il apparaissait évident à la reine que son jugement s'inscrirait dans les grands procès iniques de l'histoire, à la suite de ceux de Jeanne d'Arc ou du surintendant Fouquet, ministre de Louis XIV et seigneur de Vaux[3]. Elle se savait condamnée avant que d'être jugée et se résignait à son sort.

Quand elle avait encore accès à la cour du Mai, Marie-Antoinette avait pu voir des femmes, jupes relevées, retournées contre la grille et penchées en avant, offrant leur intimité à des hommes parqués de l'autre côté, afin que ses derniers puissent les besogner à travers les barreaux dans le but de les engrosser. Une citoyenne déclarée gestante pouvait en effet prétendre surseoir à son exécution.

La reine avait eu un haut-le-cœur devant tant de détresse.

Elle ne souhaitait, pour sa part, point différer son trépas.

Séparée à jamais de ses deux enfants, veuve d'un homme qu'elle avait fini par apprécier, souveraine déchue, sans sujets ni royaume, malade et épuisée, elle n'aspirait désormais qu'à rejoindre Dieu.

Ni à la mairie ni à l'abbaye de Saint-Germain-des-Prés Olympe n'était parvenue à recevoir les soins que nécessitait son genou. Dans son placard intitulé *Olympe de Gouges au Tribunal révolutionnaire*, l'écrivain interrogeait la foule. « La liberté des opinions [...] n'est-elle pas consacrée comme le plus précieux patrimoine de l'homme ? », s'indignait-elle, malmenant toujours Robespierre et sa Terreur. Le *Thermomètre du jour* salua l'audace de Mme de Gouges qui « se plaignait énergiquement et même avec courage des traitements qu'on lui faisait éprouver et de sa détention qu'elle regardait comme tyrannique et attentatoire à la Déclaration des droits de l'homme ».

Elle écrivait encore sur cette affiche :

> Quel est le mobile qui a dirigé les hommes qui m'ont impliquée dans une affaire criminelle ? La haine et l'imposture. Robespierre m'a toujours paru un ambitieux sans génie, sans âme : je l'ai toujours vu prêt à sacrifier la nation entière pour parvenir à la dictature. Je n'ai pu supporter cette ambition folle

3. Voir Karin Hann, *Althéa ou la Colère d'un roi*, Robert Laffont, 2010.

> et sanguinaire, et je l'ai poursuivi, comme j'ai poursuivi les tyrans. La haine de ce lâche ennemi s'est cachée longtemps sous la cendre, et depuis, lui et ses adhérents attendaient avec avidité le moment favorable de me sacrifier à sa vengeance.

Les mauvais traitements réservés à la citoyenne de Gouges émurent quelques Montagnards et, ne voulant pas fournir trop d'arguments à ses détracteurs, Fouquier-Tinville obtempéra et dépêcha deux médecins du Tribunal révolutionnaire auprès de la malade. On lui prescrivit de pratiquer une saignée. Toutefois, la prisonnière ne désarma pas et s'acharna à demander à être déférée vers un établissement de détention dans lequel elle pourrait bénéficier des soins que requérait sa santé. Ses requêtes finirent par aboutir, et elle fut transférée à l'infirmerie de la Petite Force, rue Pavée, dans l'ancien hôtel de Brienne transformé en maison d'arrêt destinée à accueillir les femmes « de mauvaise vie ». Malheureusement, elle ne pouvait pas y être convenablement prise en charge et son état empira.

Elle trouva encore la force de commanditer un affichage sur les murs de Paris de sa lettre intitulée *Une patriote persécutée*, témoignant d'une pugnacité héroïque, défiant ses bourreaux, défendant la liberté et les droits au péril de sa vie. Elle continuait de redouter les tueries de masse perpétrées au sein des prisons à intervalles réguliers.

> Si le massacre a lieu, je serai peut-être une des premières victimes sacrifiées. Mais que mes assassins frémissent : tout sera compté quand je ne serai plus. On apprendra au peuple ce que j'ai fait pour lui. On lui dira : « Cette femme que de vils assassins ont immolée fut ton soutien dans le grand hiver ; elle fut nommée la mère du peuple par tous les cœurs. Par ses écrits humains et populaires, elle excita la bienveillance des riches et des gens de cour. Elle a su à propos les menacer du désespoir du peuple. » [...] Le bien ne se perd jamais sur la terre ; l'expérience nous apprend que l'être vertueux qui fut persécuté dans sa vie recueille après sa mort les larmes de la reconnaissance et que sa mémoire est honorée...

Robespierre et Fouquier-Tinville attendaient leur heure et ne bougeaient pas, tapis dans l'ombre, tels des félins prêts à bondir sur leur proie.

Sûre de son fait et certaine d'être acquittée, car convaincue de son innocence, Olympe s'impatientait. « Que l'on me juge donc!, réclamait-elle dans ses lettres, du fond de sa geôle. La mort ou la liberté! »

Pour Marie-Antoinette, qui patientait elle aussi avant d'être fixée sur son sort, il n'était déjà plus question de cette alternative.

Septembre se finissait et la « loi des suspects », votée par décret le 17, n'était pas de nature à rassurer. Elle stipulait ceci :

> Sont réputés gens suspects : 1° ceux qui, soit par leur conduite, soit par leurs relations, soit par leurs propos ou leurs écrits, se sont montrés partisans de la tyrannie ou du fédéralisme, et ennemis de la liberté; 2° ceux qui ne pourront pas justifier, de la manière prescrite par le décret du 21 mars dernier, de leurs moyens d'exister et de l'acquit de leurs devoirs civiques; 3° ceux à qui il a été refusé des certificats de civisme; 4° les fonctionnaires publics suspendus ou destitués de leurs fonctions par la Convention nationale ou par ses commissaires et non réintégrés [...]; 5° ceux des ci-devant nobles, ensemble les maris, femmes, pères, mères, fils ou filles, frères ou sœurs, et agents d'émigrés, qui n'ont pas constamment manifesté leur attachement à la Révolution; 6° ceux qui ont émigré dans l'intervalle du 1er juillet 1789 à la publication du décret du 30 mars-8 avril 1792, quoiqu'ils soient rentrés en France dans le délai prescrit par ce décret ou précédemment.

Au nom de la liberté se commettaient à présent chaque jour des crimes et des assassinats.

La Révolution, formidable élan d'espoir, avait clairement sombré dans l'horreur.

LXXXI

Paris, octobre 1793

La loi des suspects avait considérablement densifié l'ère des guillotinades. Sous un ciel souvent chargé de pluie en cet automne brumeux et froid, les Parisiens s'étaient habitués à voir cet énorme et lugubre instrument couper les têtes et vider entièrement les corps de leur sang. Parfois, on s'amusait même de ce que les badauds des premiers rangs, venus assister à ces exécutions jugées trop brèves, repartaient tout rougis des éclaboussures des suppliciés. Chacun y allait de son commentaire, et la charrette, rangée non loin des marches à gravir pour monter à la mort, commença de déverser quotidiennement, à partir du 10 où la Terreur s'institua de façon officielle, des groupes de condamnés. Les prisons étaient pleines à craquer, on avait besoin de dégager de la place.

On libérait très peu, on éliminait beaucoup.

Les nobles, en particulier, ne tardèrent pas à marcher vers leur dernière demeure. La Convention invita dans le même temps les communes portant des noms pouvant rappeler la royauté, la féodalité ou des superstitions à les remplacer par des dénominations républicaines. Il fallait à toute force éradiquer la moindre trace de l'Ancien Régime.

Le mois précédent, Olympe avait enfin obtenu d'être transférée dans une maison de soins, afin d'y traiter son genou. Cet endroit mieux adapté, nommé la « pension Belhomme », coûtait plus de cinq cents livres chaque mois pour être visité par le sieur Lescourbiac, chirurgien patriote, et Mme de Gouges fut contrainte de déposer plusieurs objets précieux au mont-de-piété, afin de s'acquitter de ses droits. Toutefois, elle recouvra un peu la santé et, même si son abcès refusa de s'assécher complètement, elle sentit très vite qu'elle allait mieux, surtout depuis qu'elle avait fait la connaissance de Théodore Gérard, auteur de brochures engagées, qui défendait des idées similaires aux siennes. La liberté relative dans laquelle ils évoluaient au sein de cet établissement leur permit de passer ensemble des moments délicieux. Olympe se consolait de l'absurdité du monde dans les bras de son nouvel amant, l'aimant chaque nuit comme si ce devait être la dernière.

Avant que d'être rejointe en sa couche, elle rédigeait une missive à l'attention de son fils :

> *Je suis libre comme chez moi. Je pourrais m'évader; mes ennemis et mes bourreaux ne l'ignorent pas. Mais convaincue que toute la malveillance réunie pour me perdre ne pourrait parvenir à me reprocher une seule démarche contre la Révolution, j'ai demandé moi-même mon jugement.*

– C'est une lettre pour Pierre?, s'enquit Théodore en entrant dans sa chambre.

– Effectivement. Je l'informe que mon séjour se déroule au mieux. Toutefois, j'avoue qu'il me tarde d'être lavée de ce dont on m'accuse.

– Je ne partage pas ton optimisme, ma très tendre. On a encore durci les sanctions sur les propos et les écrits contre-révolutionnaires. Ce n'est bon ni pour toi ni pour moi…

– Je n'ai jamais été contre-révolutionnaire!, s'indigna Olympe.

– Robespierre incarne aujourd'hui la Révolution, en dépit du fait que ce qu'il prône et met en place n'a plus rien à voir avec ce dont nous avions rêvé. Or tu n'as pas retenu tes mots, le concernant…

– Il a dénaturé ce pour quoi nous luttions, il a tué l'espoir, il piétine la liberté, il…

Théodore s'avança vers elle et replaça délicatement une mèche échappée de son chignon derrière son oreille.

– Doucement, ma belle. Je suis d'accord avec cela et suis ici pour les mêmes raisons que toi. Je te dis simplement qu'il ne faut pas te bercer d'illusions ni penser que celui qui écrase les droits des citoyens encouragera la probité de la justice. Je ne crois guère à notre acquittement...

Mme de Gouges se leva et étreignit son compagnon.

– En ce cas, tâche de me faire vite un enfant. C'est le seul moyen que j'aurai de surseoir à mon exécution, souffla-t-elle en l'entraînant vers le lit, où ils s'enlacèrent avec passion afin de profiter de ces quelques moments d'exception.

Une nuit d'encre noyait la pièce, deux heures plus tard, quand, le corps alangui par le plaisir que venait de lui donner son amant, Olympe s'engourdit bientôt sous la fatigue. Son genou était encore douloureux, mais blottie contre Théodore, elle sombra dans un sommeil sans rêve.

À la Conciergerie, Marie-Antoinette ne dormait toujours pas. Inquiet de sa santé, Robespierre hâtait la procédure de son jugement, craignant un trépas qui ferait lui échapper un procès retentissant et la mise en scène d'une exécution exemplaire. Ses linges intimes rougis du sang qu'elle perdait d'abondance, épuisée, elle songeait à Mousseline et à son Chou d'amour, à l'avenir qu'ils pourraient avoir dans ce pays qui leur déniait tout droit d'exister. Certes, on ne guillotinait pas les enfants. Mais rien n'empêchait de les torturer à les rendre fous. Que deviendraient-ils après sa mort, qui ne manquerait pas d'advenir ? Depuis la décapitation du roi, Hébert distillait son venin dans son *Père Duchesne*, reprenant les propos orduriers de Robespierre sur cette « chienne d'Autrichienne ». « La punition d'un tyran sera-t-elle le seul hommage que nous ayons rendu à la liberté et à l'égalité ? Souffrirons-nous qu'un être non moins coupable, non moins accusé par la nation et que l'on a ménagé jusqu'ici comme par un reste de superstition pour la royauté, souffrirons-nous qu'il attende tranquillement ici le fruit de ses crimes ? », s'était exclamé le sinistre député à la tribune dès la mi-mars. La guerre et les soulèvements, en Vendée notamment, avaient toutefois détourné l'attention du gouvernement révolutionnaire, quant à la ci-devant reine, durant tout l'été. Mais la Terreur qui s'était instaurée le mois précédent avait remis le sujet du sort de Marie-Antoinette au goût du jour. Amputée des Girondins que l'on venait d'arrêter, la Convention était désormais très hostile, pour la majorité, à l'ex-souveraine.

Cette dernière eût souhaité préparer ses arguments avec les hommes de loi qu'elle avait choisis pour la défendre, Tronçon-Ducoudray et Chauveau-Lagarde. Elle le désirait afin de laver son honneur en mémoire de son époux, dont le courage et la grandeur avaient forcé son admiration, et pour être son égale, de ce point de vue, dans le souvenir de ses enfants.

On ne lui accorda pas cela.

Au matin du 14 octobre, ce furent deux avocats n'ayant pu avoir accès à aucun document qui lurent en bredouillant quelques notes griffonnées à la hâte. Le dossier était vide, Fouquier-Tinville n'ayant même pas réussi à rassembler les pièces à charge présentées lors du procès du roi. Alors qu'Hébert dénonçait des attouchements incestueux sur la personne de son fils, Marie-Antoinette, abasourdie, demeura silencieuse. On la sollicita en lui demandant le pourquoi de son absence de réaction. Très digne, la reine déchue se leva et prit à partie l'ensemble des tricoteuses venues écouter les débats.

– *Si je n'ai pas répondu, c'est que la nature elle-même refuse de répondre à une telle accusation faite à une mère. J'en appelle à toutes celles qui peuvent se trouver ici * !*

Un tonnerre d'applaudissements retentit dans la salle. Herman, président du tribunal, donna des signes d'inquiétude et se hâta de changer de sujet.

– *Examen fait de toutes les pièces transmises par l'accusateur public, il en résulte qu'à l'instar des Messaline, Brunehaut, Frédégonde et Médicis, que l'on qualifiait autrefois de reines de France et dont les noms à jamais odieux ne s'effaceront pas des fastes de l'histoire, Marie-Antoinette, veuve de Louis Capet, a été, depuis son séjour en France, le fléau et la sangsue des Français et la cause des troubles qui agitent depuis quatre ans la nation et qui ont fait tant de malheureuses victimes*.*

Les douze jurés issus du peuple ne savaient pas tous lire et écrire. Tailleur, menuisier, perruquier, ils avaient été désignés pour leurs convictions politiques et ne devaient pas faiblir le moment venu. Sur ces pauvres gens, emportés eux aussi par une histoire qui les dépassait, reposerait la responsabilité du verdict, pourtant préétabli.

Mais l'on souhaitait, pour la postérité et l'opinion du peuple de Paris, donner l'apparence de la justice. Or, le dossier de la ci-devant reine manquait toujours désespérément de pièces à charge. On choisit donc de déclarer que la souveraine déchue avait eu une influence néfaste sur Capet, son mari. Marie-Antoinette, interrogée le 12 au beau milieu de la nuit, dans le plus grand secret, par Herman lui-même, avait répondu avec habileté et intelligence, sans se renier, à toutes les questions qui lui avaient été posées. À l'ultime piège qui lui avait été tendu, elle avait feinté, une dernière fois.

– *Vous regrettez sans doute que votre fils ait perdu le trône sur lequel il eût pu monter, si le peuple, enfin éclairé sur ses droits, n'eut brisé ce trône* ?*, lui avait perfidement demandé le président du tribunal.

– *Je ne regretterai jamais rien pour mon fils quand mon pays serait heureux* *, l'avait-elle contré avec lassitude.

Assise dans la salle d'audience, la ci-devant reine, vêtue de noir, était très pâle, car elle saignait toujours beaucoup. Toutefois, elle contestait inlassablement tous les méfaits dont on la chargeait. Les gens se pressaient, voulant l'apercevoir. Exténuée, n'ayant presque rien avalé depuis deux jours, elle entendit la foule exiger de la voir debout et trouva le courage de se lever.

– *Le peuple sera-t-il bientôt las de mes fatigues* ?*, s'enquit-elle en se tournant vers les premiers rangs.

Ce fut aux alentours de quatre heures et demie que tomba le verdict émanant des jurés, qui s'étaient retirés pour délibérer. Ces derniers la déclarèrent coupable de haute trahison[1] et le Tribunal la condamna à mort le soir même. Elle écouta la lecture du verdict et de la sentence calmement, puis sortit de la salle, le port de tête altier, dans le plus grand silence.

Elle descendit l'escalier de la tour Bonbec, à la Conciergerie, afin de regagner sa cellule, en titubant de fatigue. On lui avait enfin donné de quoi écrire ; elle consacra donc le reste de la nuit à rédiger une longue lettre testamentaire à sa belle-sœur Élisabeth, puis s'allongea sans se dévêtir et pleura longuement, en ayant soin de ne point être entendue.

1. Voir l'annexe A.

Vers dix heures, on lui commanda de se défaire de sa robe de veuve pour passer une simple chemise, puis on lui coupa les cheveux avant de lui lier les mains dans le dos. Elle s'indigna et fit remarquer que le roi n'avait point subi cette humiliation[2], mais elle perçut bien vite qu'elle n'en avait pas terminé, puisqu'elle quitta la cour du Mai sur une fruste charrette, tandis que Louis XVI s'était rendu à son supplice en voiture fermée, habillé convenablement et libre de ses mouvements.

Le trajet fut interminable. L'exécution étant rapide, il fallait que le peuple en eût pour ses frais. Roide et lointaine, l'ex-souveraine n'entendait plus les quolibets ni les insultes et gravit dignement les degrés qui la menaient à la guillotine.

– *Monsieur, je vous demande excuse, je ne l'ai pas fait exprès**, dit-elle doucement quand elle comprit qu'elle venait de marcher sur le pied du bourreau.

Ce furent ses derniers mots, car elle ne chercha pas à s'adresser au peuple, comme l'avait tenté le roi.

À midi et quart, le 16 octobre, Marie-Antoinette de France, née Habsbourg, mourut guillotinée. On brandit sa tête pour la montrer à la foule qui scanda « Vive la république ! Vive la liberté ! ».

Personne n'avait pu la soumettre.

Avec désarroi, ses ennemis reconnurent qu'elle avait gardé jusqu'à son trépas une majesté de reine[3].

Deux semaines après l'exécution de la veuve de Louis XVI, vingt et un Girondins emprisonnés furent jugés à huis clos et montèrent à leur tour à l'échafaud. Le 28 octobre, sur ordre de Fouquier-Tinville, Olympe de Gouges avait été transférée au secret à la Conciergerie, comprenant qu'elle venait de rejoindre l'antichambre de la mort.

2. On attacha ses poignets juste au moment de monter à l'échafaud.
3. Voir l'annexe B.

LXXXII

Paris, novembre 1793

Au matin du samedi 2 novembre, aux alentours de sept heures, tandis que le jour pointait, la citoyenne « Degouges », ainsi que l'avait renommée Fouquier-Tinville, fut emmenée devant le Tribunal révolutionnaire siégeant en la salle de l'Égalité située en haut des degrés de la tour Bonbec, dans laquelle avait été jugée et condamnée Charlotte Corday au mois de juillet. Escortée d'un huissier et de deux gendarmes, la prisonnière arpenta péniblement les sombres couloirs, peinant à s'appuyer sur son genou qui la faisait de nouveau beaucoup souffrir. En l'absence de soins constants et efficaces, l'infection gagnait du terrain.

Une foule hostile l'attendait déjà.

Herman, le protégé de Robespierre, présidait, entouré des juges David et Lanne et de leurs assesseurs. Assis à une petite table sur la droite, le substitut Naulin remplaçait Fouquier-Tinville pour soutenir l'accusation. Tous étaient vêtus de noir, à l'exception d'un ruban tricolore retenant une médaille, passé autour du cou.

Les trois témoins assignés, le papetier Cressot, l'imprimeur Longuet et la dénonciatrice Françoise Meunier, fille des afficheurs de la Commune, prêtèrent serment. Ducray, le commis greffier, prit alors la parole :

– *Contre le vœu manifesté par la majorité des Français pour le gouvernement républicain et au mépris des lois portées contre quiconque* *proposerait une autre forme de gouvernement, Olympe de Gouges a composé et fait imprimer des ouvrages qui ne peuvent être considérés que comme un attentat à la souveraineté du peuple, puisqu'ils tendent à mettre en question ce sur quoi il a formellement exprimé son vœu. On ne peut se tromper sur les intentions perfides de cette femme criminelle, et sur ses moteurs cachés, lorsqu'on la voit, dans tous les ouvrages dont elle est au moins le prête-nom, calomnier et verser le fiel à longs traits sur les plus chauds amis du peuple et sur ses plus intrépides défenseurs* * *!*

Olympe ne l'écoutait pas. Elle cherchait du regard son avocat et ne le trouvait pas. Quand Ducray eut achevé sa harangue, elle s'enquit de la présence de l'homme de loi censé argumenter en sa faveur. On l'informa qu'il n'avait finalement point voulu se charger de sa cause.

– Puis-je en ce cas en quérir un autre ?, demanda-t-elle alors.

– *Vous avez suffisamment d'esprit pour vous défendre seule**, répondit Herman avec un sourire mauvais.

Il fut confirmé que la citoyenne Olympe de Gouges était à l'origine de l'affiche *les Trois Urnes ou le Salut de la patrie*. S'ensuivit un interrogatoire sur le contenu de son texte, qu'Olympe soutint avec finesse et conviction.

– *Vous reconnaissez-vous l'auteur d'un ouvrage manuscrit, trouvé parmi vos papiers, intitulé* la France sauvée ou le Tyran détrôné* *?*

– *Oui* *, assuma-t-elle.

– *Pourquoi alors*, reprit Herman, *avez-vous mis dans la bouche du personnage qui devait, dans cette pièce, représenter la femme Capet, des déclamations injurieuses et perfides contre les plus ardents défenseurs des droits du peuple* * *?*

– *J'ai fait tenir à la femme Capet le langage qui lui convenait* *, rétorqua Mme de Gouges en songeant qu'il ne s'agissait pas d'un parler ordurier, plutôt d'une opinion que la souveraine n'avait certainement pas manqué, comme elle, d'avoir sur ces révolutionnaires sanguinaires.

On l'interrogea sur son enfant, en cherchant à savoir si elle était en contact avec lui et si elle lui avait envoyé l'une de ses affiches. Pressentant le danger pour Pierre, Olympe se tourna, de la même façon que Marie-Antoinette avant elle, vers les mères qui suivaient l'audience.

– Je suis femme, je crains la mort, je redoute votre supplice, mais je n'ai point d'aveu à faire, et c'est dans mon amour pour mon fils que je puiserai mon courage. Mourir pour accomplir son devoir, c'est prolonger sa maternité au-delà du tombeau !*

Elle fut applaudie.

Comme pour la reine défunte, le Tribunal se hâta alors de changer de sujet, percevant que l'adhésion de la foule pourrait vaciller. On l'accusa encore de nombreux forfaits. Elle choisit de taire son soutien à ses consœurs, qu'elle n'avait cessé d'encourager, d'encadrer et de défendre, souhaitant que le divorce soit légalisé, que les enfants nés hors mariage aient le droit d'être légitimés, que des maisons spécialement destinées à l'accouchement soient enfin ouvertes, mais elle s'abstint, car trois jours plus tôt, les clubs, rassemblements ou réunions de citoyennes avaient été formellement proscrits par la Convention. De toute évidence, les révolutionnaires n'aimaient pas la liberté, et le maintien des individus de la gent féminine en dehors de la vie civique avait la vie dure.

Puis les jurés se retirèrent afin de délibérer et, à leur retour, Herman l'apostropha pour l'inviter à se prononcer sur l'application de sa peine.

Olympe abattit alors son ultime carte.

– Mes ennemis n'auront pas la gloire de voir couler mon sang : je suis enceinte et donnerai à la République un citoyen ou une citoyenne !*

On enregistra sa déclaration, avant de lui lire la sentence.

– Attendu qu'il est constant qu'il existe au procès des écrits tendant au rétablissement d'un pouvoir attentatoire à la souveraineté du peuple d'une part et que Marie-Olympe de Gouges, se disant veuve Aubry, est convaincue d'être l'auteur de ces écrits ; le Tribunal, faisant droit sur les conclusions de l'accusateur public, condamne ladite Marie-Olympe de Gouges, veuve Aubry, à la peine de mort.*

Cette dernière se leva et quitta la salle d'audience avec un sang-froid stupéfiant, sans afficher la moindre émotion. Tous notèrent sa beauté et sa dignité. On en fit état dans les journaux du lendemain.

Au cours de l'après-midi, deux médecins et une sage-femme entrèrent dans sa cellule pour lui faire subir un examen gynécologique. Mme de Gouges affirma être grosse depuis trois semaines.

Les praticiens constatèrent en effet un rétrécissement du col de l'utérus. Toutefois, Fouquier-Tinville avança que la prisonnière n'était pas censée avoir pu côtoyer des détenus lors de son séjour à la maison de santé, et choisit d'ignorer ce compte rendu.

Aucune femme n'avait été mise à mort après Marie-Antoinette, guillotinée dix-huit jours plus tôt. Une ultime fois, les vies de ces deux femmes se répondaient en écho.

Olympe consacra les heures qui lui restaient à vivre à s'adresser à son fils bien-aimé.

« La postérité retiendra mon nom, écrivit-elle alors. Je marche vers mon destin[1]. »

---

1. Voir les annexes.

Post-scriptum

Difficile de refermer cet ouvrage sans une dernière apostrophe au lecteur. La période de la Révolution est, on l'a dit, violente, cruelle, déstabilisante. Mais s'il fallait se confronter à cela pour rencontrer un être exceptionnel comme Olympe de Gouges, alors la démarche en valait la peine.

Elle appartient, elle aussi, à ces personnages historiques qui ont pâti du roman national créé de toutes pièces, ainsi que de la misogynie phénoménale du XIXe, qui s'étire d'ailleurs jusqu'aux trois quarts du siècle suivant.

Lorsqu'on découvre l'entièreté de ses écrits, on est frappé par leur incroyable modernité, car il faudra patienter presque deux cents ans avant que ses préconisations n'entrent en effet dans les mœurs ! Revendiquer pour les femmes l'union libre, la reconnaissance des enfants nés hors mariage, le droit de voter comme celui de divorcer, de mener une carrière politique, de décider pour elles-mêmes, et que les Noirs puissent être les égaux des Blancs est, à cette époque, une véritable gageure. Le plus déroutant est son obstination, sa volonté de poursuivre coûte que coûte cette lutte qu'elle estime essentielle. Olympe ne regarde pas sa vie, elle agit en fonction de l'éternité.

Alors que s'instaure la Terreur, elle ne peut qu'entrevoir ce qui l'attend et ose l'écrire. Elle est au cœur du dispositif, se rend à l'Assemblée nationale quotidiennement, entend les débats, assiste aux massacres et aux exécutions sommaires. Elle ne peut ignorer que s'obstiner dans cette voie en s'opposant à Robespierre la condamne à mort. Or, si l'on décèle parfois le découragement sous sa plume, on y cherchera en vain la moindre trace de résignation. Elle ne parvient pas à abandonner ce qu'elle croit être juste, au nom d'une raison supérieure qui la dépasse. On en a fait une hystérique, une dépravée, une instable ayant perdu tout sens commun au seul motif que la lâcheté eût été de mise devant ce manifeste déséquilibre des forces ! On a même détruit une partie de son œuvre pour limiter son importance dans l'histoire et, quelque temps après sa mort, son fils Pierre, qu'elle a tant chéri et aimé, l'a reniée dans le but de sauver sa tête...

Peu de figures du passé ont subi une telle vindicte, au point qu'il manque beaucoup de détails sur sa vie intime et son emploi du temps, ce qui est préjudiciable au rétablissement d'une image plus fidèle du personnage.

Par ailleurs, en poursuivant mes recherches, cet écho singulier avec la destinée de Marie-Antoinette, sur certains sujets, m'a semblé un angle d'écriture intéressant.

La liberté fut le rêve que ces deux femmes ont poursuivi jusqu'à leur mort.

Olympe pour les autres, Marie-Antoinette pour elle-même.

Après son arrivée en France, la jeune dauphine peina à se plier au protocole, dans lequel elle étouffait. Dans son rôle de reine, on la disait frivole. Au nom de sa soif de liberté, elle a commis d'irréparables maladresses qui l'ont grandement desservie. Souveraine déchue devenue prisonnière, c'est elle qui envisage une évasion et qui l'organise avec Fersen, quand Louis XVI, hostile à cette idée, demeure silencieux. Veuve, elle se prête encore à ce dangereux exercice (qui précipitera son procès) lors de la « conjuration de l'Œillet ».

Olympe de Gouges et Marie-Antoinette de France auront mené un combat pour l'émancipation. Nul hasard si c'est à la souveraine que l'écrivain envoya sa *Déclaration des droits de la femme et de la citoyenne.*

« La crainte fit les dieux, l'audace a fait les rois[1] », a écrit Crébillon.

Pertinence que ces mots !

Marie-Antoinette révèle sa majesté dans sa dimension tragique. Quant à Olympe, elle acquiert son titre de noblesse à travers une lutte acharnée pour la liberté et l'égalité des droits. Reine sans couronne de cette Révolution qui se dénature et se trahit, elle pointe sans relâche et avec un courage époustouflant le cap et les objectifs qu'il faudrait poursuivre.

Au lendemain de son exécution, on rapporta les propos d'un inconnu ayant assisté à la scène, dans un article de journal.

> Elle était sereine sous le regard imbécile de la foule impatiente, sous l'œil narquois et méchant des autres femmes.
> Face au néant, elle gravit les marches de l'échafaud avec la pâleur que donnent les quelques secondes qui précèdent la mort et auxquelles aucun condamné n'échappe. Du haut de la plate-forme, elle scruta le peuple assemblé et, encore confiante dans le genre humain, elle s'exclama : « Enfants de la patrie, vous vengerez ma mort ! »
> Elle a porté à l'échafaud un front calme et serein, et a forcé les furies de la guillotine, qui l'ont conduite jusqu'au lieu du supplice, de convenir que jamais on n'avait vu tant de courage réuni à tant de beauté.

« [Elle] osa trop, mais l'audace était belle[2] ! », aurait pu s'écrier Sainte-Beuve.

Olympe de Gouges force en tout cas le respect et mérite grandement qu'on la mette en lumière. Le XXIe siècle, tourné davantage vers ces droits qu'elle a osé défendre, y contribuera sûrement.

1. Prosper Jolyot de Crébillon (1674-1762), in *Xerxès*, 1714, acte Ier, scène 1re.
2. In *Tableau historique et critique de la poésie française et du théâtre français au XVIe siècle*, 1828.

Comme pour d'autres recherches menées précédemment sur différents sujets, mon souhait serait que ce livre qui se referme soit une petite contribution à la légitime réhabilitation que la postérité lui doit.

Annexes

Chapitre II

A. Dans sa biographie fouillée sur Olympe de Gouges, Olivier Blanc précise :

> Peut-être reçut-elle l'instruction sommaire des jeunes filles que dispensaient à l'époque les ursulines de Montauban. Toujours est-il qu'on lui apprit les rudiments d'écriture suffisants pour pouvoir plus tard signer – mais assez mal – l'acte de son mariage à l'église, alors qu'à la même époque environ treize filles sur vingt de sa paroisse étaient illettrées[1].

B. « Protégé mais également souffre-douleur de Voltaire », écrit Olivier Blanc[2].

C. En 1788, Olympe de Gouges publie *Mémoire de Mme de Valmont contre l'ingratitude et la cruauté de la famille de Flaucourt*, œuvre épistolaire autobiographique inspirée, dans la forme, des *Liaisons dangereuses* de Choderlos de Laclos, et dont seuls les noms ont été changés. Elle y écrit :

---

1. In *Marie-Olympe de Gouges, Une humaniste à la fin du XVIIIe siècle*, Éditions René Viénet, 2003, p. 26.
2. In *ibid.*, p. 30.

On me maria à un homme que je n'aimais point et qui n'était ni riche, ni bien né. Je fus sacrifiée sans aucune raison qui puisse balancer la répugnance que j'avais pour cet homme. On refusa même, je ne sais pourquoi, de me donner à un homme de qualité qui voulait m'épouser : je me sentais, dès lors, au-dessus de mon état et, si j'avais pu suivre mon goût, ma vie aurait été moins variée et il n'y aurait eu de romanesque que ma naissance.

Chapitre V

Au XVIIIe siècle, le déjeuner n'est pas systématique, surtout dans la catégorie sociale qu'occupe l'intéressée. On boit volontiers une tasse de lait vers neuf heures et l'on « déjeune » aux alentours de dix-sept heures.

Chapitre VI

A. Avant la Révolution française, les colporteurs de livres sont limités à cent vingt et parfaitement identifiés par les autorités, qui ne tolèrent pas que l'on vende autre chose que des « livrets », sortes de brochures ou de fascicules. Ils portent un permis d'imprimer visible et ont interdiction de tenir boutique. Tandis que l'Angleterre ou les Pays-Bas s'illustrent par une relative mais réelle liberté de l'édition et de la presse, les librairies de la France des Lumières sont en proie à d'infinis tracas. Au point qu'en 1763 Denis Diderot rédige sa fameuse *Lettre sur le commerce de la librairie*, adressée au « directeur de la Librairie », Antoine de Sartine, lieutenant général de police, dans laquelle il dénonce les nombreuses dérives sur le sujet.

En août 1777, une réforme visant à améliorer le sort des écrivains français les autorise à monnayer leurs propres écrits. Les différentes corporations sont furieuses. Le pouvoir tente alors de prohiber le commerce de livres dans les cabinets de lecture qui surgissent un peu partout à cette époque. Par ailleurs, la vente à distance augmente, mais ces achats se font directement auprès de l'éditeur-imprimeur. Certains libraires se spécialisent et imaginent des systèmes de troc entre confrères européens. Un marché des idées se met en place, une

« invention de marchés », pour reprendre les termes de l'historien Roger Chartier.

B. La malle-poste, qui succédera à la malle-charrette, véhicule affecté au même usage sous les règnes de Louis XV et de Louis XVI, transportait aussi bien des passagers que du courrier. La malle-charrette, comme son nom l'indique, était une charrette non suspendue, à deux roues, couverte, tirée ordinairement par trois chevaux : un fort *limonier*, un deuxième cheval *en galère* (renfort) et un troisième, le *porteur*, monté par un postillon. Les cahots auxquels elle était soumise lui valurent le surnom de « panier à salade » !

C. C'est du début du XVIIe siècle que date l'origine de l'administration des Postes en France, avec la création de la « poste aux lettres », dirigée par le surintendant général des Postes. À l'époque, le port était payé par le destinataire.

Chapitre VII

A. À ce sujet, Olivier Blanc est catégorique. Olympe a toujours refusé de se remarier. Elle avait cette perspective en horreur, parce qu'elle avait vécu cet outrage et parce que la société condamnait par ce biais les femmes à endurer les pires abjections :

> Pourquoi n'a-t-elle pas épousé Biétrix ? Elle ne le désirait pas et dit avoir écarté toute idée de mariage, car le droit conjugal d'Ancien Régime, inspiré par l'Église catholique, était profondément injuste pour les femmes, perdantes sur toute la ligne : la plupart des demandes de séparation formulées et pleinement justifiées par elles, dans les années 1780, étaient rejetées par le Châtelet ou le Parlement alors que des sévices physiques graves et des abus sexuels étaient constatés, ainsi Mme de Chambonas dont le procès émut beaucoup de femmes de l'époque. Les femmes n'avaient alors d'autres choix que de demeurer au domicile conjugal, celui de leur bourreau, ou d'entrer au couvent où beaucoup d'entre elles terminèrent leurs jours, comme Mme de Choiseul-Stainville ou de La Tour du

Pin parmi d'autres. Pour Olympe, la question du mariage était entendue : pas question d'aliéner sa liberté [3].

B. On a rapporté cent trente et un morts. Bouleversés, le dauphin et la dauphine, cette dernière n'ayant pas même quinze ans, financeront sur leur cassette personnelle une importante aide aux victimes et à leurs familles.

C. Toujours dans son *Mémoire de Mme de Valmont contre l'ingratitude et la cruauté de la famille de Flaucourt*, Olympe de Gouges retrace « les années de jeunesse de sa mère et ses propres souvenirs avec la famille de Flaucourt, c'est-à-dire les Le Franc de Pompignan, principalement le marquis et homme de lettres de ce nom, qu'elle avait de bonnes raisons de croire son père naturel [4] ».

> Quoique tout atteste que je sois sa fille, confiait-elle à des amis, je préférerais d'en douter que de l'affliger un instant ; mais puisque la mort me l'a enlevé, je n'ai plus de frein pour ceux qui lui ont survécu, qui ont aggravé ses torts et comblé mes malheurs.
> [...] À une époque où les lettres de cachet étaient monnaie courante, il était aventureux de mettre en cause la moralité affichée d'un personnage aussi considérable que l'était Le Franc de Pompignan : académicien de renom, chef d'une famille du Midi toulousain, il se posait comme le champion du parti dévot.

La lecture de cet ouvrage, lorsqu'on transpose correctement les noms, ne laisse pas de place au doute : Olympe est bien l'enfant naturelle de ce Le Franc de Pompignan qui a profondément aimé sa mère, « une des plus belles femmes de Montauban ».

Leur passion était réciproque et leurs rencontres, facilitées par le décès prématuré, à trente-trois ans, du boucher Pierre Gouze, époux d'Anne-Olympe, en août 1750. Dès lors, Le Franc de Pompignan demanda à plusieurs reprises à voir sa fille adultérine qui, déjà,

3. *Ibid.*, p. 40.
4. Olivier Blanc, in *ibid.*, p. 17, ainsi que les citations suivantes.

présentait une indéniable ressemblance physique avec lui, avant de devoir, sur l'insistance de sa famille, se résigner à épouser une certaine Marie-Félicité de Caulaincourt.

Chapitre VIII

C'est mot pour mot ce qu'Olympe écrira en 1791 dans la *Déclaration des droits de la femme et de la citoyenne*, dédiée à la reine, alors qu'elle propose de remplacer le mariage traditionnel par une sorte de pacte ou de contrat civil « beaucoup moins contraignant, où les partenaires, cédant à leurs "inclinations particulières", auraient des liaisons amoureuses parallèles et des enfants avoués d'un autre lit », précise Olivier Blanc[5].

Chapitre IX

A. En réalité, Louis XV a succombé à la variole, que l'on appelait « petite vérole » à cette époque. Les premiers symptômes étaient apparus le 26 avril 1774, alors qu'il se reposait au Petit Trianon. Ayant toujours eu une fascination morbide, il avait exigé que l'on ouvrît le cercueil renfermant le cadavre d'un homme décédé de cette terrible maladie, en dépit des exhortations de son entourage à n'en rien faire. Il fut contaminé et mourut dans la foulée.

B. « Les premiers commis de la Marine de l'Ancien Régime ont été le pivot du secrétariat d'État, exerçant une influence supérieure à leur rang dans l'administration. Chaque département ministériel garde ses spécificités, même si les premiers commis des différents ministères partagent des traits communs. Les emplois de premier commis étant honorables et recherchés, leur carrière offre des attraits même si elle ne se déroule pas sans risque ni aléas[6]. »

---

5. In *ibid.*, p. 32.
6. Vida Azimi, « Les premiers commis de la Marine au XVIIIe siècle », in *Revue historique du droit français et étranger*, Dalloz, octobre-décembre 2003, 81(4), 503-525.

Chapitre XI

A. Actuelle rue Visconti. En ce lieu avaient logé avant elle le tragédien Racine ainsi que Mlle Clairon et Mlle Lecouvreur, deux célèbres comédiennes.

B. Dès la fin du XVIIe siècle, et surtout à partir du siècle suivant, le marché s'organise et, pour répondre à la demande, des négoces se créent, des « comptoirs » apparaissent dans les principales villes de la région, la plupart d'origine anglo-saxonne. Certains perdurent de nos jours.

C. Ces importantes émeutes frumentaires nommées « guerre des Farines » sont considérées par nombre d'historiens comme le signe avant-coureur de la Révolution française. Le contrôleur général des finances Turgot fera preuve d'une grande fermeté et d'un remarquable esprit de décision dans la répression de ces manifestations d'hostilité, tout en bénéficiant du soutien de Louis XVI. À ce sujet, Jean-Christian Petitfils écrit :

> L'étrangeté de cette jacquerie de traîne-misère et de crève-la-faim – cent vingt-trois émeutes distinctes selon [l'historien] Jean Nicolas – a surpris tous les contemporains. La France avait connu des flambées de prix du pain beaucoup plus violentes et des marchés beaucoup moins garnis. Surprenant aussi avait été le caractère de l'agitation. Au lieu de trouver de la fureur, de la rage, notait [l'abbé de] Véri, « ici c'était de la gaieté pour les spectateurs, de la douceur et de la jovialité dans les exécuteurs et de l'inaction stupide ou volontaire dans ceux qui étaient commis pour veiller à l'ordre public ». Cette douce bonhomie, loin de rassurer, avait avivé l'inquiétude des autorités, pour qui le caractère concerté de l'émeute était évident, une opinion partagée aussi bien par les chroniqueurs (Métra ou Hardy) que par la république des lettres (Voltaire ou Mme d'Épinay). On contait que des émeutiers étaient déguisés en femmes, qu'on avait trouvé de l'or et de l'argent dans leurs poches, qu'ils brandissaient des morceaux de pain verdis et noircis à dessein,

qu'on avait distribué dans certains endroits de faux arrêts imprimés fixant le prix des grains. Qui avait enrôlé ces drôles et pour quelles causes ? Quels étaient les vrais instigateurs ? Y avait-il un *deus ex machina* ?

On a parlé des agents de l'ancienne compagnie d'approvisionnement mise en place par l'abbé Terray, ruinés par la liberté du commerce des grains, des mauvais esprits du Parlement ou encore du prince de Conti, l'élément le plus remuant de la famille royale. Il est difficile de trancher, puisqu'une partie des pièces a disparu. Que certains aient cherché à tirer profit de l'émeute est indéniable. [...] S'il y eut incontestablement des meneurs, délivrant ici ou là des mots d'ordre, il faut accorder à l'émeute en général un caractère spontané.

[...] On s'est interrogé aussi sur la nature de ce mouvement. Était-il la résurrection des « émotions » du passé ou au contraire une anticipation des dures explosions de l'été 1789 ? [...] Ce n'était pas la première fois que des émeutiers taxaient les grains. En dehors de quelques cas isolés, ceux-ci, dans l'ensemble, n'exprimaient aucune revendication politique. Le thème du « juste prix » est un appel au bon roi, paternel, nourricier, par-dessus les élites, les ministres, les intendants, les théoriciens, les encyclopédistes ou les physiocrates. Il exprimait un besoin de relation directe avec le souverain, la demande d'une monarchie patriarcale. Louis XVI ne l'a pas compris. Raisonnant selon un schéma classique, il s'est raidi, convaincu qu'une nouvelle fronde se levait et que, dans ce genre d'affrontement avec la Couronne, il y avait nécessairement un prince du sang à la tête des mécontents. [...] Pourtant, le message était clair : si les autorités n'étaient plus capables d'assumer leurs responsabilités, le peuple, par des actions collectives, était prêt à les prendre à leur place. Plus étonnante encore fut la rapidité avec laquelle le soufflé retomba. Aux manifestations de rue, aux grondements de l'émeute, succéda soudain la tranquillité. Mais tout était-il oublié[7] ?

7. In *Louis XVI, op. cit.*, p. 202-203.

De toute évidence, la réponse est non. Et l'on voit se profiler l'incroyable complexité des enjeux de cette révolution, et le flou dans lequel les historiens se trouvent quant à trier – sans mauvais jeu de mots ! – le bon grain de l'ivraie. Les soulèvements sont souvent dirigés contre les meuniers affairistes ou contre des conseillers aux parlements, ainsi dès le 18 avril à Dijon. Le 27 avril, le mouvement touche paradoxalement les grandes plaines de culture, pourtant les mieux pourvues en grains, dans un premier temps la Bourgogne de l'ouest, puis de proche en proche, le Beauvaisis et enfin la Beauce et la Brie, qui constituent, comme chacun sait, les réserves de blé de la France. Ce qui prouve bien que ces « guerres des Farines » ne sont pas des émeutes de la faim. Il n'en demeure pas moins que les séditieux sont devant Versailles le 2 mai. Le 3, la foule pille les boulangeries de Paris.

Louis XVI se montre inquiet, car certains mots d'ordre et pamphlets mettent en cause son entourage.

Les destructions furent en réalité fort limitées, les principales cibles étant les barques qui transportaient les grains, alors envoyées par le fond. L'ordre est rétabli via une double action du gouvernement. Ce dernier procède à cent soixante-deux arrestations, dépêche vingt-cinq mille soldats pour mater les émeutes, pendant haut et court deux fauteurs de troubles (un perruquier de vingt-huit ans et un gazier de seize ans) en place de Grève, pour l'exemple. Puis le roi instaure une assistance aux populations : un approvisionnement des provinces en difficulté, ainsi qu'une obligation faite aux propriétaires de stocks de vendre leurs produits aux prix imposés. Le souverain multiplie également les messages aux masses paysannes, en particulier grâce au clergé lors des prônes, véritables « cérémonies de l'information » organisées par la monarchie française depuis le XVIIe siècle, chargés de véhiculer l'image et la parole du monarque.

Notons pour finir que cinq mois furent quand même nécessaires pour étouffer les troubles, mais la tempête semblait passée après le 11 mai 1775. Le sacre, en juin, put avoir lieu dans un climat serein.

Chapitre XII

A. Leur création remonte aux années 1690. À cette date, des boulangers champenois, soucieux d'utiliser la chaleur après le défournage, eurent l'idée d'élaborer une pâte spéciale qui, après avoir subi une première cuisson, était laissée dans le four à pain où elle finissait de sécher – d'où le mot *bis-cuit*, c'est-à-dire « cuit deux fois ». La recette demeure inchangée, et c'est sans aucun doute l'un des derniers véritables « bis-cuits ». À l'origine, cette douceur était blanche, mais elle s'est parée de rose afin d'estomper les fines particules noires extraites de la gousse de vanille, qui tachetaient sa robe. Elle doit cette teinte au carmin, colorant rouge naturel produit à partir des femelles des cochenilles. La maison Fossier est l'unique actuelle dépositaire du savoir-faire et de l'appellation. Elle perpétue ainsi un secret de fabrication transmis de génération en génération depuis 1756 !

B. Les souverains arrivèrent à Reims deux jours avant le sacre à proprement parler. Le matin, Louis XVI fut tiré de son sommeil selon un cérémonial particulier que nous conte ainsi Jean-Christian Petitfils :

> Très tôt dans la nuit, la plupart des hauts dignitaires, pairs, grands officiers de la Couronne, chevaliers du Saint-Esprit et chanoines en *cappa magna*, avaient pris place dans l'église. Ces scintillantes Altesses se rendirent en procession au palais épiscopal pour le rituel du réveil, chargé de symboles.
> Le chantre frappa de son bâton la porte de la chambre royale.
> – Que demandez-vous ?, s'écria avec solennité le duc de Bouillon, grand chambellan.
> – Le roi, répondit l'évêque de Laon.
> – Le roi dort, fit le grand chambellan.
> Par trois fois la requête fut présentée ; à la troisième l'évêque de Laon annonça d'une voix forte :
> – Nous demandons Louis XVI que Dieu nous a donné pour roi.

> Aussitôt, comme dans un conte des *Mille et une nuits*, les portes s'ouvrirent et le monarque parut sur son lit de parade, vêtu d'une robe longue de toile d'argent, coiffé d'une toque noire, ornée de diamants et surmontée d'une aigrette blanche.
> Après la présentation de l'eau bénite, les prières et le lever, commença la marche vers l'église[8].

C. C'est en effet à partir de 1775 que l'influence de Rose Bertin se fait clairement sentir. Ce qui ne va pas sans des grincements de dents. À la Cour, il faut suivre une mode coûteuse et outrageusement excentrique, et à Paris commencent les libelles expliquant que l'épouse de Louis XVI est dépensière. Ces informations fuitent naturellement de Versailles. Elles sont orchestrées par des gens proches du trône, souhaitant nuire à la famille royale. Les noms d'Artois et de Provence, frères du roi, qui espèrent chacun régner un jour puisque Louis XVI est toujours sans descendants, sont ceux qui reviennent le plus souvent sous la plume des historiens.

Chapitre XIII

A. Cette voie se nomme « chaussé », car en raison du terrain marécageux, il avait fallu la surélever et la poser sur du remblai. Les fréquents séjours de Louis XV dans Paris amenèrent à y construire de splendides demeures, tel l'hôtel du duc d'Antin (1665-1736), fils de la marquise de Montespan et surintendant des bâtiments du roi, qui donna son appellation à la rue dès 1712. Sous la Révolution, celle-ci sera rebaptisée « rue Mirabeau » ou « rue Mirabeau le Patriote » (1791-1793), avant de retrouver sa nomination d'origine.

B. Élève de Gerard Van Spaendonck, elle a laissé des tableaux de fleurs dignes de l'école de ce grand maître. Elle reçut aussi des leçons de chimie et de physique de Claude-Louis Berthollet et de Pierre-Simon de Laplace, admis jusqu'à sa mort dans son intimité.

---

8. In *ibid.*, p. 204-205.

Chapitre XIV

A. Julie de Lespinasse s'était intensément éprise du marquis de Mora, fils de l'ambassadeur d'Espagne, mais la famille de celui-ci s'opposa à leur union. Il dut rentrer dans son pays, où il tomba malade. Pour oublier son affliction, elle fréquenta les maisons de campagne de ses amis et y rencontra le colonel de Guibert, dont elle s'éprit éperdument, en 1772. Ce dernier se montra assez indifférent et Julie se sentit écartelée entre son amour pour l'un et son désir de l'autre. En 1774, elle devint la maîtresse de Guibert et apprit alors la mort du marquis. Terrassée par cette coïncidence, elle sombra dans le remords et le désespoir. Elle mourra, en effet, prématurément le 23 mai 1776.

B. Cette citation de même que la réplique suivante de Julie sont extraites des *Lettres inédites de Mlle de Lespinasse à Condorcet, à d'Alembert, à Guibert, au comte de Crillon*, ouvrage publié par Charles Henry aux éditions Dentu, 1887, p. 138 et 182.

Chapitre XV

Victor Couailhac rapporte ainsi, dans sa *Vie de théâtre, Grandes et petites aventures de Mlle Montansier* (1864), l'anecdote :

> La reine affectionnait particulièrement l'opérette des *Moissonneurs*. Un soir, la soupe aux choux que mangeaient les acteurs en scène remplissait d'un fumet si franc et si agréable la petite baignoire d'avant-scène, que Marie-Antoinette fit demander si on pouvait lui permettre de prendre part au repas. Depuis, cette tradition resta au théâtre, et chaque fois qu'on donnait la pièce, on réservait la part de la reine.

Chapitre XVI

A. Pour assurer son indépendance et échapper aux pasteurs de Genève, qu'il avait heurtés par ses écrits contre la religion, Voltaire avait acheté le château de Ferney ainsi que celui de Tournay, qui formaient un ensemble d'un seul tenant, et s'y était installé dès 1758. Situé dans le pays de Gex, en territoire français, à proximité de la République genevoise où il pouvait rapidement trouver refuge, Ferney sera la villégiature d'un homme extrêmement actif pendant vingt ans. Il s'y affirmera comme le champion de la philosophie des Lumières. Sa production littéraire au cours de ces années sera considérable.

B. Il s'agit plus précisément de troubles urinaires. Tout porte à croire que Voltaire a déclaré dès 1773 un cancer de la prostate, qui s'est étendu à la vessie avant de se généraliser.

Chapitre XVII

A. M. Try, chirurgien, assisté de M. Burard, a procédé à l'autopsie. De nos jours, les médecins valident le diagnostic d'un cancer de la prostate qui s'est généralisé. Le corps a ensuite été embaumé par M. Mitouart, un apothicaire du quartier, qui a obtenu de garder le cerveau du philosophe. Le cœur fut donné au marquis de Villette. Ce dernier l'expédia à Ferney, transformé en sanctuaire, où il demeura presque un siècle, déposé dans l'ancienne chambre du maître des lieux. Puis Napoléon III le fit transférer à la Bibliothèque nationale, où il fut placé dans une statue en plâtre réalisée par le sculpteur Houdon. Il y est toujours.

Le cerveau de l'homme de lettres eut un destin moins glorieux. Il fut tout d'abord exposé dans l'officine de Mitouart. Enfin, ses descendants l'échangèrent à la Comédie-Française, au début du XXe siècle, contre deux places réservées durant vingt ans à l'orchestre. Le théâtre installa alors l'organe dans une autre statue créée par Houdon (dont le plâtre est celui de la BNF, qui renferme le cœur !), une œuvre que l'on peut encore admirer aujourd'hui.

B. La citation est la suivante, elle est extraite d'une missive que Rousseau adresse à Voltaire en date du 17 juin 1760 :

> Je ne vous aime point, monsieur ; vous m'avez fait tous les maux qui pouvaient m'être les plus sensibles, à moi, votre disciple

> et votre enthousiaste. Vous avez perdu Genève, pour le prix de l'asile que vous y avez reçu; vous avez aliéné de moi mes concitoyens pour le prix des applaudissements que je vous ai prodigués parmi eux; c'est vous qui me rendez le séjour de mon pays insupportable; c'est vous qui me ferez mourir en terre étrangère [...]. Je vous hais, enfin, puisque vous l'avez voulu; mais je vous hais en homme plus digne de vous aimer si vous l'aviez voulu. De tous les sentiments dont mon cœur était pénétré pour vous, il n'y reste que l'admiration qu'on ne peut refuser à votre beau génie, et l'amour de vos écrits.

L'auteur de *Candide*, qui n'est pas un affectif, est ulcéré : « Une telle lettre de la part d'un homme avec qui je ne suis pas en commerce me paraît merveilleusement folle, absurde et offensante », se plaint-il à Mme du Deffand. Dès lors, leur querelle ira *crescendo*...

C. La naissance de Julie est assez obscure. On n'en trouve que peu de traces. Olivier Blanc la mentionne ainsi :

> Dans son œuvre imprimée, Mme de Gouges fait évidemment allusion à lui [Biétrix] lorsqu'elle évoque les amours d'une jeune veuve avec « un célibataire fortuné âgé d'une quarantaine d'années ». Au début de leur liaison serait né un enfant, ce que semble confirmer la préface d'une pièce de théâtre de 1788 intitulée *Molière chez Ninon*, où Olympe de Gouges dit n'avoir qu'un reproche à faire au sort, celui de l'avoir « rendue mère d'enfants plus touchants que ceux en littérature ». On sait aussi qu'elle s'est mise en scène avec sa progéniture dans une autre pièce où il est question d'une veuve reconnaissable nommée Mme de Circey, mère d'un fils et d'une petite fille prénommée Julie. Ailleurs, dans le *Mémoire de Mme de Valmont*, une lettre d'Olinde/Marie-Olympe Mouisset à sa fille se termine par ces mots : « Tes enfants me sont aussi chers qu'à toi. » Enfin, se sachant enceinte, elle dit aux médecins de la prison éprouver « des symptômes identiques à [s]es deux premières grossesses »[9].

9. In *Marie-Olympe de Gouges, Une humaniste à la fin du* XVIIIe *siècle, op. cit.*, p. 40.

Chapitre XIX

A. L'instruction de Pierre a, semble-t-il, été excellente. Dans une lettre adressée à son père naturel, Le Franc de Pompignan, à laquelle il répondit par une fin de non-recevoir, Olympe se présente comme « une jeune femme retirée, attentive, qui se consacre à l'éducation de son fils ». Devenu général de l'armée républicaine, celui-ci témoigna en effet avoir reçu un enseignement « soigné et général », s'estimant « d'une force passable sur les mathématiques, le dessin, les armes, l'exercice, l'équitation, la géographie et l'histoire ». Olympe fut donc incontestablement une bonne mère, conduite d'autant plus méritoire qu'à son époque les enfants étaient « confiés, parfois oubliés, chez des nourrices au fin fond de la province »[10].

B. L'*Ode sur la mort de Jean-Baptiste Rousseau*, dont plusieurs strophes sont connues, est le chef-d'œuvre de Le Franc de Pompignan. Le début, a dit le critique et académicien La Harpe, est « beau comme l'antique, beau comme Horace et Pindare ». L'image du lion pleurant qui conclut la première strophe suscita une vive admiration au XIXe siècle, où l'on développa un goût pour la littérature mettant en valeur les sentiments, et les derniers vers sont longtemps demeurés célèbres. On notera l'allitération en *r*, qui n'est pas sans rappeler le célèbre exemple tiré de l'*Andromaque* de Racine (« Pour qui sont ces serpents qui sifflent sur vos têtes ? ») :

Dans la nuit du séjour funèbre,
Consolez son ombre célèbre,
Et couronnez votre rival.

La neuvième strophe est également assez recherchée et l'on peine à croire qu'elle ait durant une période significative figuré parmi les vers les plus illustres de la langue française, tant ce poète est tombé en désuétude aujourd'hui, au point que les documents le concernant sont très peu denses :

10. Olivier Blanc, in *ibid.*, p. 38 et 40.

Le Nil a vu, sur ses rivages,
De noirs habitants des déserts
Insulter par leurs cris sauvages
L'astre éclatant de l'univers.
Cris impuissants ! Fureurs bizarres !
Tandis que ces monstres barbares
Poussaient d'insolentes clameurs,
Le dieu, poursuivant sa carrière,
Versait des torrents de lumière
Sur ses obscurs blasphémateurs.

Cette œuvre est l'un des poèmes majeurs du XVIIIe siècle, à telle enseigne que Sainte-Beuve a pu dire, non sans perfidie, que « la meilleure ode due à Jean-Baptiste Rousseau est celle de Le Franc de Pompignan sur sa mort ». Au moment de sa parution, en 1741, elle passa complètement inaperçue et ne fut signalée à la postérité que par La Harpe dans son *Cours de littérature*, quelque vingt ans plus tard (c'est lui qui, au cinquième vers, a substitué la formule « cris impuissants » à celle de « crime impuissant », qui figure dans l'original).

Le nom de Le Franc de Pompignan nous est surtout parvenu par les sarcasmes de Voltaire. Après le discours malheureux de réception à l'Académie française du père naturel d'Olympe (que nous avons évoqué au chapitre X), le philosophe à la dent dure produisit une série de pamphlets extrêmement féroces, deux satires en vers – *la Vanité* et *le Pauvre Diable* – et de nombreuses épigrammes. Certains de ces traits sont restés dans les mémoires. Ainsi, dans *la Vanité* :

César n'a point d'asile où son ombre repose,
Et l'ami Pompignan pense être quelque chose.

Il se moqua des *Cantiques sacrés* en s'exclamant :

Sacrés ils sont, car personne n'y touche !

Ou encore :

Savez-vous pourquoi Jérémie
A tant pleuré pendant sa vie ?
C'est qu'en prophète il prévoyait
Qu'un jour Le Franc le traduirait.

La renommée et le talent de Voltaire étaient tels qu'il pouvait défaire une réputation et abattre ses ennemis de sa plume. C'est ce qu'il fit avec Jean-Jacques Rousseau, qui se retira du monde comme Le Franc de Pompignan. Mais la grandeur du premier lui permit de passer à la postérité, ce qui ne fut pas le cas du second, que l'on oublia dès que le XIXe siècle fut achevé. Nous avons souhaité lui rendre hommage dans ce chapitre et offrir au lecteur de découvrir ses vers, dont Racine aurait pu dire qu'ils ne « mérit[aient] ni [un] excès d'honneur, ni cette indignité » (*Britannicus*) !

Chapitre XXI

Nul ne sait si Olympe de Gouges fut invitée à ce bal réservé au beau sexe, chez la princesse de Lamballe. Tout ce qui est dit dans ce chapitre à propos de cette dernière est exact. Il n'est pas dénué de sens d'envisager qu'Olympe fût conviée, car elle commençait à être identifiée dans les clubs littéraires et les salons pour ses idées novatrices sur les femmes et les Noirs, qu'elle défendait ardemment, emboîtant ainsi le pas à Condorcet. Lamballe était également concernée par ces sujets. Olympe et elle faisaient donc cause commune. Par ailleurs, que Mme de Gouges, jeune provinciale et fille de commerçant, puisse être invitée à l'hôtel de Toulouse ne surprend pas. Olivier Blanc s'en explique :

> On voit aussi qu'elle [Olympe] s'est entourée de personnes distinguées et même de « quelques personnes de la Cour ». Par sa mère qui avait reçu une éducation raffinée, elle connaissait les usages de la société aristocratique et, bien que fille de boucher à l'état civil, elle n'était rien moins qu'une femme ordinaire. On ne doit pas s'étonner que, dans le Paris de Louis XVI, elle

fût reçue dans les cercles élégants de la capitale. Comment, petite bourgeoise de Montauban sans fortune, avait-elle pu se retrouver dix ans plus tard à fréquenter des gens « bien nés, riches et honnêtes », selon l'expression de l'abbé Bouyon qui ajoutait que, « jeune et jolie », elle avait « fréquenté les grands » ? Elle rencontra certainement des princes du sang, notamment le duc d'Orléans et le fils de celui-ci, le futur Philippe Égalité, puisqu'on sait qu'elle fut introduite dans le salon de la marquise de Montesson avec laquelle elle partageait la même passion du théâtre. Elle sut aussi attirer chez elle des écrivains, des philosophes, des savants, des artistes de renom, et se construisit une réputation de femme d'esprit dans les salons artistiques de la capitale[11].

Chapitre XXIII

La pièce avait été écrite en 1778, lue à la Comédie-Française en 1781, donnée en privé le 23 septembre 1783 dans la maison de campagne du comte de Vaudreuil, à Gennevilliers, mais la première représentation officielle publique n'eut lieu que le 27 avril 1784 au Théâtre-Français (aujourd'hui Théâtre de l'Odéon), après plusieurs années de censure : ce fut un franc succès, un événement et l'occasion de polémiques.

Chapitre XXIV

Comme le souligne très justement Olivier Blanc, Olympe s'est battue contre cette discrimination effroyable dont les femmes étaient victimes, notamment dans le monde littéraire.

Il note :

> Face à certains critiques injustes qui pointaient avec complaisance les faiblesses de son style, elle répliqua un jour en féministe avant la lettre : « Hommes vains et ridicules, qui vous arrogez un empire despotique dans la littérature, vous

11. In *ibid.*, p. 37-38.

blâmerez toujours mon style, peut-être n'épargnerez-vous pas mes mœurs ? Peu m'importe. Encore une fois, ce n'est point pour vous que j'écris. Je méprise également vos applaudissements et vos critiques. C'est à vous, femmes vertueuses, femmes citoyennes que le patriotisme embrasse d'un saint zèle, que ces faibles fruits de mes talents s'adressent ! »
Elle n'avait pas tort, car la misogynie était forte dans les milieux du théâtre. C'est, paradoxalement, les comédiennes qui se montraient sévères – « inexorables », disait Olympe – à l'égard des femmes de lettres. Quant aux auteurs, notamment Beaumarchais et La Harpe, en réunissant les auteurs pour les engager à s'associer pour défendre leurs droits, ils oublièrent de demander aux femmes de lettres de se joindre à eux. La misogynie, pour les activités intellectuelles et politiques, était aussi naturelle que M. Jourdain faisait de la prose sans le savoir.
Indépendamment du cas particulier des femmes, le corps des auteurs dramatiques se sentait méprisé par les comédiens du roi. À l'époque de la représentation du *Barbier de Séville*, Beaumarchais avait beaucoup souffert de leur attitude despotique : « Ils osent tout contre les auteurs, parce qu'ils se sentent protégés et agissent contre des gens isolés, dispersés, sans réunion, sans force et sans appui. » La Comédie-Française profitait de sa position et de ses avantages considérables pour dicter ses volontés, n'hésitant pas parfois à humilier les auteurs qui ne se plieraient pas à sa volonté [12].

Il poursuit :

Rien [n']exaspérait autant [Olympe] que l'habitude qu'on avait, dans le microcosme littéraire, de prétendre qu'une bonne pièce de théâtre ne pouvait pas être l'œuvre d'une femme. Le fait est que, sur 2 627 pièces inscrites au répertoire du Théâtre-Français depuis sa création en 1680, il y avait seulement soixante-dix-sept pièces de femmes. Pendant les vingt-cinq dernières années du XVIIe siècle, il n'y avait que trois femmes auteurs.

12. In *ibid.*, p. 66-67.

On en comptait dix-sept au XVIIIe siècle, seize au XIXe siècle et onze pendant la première moitié du XXe. Beaucoup de femmes de lettres ont renoncé à présenter leurs œuvres, préjugeant mal de l'accueil qu'on leur réserverait. « Oh ! la cruelle chose que d'être auteur femelle », écrivait Mme de Montanclos aux Comédiens-Français. Outre *Fanfan et Colas* de Mme de Beaunoir, mais aussi *Cénie* de Mme de Graffigny, autre exception réussie, toutes les pièces présentées par des femmes furent impitoyablement sifflées. Dans le cas de Mme de Beaunoir, on fit bien entendu courir le bruit que son mari était l'auteur de sa pièce à succès. Rien n'exaspérait plus Mme de Gouges, consternée par la bêtise, que d'entendre répéter le propos de l'auteur Piron qui assurait que l'auteur d'une bonne pièce de théâtre portait toujours du poil au menton[13].

Chapitre XXX

Ce pont tournant fut créé à l'intérieur de l'enceinte de Louis XIII, devant le palais des Tuileries qui lui a donné son nom. Vers 1700, on pratiqua des ouvertures dans cette enceinte devenue inutile. Mais les fossés qui l'entouraient furent conservés. Ce passage permettait de gagner la place Louis-XV (actuelle place de la Concorde) et se refermait le soir, afin que le parc des Tuileries soit inaccessible la nuit.

Chapitre XXXIII

Lorsqu'il évoque la fille qu'Olympe de Gouges a eue avec Jacques de Biétrix (voir chapitre XVII, annexe C), Olivier Blanc précise : « Mais de cette enfant morte avant la Révolution, nous n'avons pas trouvé d'autres traces. » Nous avons choisi de mettre en scène le décès de Julie (âgée d'environ onze ans) en 1789, puisqu'elle ne connaîtra pas la Révolution (ce qui est une bénédiction, quand on sait ce qui attend sa mère). Nous décrivons ici une crise de péritonite, comme celle qui emporta des années plus tôt Alexandrine, la fille

13. In *ibid.*, p. 75-76.

de Mme de Pompadour[14], sensiblement au même âge. C'était une cause fréquente de décès à l'époque, en particulier chez les jeunes enfants. L'axe de narration de ce livre est de mettre en perspective les destins presque croisés d'Olympe et de Marie-Antoinette. Dix-huit jours après la souveraine, Olympe sera la première femme guillotinée. C'est à elle qu'elle porta sa *Déclaration des droits de la femme et de la citoyenne*. Toutes deux étaient éprises de liberté et, d'une certaine manière, en avance sur leur temps. Toutes deux ont subi un mariage difficile avec un homme qu'elle n'aimait pas. Et chacune a enterré un enfant (deux pour la reine) dans une terrible douleur, car même si l'on est peu documenté sur le trépas de la fille d'Olympe, il n'est pas pareil de perdre un nourrisson (ce qui était malheureusement courant) et une fillette de onze ans dont on peut espérer qu'elle deviendra une femme. Le choc a forcément été rude. C'est la raison qui nous a poussée, puisque les dates concordaient, à faire advenir ces deux décès le même jour, en dépit du fait que nous ignorons la date exacte du décès de ces deux enfants.

Chapitre XXXV

Nous n'avons pas souhaité ici, pour plusieurs raisons, céder à la facilité en restituant le célébrissime dialogue du roi, que l'on réveille au petit matin du 15 juillet :

– Sire, ils ont pris la Bastille !

– C'est une révolte ?

– Non, sire : c'est une révolution !

D'abord parce que ce dialogue est parfaitement apocryphe. Cet épisode n'a jamais eu lieu. Louis XVI était évidemment au courant des émeutes à Paris. Il savait que l'on se battait dans les rues dès le 9. Dans *l'Histoire véritable de la Bastille*[15], Claude Quétel rapporte le récit de la marquise du Vergier de La Rochejaquelein, dont la famille, issue de la noblesse du Bas-Poitou et très proche du trône, s'illustrera pendant la guerre de Vendée pour défendre la monarchie :

14. Voir Karin Hann, *Reine des Lumières*, Éditions du Rocher, 2017.

15. Larousse, 2006.

> Le 13 juillet 1789, les régiments de Bouillon et de Nassau arrivèrent à Versailles. On les logea dans l'Orangerie (ce qui est avéré par d'autres sources) ; nous fûmes les voir. Le lendemain, 14 juillet, une foule brillante et nombreuse se promenait dans le parterre du Midi, au-dessus de l'Orangerie. Les officiers avaient rassemblé la musique, qui jouait des airs charmants ; la joie brillait sur tous les visages : c'était un tableau ravissant ; mais jamais je n'oublierai le changement subit qui s'opéra. Nous entendîmes d'abord des chuchotements. M. de Bonsol, officier des gardes du corps, vint à nous, et dit tout bas : « Rentrez, rentrez, le peuple de Paris est soulevé ; il a pris la Bastille ; on dit qu'il marche sur Versailles. » Nous nous dirigeâmes aussitôt vers notre appartement. Partout la crainte succédait à la gaieté, et en un instant les terrasses furent désertes.

Pendant près de dix jours, entre le 9 et le 17 juillet, des incidents éclatent aux barrières (postes d'octroi) de Paris, jusqu'à voir une quarantaine de bureaux incendiés sur les cinquante-quatre que compte l'enceinte des Fermiers généraux. Le prix du pain atteint son maximum depuis le règne du Roi-Soleil. La question frumentaire est au cœur de l'insurrection. L'arrivée des bataillons de soldats étrangers aggrave les tensions. Le fantasme collectif est à son comble. On rapporte que le pouvoir (et surtout la reine, aidée du comte d'Artois) veut écraser la Révolution. Mais pour isolé dans son monde qu'il puisse être, le monarque réside à Versailles, qui n'est pas si éloigné de Paris, même à l'époque ! À cheval, la distance se parcourt en deux heures. Sa Majesté est tenue en alerte des événements qui surviennent dans la Ville lumière, tout comme cette dernière bruisse de ce qu'il advient à la Cour. On a tellement voulu peindre Louis XVI en benêt que l'on en a oublié le simple bon sens. On a ressassé le mot *rien*, rédigé sur son carnet, en détournant cette annotation de sa réalité. Nombre d'historiens, et durant fort longtemps, ont prétendu que ce pauvre monarque stupide n'avait pas perçu la gravité de ce qui se jouait dans la première ville du royaume, et avait encore moins anticipé le tournant capital que cela représentait quant à la monarchie ! C'est complètement absurde. Rappelons qu'il s'agit d'un rapport cynégétique et uniquement de cela. Ce « rien » signifie peut-être l'inverse, car on peut supposer que, si le souverain, adepte de la chasse, s'est abstenu de s'y rendre ce jour-là alors que les témoignages attestent d'un beau soleil sur Versailles, c'est justement en raison de l'importance des événements qui secouent Paris ! Depuis le 9 juillet, le roi apparaît très inquiet du déroulement des échauffourées et des diverses manifestations de rue. La preuve en est son ordre de retirer les troupes, donné à dix-huit heures le 14, montrant qu'il est très conscient de l'état d'esprit des Parisiens. Louis XVI a bien été réveillé, mais une heure après s'être endormi, le 14 au soir. Là, effectivement, on lui rapporte, en fin d'après-midi, que le siège de la Bastille s'est soldé par la reddition de la forteresse et la mort de son gouverneur. Enfin, dire « C'est une révolte ? – Non, sire : c'est une révolution ! » souligne encore le caractère prétendument décalé du roi, qui ne verrait toujours pas venir la tempête ! Or, depuis les états généraux et surtout la constitution de l'Assemblée nationale à la suite du serment du Jeu de paume, Louis XVI a compris que son autorité était grandement entamée et que, dans le meilleur des cas, on s'acheminait vers une monarchie constitutionnelle. À ce stade, il ne pouvait ignorer que la monarchie absolue avait vécu et que la Révolution était lancée. Toutefois, les stéréotypes ont la vie dure, tout comme l'imagerie pré- et postrévolutionnaire a largement contribué à entretenir le mythe d'une Bastille abritant des cachots effroyables dans lesquels pourrissaient des victimes de l'arbitraire royal, alors que la forteresse avait perdu sa fonction de prison d'État et que seuls quelques prisonniers y séjournaient lors de son attaque. Mais la Révolution a été tellement violente et sanguinaire qu'il a fallu transformer l'histoire et créer un roman national cohérent, c'est-à-dire légitimant ces horreurs.

Chapitre XXXVIII

Joseph-François Foullon, dit Foullon de Doué, fut l'une des premières victimes de cet arbitraire révolutionnaire qui précipita tant d'innocents à l'échafaud. Il se montre hostile aux idées nouvelles de libéralisation du commerce du blé et à l'entourage de Philippe d'Orléans, futur Philippe Égalité. C'est de là que part cette campagne de calomnies qui le mènera à la mort. On lui prête les propos suivants : « Si le peuple n'a pas de grain, qu'il mange du foin », phrase apocryphe s'il en est, comme de nombreuses « citations » de cette époque. C'est dans le parc de la propriété de l'ancien secrétaire d'État à la Marine, Gabriel de Sartine, que des domestiques et des paysans l'ont attrapé. Chacun des supplices décrits dans le chapitre est authentique. Quant à son gendre, Bertier de Sauvigny, qui était chargé de l'approvisionnement des armées (fonction dont on a accusé à tort Foullon de Doué), il est contraint de prendre des mesures qui le rendent impopulaire. Mais les historiens s'accordent aujourd'hui pour affirmer qu'il n'y avait aucune preuve, et qu'il a subi son sort sur le fondement de rumeurs venues, là encore, des proches du duc d'Orléans. Il a été enlevé puis « jugé » en dehors de toute légalité par des émeutiers de Compiègne et ramené à Paris pour y vivre un véritable supplice. Bailly et La Fayette, qui ont assisté à cette effroyable boucherie, n'ont pas bougé. Cette journée marque un nouveau tournant dans la Révolution. Le gouverneur de la Bastille a été massacré pour avoir voulu résister en maintenant les portes de la forteresse fermées. Il a été tué lors de son transfert, en dépit des promesses qui lui avaient été faites de regagner l'Hôtel de Ville sous bonne escorte. Mais Bertier de Sauvigny et Foullon de Doué n'ont pas perdu un combat. On a été les chercher dans une bourgade, afin de les assassiner. Si le résultat est le même pour les victimes, l'intention est différente et traduit un emballement de la conscience collective du peuple, qui s'affranchit de toute forme de règles et de lois.

Chapitre XLII

Cette tirade est écrite à partir des *Mémoires d'un témoin de la Révolution, ou Journal des faits qui se sont passés sous ses yeux et qui ont préparé et fixé la Constitution française* de Jean-Sylvain Bailly[16], qu'il rédigea juste avant sa mort (il fut guillotiné en 1793), lequel défendait le même principe que l'abbé Grégoire. Nous avons considéré qu'il

16. Publication posthume, tome III, Levrault, Paris, 1804, p. 17.

était opportun de montrer que cet argument était celui de plusieurs « têtes pensantes » de la Révolution.

Chapitre XLIV

A. Cette phrase, souvent rapportée à tort comme un propos qu'aurait tenu Marie-Antoinette, est citée sans nommer la princesse par Jean-Jacques Rousseau dans *les Confessions*, publiées en 1782 :

> Environné de petites choses volables que je ne regardais même pas, je m'avisai de convoiter un certain petit vin blanc d'Arbois… et l'occasion fit que je m'en accommodai de temps en temps de quelques bouteilles pour boire à mon aise en mon petit particulier. Malheureusement je n'ai jamais pu boire sans manger. Comment faire pour avoir du pain ? Il m'était impossible d'en mettre en réserve. En faire acheter par les laquais, c'était me déceler, et presque insulter le maître de la maison. En acheter moi-même, je n'osai jamais. Un beau monsieur l'épée au côté aller chez un boulanger acheter un morceau de pain, cela se pouvait-il ? Enfin je me rappelai le pis-aller d'une grande princesse à qui l'on disait que les paysans n'avaient pas de pain, et qui répondit : « Qu'ils mangent de la brioche. » J'achetai de la brioche. Encore que de façons pour en venir là ! Sorti seul à ce dessein, je parcourais quelquefois toute la ville, et passais devant trente pâtissiers avant d'entrer chez aucun.

Selon l'historien Paul Johnson, l'anecdote est inventée par Rousseau et on n'en trouve trace nulle part ailleurs dans les écrits de l'époque. Toutefois, Mme de Boigne, dans ses *Mémoires*, rapporte les paroles de Madame Victoire, fille de Louis XV, pieuse et compatissante, qui aurait évoqué de la croûte de pâté en se désespérant de savoir les pauvres gens privés de pain. Celle-ci était en effet moins onéreuse que le pain, car la pâte était initialement conçue non pour être consommée, mais seulement pour aider à la cuisson et à la conservation du pâté :

> Madame Victoire avait fort peu d'esprit et une extrême bonté. C'est elle qui disait, les larmes aux yeux, dans un temps de disette où on parlait des souffrances des malheureux manquant de pain : « Mais mon Dieu, s'ils pouvaient se résigner à manger de la croûte de pâté! »

Hélas, les rumeurs ont la vie dure, et cette phrase inadmissible, qui témoigne d'un mépris et d'une légèreté coupables, est encore injustement attribuée à la reine.

B. C'est en effet ce que mentionnent les registres, au 5 octobre. « La moisson de l'été de 1789 avait été bonne, mais très délicate fut la période de la soudure. Les réserves de l'année passée manquaient, en attendant l'arrivée des grains nouveaux », rapporte Jean-Christian Petitfils[17].

C. Stanislas-Marie Maillard participa à la prise de la forteresse royale, et fut de ceux qui arrêtèrent le gouverneur de Launay. Après cet « exploit », se donnant le titre de « capitaine des volontaires de la Bastille », il prit part aux journées révolutionnaires.

Chapitre XLV

> « Mes soupçons, écrivit-elle plus tard au duc d'Orléans devenu Philippe Égalité, se partagèrent entre ta faction et celle de la Cour. J'avais conseillé à Louis XVI, dans un ouvrage intitulé *Séance royale*, d'abdiquer sa couronne s'il voulait la conserver à ses enfants. En un mot, je lui disais de demander un conseil à l'Assemblée constituante et d'abandonner le fardeau de la royauté. La Cour me crut alors de concert avec toi et, alternativement, je me suis trouvée en butte aux deux partis homicides qui ont fait couler tant de sang, sans compter celui qui coulera encore[18]. »

---

17. In *Louis XVI*, *op. cit.*, p. 715.
18. Olivier Blanc, in *Marie-Olympe de Gouges, Une humaniste à la fin du* XVIII*e siècle*, *op. cit.*, p. 122-123.

Cette lettre, rédigée de la main même d'Olympe, montre sa proximité avec le duc. On insinua fortement qu'elle avait eu une liaison avec lui. Il est certain que le tutoiement interroge, car il est surprenant qu'un homme d'un rang aussi élevé ait permis une telle familiarité à une femme appartenant à la petite bourgeoisie de province. L'esprit vagabonde... Il n'est pas déraisonnable d'accréditer ces rumeurs. Cette femme se voulait libre, revendiquant son indépendance sentimentale et sa volonté de profiter de la vie. Dès lors, pourquoi Monseigneur, avec son charisme et sa position, ne l'aurait-il pas intéressée ?

Chapitre XLVII

L'expression *commerce triangulaire* est liée au phénomène de la traite des Noirs. Si l'esclavage existe depuis plus longtemps, c'est au XVIe siècle qu'un trafic s'organise entre l'Europe, l'Afrique et l'Amérique. Le principe est le suivant : des navires partent des grands ports du vieux continent, chargés de marchandises variées (armes, vins, spiritueux, tissus...) qu'ils vont échanger sur les côtes africaines contre des individus en âge de travailler. Ces vaisseaux poursuivent leur route vers les Antilles, le Brésil ou l'Amérique du Nord, où les esclaves sont vendus contre des épices, du sucre, du rhum, du coton, du café et du cacao destinés aux pays européens. Ce système perdure, avec quelques brèves interruptions, jusqu'au second décret de l'abolition de l'esclavage signé en France le 27 avril 1848 par le gouvernement provisoire de la IIe République. Cet acte est le résultat d'un long combat commencé avec la controverse de Valladolid en 1550, sous l'impulsion de Charles Quint qui s'interrogeait sur le bien-fondé d'une colonisation du Nouveau Monde, et donc des indigènes et des Amérindiens d'Amérique du Nord par les Espagnols, qui se prolongea dans les colonies et en Europe avec les Sociétés des amis des Noirs tout particulièrement, mouvement auquel adhérèrent Mirabeau, Condorcet ou l'abbé Grégoire notamment.

Chapitre LII

Cet entretien secret est aujourd'hui connu de tous les historiens. Jean-Christian Petitfils le relate en le contextualisant :

> L'ambition de Mirabeau finit par croiser le désir de la reine de jouer un rôle politique plus actif. En effet, elle avait cessé d'assister au conseil ainsi qu'aux différents comités ministériels. N'ayant plus de ministre à elle, susceptible de la tenir au courant, comme autrefois Castries, Loménie de Brienne ou Breteuil, elle éprouvait du mal à savoir ce qui s'y disait. Montmorin, le seul survivant du ministère Necker, n'était pas toujours très fiable. Quant à Louis, il était toujours d'un mutisme navrant.
>
> En avril, les premières négociations se nouèrent entre Mercy-Argenteau, le comte de La Marck et Mirabeau. La reine n'accepta de les poursuivre qu'après que La Marck lui eut assuré que son ami n'avait en rien trempé dans les journées d'Octobre. En mai 1790, il fut convenu que le député d'Aix écrirait six lettres exposant ses vues et donnant des conseils pratiques, moyennant paiement par la Cour de ses dettes (208 000 livres), une rétribution mensuelle de 6 000 livres et une promesse d'un million de livres à la séparation de l'Assemblée. C'était énorme, mais l'insatiable Riqueti affirmait qu'il avait besoin de cet argent pour gagner les députés à la cause royale…
>
> La position du roi dans cette affaire n'est pas parfaitement clarifiée : sans doute a-t-il été mis au courant des démarches de sa femme dès le début et les a-t-il approuvées. Après tout, les avis de M. de Mirabeau pouvaient s'avérer fort utiles. Et comme La Fayette et les ministres, principalement Necker, devaient les ignorer, il lui parut normal que sa femme servît d'intermédiaire, à charge pour elle de lui en donner la substance.
>
> Le nombre de *Notes à la Cour* ne fut pas de six, comme prévu, mais de quarante-neuf, la dernière datée du 17 janvier 1790. Certaines étaient adressées à Marie-Antoinette et leur ton dénotait qu'elles étaient destinées à elle seule. Mirabeau osait y critiquer l'indécision du roi et recommander à son épouse d'introduire auprès de lui « un habile agent de son influence

secrète », ou encore « de placer dans l'entourage des ministres des hommes sûrs, lui permettant de tenir secrètement les rênes de l'État ».

[...] Au bout de quelques semaines, se rendant compte que ses notes ne suffiraient pas à l'installer au pouvoir, il voulut rencontrer la reine, la conquérir, la subjuguer, persuadé de la puissance incomparable de son verbe. Marie-Antoinette hésita. Cet homme immoral, au sourire sceptique et méprisant, lui répugnait viscéralement. Mercy la persuada. La rencontre eut lieu à Saint-Cloud dans la matinée du 3 juillet, dans l'appartement de la reine.

Louis, présent à l'entretien, et Marie-Antoinette se dirent ravis. Quant à Mirabeau, il trouva à la reine du caractère, de la grâce et de l'esprit. « Madame, lui aurait-il affirmé, la monarchie est sauvée. » Et la collaboration continua.

Quelles étaient les idées exposées par le tribun ? Bon analyste politique, l'ancien collaborateur de Calonne avait compris qu'en dépit des apparences l'entreprise de liquidation de la société d'ordre et de corps, avec cette multitude de pouvoirs intermédiaires, avait fortifié plutôt qu'affaibli l'autorité royale. [...] Richelieu, ajoutait-il, ne se serait sans doute pas affligé de pareil triomphe de l'égalité. Et lui, Mirabeau, aurait bien aimé être le nouveau Richelieu de cette nouvelle monarchie, née sur les ruines du fatras corporatif de l'ancien monde[19] !

Le plan de bataille de Mirabeau est exactement celui de ce chapitre, où de nombreuses phrases sont historiquement vraies. Il fallait impérativement que le roi se fasse davantage aimer de son peuple, puis qu'il quitte Paris. Cette notion, répétée sans cesse à Louis XVI, va faire son chemin au début de l'année 1791...

19. In *Louis XVI, op. cit.*, p. 749-750.

Chapitre LVI

L'histoire de Mirabeau, après sa mort, est assez singulière. Après avoir été adoré par le peuple de Paris, qui accompagna son cercueil jusqu'au Panthéon où une cérémonie grandiose l'attendait, il fut haï lorsqu'on découvrit l'armoire de fer, une ouverture aménagée dans un mur, faisant office de coffre-fort dissimulé par un lambris pivotant, située au cœur des appartements de Louis XVI au palais des Tuileries. Son existence fut révélée publiquement le 20 novembre 1792 à Roland, alors ministre girondin de l'Intérieur, qui fut informé par l'artisan qui l'avait fabriquée, un serrurier nommé François Gamain. Cette armoire contenait notamment des documents prouvant les accointances de Mirabeau avec le couple royal et témoigne du fait qu'il souhaitait instaurer une monarchie constitutionnelle dont il aurait été le Premier ministre. On comprit mieux le train de vie soudain dispendieux du défunt député, son logement somptueux et ses richesses subites. Un comité fut chargé d'examiner l'accusation, et la Convention décida d'exclure sa dépouille du Panthéon. La « dépanthéonisation » est chose rare. Suffisamment pour qu'on le souligne. On le remplaça par Marat et son corps fut transporté au dépôt mortuaire du grand cimetière de Saint-Étienne-du-Mont. Mais après six années, sa sœur fit procéder à son exhumation afin de le transférer au cimetière de Clamart, dans une fosse commune. Un siècle plus tard, lors du centenaire de la Révolution, en 1889, on tentera de retrouver les ossements du fameux tribun de la plèbe. En vain.

Chapitre LIX

La *Déclaration de Louis XVI à tous les Français, à sa sortie de Paris*, rédigée de la main même du souverain, ne sera pas lue, ainsi qu'il le souhaitait, à l'Assemblée, et donc jamais révélée au peuple, à qui elle était destinée.

Initialement inspirée par le comte de Provence, frère du roi, elle avait été entièrement réécrite par le monarque, qui y stigmatise les Jacobins et leur emprise croissante sur la société française. Dans ce texte que l'on considère comme son testament politique, le roi affirme avoir la volonté de voir s'instaurer en France une monarchie constitutionnelle, avec un exécutif puissant et autonome à l'égard de l'Assemblée, et commente les événements, en critiquant certaines conséquences sans pour autant rejeter les réformes importantes, comme l'abolition des ordres et l'égalité civile.

Cet incroyable document est demeuré caché durant la Révolution, puis fut égaré, jusqu'à être retrouvé en 2009. Il est actuellement au musée des Lettres et Manuscrits, à Paris. Il possède bien sûr une valeur inestimable par son témoignage historique de première main et éclaire cet épisode charnière d'un angle nouveau. On y découvre un homme mûri par les épreuves, enfin prêt à mettre en place la monarchie constitutionnelle en s'appuyant sur les différents rouages de l'État.

> Il est difficile de croire que Louis XVI voulait revenir à « l'ancienne distinction des trois ordres de l'État ». Le second document – la *Déclaration du roi adressée à tous les Français, à sa sortie de Paris* – nous prouve le contraire. Écrite de sa propre main, sans pression ni contrainte, cette déclaration a été laissée aux Tuileries pour être portée à la connaissance de l'Assemblée nationale après son départ. L'intendant de la Liste civile, Arnaud de La Porte, s'acquitta de cette mission dès le 21 juin au matin. La plupart des historiens ne lui ont pas donné l'importance qu'elle mérite. Ils l'ont soit négligée, soit hâtivement lue et commentée comme n'étant qu'un long complément de la lettre de la reine, définissant une politique de réaction et de restauration. Or il n'en est rien.
>
> Sur la façon dont le texte fut élaboré, on est peu renseigné. On sait seulement que le roi y travailla quatre ou cinq mois, à l'insu de ses ministres, et que le comte de Provence y fut associé au dernier moment par l'entremise de la reine qui elle-même ne le reçut que tardivement.
>
> [...] En creux, dans la critique des faits, transparaissent ses conceptions politiques. On y trouve des éléments traditionnels et d'autres plus nouveaux : le roi, comme dans la pure conception

monarchique, est inséparable de l'État et de la Nation, dont il est l'incarnation. Il veut le bien du peuple. Il n'a cessé de le dire et de le répéter depuis deux ans. Il est son protecteur naturel, son vrai père. Mais il ne rejette pas la nécessité d'une représentation des forces et des intérêts du pays. En cela, il se sépare de l'absolutisme de ses prédécesseurs. Certes, il ne précise pas les contours des institutions nouvelles, mais on peut penser qu'il s'accommoderait d'une Chambre des députés permanente, sans distinction d'ordres ni de classes, chargée à ses côtés de confectionner les lois et de voter les impôts. En revanche, il pense que l'exécutif doit être fort et revenir intégralement au roi, à qui incomberaient le droit de paix et de guerre, celui de soumettre au Parlement les projets de loi. Les ministres seraient nommés par lui et responsables seulement devant lui. Ce n'était pas dit, mais il entendait récupérer le droit de grâce et le commandement de ses gardes du corps.

Contrairement à Marie-Antoinette, Louis avait donc cessé de s'accrocher à sa déclaration du 23 juin 1789. Il avait renoncé à restaurer la société d'ordres, avec sa distinction honorifique entre états, ce qu'il avait déjà fait le 15 juillet 1789 et dans son discours à l'Assemblée du 4 février 1790. Il avait tourné la page de ce monde aristocratique finissant. Désormais, il admettait pleinement la société nouvelle, fondée sur l'égalité civile. Mais il voulait avant tout que le nouveau pacte politique fût discuté, article par article, et que tous les abandons de souveraineté auxquels il était prêt à consentir pour lui et ses successeurs fussent librement acceptés. En définitive, il estimait qu'il y avait un terrain d'entente à trouver avec l'Assemblée. C'est la raison pour laquelle il avait retranché de son adresse certains passages cruels que Monsieur lui avait probablement suggérés. Par habileté politique, il n'utilisa pas non plus l'argument du schisme religieux, qui pourtant le bouleversait et que Marie-Antoinette aurait bien aimé brandir[20].

20. Jean-Christian Petitfils, in *ibid.*, p. 809-813.

Chapitre LXII

A. L'épisode décrit à l'Assemblée, qui nous est rapporté par Jean-Christian Petitfils, montre que la volonté de voir la monarchie constitutionnelle s'imposer n'était pas défendue par des figures politiques suffisamment fortes et tutélaires pour la soutenir et la rendre pérenne. Face à un Robespierre ou à un Danton, des gens comme Barnave ne faisaient pas le poids. L'avenir le démontrera d'ailleurs.

On suit ici les souverains retrouvant leur intimité après l'épreuve :

> La reine avait assisté à la séance dans une loge particulière. À son retour aux Tuileries, Louis, pâle, les traits altérés, la gorge nouée, profondément choqué par l'affront qu'il venait de subir, se laissa tomber dans un fauteuil : « Tout est perdu, ah ! Madame !, dit-il à la reine en sanglotant. Et vous avez été témoin de cette humiliation ! Quoi ! Vous êtes venue en France pour voir… » Il ne put continuer. Marie-Antoinette se jeta à ses genoux et le serra affectueusement dans ses bras[21].

B. Nous reproduisons ici *in extenso* la lettre envoyée à la reine par Olympe.

> *À la Reine,*
>
> *Peu faite au langage que l'on tient aux Rois, je n'emploierai point l'adulation des Courtisans pour vous faire hommage de cette singulière production. Mon but, Madame, est de vous parler franchement ; je n'ai pas attendu, pour m'exprimer ainsi, l'époque de la Liberté : je me suis montrée avec la même énergie dans un temps où l'aveuglement des Despotes punissait une si noble audace. Lorsque tout l'Empire vous accusait et vous rendait responsable de ses calamités, moi seule, dans un temps de trouble et d'orage, j'ai eu la force de prendre votre défense. Je n'ai jamais pu me persuader qu'une Princesse, élevée au sein des grandeurs, eût tous les vices de la bassesse. Oui, Madame, lorsque j'ai vu le glaive levé sur vous, j'ai jeté mes observations entre*

21. In *ibid.*, p. 827.

ce glaive et la victime ; mais aujourd'hui que je vois qu'on observe de près la foule de mutins soudoyée, et qu'elle est retenue par la crainte des lois, je vous dirai, Madame, ce que je ne vous aurais pas dit alors. Si l'étranger porte le fer en France, vous n'êtes plus à mes yeux cette Reine faussement inculpée, cette Reine intéressante, mais une implacable ennemie des Français. Ah ! Madame, songez que vous êtes mère et épouse ; employez tout votre crédit pour le retour des Princes. Ce crédit, si sagement appliqué, raffermit la couronne du père, la conserve au fils, et vous réconcilie l'amour des Français. Cette digne négociation est le vrai devoir d'une Reine. L'intrigue, la cabale, les projets sanguinaires précipiteraient votre chute, si l'on pouvait vous soupçonner capable de semblables desseins. Qu'un plus noble emploi, Madame, vous caractérise, excite votre ambition, et fixe vos regards. Il n'appartient qu'à celle que le hasard a élevée à une place éminente de donner du poids à l'essor des Droits de la Femme, et d'en accélérer les succès. Si vous étiez moins instruite, Madame, je pourrais craindre que vos intérêts particuliers ne l'emportassent sur ceux de votre sexe. Vous aimez la gloire : songez, Madame, que les plus grands crimes s'immortalisent comme les plus grandes vertus ; mais quelle différence de célébrité dans les fastes de l'histoire ! L'une est sans cesse prise pour exemple, et l'autre est éternellement l'exécration du genre humain. On ne vous fera jamais un crime de travailler à la restauration des mœurs, à donner à votre sexe toute la consistance dont il est susceptible. Cet ouvrage n'est pas le travail d'un jour, malheureusement pour le nouveau régime. Cette révolution ne s'opérera que quand toutes les femmes seront pénétrées de leur déplorable sort, et des droits qu'elles ont perdus dans la société. Soutenez, Madame, une si belle cause ; défendez ce sexe malheureux, et vous aurez bientôt pour vous une moitié du royaume, et le tiers au moins de l'autre. Voilà, Madame, voilà par quels exploits vous devez vous signaler et employer votre crédit. Croyez-moi, Madame, notre vie est bien peu de chose, surtout pour une Reine, quand cette vie n'est pas embellie par l'amour des peuples, et par les charmes éternels de la bienfaisance. S'il est vrai que des Français arment contre leur patrie toutes les puissances ; pourquoi ? Pour de frivoles prérogatives, pour des chimères. Croyez, Madame, si j'en juge par ce que je sens, que le parti monarchique se détruira de lui-même, qu'il abandonnera tous

les tyrans, et que tous les cœurs se rallieront autour de la patrie pour la défendre. Voilà, Madame, voilà quels sont mes principes. En vous parlant de ma patrie, je perds de vue le but de cette dédicace. C'est ainsi que tout bon Citoyen sacrifie sa gloire, ses intérêts, quand il n'a pour objet que ceux de son pays.
Je suis avec le plus profond respect, Madame,
Votre très humble et très obéissante servante,

De Gouges.

C. *Déclaration des droits de la femme et de la citoyenne* :

À décréter par l'Assemblée nationale dans ses dernières séances ou dans celle de la prochaine législature.

Préambule

Les mères, les filles, les sœurs, représentantes de la nation, demandent d'être constituées en Assemblée nationale.
Considérant que l'ignorance, l'oubli ou le mépris des droits de la femme, sont les seules causes des malheurs publics et de la corruption des gouvernements, ont résolu d'exposer dans une déclaration solennelle les droits naturels inaliénables et sacrés de la femme, afin que cette déclaration, constamment présente à tous les membres du corps social, leur rappelle sans cesse leurs droits et leurs devoirs, afin que les actes du pouvoir des femmes, et ceux du pouvoir des hommes, pouvant être à chaque instant comparés avec le but de toute institution politique, en soient plus respectés, afin que les réclamations des citoyennes, fondées désormais sur des principes simples et incontestables, tournent toujours au maintien de la Constitution, des bonnes mœurs, et au bonheur de tous.
En conséquence, le sexe supérieur, en beauté comme en courage, dans les souffrances maternelles, reconnaît et déclare, en présence et sous les auspices de l'Être suprême, les droits suivants de la femme et de la citoyenne.

Article premier. La femme naît libre et demeure égale à l'homme en droits. Les distinctions sociales ne peuvent être fondées que sur l'utilité commune.

Article 2. Le but de toute association politique est la conservation des droits naturels et imprescriptibles de la femme et de l'homme. Ces droits sont la liberté, la propriété, la sûreté, et surtout la résistance à l'oppression.

Article 3. Le principe de toute souveraineté réside essentiellement dans la nation, qui n'est que la réunion de la femme et de l'homme : nul corps, nul individu, ne peut exercer d'autorité qui n'en émane expressément.

Article 4. La liberté et la justice consistent à rendre tout ce qui appartient à autrui ; ainsi l'exercice des droits naturels de la femme n'a de bornes que la tyrannie perpétuelle que l'homme lui oppose ; ces bornes doivent être réformées par les lois de la nature et de la raison.

Article 5. Les lois de la nature et de la raison défendent toutes actions nuisibles à la société ; tout ce qui n'est pas défendu par ces lois, sages et divines, ne peut être empêché, et nul ne peut être contraint à faire ce qu'elles n'ordonnent pas.

Article 6. La loi doit être l'expression de la volonté générale ; toutes les citoyennes et tous les citoyens doivent concourir personnellement ou par leurs représentants à sa formation ; elle doit être la même pour tous : toutes les citoyennes et tous les citoyens, étant égaux à ses yeux, doivent être également admissibles à toutes dignités, places et emplois publics, selon leurs capacités, et sans autres distinctions que celles de leurs vertus et de leurs talents.

Article 7. Nulle femme n'est exceptée ; elle est accusée, arrêtée, et détenue dans les cas déterminés par la loi : les femmes obéissent comme les hommes à cette loi rigoureuse.

Article 8. La loi ne doit établir que des peines strictement et évidemment nécessaires, et nul ne peut être puni qu'en vertu d'une loi établie et promulguée antérieurement au délit et légalement appliquée aux femmes.

Article 9. Toute femme étant déclarée coupable ; toute rigueur est exercée par la loi.

Article 10. Nul ne doit être inquiété pour ses opinions mêmes fondamentales, la femme a le droit de monter sur l'échafaud ; elle doit avoir également celui de monter à la tribune ; pourvu que ses manifestations ne troublent pas l'ordre public établi par la loi.
Article 11. La libre communication des pensées et des opinions est un des droits les plus précieux de la femme, puisque cette liberté assure la légitimité des pères envers les enfants. Toute citoyenne peut donc dire librement « je suis mère d'un enfant qui vous appartient », sans qu'un préjugé barbare la force à dissimuler la vérité ; sauf à répondre de l'abus de cette liberté dans les cas déterminés par la loi.
Article 12. La garantie des droits de la femme et de la citoyenne nécessite une utilité majeure ; cette garantie doit être instituée pour l'avantage de tous, et non pour l'utilité particulière de celles à qui elle est confiée.
Article 13. Pour l'entretien de la force publique, et pour les dépenses d'administration, les contributions de la femme et de l'homme sont égales ; elle a part à toutes les corvées, à toutes les tâches pénibles ; elle doit donc avoir de même part à la distribution des places, des emplois, des charges, des dignités et de l'industrie.
Article 14. Les citoyennes et citoyens ont le droit de constater par eux-mêmes ou par leurs représentants la nécessité de la contribution publique. Les citoyennes ne peuvent y adhérer que par l'admission d'un partage égal, non seulement dans la fortune, mais encore dans l'administration publique, et de déterminer la quotité, l'assiette, le recouvrement et la durée de l'impôt.
Article 15. La masse des femmes, coalisée pour la contribution à celle des hommes, a le droit de demander compte, à tout agent public, de son administration.
Article 16. Toute société dans laquelle la garantie des droits n'est pas assurée, ni la séparation des pouvoirs déterminée, n'a point de Constitution ; la Constitution est nulle si la majorité des individus qui composent la nation n'a pas coopéré à sa rédaction.

Article 17. Les propriétés sont à tous les sexes réunis ou séparés : elles ont pour chacun un droit lorsque la nécessité publique, légalement constatée, l'exige évidemment, et sous la condition d'une juste et préalable indemnité.

Postambule

Femme, réveille-toi ; le tocsin de la raison se fait entendre dans tout l'univers ; reconnais tes droits. Le puissant empire de la nature n'est plus environné de préjugés, de fanatisme, de superstition et de mensonges. Le flambeau de la vérité a dissipé tous les nuages de la sottise et de l'usurpation. L'homme esclave a multiplié ses forces, a eu besoin de recourir aux tiennes pour briser ses fers. Devenu libre, il est devenu injuste envers sa compagne. Ô femmes ! Femmes, quand cesserez-vous d'être aveugles ? Quels sont les avantages que vous avez recueillis dans la Révolution ? Un mépris plus marqué, un dédain plus signalé. Dans les siècles de corruption vous n'avez régné que sur la faiblesse des hommes. Votre empire est détruit ; que vous reste-t-il donc ? La conviction des injustices de l'homme. La réclamation de votre patrimoine, fondée sur les sages décrets de la nature ; qu'auriez-vous à redouter pour une si belle entreprise ? Le bon mot du législateur des noces de Cana ? Craignez-vous que nos législateurs français, correcteurs de cette morale, longtemps accrochée aux branches de la politique, mais qui n'est plus de saison, ne vous répètent : « Femmes, qu'y a-t-il de commun entre vous et nous ? – Tout », auriez-vous à répondre. S'ils s'obstinent, dans leur faiblesse, à mettre cette inconséquence en contradiction avec leurs principes ; opposez courageusement la force de la raison aux vaines prétentions de supériorité ; réunissez-vous sous les étendards de la philosophie ; déployez toute l'énergie de votre caractère, et vous verrez bientôt ces orgueilleux, non serviles adorateurs rampant à vos pieds, mais fiers de partager avec vous les trésors de l'Être suprême. Quelles que soient les barrières que l'on vous oppose, il est en votre pouvoir de les affranchir ; vous n'avez qu'à le vouloir. Passons maintenant à l'effroyable tableau de ce que

vous avez été dans la société ; et puisqu'il est question, en ce moment, d'une éducation nationale, voyons si nos sages législateurs penseront sainement sur l'éducation des femmes.
Les femmes ont fait plus de mal que de bien. La contrainte et la dissimulation ont été leur partage. Ce que la force leur avait ravi, la ruse leur a rendu ; elles ont eu recours à toutes les ressources de leurs charmes, et le plus irréprochable ne leur résistait pas. Le poison, le fer, tout leur était soumis ; elles commandaient au crime comme à la vertu. Le gouvernement français, surtout, a dépendu, pendant des siècles, de l'administration nocturne des femmes ; le cabinet n'avait point de secret pour leur indiscrétion ; ambassade, commandement, ministère, présidence, pontificat, cardinalat ; enfin tout ce qui caractérise la sottise des hommes, profane et sacré, tout a été soumis à la cupidité et à l'ambition de ce sexe autrefois méprisable et respecté, et depuis la Révolution, respectable et méprisé.

Chapitre LXIV

Olivier Blanc nous apporte ces précisions[22] :

> Mme de Gouges, à la fois dans les *Droits de la femme* et dans *la Nécessité du divorce*, posait les termes d'une réflexion très moderne sur la famille qui, dans bien des cas, gagnerait à se « recomposer » pour atteindre à plus de plénitude et de stabilité. Mais elle savait que ses réflexions hérisseraient nombre de ses contemporains et, dans les *Droits de la femme*, elle s'en amusait [...]. Par ces écrits et surtout par le choix qu'elle fit elle-même de braver les convenances petites-bourgeoises et de ne pas se remarier à dix-huit ans, elle s'attira le mépris de plusieurs générations d'historiens des XIXe et XXe siècles qui ont voulu rire de ses élucubrations (elles ont pourtant fait leur chemin !) et cherché à lui construire une réputation détestable. La plus stupide de ces allégations est celle qui la fait fondatrice d'un « club de tricoteuses » qui n'a jamais existé.

22. In *Marie-Olympe de Gouges, Une humaniste à la fin du XVIIIe siècle, op. cit.*, p. 155-156.

Seules quelques-unes des revendications posées par Mme de Gouges, comme le divorce, furent décrétées par la nouvelle Assemblée, la Législative, qui comptait des sensibilités favorables aux droits citoyens des femmes. Condorcet est le plus connu mais on ne doit pas oublier ceux qui, principalement girondins comme Vergniaud, se réclamaient de la pensée de Diderot. En revanche, Brissot rejoignait les forces conservatrices de l'Assemblée, plus nombreuses à l'aile gauche, en particulier dans la fraction des Jacobins qui allait désormais siéger sur les bancs de la Montagne (rappel : extrême gauche, appelée ainsi car les députés étaient perchés en haut des gradins). La plus parfaite incarnation de cette sensibilité jacobine est Sylvain Maréchal qui prétendait défendre qu'on apprît à lire aux femmes. Sa brochure qui fit le plus de sensation fut celle intitulée *Dame Nature à la barre de l'Assemblée nationale*, vibrant plaidoyer pour la famille patriarcale qui semble avoir inspiré le code civil napoléonien si défavorable à la femme. « Écoutez, en trois mots, voici la grande charte du genre humain : Enfant, Époux et Père, Piété filiale. Tendresse conjugale, Soins paternels. Tous vos devoirs, tous vos plaisirs, tous vos droits sont renfermés dans ces trois mots. »

Chapitre LXVII

Période climatologique située, selon les observations populaires européennes du haut Moyen Âge, autour des fêtes de Mamert, Pancrace et Servais, les 11, 12 et 13 mai. Ces saints étaient invoqués par les agriculteurs et les jardiniers pour anticiper l'effet de gelées tardives sur les cultures, qui pouvaient être observées (phénomène de la lune rousse). Une fois ce temps écoulé, le gel ne devait plus être craint.

Chapitre LXVIII

Brissot est l'un des écrivains qui ont exercé le plus d'influence sur la marche de la Révolution française, ou qui, du moins, en ont accéléré le mouvement. Ses premiers ouvrages sur la législation, ses nombreuses brochures, ses discours à l'Assemblée législative et à la Convention attestent de son dévouement aux grands principes de cette immense mutation. Moraliste de l'école de Jean-Jacques Rousseau, il en prêche les vertus dans ses écrits. Sans cesse attaqué par la faction montagnarde (ultra-gauchiste), tour à tour accusé de royalisme et de fédéralisme, il s'attire la haine de Robespierre et tombe, ainsi que tous ses amis, le 31 mai 1793. Condamné à mort le 30 octobre 1793, avec vingt et un de ses collègues, Brissot est guillotiné le lendemain, à l'âge de trente-neuf ans.

Chapitre LXX

La censure devint très rude. On peine à imaginer ce double discours de « liberté pour le peuple » avec cet écrasement de toute forme d'opposition. La *Gazette de Paris*, la *Feuille du jour*, *le Spectateur*, le *Journal général de la Cour et de la Ville* connu sous le nom de *Petit Gautier*, le *Journal de Paris*, *le Moniteur universel* (qui ne comptait pas moins de quatorze mille abonnés), les *Annales monarchiques*, le *Bulletin de minuit*, le *Journal ecclésiastique*, *le Logographe*, *l'Ami du roi*, *l'Indicateur*, le *Mercure de France* et plusieurs autres, moins connus, furent supprimés.

Chapitre LXXI

A. Jean-Christian Petitfils évoque ainsi les exactions de ceux qu'il appelle les « enragés de la Commune » :

> On tuait à l'aveuglette. Partout ce fut un affreux carnage. Ces prisons, ces maisons d'arrêt, ces hospices n'étaient plus que des abattoirs, ruisselants de sang, où l'on entassait les corps nus et mutilés des victimes. En certains endroits, pour créer une apparence de justice populaire, une poignée de spadassins improvisait un tribunal du peuple. Épluchant avec soin les registres d'écrou, ils cochaient consciencieusement les noms des aristocrates et des prêtres et les convoquaient aussitôt. Dès la sentence prononcée – rares étaient les acquittements –, les condamnés tombaient par surprise au détour d'un couloir sous les coups de sabre ou de hache. Les témoins racontent qu'on

> marchait sur des monceaux de cadavres dépouillés de leur argent, de leur montre, souvent de leurs vêtements, vendus aux enchères[23].

B. Après la journée sanglante du 10 août, Talleyrand, fin stratège politique, sentit tourner le vent. Il anticipa la Terreur et demanda en effet à être envoyé à Londres. Le 7 septembre, il obtint de Danton un ordre de mission, juste après les fameux massacres que nous venons de décrire dans le chapitre, sous prétexte de travailler à l'extension du système des poids et mesures, ce qui lui permettra de prétendre par la suite qu'il n'avait pas émigré. « Mon véritable but était de sortir de France, où il me paraissait inutile et même dangereux pour moi de rester, mais d'où je ne voulais sortir qu'avec un passeport régulier, de manière à ne pas m'en fermer les portes pour toujours », avouera-t-il plus tard. Le moins que l'on puisse dire est qu'il a fait preuve de clairvoyance et d'opportunisme. Deux mots qui constituent sans doute les clés de sa réussite sous plusieurs gouvernements.

Chapitre LXXXI

A. Le procès de Marie-Antoinette, comme ceux de Jeanne d'Arc ou du surintendant Fouquet, soulève le cœur, tant on sait qu'en entrant dans le tribunal l'accusé est déjà coupable. Les avocats ont été empêchés dans leur travail, on ne dispose d'aucune pièce véritablement à charge, au point que l'on essaie de la salir en évoquant des attouchements sur le dauphin, ce qui est une monstruosité. Lorsqu'elle s'adresse aux mères assises dans la salle d'audience, l'opinion est en passe de basculer. On hâte la procédure. Marie-Antoinette n'est en rien coupable de tout ce dont on l'accable. Au moment où on la condamne, c'est un assassinat pur et simple, et les révolutionnaires ne s'honorent vraiment pas de cette parodie de justice. Par souci d'objectivité, il faut toutefois reconnaître que l'on dispose aujourd'hui, dans le fonds Fersen

---

23. In *Louis XVI*, *op. cit.*, p. 892.

des archives de Vienne ou de Stockholm, des preuves qu'elle a correspondu avec sa famille, alors ennemie de la France, à cette époque, dans le but que ses frères, puis son neveu marchent sur Paris et les délivrent, elle et son mari, de cette Révolution qui les emprisonnait. Ce qui, pour une reine de France, est en effet, *stricto sensu*, une trahison. On comprend ce que fut son désarroi, entre Louis XVI qui ne souhaitait pas donner suite à ces projets, afin de demeurer fidèle au serment prononcé lors de son couronnement, et ses frères qui lui opposaient une force d'inertie...

B. À l'époque déjà, la presse révolutionnaire dénonça sa « fierté », reconnaissant implicitement que la reine n'avait jamais perdu ni son calme, ni sa dignité, ni son sang-froid. On a cherché à théâtraliser les exécutions des souverains. On aurait aimé une Marie-Antoinette en larmes, repentante et peut-être même suppliante, le spectacle n'en eût été que plus « pédagogique » pour le peuple, aux yeux des révolutionnaires. Mais elle s'est opposée par tous les moyens à ce régime qu'elle haïssait. Lorsqu'elle a compris que la partie était perdue, elle s'est alors réfugiée dans le silence, sans jamais rien demander ni se plaindre, sachant que ses ennemis n'attendaient que cela pour l'humilier. Frivole et inconsciente dans la première partie de son existence, elle s'est révélée incroyablement investie et responsable dans sa dimension tragique. Reine martyre, elle fascine encore de nos jours par cet antagonisme dans son comportement et par le contraste entre les deux périodes de sa vie. Depuis la petite archiduchesse espiègle qui arrive d'Autriche jusqu'à la souveraine déchue qui gravit les degrés menant à l'échafaud, elle incarne une forme d'absolu, assumant jusqu'à l'absurde le destin d'une femme montée sur le trône pour y être sacrifiée. Et force est de reconnaître qu'en dépit d'un minutieux travail de démolition de son image au XIXe siècle elle est entrée dans la légende.

Chapitre LXXXII

La fin d'Olympe de Gouges est aussi exemplaire que celle de la reine.

> Quoique transie par le froid et l'humidité sous sa pauvre robe de toile, affaiblie par une longue détention, elle ne s'est pas non plus attendrie sur son sort [...].
> Ce qui est incontestable, c'est le témoignage d'un inconnu perdu dans la foule, qui a consigné cet événement dramatique le lendemain : « Hier, sur les cinq heures du soir, on a conduit à l'échafaud une personne assez extraordinaire nommée Olympe de Gouges, et qui prenait le titre de femme de lettres tandis que tout Paris, en admirant sa beauté, savait qu'elle ne connaissait pas même les lettres. »
> Contrairement à ce que certains prévoyaient, Olympe de Gouges n'eut aucune faiblesse. [...] Au milieu du brouhaha, un autre témoin, l'inspecteur de police Prévost, entendit une conversation tenue par ses voisins, consternés, dont l'un disait : « Voilà une place où, jusqu'ici, on a bien tué de l'esprit ; et on en tuera encore. » Hommage indirect, mérité, à une femme d'esprit qui fut surtout une humaniste engagée, d'un courage héroïque dans son combat pour épargner le monarque déchu et dans sa solidarité pour les Girondins, bien supérieure en qualité humaine à quelques gloires républicaines de son temps pour qui la Révolution fut une carrière[24].

24. Olivier Blanc, in *Marie-Olympe de Gouges, Une humaniste à la fin du* XVIII*e siècle*, *op. cit.*, p. 224-225.

Bibliographie

À propos d'Olympe de Gouges

Blanc (Olivier), *Marie-Olympe de Gouges, Une humaniste à la fin du XVIIIe siècle*, Éditions René Viénet, 2003.

Faucheux (Michel), *Olympe de Gouges*, Gallimard, 2018.

Groult (Benoîte), *Ainsi soit Olympe de Gouges*, Grasset, 2013.

Mousset (Sophie), *Olympe de Gouges et les droits de la femme*, Éditions du Félin, 2003.

Perrot (Michelle), *Des femmes rebelles, Olympe de Gouges, Flora Tristan, George Sand*, Elyzad, 2014.

Ouvrages d'Olympe de Gouges

Zamore et Mirza (1785), Magnard, 2021.

Lettre au peuple et autres textes (1788), Gallimard, 2018.

Déclaration des droits de la femme et de la citoyenne (1791), 1001 Nuits, 2003.

Biographies

Ambrière (Madeleine), Ambrière (Francis), *Talma ou l'Histoire au théâtre*, Éditions de Fallois, 2007.

Bertière (Simone), *Marie-Antoinette l'insoumise*, Éditions de Fallois, 2002.

Castries (René de La Croix), *Mirabeau ou l'Échec du destin*, Fayard, 1986.

Decker (Michel de), *Talleyrand, Les Beautés du diable*, Belfond, 2003.

Girault de Coursac (Paul), Girault de Coursac (Pierrette), *Louis XVI a la parole, Lettres, discours, écrits politiques*, François-Xavier de Guibert, 1997.
Guillon (Claude), *Robespierre, les femmes et la Révolution*, Éditions IMHO, 2021.
Le Bozec (Christine), *Danton et Robespierre, Les Deux Visages de la Révolution*, Le Figaro Éditions, 2012.
Martin (Jean-Clément), *Robespierre, La Fabrication d'un monstre*, Perrin, 2016.
Petitfils (Jean-Christian), *Louis XVI*, Perrin, 2005.
Sieburg (Friedrich), *Robespierre*, traduction Pierre Klossowski, Mémoire du livre, 2003.
Stil (André), *Quand Robespierre et Danton inventaient la France*, Grasset, 1988.
Waresquiel (Emmanuel de), *Talleyrand, le prince immobile*, Fayard, 2003.
Zorgbibe (Charles), *Mirabeau*, Éditions de Fallois, 2008.

Sources diverses

Bainville (Jacques), *Histoire de France*, Tallandier, 2020.
Beaucarnot (Jean-Louis), *Comment vivaient nos ancêtres ?, De leurs coutumes à nos habitudes*, JC Lattès, 2006.
Beaurepaire (Pierre-Yves), *La France des Lumières (1715-1789)*, sous la direction de Joël Cornette, Belin, 2011.
Belaiche-Daninos (Paul), *Les Soixante-Seize Jours de Marie-Antoinette à la Conciergerie*, Actes Sud, *La Conjuration de l'Œillet* (tome I), 2006, *Un procès en infamie* (tome II), 2007.
—, *La Révolution fracassée, La Justice du baron de Batz*, Actes Sud, 2013.
Bertero (Ève), Lepetit (Emmanuelle), Mielle (Andrea), *Modes du XVIIIe siècle sous Louis XVI et Marie-Antoinette*, Éditions Falbalas, 2009.
Biard (Michel), Bourdin (Philippe), Marzagalli (Silvia), *Révolution, Consulat, Empire (1789-1815)*, sous la direction de Joël Cornette, Belin, 2009.
Bijaoui (Rémy), *Prisonniers et prisons de la Terreur*, Imago, 1996.

Carbonnières (Philippe de), *Paris sous la Révolution et l'Empire*, Parigramme, 2015.

Chateaubriand (François-René de), *Mémoires d'outre-tombe* (1848-1850), 2 vol., Bibliothèque de la Pléiade, 2015.

Cléry (Jean-Baptiste Cant Hanet, dit), *Journal de ce qui s'est passé à la tour du Temple, par Cléry*, éd. J. Brosse, Mercure de France, 1968.

Collectif, *Petite encyclo des rois de France*, Hachette Collections, 2007.

Collection littéraire Lagarde et Michard, *Le XVIIIe siècle*, Bordas, 1985.

Condorcet (Nicolas de), *Œuvres complètes*, éd. A. Condorcet O'Connor et M. F. Arago, Paris, Firmin Didot, 1847-1849.

Coquard (Olivier), *Marat*, Fayard, 1993.

Fierro (Alfred), *Histoire et dictionnaire de Paris*, Robert Laffont, 2001.

Gauvard (Claude), Cornette (Joël), Fureix (Emmanuel), *Souverains et rois de France*, Éditions du Chêne, 2008.

Henry (Charles), *Lettres inédites de Mlle de Lespinasse à Condorcet, à d'Alembert, à Guibert, au comte de Crillon*, Paris, Dentu, 1887.

La Rochefoucauld (François de), *Souvenirs du 10 août 1792 et de l'armée de Bourbon*, présentation de Jean Marchand, Calmann-Lévy, 1929.

Le Franc de Pompignan (Jean-Georges), *Éloge historique de monseigneur le duc de Bourgogne*, Paris, Imprimerie royale, 1761.

Martin (Jean-Clément), *Violence et révolution, Essai sur la naissance d'un mythe national*, Seuil, 2006.

—, *Nouvelle histoire de la Révolution française*, Perrin, 2012.

Mirabeau (comte de), *Mémoires biographiques, littéraires et politiques*, 8 vol., Paris, A. Guyot, 1834-1835.

Necker (Jacques), *Histoire de la Révolution française*, 4 vol., Paris, Librairie historique, 1821.

Nicaise (Célita), *Les Rois de France*, Hachette Collections, 2007.

Ozouf (Mona), *Varennes, La Mort de la royauté, 21 juin 1791*, Gallimard, 2011.

Parseval (Béatrice de), Mazeau (Guillaume), *La Conciergerie, Palais de la Cité*, Centre des monuments nationaux, Éditions du Patrimoine, 2019.

Picon (Guillaume), Boudoyan (Katia), *Le Petit Livre des rois de France*, Éditions du Chêne, 2009.

Quétel (Claude), *L'Histoire véritable de la Bastille*, Larousse, 2006.

Rabaut Saint-Étienne, *Précis de l'histoire de la Révolution, Œuvres*, éd. Collin de Plancy, Paris, H. Servier, 1827.

Rétif de la Bretonne, *Les Nuits de Paris ou le Spectateur nocturne*, Gallimard, 1986.

Rey (Alain), *Dictionnaire historique de la langue française*, Le Robert, 2011.

Rousseau (Jean-Jacques), *Les Rêveries du promeneur solitaire*, Gallimard, 1972.

Ruppert (Jacques), Delpierre (Madeleine), Davray-Piékolek (Renée), Gorguet-Ballesteros (Pascale), *Le Costume français*, Flammarion, 1996.

Soboul (Albert), *La Révolution française*, Gallimard, 2001.

Talleyrand-Périgord (Charles-Maurice de), *Mémoires*, Paris, Calmann-Lévy, 1891-1892.

Tourzel (Louise-Félicité de Croÿ d'Havré, marquise de), *Mémoires de Mme la duchesse de Tourzel, gouvernante des enfants de France de 1789 à 1795*, présentation de Jean Chalon, Mercure de France, 1969.

Vovelle (Michel), *Nouvelle histoire de la France contemporaine*, Seuil, *La Chute de la monarchie, 1787-1792* (tome I), 1999.

Remerciements

Je tiens à remercier Bruno Nougayrède, mon éditeur, pour la confiance qu'il me témoigne et sa réactivité sur ce projet ; à sa suite, bien sûr, je remercie également les équipes des Éditions du Rocher qui se mobilisent pour veiller au bon déroulement de cette parution.

Mes remerciements les plus chaleureux à Séverine Legrand, ma correctrice, qui m'accompagne avec bienveillance et humour (mais sans concession !) depuis la publication de mon deuxième ouvrage. Ses connaissances, sa compétence et son professionnalisme sont irremplaçables.

Merci à ma mère, première lectrice de tous mes livres, dont l'écoute est un vrai soutien. Notre complicité est une chance et une richesse !

Merci aux gens que j'aime qui ont, de près ou de loin, manifesté leur intérêt pour mon travail. Qu'ils reçoivent toute ma gratitude, ma reconnaissance et mon immense affection.

Merci à Michèle Vermersch et Camille Messina pour leurs lectures attentives, nos partages, nos échanges et l'amitié dont elles m'honorent.

Merci aux amoureux de la liberté, à qui je dédie ce livre écrit dans une période effroyable où nous avons, justement, été privés de nos libertés. L'énergie de ceux qui ne se résignent pas et avec qui je suis en lien chaque jour m'a aidé à avancer dans un texte dont l'écriture, qui nécessitait que l'on se penche sur les droits de l'homme et la Constitution, hypertrophiait encore ma frustration et ma stupéfaction devant tous ces manquements. Ces deux personnes se reconnaîtront et je veux leur dire mon attachement, ma gratitude, mon affection et mon admiration pour qu'ils sachent que cela m'a permis de tenir, de ne pas « décrocher » de quelque manière que ce soit.

Merci enfin à mes lecteurs, dont la bienveillance et l'enthousiasme me portent et m'invitent à m'investir dans mon travail. Le partage de ce qui est d'abord une élaboration personnelle se révèle toujours un moment d'une grande intensité, qui n'est possible que parce qu'ils me soutiennent. J'ai beaucoup de chance !

Table

Partie II

Achevé d'imprimer par CPI
BRODARD ET TAUPIN,
en février 2022,
N° d'imprimeur : 3047484

Dépôt légal : avril 2022

Imprimé en France